WITHDRAWN

Gramley Library
Salem College
Winston-Salem, NC 27108

PLAZA & JANES
P & J
LITERARIA

91-375

PQ
8098.1
.L54
E813
1990

ISABEL ALLENDE

eva luna

Gramley Library
Salem College
Winston-Salem, NC 27108

PLAZA & JANES EDITORES, S. A.

Portada de

A MA FEMME (1933-1934),
de Marc Chagall (Agencia CRONOZ)

Primera edición: Setiembre, 1987
Segunda edición: Octubre, 1987
Tercera edición: Noviembre, 1987
Cuarta edición: Diciembre, 1987
Quinta edición: Febrero, 1988
Sexta edición: Abril, 1988
Séptima edición: Julio, 1988
Octava edición: Febrero, 1989
Novena edición: Octubre, 1989
Décima edición: Setiembre,1990

Quedan rigurosamente prohibidas, sin la autorización escrita de los titulares del «Copyright», bajo las sanciones establecidas en las leyes, la reproducción parcial o total de esta obra por cualquier medio o procedimiento, comprendidos la reprografía y el tratamiento informático y la distribución de ejemplares de ella mediante alquiler o préstamo públicos.

Derechos exclusivos para España.
Prohibida su venta en los demás países del área idiomática.

© 1987, Isabel Allende
Editado por PLAZA & JANES EDITORES, S. A.
Virgen de Guadalupe, 21-33. Esplugues de Llobregat (Barcelona)

Printed in Spain — Impreso en España

ISBN: 84-01-38110-X — Depósito Legal: B. 33.508 - 1990

Impreso en Soler S. A. — Luis Millet, 69 — Esplugues de Llobregaat (Barcelona)

Dijo entonces a Scheherazada: «Hermana, por Alá sobre ti, cuéntanos una historia que nos haga pasar la noche...»

(De *Las mil y una noches*)

UNO

Me llamo Eva, que quiere decir vida, según un libro que mi madre consultó para escoger mi nombre. Nací en el último cuarto de una casa sombría y crecí entre muebles antiguos, libros en latín y momias humanas, pero eso no logró hacerme melancólica, porque vine al mundo con un soplo de selva en la memoria. Mi padre, un indio de ojos amarillos, provenía del lugar donde se juntan cien ríos, olía a bosque y nunca miraba al cielo de frente, porque se había criado bajo la cúpula de los árboles y la luz le parecía indecente. Consuelo, mi madre, pasó la infancia en una región encantada, donde por siglos los aventureros han buscado la ciudad de oro puro que vieron los conquistadores cuando se asomaron a los abismos de su propia ambición. Quedó marcada por el paisaje y de algún modo se las arregló para traspasarme esa huella.

Los misioneros recogieron a Consuelo cuando todavía no aprendía a caminar, era sólo una cachorra desnuda y cubierta de barro y excremento, que entró arrastrándose por el puente del embarcadero como un diminuto Jonás vomitado por alguna ballena de agua dulce. Al bañarla comprobaron sin lugar a dudas que era niña, lo cual les creó cierta confusión, pero ya estaba allí y no era cosa de lanzarla al río, de modo que le pusieron un pañal para tapar sus vergüenzas, le echaron unas gotas de limón en los ojos para curar la infección que le impedía abrirlos y la bautizaron con el primer nombre femenino que les pasó por la mente. Procedieron a educarla sin buscar explicaciones sobre su origen y sin muchos aspavientos, seguros de que si la Divina Providencia la había conservado con vida hasta que ellos la encontraron, también velaría por su integridad física y espiritual, o en el peor de los casos se la llevaría al cielo junto a otros inocentes. Consuelo creció sin lugar fijo en la estricta jerarquía de la Misión. No era exactamente una sirvienta, no tenía el mismo rango que los indios de la escuela y cuando preguntó cuál de los curas era su papá, recibió un bofetón por insolente. Me contó que había sido abandonada en un bote a la deriva por un navegante holandés, pero seguro ésa es una leyenda que inventó con posterioridad para librarse del asedio de mis preguntas. Creo que en realidad nada sabía de sus progenitores ni de la forma como apareció en aquel lugar.

La Misión era un pequeño oasis en medio de una vegetación voluptuosa, que crece enredada en sí misma, desde la orilla del agua hasta las bases de monumentales torres geológicas, elevadas hacia el firmamento como errores de Dios. Allí el tiempo se ha torcido y las distancias engañan al ojo humano, induciendo al viajero a caminar en círculos. El aire, húmedo y espeso, a veces huele a flores, a hierbas, a sudor de hombres y alientos de animales. El calor es oprimente, no corre una brisa de alivio, se caldean las piedras y la sangre en las venas. Al atardecer el cielo se llena de mosquitos fosforescentes, cuyas picaduras provocan inacabables pesadillas, y por las noches se escuchan con nitidez los murmullos de las aves, los gritos de los monos y el estruendo lejano de las cascadas, que nacen de los montes a mucha altura y revientan abajo con un fragor de guerra. El modesto edificio, de paja y barro, con una torre de palos cruzados y una campana para llamar a misa, se equilibraba como todas las chozas, sobre pilotes enterrados en el fango de un río de aguas opalescentes cuyos límites se pierden en la reverberación de la luz. Las viviendas parecían flotar a la deriva entre canoas silenciosas, basura, cadáveres de perros y ratas, inexplicables flores blancas.

Era fácil distinguir a Consuelo aun desde lejos, con su largo pelo rojo como un ramalazo de fuego en el verde eterno de esa naturaleza. Sus compañeros de juego eran unos indiecitos de vientres protuberantes, un loro atrevido que recitaba el Padrenuestro intercalado de palabrotas y un mono atado con una cadena a la pata de una mesa, al que ella soltaba de vez en cuando para que fuera a buscar novia al bosque, pero siempre regresaba a rascarse las pulgas en el mismo sitio. En esa época ya andaban por aquellos lados los protestantes repartiendo biblias, predicando contra el Vaticano y cargando bajo el sol y la lluvia sus pianos en carretones, para hacer cantar a los conversos en actos públicos. Esta competencia exigía de los sacerdotes católicos toda su dedicación, de modo que se ocupaban poco de Consuelo y ella sobrevivió curtida por el sol, mal alimentada con yuca y pescado, infestada de parásitos, picada de mosquitos, libre como un pájaro. Aparte de ayudar en las tareas domésticas, asistir a los servicios religiosos y a algunas clases de lectura, aritmética y catecismo, no tenía otras obligaciones, vagaba husmeando la flora y persiguiendo a la fauna, con la mente plena de imágenes, de olores, colores y sabores, de cuentos traídos de la frontera y mitos arrastrados por el río.

Tenía doce años cuando conoció al hombre de las gallinas, un portugués tostado por la intemperie, duro y seco por fuera, lleno de risa por dentro. Sus aves merodeaban devorando todo objeto reluciente encontrado a su paso, para que más tarde su amo les abriera el buche de un navajazo y cosechara algunos granos de oro, insuficientes para enriquecerlo, pero bastantes para alimentar sus ilusiones. Una mañana, el portugués divisó a esa niña de piel blanca con un incendio en la cabeza, la falda recogida y las piernas sumergidas en el pantano y creyó padecer otro ataque de fiebre intermitente. Lanzó un silbido de sorpresa, que sonó como la orden de poner en marcha a un caballo. El llamado cruzó el espacio, ella levantó la cara, sus miradas se encontraron y ambos sonrieron del mismo modo. Desde ese día se juntaban con frecuencia, él para contemplarla deslumbrado y ella para aprender a cantar canciones de Portugal.

—Vamos a cosechar oro —dijo un día el hombre.

Se internaron en el bosque hasta perder de vista la campana de la Misión, adentrándose en la espesura por senderos que sólo él percibía. Todo el día buscaron a las gallinas, llamándolas con cacareos de gallo y atrapándolas al vuelo cuando las vislumbraban a través del follaje. Mientras ella las sujetaba entre las rodillas, él las abría con un corte preciso y metía los dedos para sacar las pepitas. Las que no murieron fueron cosidas con aguja e hilo para que continuaran sirviendo a su dueño, colocaron a las demás en un saco para venderlas en la aldea o usarlas de carnada y con las plumas hicieron una hoguera, porque traían mala suerte y contagiaban el moquillo. Al atardecer, Consuelo regresó con el pelo revuelto, contenta y manchada de sangre. Se despidió de su amigo, trepó por la escala colgante desde el bote hasta la terraza y su nariz dio con las cuatro sandalias inmundas de dos frailes de Extremadura, que la aguardaban con los brazos cruzados sobre el pecho y una terrible expresión de repudio.

—Ya es tiempo de que partas a la ciudad —le dijeron.

Nada ganó con suplicar. Tampoco la autorizaron para cargar con el mono o el loro, dos compañeros inapropiados para la nueva vida que la esperaba. Se la llevaron junto a cinco muchachas indígenas, todas amarradas por los tobillos para impedirles saltar de la piragua y desaparecer en el río. El portugués se despidió de Consuelo sin tocarla, con una larga mirada, dejándole de recuerdo un trozo de oro en forma de muela, atravesado por una cuerda. Ella lo usaría colgado al cuello durante casi toda su vida, hasta que encontró a quien dárselo en prenda de amor. Él la vio por última vez, vestida con su delantal de percal desteñido y un sombrero de paja metido hasta las orejas, descalza y triste, diciéndole adiós con la mano.

El viaje comenzó en canoa por los afluentes del río a través de un panorama demencial, luego a lomo de mula por mesetas abruptas donde por las noches se helaban los pensamientos y finalmente en camión por húmedas llanuras, bosques de plátanos salvajes y piñas enanas, caminos de arena y de sal, pero nada sorprendió a la niña, pues quien ha abierto los ojos en el territorio más alucinante del mundo, pierde la capacidad de asombro. Durante ese largo trayecto lloró todas las lágrimas que guardaba en su organismo, sin dejar reserva para las tristezas posteriores. Una vez agotado el llanto cerró la boca, decidida a abrirla de ahí en adelante sólo para responder lo indispensable. Llegaron a la capital varios días después y los frailes condujeron a las aterrorizadas muchachas al convento de las Hermanitas de la Caridad, donde una monja abrió la puerta de hierro con una llave de carcelero y las guió a un patio amplio y umbroso, rodeado de corredores, en cuyo centro se alzaba una fuente de azulejos pintados donde bebían palomas, tordos y colibríes. Varias jóvenes de uniforme gris, sentadas en rueda a la sombra, cosían forros de colchones con agujas curvas o tejían canastos de mimbre.

—En la oración y el esfuerzo encontrarán alivio para sus pecados. No he venido a curar a los sanos, sino a cuidar a los enfermos. Más se alegra el pastor cuando encuentra la oveja descarriada, que ante todo su rebaño congregado. Palabra de Dios, alabado sea su Santo Nombre, amén —o algo por el estilo recitó la monja con las manos ocultas bajo los pliegues del hábito.

Consuelo no entendió el significado de aquella perorata ni le prestó atención, porque estaba extenuada y la sensación de encierro la abrumaba. Nunca había estado entre murallas y al mirar hacia arriba y ver el cielo reducido a un cuadrilátero, creyó que moriría asfixiada. Cuando la separaron de sus compañeras de viaje y la llevaron a la oficina de la Madre Superiora, no imaginó que la causa era su piel y sus ojos claros. Las Hermanitas no habían recibido en muchos años a una criatura como ella, sólo niñas de razas mezcladas provenientes de los barrios más pobres o indias traídas por los misioneros a viva fuerza.

—¿Quiénes son tus padres?

—No sé.

—¿Cuándo naciste?

—El año del cometa.

Ya entonces Consuelo suplía con giros poéticos lo que le faltaba en información. Desde que oyó mencionar por primera vez al cometa, decidió adoptarlo como fecha de nacimiento. Durante su infancia alguien le contó que en aquella oportunidad el mundo esperó el prodigio celeste con terror. Se suponía que surgiría como un dragón de fuego y que al entrar en contacto con la atmósfera terrestre, su cola envolvería al planeta en gases venenosos y un calor de lava fundida acabaría con toda forma de vida. Algunas personas se suicidaron para no morir chamuscadas, otras prefirieron aturdirse en comilonas, borracheras y fornicaciones de última hora. Hasta el Benefactor se impresionó al ver el cielo tornarse verde y enterarse de que bajo la influencia del cometa el pelo de los mulatos se desrizaba y el de los chinos se encrespaba y mandó soltar a algunos opositores, presos desde hacía tanto tiempo, que para entonces ya habían olvidado la luz natural, aun-

Gramley Library
Salem College
Winston-Salem, NC 27108

que algunos conservaban intacto el germen de la rebelión y estaban dispuestos a legarlo a las generaciones futuras. A Consuelo la sedujo la idea de nacer en medio de tanto espanto, a pesar del rumor de que todos los recién nacidos de ese momento fueron horrorosos y siguieron siéndolo años después que el cometa se perdió de vista como una bola de hielo y polvo sideral.

—Lo primero será acabar con este rabo de Satanás —decidió la Madre Superiora, pesando a dos manos aquella trenza de cobre bruñido que colgaba a la espalda de la nueva interna. Dio orden de cortar la melena y lavarle la cabeza con una mezcla de lejía y Aureolina Onirem para liquidar los piojos y atenuar la insolencia del color, con lo cual se le cayó la mitad del pelo y el resto adquirió un tono arcilloso, más adecuado al temperamento y a los fines de la institución religiosa, que el manto flamígero original.

En ese lugar Consuelo pasó tres años con frío en el cuerpo y en el alma, taimada y solitaria, sin creer que el sol escuálido del patio fuera el mismo que sancochaba la selva donde había dejado su hogar. Allí no entraba el alboroto profano ni la prosperidad nacional, iniciada cuando alguien cavó un pozo y en vez de agua saltó un chorro negro, espeso y fétido, como porquería de dinosaurio. La patria estaba sentada en un mar de petróleo. Eso despabiló un poco la modorra de la dictadura, pues aumentó tanto la fortuna del tirano y sus familiares, que algo rebasó para los demás. En las ciudades se vieron algunos adelantos y en los campos petroleros, el contacto con los fornidos capataces venidos del norte remeció las viejas tradiciones y una brisa de modernismo levantó las faldas de las mujeres, pero en el convento de las Hermanitas de la Caridad nada de eso importaba. La vida comenzaba a las cuatro de la madrugada con las primeras oraciones; el día transcurría en un orden inmutable y terminaba con las campanas de las seis, hora del acto de contrición para limpiar el espíritu y prepararse para la eventualidad de la muerte, ya que la noche podía ser un viaje sin retorno. Largos silencios, corredores de baldosas enceradas, olor a incienso y azucenas, susurro de plegarias, bancos de madera oscura, blancas paredes sin adornos. Dios era una presencia totalitaria. Aparte de las monjas y un par de sirvientes, en el vasto edificio de adobe y tejas vivían sólo dieciséis muchachas, la mayoría huérfanas o abandonadas, que aprendían a usar zapatos, comer con tenedor y dominar algunos oficios domésticos elementales, para que más tarde se emplearan en humildes labores de servicio, pues no se suponía que tuvieran capacidad para otra cosa. Su aspecto distinguía a Consuelo entre las demás y las monjas, convencidas de que aquello no era casual sino más bien un signo de buena voluntad divina, se esmeraron en cultivar su fe en la esperanza de que decidiera tomar los hábitos y servir a la Iglesia, pero todos sus esfuerzos se estrellaron contra el rechazo instintivo de la chiquilla. Ella lo intentó con buena disposición, pero nunca logró aceptar ese dios tiránico que le predicaban las religiosas, prefería una deidad más alegre, maternal y compasiva.

—Ésa es la Santísima Virgen María —le explicaron.

—¿Ella es Dios?

—No, es la madre de Dios.

—Sí, pero, ¿quién manda más en el cielo, Dios o su mamá?

—Calla, insensata, calla y reza. Pídele al Señor que te ilumine —le aconsejaban.

Consuelo se sentaba en la capilla a mirar el altar coronado por un Cristo de realismo aterrador y trataba de recitar el rosario, pero muy pronto se perdía en aventuras interminables donde los recuerdos de la selva alternaban con los personajes de la Historia Sagrada, cada uno con su cargamento de pasiones, venganzas, martirios y milagros. Todo lo tragaba con avidez, las palabras rituales de la misa, los sermones de los domingos, las lecturas pías, los ruidos de la noche, el viento entre las columnas del corredor, la expresión bobalicona de los santos y anacoretas en sus nichos de la iglesia. Aprendió a permanecer quieta y guardó su desmesurado caudal de fábulas como un tesoro discreto hasta que yo le di la oportunidad de desatar ese torrente de palabras que llevaba consigo.

Tanto tiempo pasaba Consuelo inmóvil en la capilla, con las manos juntas y una placidez de rumiante, que se regó el rumor en el convento de que estaba bendita y tenía visiones celestiales; pero la Madre Superiora, una catalana práctica y menos inclinada a creer en milagros que las otras monjas de la congregación, se dio cuenta de que no se trataba de santidad, sino más bien de una distracción incurable. Como la muchacha tampoco demostraba entusiasmo alguno por coser colchones, fabricar hostias o tejer cestos, consideró terminada su formación y la colocó para servir en la casa de un médico extranjero, el Profesor Jones. La llevó de la mano hasta una mansión que se alzaba algo decrépita, pero aún espléndida en su arquitectura francesa, en los límites de la ciudad, al pie de un cerro que ahora las autoridades convirtieron en Parque Nacional. La primera impresión que tuvo Consuelo de aquel hombre la afectó tanto, que pasó meses sin perderle el miedo. Lo vio entrar a la sala con un delantal de carnicero y un extraño instrumento metálico en la mano, no las saludó, despachó a la monja con cuatro frases incomprensibles y a ella la mandó con un gruñido a la cocina sin dedicarle ni una mirada, demasiado ocupado con sus proyectos. Ella, en cambio, lo observó con detención, porque nunca había visto a un sujeto tan amenazante, pero no pudo dejar de advertir que era hermoso como una estampa de Jesús, todo de oro, con la misma barba rubia de príncipe y los ojos de un color imposible.

El único patrón que habría de tener Consuelo en su vida pasó años perfeccionando un sistema para conservar a los muertos, cuyo secreto se llevó finalmente a la tumba, para alivio de la humanidad. También trabajaba en una cura para el cáncer, pues observó que esta enfermedad es poco frecuente en las zonas infectadas de paludismo y dedujo naturalmente que podía mejorar a las víctimas de ese mal exponiéndolas a las picaduras de los mosquitos de los pantanos. Con la misma lógica, experimentaba dando golpes en la cabeza a los tontos de nacimiento o de vocación, porque leyó en la *Gaceta del Galeno* que debido a un traumatismo cerebral, una persona se transformó en genio. Era un antisocialista decidido. Calculó que si se repartieran las riquezas del mundo, a cada habitante del planeta le correspondería menos de treinta y cinco centavos, por lo tanto las revoluciones eran inútiles. Lucía un aspecto saludable y fuerte, sufría de constante mal humor y poseía los conocimientos de un sabio y las mañas de un sacristán. Su fórmula para embalsamar era de una sencillez admirable, como lo son casi todos los grandes inventos. Nada de sustraer las vísceras, vaciar el cráneo, zambullir el cuerpo en formol y rellenarlo con brea y estopa, para al final dejarlo arrugado como una ciruela y mirando estupefacto con ojos de vidrio pintado. Simplemente extraía la sangre del cadáver aún fresco y la remplazaba por un líquido que lo conservaba como en vida. La piel, aunque pálida y fría, no se deterioraba, el cabello permanecía firme y en algunos casos hasta las uñas se quedaban en sus sitios y continuaban creciendo. Tal vez el único inconveniente era cierto olor acre y penetrante, pero con el tiempo los familiares se acostumbraban. En esa época pocos pacientes se prestaban voluntariamente a las picaduras de insectos curativos o los garrotazos para aumentar la inteligencia, pero su prestigio de embalsamador había cruzado el océano y con frecuencia llegaban a visitarlo científicos europeos o comerciantes norteamericanos ávidos de arrebatarle su fórmula. Siempre se iban con las manos vacías. El caso más célebre —que regó su fama por el mundo— fue el de un conocido abogado de la ciudad, quien tuvo en vida inclinaciones liberales y el Benefactor lo mandó matar a la salida del estreno de la zarzuela de *La Paloma* en el Teatro Municipal. Al Profesor Jones le llevaron el cuerpo aún caliente, con tantos agujeros de balas que no se podían contar, pero con la cara intacta. Aunque consideraba a la víctima su enemigo ideológico, pues él mismo era partidario de los regímenes autoritarios y desconfiaba de la democracia, que le resultaba vulgar y demasiado parecida al socialismo, se dio a la tarea de preservar el cuerpo, con tan buen resultado, que la familia sentó al muerto en la biblioteca, vestido con su mejor traje y sosteniendo una pluma en la mano derecha. Así lo defendieron de la polilla y del polvo durante varias décadas, como un recordatorio de la brutalidad del dictador, quien no se atrevió a intervenir, porque una cosa es querellarse con los vivos y otra muy distinta arremeter contra los difuntos.

Una vez que Consuelo logró superar el susto inicial y comprendió que el delantal de matarife y el olor a tumba de su patrón eran detalles ínfimos, porque en verdad se trataba de una persona fácil de sobrellevar, vulnerable y hasta simpática en algunas ocasiones, se sintió a sus anchas en esa casa, que le pareció el paraíso en comparación con el convento. Allí nadie se levantaba de madrugada para rezar el rosario por el bien de la humanidad, ni era necesario ponerse de rodillas sobre un puñado de guisantes para pagar con sufrimiento propio las culpas ajenas. Como en el antiguo edificio de las Hermanitas de la Caridad, en esa mansión también circulaban discretos fantasmas, cuya presencia todos percibían menos el Profesor Jones, que se empeñaba en negarlos porque carecían de fundamento científico. Aunque estaba a cargo de las tareas más duras, la muchacha encontraba tiempo para sus ensoñaciones, sin que nadie la molestara interpretando sus silencios como virtudes milagrosas. Era fuerte, nunca se quejaba y obedecía sin preguntar, tal como le habían enseñado las monjas. Aparte de acarrear la basura, lavar y planchar la ropa, limpiar las letrinas, recibir diariamente el hielo para las neveras, que traían a lomo de burro preservado en sal gruesa, ayudaba al Profesor Jones a preparar la fórmula en grandes frascos de farmacia, cuidaba los cuerpos, les quitaba el polvo y la rémora de las articulaciones, los vestía, los peinaba y les coloreaba las mejillas con carmín. El sabio se sentía a gusto con su sirvienta. Hasta que ella llegó a su lado, trabajaba solo, en el más estricto secreto, pero con el tiempo se acostumbró a la presencia de Consuelo y le permitió ayudarlo en su laboratorio, pues supuso que esa mujer callada no representaba peligro alguno. Seguro de tenerla siempre cerca cuando la necesitaba, se quitaba la chaqueta y el sombrero y sin mirar hacia atrás los dejaba caer para que ella los cogiera al vuelo antes que tocaran el suelo, y como nunca le falló, acabó por tenerle una confianza ciega. Fue así como aparte del inventor, Consuelo llegó a ser la única persona en posesión de la fórmula maravillosa, pero ese conocimiento no le sirvió de nada, pues la idea de traicionar a su patrón y comerciar con su secreto jamás pasó por su mente. Detestaba manipular cadáveres y no comprendía el propósito de embalsamarlos. Si eso fuera útil, la naturaleza lo habría previsto y no permitiría que los muertos se pudrieran, pensaba ella. Sin embargo, al final de su vida encontró una explicación a ese antiguo afán de la humanidad por preservar a sus difuntos, porque descubrió que teniendo sus cuerpos al alcance de la mano, es más fácil recordarlos.

Transcurrieron muchos años sin sobresaltos para Consuelo. No percibía las novedades a su alrededor, porque del claustro de las monjas pasó al de la casa del Profesor Jones. Allí había una radio para enterarse de las noticias, pero rara vez se encendía, sólo se escuchaban los discos de ópera que el patrón ponía en su flamante vitrola. Tampoco llegaban periódicos, sólo revistas científicas, porque el sabio era indiferente a los hechos que ocurrían en el país o en el mundo, mucho más interesado en los conocimientos abstractos, los registros de la historia o los pronósticos de un futuro hipotético, que en las emergencias vulgares del presente. La casa era un inmenso laberinto de libros. A lo largo de la paredes se acumulaban los volúmenes desde el suelo hasta el techo, oscuros, olorosos a empastes de cuero, suaves al tacto, crujientes, con sus títulos y sus cantos de oro, sus hojas translúcidas, sus delicadas tipografías. Todas las obras del pensamiento universal se hallaban en esos anaqueles, colocadas sin orden aparente, aunque el Profesor recordaba con exactitud la ubicación de cada una. Las obras de Shakespeare descansaban junto a *El capital*, las máximas de Confucio se codeaban con la *Vida de las focas*, los mapas de antiguos navegantes yacían junto a novelas góticas y poesía de la India. Consuelo pasaba varias horas al día limpiando los libros. Cuando terminaba con el último estante había que comenzar otra vez por el primero, pero eso era lo mejor de su trabajo. Los tomaba con delicadeza, les sacudía el polvo acariciándolos y daba vueltas a las páginas para sumergirse unos minutos en el mundo privado de cada uno. Aprendió a conocerlos y ubicarlos en las repisas. Nunca se atrevió a pedirlos prestados, de modo que los sacaba a hurtadillas, los llevaba a su cuarto, los leía por las noches y al día siguiente los colocaba en sus sitios.

Consuelo no supo de muchos trastornos, catástrofes o progresos de su época, pero se enteró en detalle de los disturbios estudiantiles en el país, porque ocurrieron cuando el Profesor Jones transitaba por el centro de la ciudad y por poco lo matan los guardias a caballo. Le tocó a ella ponerle emplastos en los moretones y alimentarlo con sopa y cerveza en biberón, hasta que se le afirmaron los dientes sueltos. El doctor había salido a comprar algunos productos indispensables para sus experimentos, sin recordar para nada que estaban en Carnaval, una fiesta licenciosa que cada año dejaba un saldo de heridos y muertos, aunque en esa ocasión las riñas de borrachos pasaron desapercibidas ante el impacto de otros hechos que remecieron a las conciencias adormiladas. Jones iba cruzando la calle cuando estalló el barullo. En realidad, los problemas comenzaron dos días antes, cuando los universitarios eligieron una reina de belleza mediante la primera votación democrática del país. Después de coronarla y pronunciar discursos floridos, en los cuales a algunos se les soltó la lengua y hablaron de libertad y soberanía, los jóvenes decidieron desfilar. Nunca se había visto nada semejante, la policía tardó cuarenta y ocho horas en reaccionar y lo hizo justamente en el momento en que el Profesor Jones salía de una botica con sus frascos y papelillos. Vio avanzar al galope a los guardias, con sus machetes en ristre y no se desvió del camino ni apuró el paso, porque iba distraído pensando en alguna de sus fórmulas químicas y todo ese ruido le pareció de muy mal gusto. Recuperó el conocimiento en una angarilla rumbo al hospital de indigentes y logró balbucear que cambiaran de ruta y lo condujeran a su casa, sujetándose los dientes con la mano para evitar que rodaran por la calle. Mientras él se recuperaba hundido en sus almohadas, la policía apresó a los cabecillas de la revuelta y los metió en una mazmorra, pero no fueron apaleados, porque entre ellos había algunos hijos de las familias más conspicuas. Su detención produjo una oleada de solidaridad y al día siguiente se presentaron decenas de muchachos en las cárceles y cuarteles a ofrecerse como presos voluntarios. Los encerraron a medida que llegaban, pero pocos días después hubo que liberarlos, porque ya no había espacio en las celdas para tantos niños y el clamor de las madres comenzaba a perturbar la digestión del Benefactor.

Meses después, cuando al Profesor Jones ya se le había afirmado la dentadura y comenzaba a recuperarse de las magulladuras morales, los estudiantes volvieron a alborotarse, esta vez con la complicidad de algunos oficiales jóvenes. El Ministro de la Guerra aplastó la subversión en siete horas y los que lograron salvarse partieron al exilio, donde permanecieron siete años, hasta la muerte del Amo de la Patria, quien se dio el lujo de morir tranquilamente en su cama y no colgado de los testículos en un farol de la plaza, como deseaban sus enemigos y temía el embajador norteamericano.

Con el fallecimiento del anciano caudillo y el fin de aquella larga dictadura, el Profesor Jones estuvo a punto de embarcarse de vuelta a Europa, convencido —como muchas otras personas— de que el país se hundiría irremisiblemente en el caos. Por su parte, los Ministros de Estado, aterrados ante la posibilidad de un alzamiento popular, se reunieron a toda prisa y alguien propuso llamar al doctor, pensando que si el cadáver del Cid Campeador atado a su corcel pudo dar batalla a los moros, no había razón para que el del Presidente Vitalicio no siguiera gobernando embalsamado en su sillón de tirano. El sabio se presentó acompañado por Consuelo, quien le llevaba el maletín y observaba impasible las casas de techos rojos, los tranvías, los hombres con sombrero de pajilla y zapatos de dos colores, la singular mezcla de lujo y desparramo del Palacio. Durante los meses de agonía se habían relajado las medidas de seguridad y en las horas que siguieron a la muerte reinaba la mayor confusión, nadie detuvo al visitante y a su empleada. Cruzaron pasillos y salones y entraron por último a la habitación donde yacía ese hombre poderoso —padre de un centenar de bastardos, dueño de la vida y la muerte de sus súbditos y poseedor de una fortuna inaudita— en camisón, con guantes de cabritilla y empapado de sus orines. Afuera temblaban los miembros de su séquito y algunas concubinas, mientras los ministros dudaban entre escapar al extranjero o quedarse a ver si la momia del Benefactor podía seguir dirigiendo los destinos de la patria. El Profesor Jones se detuvo junto al cadáver observándolo con interés de entomólogo.

—¿Es cierto que usted puede conservar a los muertos, doctor? —preguntó un hombre grueso con unos bigotes similares a los del dictador.

—Mmm...

—Entonces le aconsejo que no lo haga, porque ahora me toca gobernar a mí, que soy su hermano, del mismo cuño y de la misma sangre —lo amenazó el otro mostrando un trabuco formidable metido en su cinturón.

El Ministro de la Guerra apareció en ese instante y tomando al científico por un brazo lo llevó aparte para hablarle a solas.

—No estará pensando embalsamarnos al Presidente...

—Mmm...

—Más le vale no meterse en esto, porque ahora me toca mandar a mí, que tengo al Ejército en un puño.

Desconcertado, el Profesor salió del Palacio seguido por Consuelo. Nunca supo quién ni por qué lo llamó. Se fue mascullando que no había forma de entender a estos pueblos tropicales y lo mejor sería regresar a su querida ciudad de origen, donde funcionaban las leyes de la lógica y de la urbanidad y de donde jamás debió salir.

El Ministro de la Guerra se hizo cargo del gobierno sin saber exactamente lo que debía hacer, pues había estado siempre bajo la férula del Benefactor y no recordaba haber tomado una sola iniciativa en toda su carrera. Hubo momentos de incertidumbre, porque el pueblo se negó a creer que el Presidente Vitalicio estuviera en verdad muerto y pensó que el anciano expuesto en ese féretro de faraón era una superchería, otro de los trucos del brujo para atrapar a sus detractores. La gente se encerró en sus hogares, sin atreverse a asomar la nariz a la calle, hasta que la Guardia se metió en las casas para sacarlos a golpes y obligarlos a formar fila para rendir el postrer homenaje al Amo, quien ya comenzaba a heder entre las velas de cera virgen y los lirios enviados en aeroplano desde Florida. Al ver los magníficos funerales presididos por varios dignatarios de la Iglesia con sus ropajes de ceremonia mayor, el pueblo se convenció por fin de que al tirano le había fallado la inmortalidad y salió a celebrar. El país despertó de una larga siesta y en cuestión de horas se acabó la sensación de tristeza y de cansancio que parecía agobiarlo. La gente comenzó a soñar con una tímida libertad. Gritaron, bailaron, tiraron piedras, rompieron ventanas y hasta saquearon algunas mansiones de los favoritos del régimen y quemaron el largo «Packard» negro de inconfundible corneta, en que se paseaba el Benefactor sembrando miedo a su paso. Entonces el Ministro de la Guerra se sobrepuso al desconcierto, se sentó en el sillón presidencial, dio instrucciones de apaciguar los ánimos a tiros y en seguida se dirigió al pueblo por radio anunciando un nuevo orden. Poco a poco volvió la calma. Vaciaron las cárceles de los presos políticos para dejar espacio a otros que iban llegando y empezó un gobierno más progresista que prometió colocar a la nación en el siglo veinte, lo cual no era una idea disparatada, considerando que llevaba más de tres décadas de atraso. En aquel desierto político empezaron a emerger los primeros partidos, se organizó un Parlamento y hubo un renacer de ideas y proyectos.

El día que sepultaron al abogado, su momia favorita, el Profesor Jones sufrió un ataque de rabia que culminó en un derrame cerebral. Por solicitud de las autoridades, que no deseaban cargar con muertos visibles del régimen anterior, los familiares del célebre mártir de la tiranía hicieron un funeral grandioso, a pesar de la impresión generalizada de estar enterrándolo vivo, porque aún se mantenía en buen estado. Jones intentó por todos los medios impedir que su obra de arte fuera a parar a un mausoleo, pero todo fue inútil. Se plantó con los brazos abiertos en la puerta del cementerio, tratando de impedir que pasara la carroza negra que transportaba el féretro de caoba con remaches de plata, pero el cochero siguió adelante y si el doctor no se aparta lo aplasta sin el menor respeto. Cuando cerraron el nicho, el embalsamador cayó fulminado por la indignación, medio cuerpo yerto y la otra mitad con convulsiones. Con ese sepelio desapareció tras una lápida de mármol el testimonio más contundente de que la fórmula del sabio era capaz de burlar a la descomposición por tiempo indefinido.

Ésos fueron los únicos sucesos relevantes de los años que Consuelo sirvió en la casa del Profesor Jones. Para ella la diferencia entre dictadura y democracia, fueron sus salidas de vez en cuando al biógrafo para ver las películas de Carlos Gardel, antes prohibidas para señoritas, y el hecho de que a partir del ataque de rabia, su patrón se convirtió en un inválido a quien debía atender como a una criatura. Sus rutinas cambiaron poco, hasta ese día de julio cuando al jardinero lo mordió una víbora. Era un indio alto, fuerte, de facciones suaves, pero expresión hermética y taciturna, con quien ella no había cruzado más de diez frases, a pesar de que solía ayudarla con los cadáveres, los cancerosos y los idiotas. Cogía a los pacientes como si fueran plumas, se los echaba al hombro y trepaba a grandes trancos la escalera del laboratorio, sin dar muestras de curiosidad.

—Al jardinero lo mordió una surucucú —anunció Consuelo al Profesor Jones.

—Cuando se muera me lo traes —ordenó el científico con su boca torcida, aprontándose para hacer una momia indígena en posición de podar los malabares y colocarla como decoración en el jardín. Para entonces ya estaba bastante anciano y comenzaba a tener delirios de artista, soñaba con representar todos los oficios, formando así su propio museo de estatuas humanas.

Por primera vez en su silenciosa existencia, Consuelo desobedeció una orden y tomó una iniciativa. Con ayuda de la cocinera arrastró al indio a su habitación del último patio y lo acostó en su jergón, decidida a salvarlo, porque le pareció una lástima verlo convertido en adorno para satisfacer un capricho del patrón y también porque en algunas ocasiones, ella había sentido una inexplicable inquietud al ver las manos de ese hombre, grandes, morenas, fuertes, atendiendo las plantas con singular delicadeza. Le limpió la herida con agua y jabón, le hizo dos cortes profundos con el cuchillo de picar pollos y durante un buen rato estuvo chupándole la sangre envenenada y escupiéndola en un recipiente. Entre buche y buche se enjuagaba la boca con vinagre, para no morirse ella también. En seguida lo envolvió en paños empapados en trementina, lo purgó con infusiones de hierbas, le aplicó telarañas en la herida y permitió que la cocinera encendiera velas a los santos, aunque ella misma no tenía fe en ese recurso. Cuando el enfermo empezó a orinar rojo, sustrajo el Sándalo Sol del gabinete del Profesor, remedio infalible para los flujos de las vías urinarias, pero a pesar de todo su esmero, la pierna comenzó a descomponerse y el hombre a agonizar lúcido y callado, sin quejarse ni una sola vez. Consuelo notó que, haciendo caso omiso del pánico ante la muerte, la asfixia y el dolor, el jardinero respondía con entusiasmo cuando ella le frotaba el cuerpo o le aplicaba cataplasmas. Esa inesperada erección consiguió conmover su corazón de virgen madura y cuando él la tomó de un brazo y la miró suplicante, ella comprendió que había llegado el momento de justificar su nombre y consolarlo de tanta desgracia. Además sacó la cuenta de que en sus treinta y tantos años de existencia no había conocido el placer y no lo buscó, convencida de que era un asunto reservado a los protagonistas del cine. Resolvió darse ese gusto y de paso ofrecérselo también al enfermo, a ver si partía más contento al otro mundo.

Conocí tan profundamente a mi madre, que puedo imaginar la ceremonia que sigue, aunque ella no me dio todos los detalles. No tenía pudores inútiles y siempre respondía a mis preguntas con la mayor claridad, pero cuando se refería a ese indio solía quedarse de pronto en silencio, perdida en sus buenos recuerdos. Se quitó la bata de algodón, la enagua y los calzones de lienzo y deshizo el rodete que llevaba enrollado en la nuca, como exigía su patrón. Su largo cabello le cayó sobre el cuerpo y así vestida, con su mejor atributo de belleza, se montó sobre el moribundo con gran suavidad, para no perturbar su agonía. No sabía muy bien cómo actuar, porque no tenía experiencia alguna en esos quehaceres, pero lo que le faltó en conocimiento lo pusieron el instinto y la buena voluntad. Bajo la piel oscura del hombre, los músculos se tensaron y ella tuvo la sensación de cabalgar sobre un animal grande y bravo. Susurrándole palabras recién inventadas y secándole el sudor con un paño, se deslizó hasta el sitio preciso y entonces se movió con discreción, como una esposa acostumbrada a hacer el amor con un marido anciano. Pronto él la volteó para abrazarla con la premura impuesta por la proximidad de la muerte, y la breve dicha de ambos alteró las sombras de los rincones. Así fui concebida, en el lecho de muerte de mi padre.

Sin embargo, el jardinero no murió, como esperaban el Profesor Jones y los franceses del serpentario, que querían su cuerpo para experimentos. Contra toda lógica, comenzó a mejorar, le bajó la calentura, se le normalizó la respiración y pidió de comer. Consuelo comprendió que sin proponérselo había descubierto un antídoto para las mordeduras venenosas y siguió administrándoselo con ternura y entusiasmo cuantas veces él lo solicitó, hasta que el paciente pudo ponerse de pie. Poco después el indio se despidió sin que ella intentara detenerlo. Se tomaron de las manos durante un minuto o dos, se besaron con cierta tristeza y luego ella se quitó la pepita de oro, cuya cuerda estaba ya gastada por el uso, y la colgó al cuello de su único amante, como un recuerdo de los galopes compartidos. Él se fue agradecido y casi sano. Mi madre dice que iba sonriendo.

Consuelo no manifestó ninguna emoción. Siguió trabajando como siempre, ignorando las náuseas, la pesadez de las piernas y los puntos de colores que le nublaban la vista, sin mencionar el extraordinario medicamento con que salvó al moribundo. No lo dijo, ni siquiera cuando empezó a crecerle la barriga, ni cuando la llamó el Profesor Jones para administrarle un purgante, convencido de que esa hinchazón se debía a un problema digestivo, ni tampoco lo dijo cuando a su debido tiempo dio a luz. Aguantó los dolores durante trece horas sin dejar de trabajar y cuando ya no pudo más, se encerró en su pieza dispuesta a vivir ese momento a plenitud, como el más importante de su vida. Cepilló su cabello, lo trenzó apretadamente y lo ató con una cinta nueva, se quitó la ropa y se lavó de pies a cabeza, luego puso una sábana limpia en el suelo y sobre ella se colocó en cuclillas, tal como había visto en un libro sobre costumbres de esquimales. Cubierta de sudor, con un trapo en la boca para ahogar sus quejidos, pujó para traer al mundo a esa criatura porfiada que se aferraba a ella. Ya no era joven y no fue tarea fácil, pero la costumbre de fregar pisos a gatas, de acarrear peso por la escalera y de lavar ropa hasta la medianoche, le había dado firmes músculos con los cuales pudo finalmente parir. Primero vio surgir dos pies minúsculos que se movían apenas, como si intentaran dar el primer paso de un arduo camino. Respiró profundamente y con un último gemido sintió que algo se rompía en el centro de su cuerpo y una masa ajena se deslizaba entre sus muslos. Un tremendo alivio la conmovió hasta el alma. Allí estaba yo envuelta en una cuerda azul, que ella separó con cuidado de mi cuello, para ayudarme a vivir. En ese instante se abrió la puerta y entró la cocinera, quien al notar su ausencia adivinó lo que ocurría y acudió a socorrerla. La encontró desnuda conmigo recostada sobre su vientre, todavía unida a ella por un lazo palpitante.

—Mala cosa, es hembra —dijo la improvisada comadrona cuando hubo anudado y cortado el cordón umbilical y me tuvo en sus manos.

—Nació de pie, es signo de buena suerte —sonrió mi madre apenas pudo hablar.

—Parece fuerte y es gritona. Si usted quiere, puedo ser la madrina.

—No he pensado bautizarla —replicó Consuelo, pero al ver que la otra se persignaba escandalizada no quiso ofenderla—. Está bien, un poco de agua bendita no le puede hacer mal y quién sabe si hasta sea de algún provecho. Se llamará Eva, para que tenga ganas de vivir.

—¿Qué apellido?

—Ninguno, el apellido no es importante.

—Los humanos necesitan apellido. Sólo los perros pueden andar por allí con el puro nombre.

—Su padre pertenecía a la tribu de los hijos de la luna. Que sea Eva Luna, entonces. Pásemela por favor, comadre, para ver si está completa.

Sentada en el charco de su parto, con los huesos de lana y mojada de transpiración, Consuelo buscó en mi cuerpo una señal fatídica transmitida por el veneno, pero al no descubrir anormalidad alguna, suspiró tranquila.

No tengo colmillos ni escamas de ofidio, al menos ninguna visible. Las circunstancias algo extrañas de mi concepción tuvieron consecuencias más bien benéficas: me dieron una salud inalterable y esa rebeldía que tardó un poco en manifestarse, pero finalmente me salvó de la vida de humillaciones a la cual sin duda estaba destinada. De mi padre heredé la sangre firme, porque ese indio debió ser muy fuerte para resistir tantos días el veneno de la serpiente y en pleno estado de agonía darle gusto a una mujer. A mi madre le debo todo lo demás. A los cuatro años sufrí una de esas pestes que dejan el cuerpo marcado de cráteres, pero ella me sanó amarrándome las manos para que no me rascara, embetunándome con sebo de oveja y evitando que me expusiera a la luz natural durante ciento ochenta días. Aprovechó ese período para quitarme las amibas con infusión de calabaza y la lombriz solitaria con raíz de helecho y desde entonces quedé buena y sana. No tengo huellas en la piel, sólo algunas quemaduras de cigarrillo y espero llegar a vieja sin arrugas, porque el sebo tiene efecto perenne.

Mi madre era una persona silenciosa, capaz de disimularse entre los muebles, de perderse en el dibujo de la alfombra, de no hacer el menor alboroto, como si no existiera; sin embargo, en la intimidad de la habitación que compartíamos se transformaba. Comenzaba a hablar del pasado o a narrar sus cuentos y el cuarto se llenaba de luz, desaparecían los muros para dar paso a increíbles paisajes, palacios abarrotados de objetos nunca vistos, países lejanos inventados por ella o sacados de la biblioteca del patrón; colocaba a mis pies todos los tesoros de Oriente, la luna y más allá, me reducía al tamaño de una hormiga para sentir el universo desde la pequeñez, me ponía alas para verlo desde el firmamento, me daba una cola de pez para conocer el fondo del mar. Cuando ella contaba, el mundo se poblaba de personajes, algunos de los cuales llegaron a ser tan familiares, que todavía hoy, tantos años después, puedo describir sus ropas y el tono de sus voces. Preservó intactas sus memorias de infancia en la Misión de los curas, retenía las anécdotas oídas al pasar y lo aprendido en sus lecturas, elaboraba la sustancia de sus propios sueños y con esos materiales fabricó un mundo para mí. Las palabras son gratis, decía y se las apropiaba, todas eran suyas. Ella sembró en mi cabeza la idea de que la realidad no es sólo como se percibe en la superficie, también tiene una dimensión mágica y, si a uno se le antoja, es legítimo exagerarla y ponerle color para que el tránsito por esta vida no resulte tan aburrido. Los personajes convocados por ella en el encantamiento de sus cuentos son los únicos recuerdos nítidos que conservo de mis primeros años, lo demás pereció envuelto en una niebla donde se funden los sirvientes de la casa, el anciano sabio postrado en su sillón inglés con ruedas de bicicleta y el desfile de pacientes y cadáveres, a quienes el doctor atendía a pesar de su enfermedad. Al Profesor Jones le desconcertaban los niños, pero como era bastante distraído, cuando se topaba conmigo en algún recodo de la casa, apenas me veía. Yo le temía un poco, porque no sabía si el viejo había fabricado a los embalsamados o ellos lo habían engendrado a él, parecían de la misma estirpe de pergamino; pero su presencia no me afectaba, porque ambos existíamos en ámbitos diferentes. Yo circulaba en la cocina, en los patios, en los cuartos de servicio, en el jardín, y cuando acompañaba a mi madre por el resto de la mansión, lo hacía con mucho sigilo para que el Profesor me confundiera con una prolongación de la sombra de ella. La casa tenía tantos y tan diversos olores, que yo podía recorrerla con los ojos cerrados y adivinar dónde me encontraba; los aromas de comida, ropa, carbón, medicamentos, libros y humedad se unieron a los personajes de los cuentos, enriqueciendo aquellos años.

Me criaron con la teoría de que el ocio engendra todos los vicios, idea sembrada por las Hermanitas de la Caridad y cultivada por el doctor con su disciplina despótica. No tuve juguetes visibles, aunque en verdad todo lo que había en la casa servía para mis juegos. En el día no había momentos de descanso, se consideraba vergonzoso mantener las manos quietas. Junto a mi madre, yo fregaba las maderas del suelo, tendía la ropa a secar, picaba las verduras y a la hora de la siesta intentaba tejer y bordar, pero no recuerdo que esas tareas fueran agobiantes. Eran como jugar a las casitas. Los siniestros experimentos del sabio tampoco fueron motivo de inquietud, porque ella me explicó que los garrotazos y las picaduras de mosquitos —por fortuna muy poco frecuentes— no eran manifestaciones de crueldad del patrón, sino métodos terapéuticos del más alto rigor científico. Con su manera confianzuda de tratar a los embalsamados, como si fueran parientes venidos a menos, mi madre me cortó de raíz cualquier asomo de temor y no permitió que los otros empleados me asustaran con ideas macabras. Creo que procuraba mantenerme alejada del laboratorio... en verdad casi nunca vi a las momias, simplemente sabía que estaban al otro lado de la puerta. Esa pobre gente es muy frágil, Eva, es mejor que no entres a ese cuarto, mira que de un empujón puedes romperles algún hueso y el Profesor se pondría furioso, me decía. Para mi tranquilidad le puso un nombre a cada muerto y les inventó un pasado, transformándolos también a ellos en seres benéficos, como los duendes y las hadas.

Rara vez salíamos a la calle. Una de las pocas ocasiones en que lo hicimos fue para la procesión de la sequía, cuando hasta los ateos se dispusieron a rezar, porque fue un evento social, más que un acto de fe. Dicen que el país llevaba tres años sin una gota de lluvia, la tierra se partió en grietas sedientas. murió la vegetación, perecieron los animales con los morros enterrados en el polvo y los habitantes de los llanos caminaron hasta la costa para venderse como esclavos a cambio de agua. Ante el desastre nacional, el Obispo decidió sacar a la calle la imagen del Nazareno para implorar el fin de ese castigo divino y como era la última esperanza todos acudimos, ricos y pobres, viejos y jóvenes, creyentes y agnósticos. ¡Bárbaros, indios, negros salvajes!, escupió furioso el Profesor Jones cuando lo supo, pero no pudo evitar que sus sirvientes se vistieran con sus mejores ropas y fueran a la procesión. La multitud con el Nazareno por delante partió de la Catedral, pero no alcanzó a llegar a la oficina de la Compañía de Agua Potable, porque a medio camino se desató un chaparrón incontenible. Antes de cuarenta y ocho horas la ciudad estaba convertida en un lago, se taparon las alcantarillas, se anegaron los caminos, se inundaron las mansiones, el torrente se llevó los ranchos y en un pueblo de la costa llovieron peces. Milagro, milagro, clamaba el Obispo. Nosotros coreábamos sin saber que la procesión se organizó después que el Meteorológico anunciara tifones y lluvias torrenciales en toda la zona del Caribe, como denunciaba Jones desde su sillón de hemipléjico. ¡Supersticiosos! ¡Ignorantes! ¡Analfabetas!, aullaba el pobre hombre, pero nadie le hizo ni el menor caso. Este prodigio logró lo que no habían conseguido los frailes de la Misión ni las Hermanitas de la Caridad: mi madre se acercó a Dios, porque lo visualizó sentado en su trono celestial burlándose suavemente de la humanidad y pensó que debía ser muy diferente al temible patriarca de los libros de religión. Tal vez una manifestación de su sentido del humor consistía en mantenernos confundidos, sin revelarnos jamás sus planes y propósitos. Cada vez que recordábamos el diluvio milagroso, nos moríamos de la risa.

El mundo limitaba con las rejas del jardín. Adentro el tiempo se regía por normas caprichosas; en media hora yo podía dar seis vueltas alrededor del globo terráqueo y un fulgor de luna en el patio podía llenarme los pensamientos de una semana. La luz y la sombra determinaban cambios fundamentales en la naturaleza de los objetos; los libros, quietos durante el día, se abrían por la noche para que salieran los personajes a vagar por los salones y vivir sus aventuras; los embalsamados, tan humildes y discretos cuando el sol de la mañana entraba por las ventanas, en la penumbra de la tarde se mutaban en piedras y en la oscuridad crecían al tamaño de gigantes. El espacio se estiraba y se encogía según mi voluntad; el hueco bajo la escala contenía un sistema planetario y el cielo visto desde la claraboya del ático era sólo un pálido círculo de vidrio. Una palabra mía y, ¡chas!, se transformaba la realidad.

En esa mansión al pie del cerro, crecí libre y segura. No tenía contacto alguno con otros niños y no estaba acostumbrada a tratar con desconocidos, porque no se recibían visitas, excepto un hombre de traje y sombrero negros, un religioso protestante con una Biblia bajo el brazo, con la cual amargó los últimos años del Profesor Jones. Yo le temía mucho más que al patrón.

DOS

Ocho años antes de que yo naciera, el mismo día que murió el Benefactor como un abuelo inocente en su cama, en una aldea al norte de Austria vino al mundo un niño a quien llamaron Rolf. Era el último hijo de Lukas Carlé, el maestro más temido del liceo. Los castigos corporales formaban parte de la educación escolar, la letra con sangre entra sostenían la sabiduría popular y la teoría docente, de modo que ningún padre en su sano juicio habría reclamado por esta medida. Pero cuando Carlé le quebró las manos a un muchacho, la dirección del establecimiento le prohibió el uso de la palmeta, porque era evidente que al empezar a golpear, un vértigo de lujuria lo descontrolaba. Para vengarse, sus alumnos perseguían a su hijo Jochen y si lograban atraparlo lo molían a puñetazos. El niño creció huyendo de las pandillas, negando su apellido, escondido como vástago de verdugo.

Lukas Carlé había impuesto en su hogar la misma ley del miedo implantada en el colegio. A su mujer lo unía un matrimonio de conveniencia, el amor no entraba para nada en sus planes, lo consideraba apenas tolerable en argumentos literarios o musicales, pero impropio en la vida cotidiana. Se casaron sin haber tenido ocasión de conocerse en profundidad y ella comenzó a odiarlo desde su primera noche de bodas. Para Lukas Carlé, su esposa era una criatura inferior, más cercana a los animales que al hombre, único ser inteligente de la Creación. Aunque en teoría la mujer era un ser digno de compasión, en la práctica la suya lograba sacarlo de quicio. Cuando llegó al pueblo, después de mucho andar, desplazado de su lugar de origen por la Primera Guerra Mundial, tenía cerca de veinticinco años, un diploma de maestro y dinero para sobrevivir una semana. Antes que nada buscó trabajo y en seguida una esposa, escogiendo la suya porque le gustaron el aire de terror que se insinuaba de pronto en sus ojos y sus caderas amplias, que le parecieron condición necesaria para engendrar hijos varones y realizar las tareas más pesadas de la casa. También influyeron en su decisión dos hectáreas de terreno, media docena de animales y una pequeña renta que la joven había heredado de su padre, todo lo cual pasó a su bolsillo, como legítimo administrador de los bienes conyugales.

A Lukas Carlé le gustaban los zapatos femeninos con tacones muy altos y los prefería de charol rojo. En sus viajes a la ciudad le pagaba a una prostituta para que caminara desnuda, sin más adorno que aquel incómodo calzado, mientras él, vestido de pies a cabeza, con abrigo y sombrero, sentado en una silla como un alto dignatario, alcanzaba un gozo indescriptible ante la vista de esas nalgas —en lo posible abundantes, blancas, con hoyuelos— balanceándose al dar cada paso. No la tocaba, por supuesto. Jamás lo hacía, pues tenía el prurito de la higiene. Como sus medios no le permitían darse esos lujos con la frecuencia deseable, compró unos alegres botines franceses, que mantenía escondidos en la parte más inaccesible del armario. De vez en cuando encerraba a sus hijos bajo llave, colocaba sus discos a todo volumen y llamaba a su mujer. Ella había aprendido a percibir los cambios de humor de su marido y podía adivinar antes que él mismo lo supiera, cuándo se sentía con deseos de martirizarla. Entonces comenzaba a temblar con antelación, la vajilla se le caía de las manos y se rompía contra el suelo.

Carlé no toleraba el ruido en su casa, bastante tengo con soportar a los alumnos en el liceo, decía. Sus hijos aprendieron a no llorar ni reír en su presencia, a moverse como sombras y hablar en susurros, y fue tanta la destreza que desarrollaron para pasar inadvertidos, que a veces la madre creía ver a través de ellos y se aterraba ante la posibilidad de que se volvieran transparentes. El maestro estaba convencido de que las leyes de la genética le habían jugado una mala pasada. Sus hijos resultaron un completo fracaso. Jochen era lento y torpe, pésimo estudiante, se dormía en clase, se orinaba en la cama, no servía para ninguno de los proyectos trazados para él. De Katharina prefería no hablar. La pequeña era imbécil. De una cosa estaba seguro: no había taras congénitas en su estirpe, de modo que él no era responsable de esa pobre enferma, quién sabe si era en realidad hija suya, no se debía meter las manos al fuego por la fidelidad de nadie y menos de la propia mujer; por fortuna Katharina había nacido con un agujero en el corazón y el médico pronosticó que no viviría mucho. Mejor así.

Ante el poco éxito obtenido con sus dos hijos, Lukas Carlé no se alegró con el tercer embarazo de su mujer, pero cuando nació un niño grande, rosado, de ojos grises muy abiertos y manos firmes, se sintió reconfortado. Tal vez ése era el vástago que había deseado siempre, un verdadero Carlé. Debía impedir que su madre lo echara a perder, nada tan peligroso como una mujer para corromper una buena semilla de varón. No lo vistas con ropa de lana, para que se acostumbre al frío y se haga fuerte, déjalo en la oscuridad, así no tendrá nunca miedo, no lo cargues en brazos, no importa que llore hasta ponerse morado, eso es bueno para desarrollar los pulmones, ordenaba, pero a espaldas del marido la madre arropaba a su niño, le daba doble ración de leche, lo arrullaba y le cantaba canciones de cuna. Este sistema de ponerle y quitarle la ropa, de golpearlo y mimarlo sin razón aparente, de encerrarlo en un armario oscuro y después consolarlo a besos, hubiera sumido a cualquier criatura en la demencia, pero Rolf Carlé tuvo suerte, pues no sólo nació con una fortaleza mental capaz de resistir lo que hubiera destrozado a otros, sino que se desató la Segunda Guerra Mundial y su padre se enroló en el Ejército, librándolo así de su presencia. La guerra fue el período más feliz de su infancia.

Mientras en América del Sur se acumulaban los embalsamados en la casa del Profesor Jones y copulaba un mordido de serpiente engendrando a una niña a quien su madre llamó Eva para darle deseos de vivir, en Europa la realidad tampoco era de tamaño natural. La guerra sumía al mundo en la confusión y el espanto. Cuando la chiquilla andaba sujeta a las faldas de su madre, al otro lado del Atlántico se firmaba la paz sobre un continente en ruinas. Entretanto a este lado del mar pocos perdían el sueño por esas violencias remotas. Bastante ocupados estaban con las violencias propias.

Al crecer, Rolf Carlé resultó observador, orgulloso y tenaz, con cierta inclinación romántica que lo abochornaba como un signo de debilidad. En esa época de exaltación guerrera, él jugaba con sus compañeros a las trincheras y a los aviones derribados, pero en secreto se conmovía con los brotes de cada primavera, las flores en el verano, el oro del otoño y la triste blancura del invierno. En cada estación salía a caminar por los bosques para recolectar hojas e insectos que estudiaba bajo una lupa. Arrancaba páginas a sus cuadernos para escribir versos, que luego ocultaba en los huecos de los árboles o bajo las piedras, con la ilusión inconfesable de que alguien los hallara. Jamás habló de eso con nadie.

El muchacho tenía diez años la tarde que lo llevaron a enterrar a los muertos. Ese día estaba contento, porque su hermano Jochen había atrapado una liebre y el olor del guiso cocinándose a fuego lento, adobado en vinagre y romero, ocupaba toda la casa. Hacía mucho tiempo que no sentía ese aroma de comida y el placer anticipado le producía tanta ansiedad, que sólo la severa educación recibida le impedía levantar la tapa y meter una cuchara en la olla. Ése era también el día de hornear. Le gustaba ver a su madre inclinada sobre la enorme mesa de la cocina, los brazos hundidos en la masa, moviéndose cadenciosa al ritmo de hacer pan. Sobaba los ingredientes formando unos rollos largos, los cortaba y de cada trozo obtenía un pan redondo. Antes, en los tiempos de la abundancia, separaba un poco de masa y le agregaba leche, huevos y canela para hacer bollos que guardaba en una lata, uno para cada hijo cada día de la semana. Ahora mezclaba la harina con afrecho y el resultado era oscuro y áspero, como pan de aserrín.

La mañana se inició con un revuelo en la calle, movimiento de las tropas de ocupación, voces de mando, pero nadie se sobresaltó demasiado, porque el miedo se les había gastado en el desconcierto de la derrota y no les quedaba mucho para emplearlo en presentimientos de mal agüero. Después del armisticio, los rusos se instalaron en la aldea. Los rumores de su brutalidad precedían a los soldados del Ejército Rojo y la población aterrorizada esperaba un baño de sangre. Son como bestias, decían, abren el vientre a las mujeres embarazadas y tiran los fetos a los perros, atraviesan a los viejos con sus bayonetas, a los hombres les introducen dinamita por el culo y los hacen volar en pedazos, violan, incendian, destruyen. Sin embargo no fue así. El alcalde buscó una explicación y concluyó que seguramente ellos habían sido afortunados, porque quienes ocuparon el pueblo no provenían de las zonas soviéticas más azotadas por la guerra y tenían por lo mismo menos rencores acumulados y menos venganzas pendientes. Entraron arrastrando pesados vehículos con sus pertrechos, al mando de un joven oficial de rostro asiático, requisaron todos los alimentos, echaron en sus morrales cuanto objeto de valor pudieron agarrar y fusilaron al azar a seis miembros de la comunidad acusados de colaborar con los alemanes. Armaron su campamento en las afueras y se quedaron tranquilos. Ese día los rusos reunieron a la gente llamando con altavoces y asomándose en las casas para arrear a los indecisos con amenazas. La madre colocó un chaleco a Katharina y se apresuró a salir antes de que entrara la tropa y le confiscara la liebre del almuerzo y el pan de la semana. Caminó con sus tres hijos, Jochen, Katharina y Rolf, rumbo a la plaza. La aldea había sobrevivido a esos años de guerra en mejores condiciones que otras, a pesar de la bomba que cayó sobre la escuela un domingo por la noche, convirtiéndola en escombros y desparramando astillas de pupitres y pizarrones por los alrededores. Parte del empedrado medieval ya no existía, porque las brigadas usaron los adoquines para hacer barricadas; en poder del enemigo se encontraban el reloj de la alcaldía, el órgano de la iglesia y la última cosecha de vinos, únicos tesoros del lugar; los edificios lucían las fachadas despintadas y algunos impactos de balas, pero el conjunto no había perdido el encanto adquirido en tantos siglos de existencia.

Los habitantes del pueblo se congregaron en la plaza, rodeados por los soldados enemigos, mientras el comandante soviético, con el uniforme en harapos, las botas rotas y una barba de varios días, recorría el grupo observando a cada uno. Nadie sostuvo su mirada, cabizbajos, encogidos, expectantes, sólo Katharina fijó sus ojos mansos en el militar y se metió un dedo en la nariz.

—¿Es retardada mental? —preguntó el oficial señalando a la niña.

—Nació así —replicó la señora Carlé.

—Entonces no tiene caso llevarla. Déjela aquí.

—No puede quedarse sola, por favor, permítale ir con nosotros...

—Como quiera.

Bajo un sol tenue de primavera aguardaron más de dos horas de pie, apuntados por las armas, los viejos apoyándose en los más fuertes, los niños dormidos en el suelo, los más pequeños en brazos de sus padres, hasta que por fin dieron la orden de partir y echaron todos a andar detrás del jeep del comandante, vigilados por los soldados que los apuraban, en una fila lenta encabezada por el alcalde y el director de la escuela, únicas autoridades aún reconocidas en la catástrofe de los últimos tiempos. Caminaron en silencio, inquietos, volviéndose para mirar los techos de sus casas asomando entre las colinas, preguntándose cada uno hacia dónde los conducían, hasta que fue evidente que tomaban la dirección del campo de prisioneros y el alma se les encogió como un puño.

Rolf conocía la ruta, porque había andado por allí a menudo cuando iba con Jochen a cazar culebras, a colocar trampas para zorros o a buscar leña. En ocasiones los hermanos se sentaban bajo los árboles frente al cerco de alambre de púas, ocultos por el follaje. La distancia no les permitía ver con claridad y se limitaban a escuchar las sirenas y a husmear el aire. Cuando soplaba viento, ese olor peculiar se metía en las casas, pero nadie parecía notarlo, porque jamás se hablaba de ello. Ésa era la primera vez que Rolf Carlé, o cualquier otro habitante de la aldea, cruzaba las puertas metálicas y le llamó la atención el suelo erosionado, limpio de toda vegetación, yermo como un desierto de polvo estéril, tan diferente de los campos de la región en esa época del año, cubiertos de una suave pelusa verde. La columna recorrió un largo sendero, atravesó varias barreras de alambres enrollados, pasó bajo las torres de control y los emplazamientos donde antes estaban las ametralladoras y llegó por fin a un gran patio cuadrado. A un lado se alzaban galpones sin ventanas, al otro una construcción de ladrillos con chimeneas y al fondo las letrinas y los patíbulos. La primavera se había detenido en las puertas de la prisión, todo era gris, envuelto en la bruma de un invierno que se había eternizado allí. Los aldeanos se detuvieron cerca de las barracas, todos juntos, tocándose para darse ánimo, oprimidos por esa quietud, ese silencio de caverna, ese cielo vuelto ceniza. El comandante dio una orden y los soldados los empujaron como ganado, llevándolos hasta el edificio principal. Y entonces todos pudieron verlos. Estaban allí, docenas de ellos, amontonados en el suelo, unos encima de otros, revueltos, desmembrados, una montaña de pálidos leños. Al principio no pudieron creer que fueran cuerpos humanos, parecían marionetas de algún macabro teatro, pero los rusos los punzaron con los fusiles, los golpearon con las culatas y tuvieron que aproximarse, oler, mirar, permitir que esos rostros huesudos y ciegos se les grabaran a fuego en la memoria. Cada uno sintió el ruido de su propio corazón y nadie habló, pues nada había que decir. Por largos minutos permanecieron inmóviles hasta que el comandante tomó una pala y se la pasó al alcalde. Los soldados repartieron otras herramientas.

—Empiecen a cavar —dijo el oficial sin levantar la voz, casi en un susurro.

Enviaron a Katharina y a los niños más pequeños a sentarse al pie de las horcas mientras los demás trabajaban. Rolf se quedó con Jochen. El suelo estaba duro, los guijarros se le incrustaban en los dedos y se le metían entre las uñas, pero no se detuvo, agachado, con el pelo en la cara, sacudido por una vergüenza que no podría olvidar y que lo perseguiría a lo largo de su vida como una incansable pesadilla. No levantó la vista ni una sola vez. No escuchó a su alrededor más sonidos que el hierro contra las piedras, las respiraciones jadeantes, los sollozos de algunas mujeres.

Había caído la noche cuando terminaron los hoyos. Rolf notó que habían encendido los focos de seguridad en las torres de vigilancia y que la noche se había vuelto clara. El oficial ruso dio una orden y las gentes del pueblo tuvieron que ir de dos en dos a buscar los cuerpos. El niño se limpió las manos refregándolas contra el pantalón, se sacudió el sudor del rostro y avanzó con su hermano Jochen hacia aquello que los estaba aguardando. Con una ronca exclamación su madre intentó detenerlos, pero los muchachos siguieron adelante, se inclinaron y tomaron un cadáver por los tobillos y las muñecas, desnudo, calvo, huesos y piel, liviano, frío y seco como porcelana. Lo levantaron sin esfuerzo, aferrados a esa forma rígida, y echaron a andar en dirección a las tumbas cavadas en el patio. Su carga osciló levemente y la cabeza cayó hacia atrás. Rolf se volvió para mirar a su madre, la vio doblada por las náuseas y quiso hacerle un gesto de consuelo, pero tenía las manos ocupadas.

La faena de sepultar a los prisioneros terminó pasada la medianoche. Llenaron las fosas y las cubrieron de tierra, pero aún no había llegado el momento de irse. Los soldados los obligaron a recorrer las barracas, a meterse en las cámaras de muerte, a examinar los hornos y pasar bajo las horcas. Nadie se atrevió a rezar por las víctimas. En el fondo sabían que a partir de ese instante intentarían olvidar, arrancarse ese horror del alma, dispuestos a no mencionarlo nunca, con la esperanza de que el paso de la vida pudiera borrarlo. Por fin regresaron a sus casas arrastrando los pies, muy lentamente, agotados. El último era Rolf Carlé, caminando entre dos filas de esqueletos, todos iguales en la desolación de la muerte.

Una semana más tarde apareció Lukas Carlé, a quien su hijo Rolf no reconoció, porque cuando se fue al frente él todavía no tenía uso de razón y el hombre que entró bruscamente en la cocina esa noche no se parecía en nada al de la fotografía sobre la chimenea. Durante los años que vivió sin padre, Rolf se inventó uno de dimensiones heroicas, le puso uniforme de aviador y le tapizó el pecho de condecoraciones, convirtiéndolo en un militar soberbio y valiente, de botas lustrosas en las cuales un niño podía mirarse como en un espejo. Esa imagen no guardaba relación alguna con el personaje surgido de súbito en su vida, de modo que no se molestó en saludarlo, confundiéndolo con un mendigo. El de la fotografía llevaba bigotes bien cuidados y sus ojos eran plomizos como nubes de invierno, autoritarios y fríos. El hombre que irrumpió en la cocina vestía un pantalón demasiado grande amarrado con una cuerda en la cintura, una casaca rota, un pañuelo sucio atado en el cuello y en vez de las botas de espejo, sus pies iban envueltos en trapos. Era un tipo más bien pequeño, mal afeitado, con el pelo erizado y cortado a mechones. No, no era nadie que Rolf conociera. El resto de la familia, en cambio, lo recordaba con precisión. Al verlo, la madre se tapó la boca con ambas manos, Jochen se puso de pie volteando la silla en la prisa por retroceder y Katharina corrió a cobijarse bajo la mesa, un gesto que no había hecho en mucho tiempo, pero que su instinto no había olvidado.

Lukas Carlé no volvió por nostalgia del hogar, puesto que nunca sintió que pertenecía realmente a ese pueblo o a ningún otro, era un ser solitario y apátrida, sino porque estaba hambriento y desesperado y prefirió el riesgo de caer en manos del enemigo victorioso al de seguir arrastrándose por los campos. Ya no resistía más. Había desertado y tuvo que sobrevivir ocultándose de día y circulando de noche. Se apoderó de la identificación de un soldado caído, planeando cambiar su nombre y borrar su pasado, pero pronto comprendió que en ese vasto continente destrozado no tenía adonde ir. El recuerdo de la aldea con sus casas afables, huertos, viñedos y la escuela donde trabajó tantos años, le resultaba muy poco atrayente, pero no tenía otra elección. Durante la guerra obtuvo algunos galones, no por méritos de coraje, sino por ejercicio de crueldad. Ahora era otra persona, pues había tocado el fondo pantanoso de su alma, sabía hasta dónde era capaz de llegar. Después de haber alcanzado los extremos, de haber traspasado el límite de la maldad y del placer, le parecía una suerte minúscula volver a lo de antes y resignarse a enseñar a un grupo de mocosos malcriados en una sala de clases. Razonaba que el hombre está hecho para la guerra, la historia demuestra que el progreso no se obtiene sin violencia, aprieten los dientes y aguanten, cierren los ojos y embistan, que para eso somos soldados. El sufrimiento acumulado no logró provocarle ninguna añoranza por la paz, sino más bien acuñar en su mente la convicción de que sólo la pólvora y la sangre pueden gestar hombres capaces de conducir la barca zozobrante de la humanidad a buen puerto, abandonando en las olas a los débiles e inútiles, de acuerdo a las leyes implacables de la naturaleza.

—¿Qué pasa? ¿No están contentos de verme? —dijo cerrando la puerta a su espalda.

La ausencia no había disminuido su capacidad de aterrorizar a su familia. Jochen trató de decir algo, pero las palabras se le atascaron en el pecho y sólo logró emitir un sonido gutural, colocándose delante de su hermano para protegerlo de un peligro indefinido. Apenas pudo reaccionar, la señora Carlé fue hasta el arcón, tomó un largo mantel blanco y cubrió la mesa para que el padre no viera a Katharina y así pudiera, tal vez, olvidar su existencia. De un vistazo rápido, Lukas Carlé tomó posesión de la casa y recuperó el control sobre su familia. Su esposa le pareció tan estúpida como siempre, pero aún conservaba intactos el temor en los ojos y la firmeza de su grupa; Jochen se había convertido en un joven tan alto y fornido, que no pudo comprender cómo se había librado de ser reclutado en los regimientos de niños; a Rolf casi no lo conocía, pero le bastó un instante para comprender que ese chiquillo se había criado entre las faldas de su madre y necesitaba ser sacudido para quitarle el aire de gato mimado. Él se encargaría de hacerlo hombre.

—Prepara agua caliente para lavarme, Jochen. ¿Hay algo de comer en esta casa? Y tú debes ser Rolf... Acércate y dale la mano a tu padre. ¿No me oyes? ¡Ven aquí!

A partir de esa noche, la vida de Rolf cambió por completo. A pesar de la guerra y de todas las privaciones que había soportado, no conocía verdaderamente el miedo. Lukas Carlé se lo enseñó. El niño no recuperó el sueño tranquilo hasta años más tarde, cuando encontraron a su padre balanceándose en un árbol del bosque.

Los soldados rusos que ocuparon la aldea eran toscos, pobres, sentimentales. Se sentaban por las tardes con sus armas y sus aperos de batalla, alrededor de una fogata a entonar las canciones traídas de su tierra, y cuando el aire se llenaba de palabras en los dulces dialectos regionales, algunos de ellos lloraban de nostalgia. A veces se emborrachaban y reñían o danzaban hasta la extenuación. Los habitantes del pueblo los evitaban, pero algunas muchachas iban hasta su campamento a ofrecerse calladamente, sin mirarlos a la cara, a cambio de un poco de comida. Siempre conseguían algo, a pesar de que los vencedores pasaban tanta hambre como los vencidos. Los niños también se aproximaban a observarlos, fascinados con su idioma, sus máquinas de guerra, sus extrañas costumbres y atraídos por un sargento con la cara marcada por profundas cicatrices, que los divertía haciendo malabarismos con cuatro cuchillos. Rolf se acercaba más que sus compañeros, a pesar de la prohibición terminante de su madre, y pronto se encontró sentado junto al sargento tratando de entender sus palabras y practicando el lanzamiento de cuchillos. En pocos días los rusos identificaron a los colaboradores y a los desertores escondidos y se iniciaron los juicios de guerra, muy breves porque no disponían de tiempo para formalidades y con poca asistencia de público, porque la gente estaba extenuada y no quería seguir oyendo acusaciones. Sin embargo, cuando le llegó el turno a Lukas Carlé, Jochen y Rolf entraron sigilosos y se ubicaron en la parte de atrás de la sala. El acusado no pareció arrepentido de los hechos cometidos y sólo señaló a su favor que cumplía órdenes superiores, pues no había ido a la guerra para tener consideraciones, sino para ganarla. El sargento malabarista se dio cuenta de que Rolf estaba en la habitación, sintió lástima por él y quiso llevárselo, pero el niño se mantuvo firme en su sitio, decidido a escuchar hasta el final. Le habría sido difícil explicar a ese hombre que su palidez no se debía a compasión por su padre, sino al deseo secreto de que las pruebas fueran suficientes para colocarlo ante un pelotón de fusilamiento. Cuando lo condenaron a seis meses de trabajo forzado en las minas de Ucrania, Jochen y Rolf consideraron que era un castigo muy leve y rezaron en secreto para que Lukas Carlé muriera allá lejos y jamás regresara.

Con la llegada de la paz no se terminaron las privaciones, conseguir alimentos había sido durante años la primera preocupación y siguió siéndolo. Jochen apenas podía leer de corrido, pero era fuerte y empecinado y cuando partió su padre y la pólvora destruyó los campos, él se encargó de proveer para su familia cortando leña, vendiendo moras y hongos silvestres, cazando conejos, perdices y zorros. Rolf se inició muy pronto en los mismos oficios de su hermano y aprendió como él a realizar pequeñas raterías en los poblados vecinos, siempre a espaldas de su madre, quien aun en los períodos de mayores angustias actuaba como si la guerra fuera una pesadilla distante y ajena con la cual ella nada tenía que ver, y no flaqueó nunca cuando se trataba de inculcar a los hijos las normas de su moralidad. El muchacho se acostumbró de tal modo a la sensación de vacío en las tripas, que mucho tiempo después, cuando los mercados estaban atiborrados con todos los productos de la tierra y se vendían papas fritas, caramelos y salchichas en cada esquina, él seguía soñando con el pan añejo escondido en un hueco entre las tablas, bajo su cama.

La señora Carlé logró conservar el ánimo sereno y la fe en Dios hasta el día que volvió su marido de Ucrania para instalarse definitivamente en el hogar. En ese momento ella perdió el coraje. Pareció encogerse y se volvió hacia adentro en un diálogo obsesivo consigo misma. El temor que siempre le tuvo acabó por paralizarla, no pudo dar salida a su odio y éste la derrotó. Siguió cumpliendo sus funciones con la misma prolijidad, trabajando desde el amanecer hasta la noche, atendiendo a Katharina y sirviendo al resto de su familia, pero dejó de hablar y sonreír y no volvió a la iglesia, porque no estaba dispuesta a continuar arrodillándose ante ese dios despiadado que no escuchaba su justa súplica de enviar a Lukas Carlé al infierno. Tampoco intentó proteger a Jochen y a Rolf de los excesos de su padre. Los gritos, los golpes y las peleas terminaron por parecerle naturales y ya no provocaban ninguna respuesta en ella. Se sentaba frente a la ventana con los ojos perdidos, escapando así hacia un pasado donde su marido no existía y ella era todavía una adolescente intocada por la desdicha.

Carlé sostenía la teoría de que los seres humanos se dividen en yunques y martillos, unos nacen para golpear y otros para ser golpeados. Por supuesto, deseaba que sus hijos varones fueran martillos. No toleraba ninguna debilidad en ellos, especialmente en Jochen, con quien experimentaba sus sistemas de enseñanza. Se enfurecía cuando por respuesta el muchacho tartamudeaba más y se comía las uñas. Desesperado, por las noches Jochen imaginaba diversas formas de librarse de una vez para siempre de ese martirio, pero con la luz del sol tomaba conciencia de la realidad, agachaba la cabeza y obedecía a su padre sin atreverse a hacerle frente, aunque lo sobrepasaba veinte centímetros y tenía la fortaleza de un caballo de labranza. La sumisión le alcanzó hasta una noche de invierno en que Lukas Carlé se dispuso a utilizar los zapatos rojos. Los muchachos ya tenían edad para adivinar lo que significaban esa pesadez en el ambiente, esas miradas tensas, ese silencio cargado de presagios. Como otras veces, Carlé ordenó a sus hijos que los dejaran solos, se llevaran a Katharina, fueran a su habitación y no regresaran por ningún motivo. Antes de salir, Jochen y Rolf alcanzaron a vislumbrar la expresión de terror en los ojos de su madre y a percibir su temblor. Poco después, rígidos en sus camas, oyeron el estrépito de la música a todo volumen.

—Voy a ver qué le hace a mamá —decidió Rolf cuando ya no pudo soportar la certeza de que al otro lado del pasillo se repetía una pesadilla que había estado en esa casa desde siempre.

—Tú no te muevas. Iré yo, que soy el mayor —replicó Jochen.

Y en vez de hundirse bajo las cobijas como había hecho durante toda su vida, se levantó con el cerebro en blanco, se colocó los pantalones, la casaca, el gorro de lana y calzó sus botas de nieve. Terminó de vestirse con gestos precisos, luego salió, cruzó el corredor y trató de abrir la puerta de la sala, pero estaba con el cerrojo pasado. Con la misma lentitud y precisión empleada para colocar sus trampas o partir leña, levantó la pierna y de una patada certera hizo saltar los hierros. Rolf, en pijama y descalzo, había seguido a su hermano, y al abrirse la puerta vio a su madre totalmente desnuda, encaramada en unos absurdos botines rojos de tacón alto. Lukas Carlé les gritó furioso que se retiraran de inmediato, pero Jochen avanzó, pasó delante de la mesa, apartó a la mujer que intentó detenerlo y se aproximó con tal determinación, que el hombre retrocedió vacilante. El puño de Jochen dio en el rostro de su padre con la fuerza de un martillazo, lanzándolo por el aire sobre el aparador, que se desplomó con un estruendo de madera vuelta astillas y platos destrozados. Rolf observó el cuerpo inerte en el suelo, tragó aire, fue a su cuarto, cogió una manta y volvió para cubrir a su madre.

—Adiós, mamá —dijo Jochen desde la puerta de la calle, sin atreverse a mirarla.

—Adiós, hijo mío —murmuró ella, aliviada porque al menos uno de los suyos estaría a salvo.

Al día siguiente Rolf dobló las bastillas de los pantalones largos de su hermano y se los puso para llevar a su padre al hospital, donde le acomodaron la mandíbula en su sitio. Durante semanas no pudo hablar y hubo que alimentarlo con líquidos a través de una pipeta. Con la partida de su hijo mayor, la señora Carlé acabó de hundirse en el rencor y Rolf debió enfrentarse solo a ese hombre detestado y temido.

Katharina tenía la mirada de una ardilla y el alma libre de todo recuerdo. Era capaz de comer sola, avisar cuando necesitaba ir al excusado y correr a meterse bajo la mesa cuando llegaba su padre, pero eso fue todo lo que pudo aprender. Rolf buscaba pequeños tesoros para ofrecerle, un escarabajo, una piedra pulida, una nuez que abría con cuidado para extraer el fruto. Ella lo retribuía con una devoción total. Lo esperaba todo el día y al escuchar sus pasos y ver su rostro inclinado entre las patas de las sillas, emitía un murmullo de gaviota. Pasaba horas bajo la gran mesa, inmóvil, protegida por la tosca madera, hasta que su padre partía o se dormía y alguien la rescataba. Se acostumbró a vivir en su guarida, acechando las pisadas que se acercaban o alejaban. A veces no quería salir, aunque ya no hubiera peligro, entonces la madre le alcanzaba una escudilla y Rolf tomaba una cobija y se deslizaba bajo la mesa, para acurrucarse con ella a pasar la noche. A menudo, cuando Lukas Carlé se sentaba a comer, sus piernas tocaban a sus hijos bajo la mesa, mudos, quietos, tomados de la mano, aislados en ese refugio, donde los sonidos, los olores y las presencias ajenas llegaban amortiguados por la ilusión de hallarse bajo el agua. Tanta vida pasaron los hermanos allí, que Rolf Carlé guardó el recuerdo de la luz lechosa bajo el mantel y muchos años más tarde, al otro lado del mundo, despertó un día llorando bajo el mosquitero blanco donde dormía con la mujer que amaba.

TRES

Una noche de Navidad, cuando yo tenía unos seis años, mi madre se tragó un hueso de pollo. El Profesor, siempre ensimismado en la insaciable codicia de poseer más conocimientos, no se daba tiempo para esa fiesta y ninguna otra, pero cada año los empleados de la casa celebraban la Nochebuena. En la cocina armaban un Nacimiento con toscas figuras de arcilla, cantaban villancicos y todos me hacían algún regalo. Con varios días de anticipación preparaban un guiso criollo que fue inventado por los esclavos de antaño. En la época de la Colonia las familias pudientes se reunían el 24 de diciembre alrededor de una gran mesa. Las sobras del banquete de los amos iban a las escudillas de los sirvientes, quienes picaban todo, lo envolvían con masa de maíz y hojas de plátano y lo hervían en grandes calderos, con tan delicioso resultado, que la receta perduró a través de los siglos y aún se repite todos los años, a pesar de que ya nadie dispone de los restos de la cena de los ricos y hay que cocinar cada ingrediente por separado, en una faena agotadora. En el último patio de la casa los empleados del Profesor Jones criaban gallinas, pavos y un cerdo, que durante todo el año engordaban para esa única ocasión de francachela y comilona. Una semana antes comenzaban a meterle nueces y tragos de ron por el gaznate a las aves y a obligar al cerdo a beber litros de leche con azúcar morena y especies, para que sus carnes estuvieran tiernas en el momento de cocinarse. Mientras las mujeres ahumaban las hojas y preparaban las ollas y los braseros, los hombres mataban a los animales en una orgía de sangre, plumas y chillidos del puerco, hasta que todos quedaban borrachos de licor y muerte, hartos de probar trozos de carne, beber el caldo concentrado de todos esos manjares hervidos y cantar hasta desgañitarse alabanzas al Niño Jesús con ritmo festivo, mientras en otra ala de la mansión el Profesor vivía un día igual a los demás, sin darse ni cuenta que estábamos en Navidad. El hueso fatídico pasó disimulado en la masa y mi madre no lo sintió hasta que se le clavó en la garganta. Al cabo de unas horas empezó a escupir sangre y tres días más tarde se apagó sin aspavientos, tal como había vivido. Yo estaba a su lado y no he olvidado ese momento, porque a partir de entonces he tenido que afinar mucho la percepción para que ella no se me pierda entre las sombras inapelables donde van a parar los espíritus difusos.

Para no asustarme, se murió sin miedo. Tal vez la astilla de pollo le desgarró algo fundamental y se desangró por dentro, no lo sé. Cuando comprendió que se le iba la vida, se encerró conmigo en nuestro cuarto del patio, para estar juntas hasta el final. Lentamente, para no apresurar la muerte, se lavó con agua y jabón para desprenderse del olor a almizcle que comenzaba a molestarla, peinó su larga trenza, se vistió con una enagua blanca que había cosido en las horas de la siesta y se acostó en el mismo jergón donde me concibió con un indio envenenado. Aunque no entendí en ese momento el significado de aquella ceremonia, la observé con tanta atención, que aún recuerdo cada uno de sus gestos.

—La muerte no existe, hija. La gente sólo se muere cuando la olvidan —me explicó mi madre poco antes de partir—. Si puedes recordarme, siempre estaré contigo.

—Me acordaré de ti —le prometí.

—Ahora, anda a llamar a tu Madrina.

Fui a buscar a la cocinera, esa mulata grande que me ayudó a nacer y a su debido tiempo me llevó a la pila del bautismo.

—Cuídeme a la muchachita, comadre. A usted se la encargo —le pidió mi madre limpiándose discretamente el hilo de sangre que le corría por el mentón. Luego me tomó de la mano y con los ojos me fue diciendo cuánto me quería, hasta que la mirada se le tornó de niebla y la vida se le desprendió sin ruido. Por unos instantes pareció que algo translúcido flotaba en el aire inmóvil del cuarto, alumbrándolo con un resplandor azul y perfumándolo con un soplo de almizcle, pero en seguida todo volvió a ser cotidiano, el aire sólo aire, la luz otra vez amarilla, el olor de nuevo simple olor de todos los días. Tomé su cara entre mis manos y se la moví llamándola mamá, mamá, abismada de ese silencio nuevo que se había instalado entre las dos.

—Todo el mundo se muere, no es nada tan importante —dijo mi Madrina cortándole el cabello de tres tijeretazos, con la idea de venderlo más tarde en una tienda de pelucas—. Vamos a sacarla de aquí antes de que el patrón la descubra y me haga llevarla al laboratorio.

Recogí esa trenza larga, me la enrollé al cuello y me acurruqué en un rincón con la cabeza entre las rodillas, sin lágrimas, porque no conocía aún la magnitud de mi pérdida. Así estuve horas, tal vez toda la noche, hasta que dos hombres entraron, envolvieron el cuerpo en la única cobija de la cama y se lo llevaron sin comentarios. Entonces un vacío inclemente ocupó todo el espacio a mi alrededor.

Después que partió el modesto carretón funerario, mi Madrina fue a buscarme. Tuvo que encender una cerilla para verme, porque el cuarto estaba en sombras, el bombillo de la lámpara se había quemado y el amanecer parecía detenido en el umbral de la puerta. Me encontró agazapada, un pequeño bulto en el suelo, y me llamó dos veces por mi nombre y apellido, para devolverme el sentido de la realidad, Eva Luna, Eva Luna. A la llama vacilante vi sus grandes pies dentro de las chancletas y el ruedo de su vestido de algodón, levanté los ojos y encontré su mirada húmeda. Me sonrió en el instante en que se extinguía el chispazo incierto del fósforo; después sentí que se inclinaba en la oscuridad, me cogía en sus gruesos brazos, me acomodaba en su regazo y empezaba a mecerme, arrullándome con un suave lamento africano para hacerme dormir.

—Si fueras hombre, irías a la escuela y después a estudiar para abogado y asegurar el pan de mi vejez. Los picapleitos son los que más ganan, saben enredar las cosas. A río revuelto, ganancia para ellos —decía mi Madrina.

Sostenía que es mejor ser varón, porque hasta el más mísero tiene su propia mujer a quien mandar, y años más tarde llegué a la conclusión de que tal vez tenía razón, aunque todavía no logro imaginarme a mí misma dentro de un cuerpo masculino, con pelos en la cara, con la tentación de mandar y con algo incontrolable bajo el ombligo, que, para ser bien franca, no sabría muy bien donde colocar. A su manera, mi Madrina me tenía afecto y si no alcanzó a demostrármelo fue porque creyó necesario formarme en el rigor y porque perdió la razón temprano. En esos tiempos no era la ruina que hoy es; era una morena arrogante de senos generosos, cintura partida y caderas opulentas, como una mesa bajo las faldas. Cuando salía a la calle los hombres se volvían a su paso, le gritaban piropos groseros, intentaban darle pellizcones y ella no escabullía las nalgas, pero retribuía con un carterazo contundente, qué te has figurado negro insolente, y se reía para lucir su diente de oro. Se bañaba todas las noches de pie en una batea, echándose agua con una jarra y restregándose con un trapo jabonado, se cambiaba la blusa dos veces al día, se rociaba con agua de rosas, se lavaba el cabello con huevo y se cepillaba los dientes con sal para sacarles brillo. Tenía un olor fuerte y dulzón que toda el agua de rosas y el jabón no lograban mitigar, un olor que me gustaba mucho porque me recordaba la leche asada. A la hora del baño yo la ayudaba echándole agua por la espalda, extasiada ante ese cuerpo oscuro, de pezones morados, el pubis sombreado por un vello rizado, las nalgas mullidas como el sillón de cuero capitoné donde languidecía el Profesor Jones. Se acariciaba con el trapo y sonreía, orgullosa de la abundancia de sus carnes. Caminaba con gracia desafiante, muy erguida, al ritmo de una música secreta que llevaba por dentro. Todo lo demás en ella era tosco, hasta la risa y el llanto. Se enojaba sin pretexto y lanzaba manotazos al aire, palmadas al vuelo que si aterrizaban sobre mí tenían el efecto de un cañonazo. De ese modo, sin mala intención, me reventó un oído. A pesar de las momias, por las cuales jamás sintió la menor simpatía, sirvió como cocinera del doctor durante muchos años, ganando un sueldo miserable y gastándolo en su mayor parte en tabaco y ron. Se hizo cargo de mí porque había adquirido un deber, más sagrado que los lazos de sangre, quien descuida a un ahijado no tiene perdón, es peor que abandonar a un hijo, decía, mi obligación es criarte buena, limpia y trabajadora, porque de eso me pedirán cuentas el día del Juicio Final. Mi madre no creía en pecados congénitos y por lo tanto no había considerado necesario bautizarme, pero ella insistió con una tenacidad sin grietas. Está bien, si eso le da placer, comadre, haga lo que le dé la gana, pero no le cambie el nombre que escogí para ella, aceptó finalmente Consuelo. La mulata pasó tres meses sin fumar ni beber para ahorrar unas monedas y el día señalado me compró un vestido de organza color fresa, puso un lazo en los cuatro pelos miserables que coronaban mi cabeza, me roció con su agua de rosas y me llevó en brazos a la iglesia. Tengo una foto de mi bautizo, me veo como un alegre paquete de cumpleaños. Como no le quedaba dinero, cambió el servicio por un aseo completo del templo, desde barrer los pisos hasta limpiar los ornamentos con creta y pasar cera a los bancos de madera. Así es como fui bautizada con toda pompa y ceremonia, como niña rica.

—De no ser por mí, todavía estarías mora. Los inocentes que mueren sin sacramento se van al limbo y de ahí no salen más —me recordaba siempre mi Madrina—. Otra en mi lugar te habría vendido. Es fácil colocar a las muchachas de ojos claros, dicen que los gringos las compran y se las llevan a su país, pero yo le hice una promesa a tu madre y si no la cumplo me voy a cocinar en las cacerolas del infierno.

Para ella los límites entre el bien y el mal eran muy precisos y estaba dispuesta a preservarme del vicio a fuerza de golpes, único método que conocía, porque así la habían educado. La idea de que el juego o la ternura fueran buenos para los niños es un descubrimiento moderno, a ella jamás se le pasó por la mente. Trató de enseñarme a trabajar apresurada, sin pérdida de tiempo en ensoñaciones, le molestaban el ánimo distraído y el paso lento, quería verme correr cuando recibía una orden. Tienes la cabeza llena de humo y las pantorrillas de arena, decía y me friccionaba las piernas con Emulsión de Scott, un tónico baratísimo pero de gran prestigio, fabricado con aceite de hígado de bacalao, que según la propaganda era comparable a la piedra filosofal de la medicación reconstituyente.

El cerebro de la Madrina estaba algo trastocado a causa del ron. Creía en los santos católicos, en otros de origen africano y en varios más de su invención. En su cuarto había levantado un pequeño altar, donde se alineaban junto al agua bendita, los fetiches del vudú, la fotografía de su difunto padre y un busto que ella creía de San Cristóbal, pero después yo descubrí que era de Beethoven, aunque jamás la he sacado de su error, porque es el más milagroso de su altar. Hablaba todo el tiempo con sus deidades en un tono coloquial y altanero, pidiéndoles favores de poca monta, y más tarde, cuando se aficionó al teléfono, las llamaba al cielo, interpretando el zumbido del aparato como la respuesta en parábola de sus divinos interlocutores. De ese modo recibía instrucciones de la corte celestial, aun para los asuntos más triviales. Era devota de San Benito, un rubio guapo y parrandero a quien las mujeres no dejaban en paz, que se colocó en el humo del brasero para quedar chamuscado como un leño y sólo entonces pudo adorar a Dios y hacer sus prodigios tranquilo, sin esa cuelga de lujuriosas prendidas de su túnica. A él le rezaba para aliviar la borrachera. Era experta en tormentos y muertes horrorosas, conocía el fin de cuanto mártir y virgen figuraba en el santoral católico y estaba siempre lista para contármelo. Yo la escuchaba con morboso terror y cada vez solicitaba nuevos detalles. El suplicio de Santa Lucía era mi favorito, quería oírlo a cada rato con todos los pormenores: por qué Lucía rechazó al emperador enamorado de ella, cómo le arrancaron los ojos, si era cierto que esas pupilas lanzaron una mirada de luz desde la bandeja de plata donde reposaban como dos huevos solitarios, dejando ciego al emperador, mientras a ella le salían dos espléndidos ojos azules, mucho más bonitos que los originales.

La fe de mi pobre Madrina era inconmovible y ninguna desgracia posterior pudo abatirla. Hace poco, cuando vino por aquí el Papa, conseguí autorización para sacarla del sanatorio, porque habría sido una lástima que se perdiera al Pontífice con su hábito blanco y su cruz de oro, predicando sus convicciones indemostrables, en perfecto español o en dialecto de indios, según fuera la ocasión. Al verlo avanzar en su acuario de vidrio blindado por las calles recién pintadas, entre flores, vítores, banderines y guardaespaldas, mi Madrina, ya muy anciana, cayó de rodillas, persuadida de que el Profeta Elías andaba en viaje de turismo. Temí que la muchedumbre la aplastara y quise llevármela de allí, pero ella no se movió hasta que le compré un pelo del Papa como reliquia. En esos días mucha gente se volvió buena, algunos prometieron perdonar las deudas y no mencionar la lucha de clases o los anticonceptivos para no dar motivos de tristeza al Santo Padre, pero la verdad es que yo no me entusiasmé con el insigne visitante, porque no guardaba buenos recuerdos de la religión. Un domingo de mi niñez la Madrina me llevó a la parroquia y me arrodilló en una cabina de madera con cortinas, yo tenía los dedos torpes y no podía cruzarlos como me había enseñado. A través de una rejilla me llegó un aliento fuerte, dime tus pecados, me ordenó y al punto se me olvidaron todos los que había inventado, no supe qué responder, apurada traté de pensar en alguno, aunque fuera venial, pero ni el más insignificante acudió a mi mente.

—¿Te tocas el cuerpo con las manos?

—Sí...

—¿A menudo, hija?

—Todos los días.

—¡Todos los días! ¿Cuántas veces?

—No llevo la cuenta... muchas veces...

—¡Ésa es una ofensa gravísima a los ojos de Dios!

—No sabía, padre. ¿Y si me pongo guantes, también es pecado?

—¡Guantes! ¡Pero qué dices, insensata! ¿Te burlas de mí?

—No, no... —murmuré aterrada, calculando que de todos modos sería bien difícil lavarme la cara, cepillarme los dientes o rascarme con guantes.

—Promete que no volverás a hacer eso. La pureza y la inocencia son las mejores virtudes de una niña. Rezarás quinientas Ave Marías de penitencia para que Dios te perdone.

—No puedo, padre —contesté porque sabía contar sólo hasta veinte.

—¡Cómo que no puedes! —rugió el sacerdote y una lluvia de saliva atravesó el confesionario y me cayó encima.

Salí corriendo, pero la Madrina me cogió al vuelo y me retuvo por una oreja mientras hablaba con el cura sobre la conveniencia de ponerme a trabajar, antes que se me torciera aún más el carácter y se me acabara de ofuscar el alma.

Después de la muerte de mi madre, llegó la hora del Profesor Jones. Murió de vejez, desilusionado del mundo y de su propia sabiduría, pero juraría que murió en paz. Ante la imposibilidad de embalsamarse a sí mismo y permanecer dignamente entre sus muebles ingleses y sus libros, dejó instrucciones en el testamento para que sus restos fueran enviados a su distante ciudad natal, porque no deseaba terminar en el cementerio local, cubierto de polvo ajeno, bajo un sol inclemente y en promiscuidad con vaya uno a saber qué clase de gentuza, como decía. Agonizó bajo el ventilador de su dormitorio, cocinado en el sudor de la parálisis, sin más compañía que el religioso de la Biblia y yo. Perdí las últimas briznas del miedo que él me inspiraba cuando comprendí que no podía moverse sin ayuda y cuando le cambió la voz de trueno por un inacabable jadeo de moribundo.

En esa casa cerrada al mundo, donde la muerte había instalado sus cuarteles desde que el doctor inició sus experimentos, yo vagaba sin vigilancia. La disciplina de los empleados se relajó apenas el Profesor no pudo salir de su habitación para amonestarlos desde su silla de ruedas y agobiarlos con órdenes contradictorias. Vi cómo en cada salida se llevaban los cubiertos de plata, las alfombras, los cuadros y hasta los frascos de cristal donde el sabio guardaba sus fórmulas. Ya nadie servía la mesa del patrón con manteles almidonados y reluciente vajilla, nadie encendía las lámparas de lágrimas ni le alcanzaba su pipa. Mi Madrina dejó de preocuparse de la cocina y salía del paso con plátanos asados, arroz y pescado frito en todas las comidas. Los demás abandonaron sus labores de aseo y la mugre y la humedad avanzaron por las paredes y los suelos de madera. El jardín no había sido atendido desde el accidente con la surucucú varios años atrás y como resultado de tanta desidia una vegetación agresiva estaba a punto de devorar la casa e invadir la acera. Los sirvientes dormían siesta, salían a pasear a todas horas, bebían demasiado ron y pasaban el día con una radio encendida donde atronaban los boleros, las cumbias y las rancheras. El infeliz Profesor, que en sus tiempos de salud no toleraba más que sus discos de música clásica, sufría lo indecible con la bullaranga y en vano se colgaba de la campanilla para llamar a sus empleados, nadie acudía. Mi Madrina sólo subía a su pieza cuando estaba dormido para rociarlo con agua bendita sustraída de la iglesia, porque le parecía una maldad muy grande dejarlo morir sin sacramentos, como un pordiosero.

La mañana en que una de las mucamas abrió la puerta al pastor protestante vestida sólo con sostén y calzón porque arreciaba el calor, sospeché que el relajo había alcanzado su cima y ya no había razón para mantenerme a prudente distancia del amo. Desde ese momento empecé a visitarlo con frecuencia, al principio atisbando desde el umbral y poco a poco invadiendo la habitación, hasta terminar jugando sobre su cama. Pasaba horas junto al anciano tratando de comunicarme con él, hasta que logré entender sus murmullos de hemipléjico extranjero. Cuando yo estaba a su lado, el Profesor parecía olvidar por algunos momentos la humillación de su agonía y los tormentos de la inmovilidad. Yo sacaba los libros de los anaqueles sagrados y los sostenía delante de él, para que pudiera leerlos. Algunos estaban escritos en latín, pero me los traducía, aparentemente encantado de tenerme como alumna y lamentando en voz alta no haberse dado cuenta antes de que yo vivía en su casa. Tal vez nunca había tocado a un niño y descubrió demasiado tarde que tenía vocación de abuelo...

—¿De dónde salió esta criatura? —preguntaba masticando el aire—. ¿Será mi hija, mi nieta o una alucinación de mi cerebro enfermo? Es morena, pero tiene los ojos parecidos a los míos... Ven aquí, chiquilla, para mirarte de cerca.

Él no podía relacionarme con Consuelo, aunque recordaba bien a la mujer que lo sirvió durante más de veinte años y que en una ocasión se inflara como un zepelín, una fuerte indigestión. A menudo me hablaba de ella, seguro de que sus últimos momentos habrían sido diferentes si la hubiera tenido junto a su cama. Ella no lo habría traicionado, decía.

Yo le introducía motas de algodón en las orejas para que no enloqueciera con las canciones y novelas de la radio, lo lavaba y le ponía toallas dobladas bajo el cuerpo, para evitar que empapara de orines el colchón, le ventilaba la habitación y le daba en la boca una papilla de bebé. Ese viejito de barba de plata era mi muñeco. Un día le escuché decirle al pastor que yo era más importante para él que todos los logros científicos obtenidos hasta entonces. Le dije algunas mentiras: que tenía una familia numerosa esperándolo en su tierra, que era abuelo de varios nietos y que poseía un jardín lleno de flores. En la biblioteca había un puma embalsamado, uno de los primeros experimentos del sabio con el líquido prodigioso. Lo arrastré hasta su habitación, se lo eché a los pies de la cama y le anuncié que era su perro regalón, ¿acaso no se acordaba de él? La pobre bestia estaba triste.

—Anote en mi testamento, pastor. Deseo que esta niña sea mi heredera universal. Todo será de ella cuando yo muera —logró decir en su media lengua al religioso que lo visitaba casi todos los días, arruinándole el gusto de su propia muerte con amenazas de eternidad.

La Madrina me instaló un camastro junto a la cama del moribundo. Una mañana el enfermo amaneció más pálido y cansado que otras veces, no aceptó el café con leche que traté de darle, en cambio se dejó lavar, peinar la barba, mudar el camisón y rociar con colonia. Estuvo hasta el mediodía recostado en sus almohadones, callado, con los ojos puestos en la ventana. Rechazó la papilla del almuerzo y cuando lo acomodé para la siesta, me pidió que me echara a su lado en silencio. Estábamos los dos durmiendo apaciblemente cuando se le apagó la vida.

El pastor llegó al atardecer y se hizo cargo de todas las disposiciones. Enviar el cuerpo a su país de origen resultaba poco práctico, sobre todo si no había nadie interesado en recibirlo, de modo que ignoró las instrucciones y lo hizo enterrar sin grandes ceremonias. Sólo los sirvientes asistimos a ese triste sepelio, porque el prestigio del Profesor Jones se había diluido, sobrepasado por los nuevos adelantos de la ciencia, y nadie se molestó en acompañarlo al camposanto, a pesar de que la noticia fue publicada en la prensa. Después de tantos años de encierro, pocos se acordaban de él y cuando algún estudiante de medicina lo nombraba era para burlarse de sus garrotazos para estimular la inteligencia, sus insectos para combatir el cáncer y su líquido para preservar cadáveres.

Al desaparecer el patrón, el mundo donde yo había vivido se desmoronó. El pastor realizó el inventario de los bienes y dispuso de ellos, partiendo de la base de que el sabio había perdido el juicio en los últimos tiempos y no estaba en capacidad de tomar decisiones. Todo fue a parar a su iglesia, menos el puma, del cual no quise despedirme, porque lo había cabalgado desde mi primera infancia y de tanto decirle al enfermo que se trataba de un perro terminé creyéndolo. Cuando los cargadores intentaron colocarlo en el camión de la mudanza, armé una pataleta aparatosa, y al verme echar espuma por la boca y lanzar alaridos, el presbítero prefirió ceder. Supongo que tampoco el animal era de alguna utilidad para alguien, de modo que pude guardarlo. Fue imposible vender la casa, porque nadie quiso comprarla. Estaba señalada por el estigma de los experimentos del Profesor Jones y acabó abandonada. Todavía existe. Con el paso de los años se convirtió en una mansión de terror, donde los muchachos prueban su hombría pasando allí la noche entre crujidos de puertas, carreras de ratones y sollozos de ánimas. Las momias del laboratorio fueron trasladadas a la Facultad de Medicina, donde estuvieron arrumbadas en un sótano durante un largo período, hasta que de súbito renació la avidez por descubrir la fórmula secreta del doctor y tres generaciones de estudiantes se dedicaron a arrancarles trozos y pasarlas por diversas máquinas, hasta reducirlas a un picadillo indigno.

El pastor despidió a los empleados y cerró la casa. Así fue como salí del lugar donde había nacido, cargando al puma por las patas de atrás, mientras mi Madrina lo llevaba por las delanteras.

—Ya estás crecida y no puedo mantenerte. Ahora vas a trabajar, para ganarte la vida y hacerte fuerte, como debe ser —dijo la Madrina. Yo tenía siete años.

La Madrina esperó en la cocina, sentada sobre una silla de paja, la espalda recta, un bolso de plástico bordado de mostacillas en la falda, la mitad de los senos asomando por el escote de la blusa, los muslos rebasando el asiento. De pie a su lado, yo pasaba revista con el rabillo del ojo a los trastos de hierro, la nevera oxidada, los gatos echados bajo la mesa, el aparador con su rejilla donde se estrellaban las moscas. Había dejado la casa del Profesor Jones hacía dos días y aún no me sobreponía al desconcierto. En pocas horas me volví arisca. No quería hablar con nadie. Me sentaba en un rincón con la cara oculta entre los brazos y entonces, tal como ahora, aparecía mi madre, fiel a la promesa de permanecer viva mientras la recordara. Entre las ollas de esa cocina ajena se afanaba una negra seca y ruda que nos observaba con desconfianza.

—¿Es hija suya la muchacha? —preguntó.

—¿Cómo va a ser mía, no le está viendo el color? —replicó mi Madrina.

—¿De quién es entonces?

—Es mi ahijada de bautizo. La traigo para trabajar.

Se abrió la puerta y entró la dueña de la casa, una mujer pequeña, con un complejo peinado de rodetes y rizos acartonados, vestida de luto riguroso y con un relicario grande y dorado como una medalla de embajador colgado al cuello.

—Acércate para mirarte —me ordenó, pero yo estaba clavada al piso, no pude moverme y la Madrina tuvo que empujarme hacia delante para que la patrona me examinara: el cuero cabelludo por si tenía piojos, las uñas en busca de las líneas transversales propias de los epilépticos, los dientes, las orejas, la piel, la firmeza de brazos y piernas—. ¿Tiene gusanos?

—No doña, está limpia por dentro y por fuera.

—Está flaca.

—Desde hace un tiempo le falla el apetito, pero no se preocupe, es animosa para el trabajo. Ella aprende fácil, tiene buen juicio.

—¿Es llorona?

—No lloró ni cuando enterramos a su madre, que en paz descanse.

—Se quedará a prueba por un mes —determinó la patrona y salió sin despedirse.

La Madrina me dio las últimas recomendaciones: no seas insolente, cuidado con romper algo, no tomes agua por la tarde porque vas a mojar la cama, pórtate bien y obedece.

Inició un movimiento para besarme, pero cambió de idea y me hizo una caricia torpe en la cabeza, dio media vuelta y se fue por la puerta de servicio pisando firme, pero yo me di cuenta que estaba triste. Siempre habíamos estado juntas, era la primera vez que nos separábamos. Me quedé en el mismo sitio con la vista fija en la pared. La cocinera acabó de freír unas rebanadas de plátano, me tomó por los hombros y me instaló en una silla, luego se sentó a mi lado y sonrió.

—Así que tú eres la nueva sirvienta... Bueno, pajarito, come —y me puso un plato por delante—. A mí me dicen Elvira, nací en el litoral, el día que fue domingo 29 de mayo, pero del año no me acuerdo. Lo que he hecho en mi vida es puro trabajar y por lo que veo ése también ha de ser tu camino. Tengo mis mañas y mis costumbres, pero nos vamos a llevar bien si no eres atrevida, porque yo siempre quise conocer nietos, pero Dios me hizo tan pobre que ni familia me dio.

Ese día comenzó una nueva vida para mí. La casa donde me emplearon estaba llena de muebles, cuadros, estatuillas, helechos con columnas de mármol, pero esos adornos no lograban ocultar el musgo que crecía en las cañerías, las paredes manchadas de humedad, el polvo de años acumulado bajo las camas y detrás de los armarios, todo me parecía sucio, muy diferente a la mansión del Profesor Jones, quien antes del ataque cerebral se arrastraba por el suelo para pasar el dedo por los rincones. Olía a melones podridos y a pesar de las persianas cerradas para atajar el sol, hacía un calor sofocante. Los propietarios eran una pareja de hermanos solterones, la doña del relicario y un gordo sexagenario, con una gran nariz pulposa, sembrada de huecos y tatuada con un arabesco de venas azules. Elvira me contó que la doña había pasado buena parte de su vida en un notaría, escribiendo en silencio y juntando las ganas de gritar que sólo ahora, jubilada y en su casa, podía satisfacer. Todo el día daba órdenes con voz atiplada, apuntando con un índice perentorio, incansable en su afán de hostigamiento, enojada con el mundo y con ella misma. Su hermano se limitaba a leer el periódico y la gacetilla hípica, beber, dormitar en una mecedora del corredor y pasearse en pijama, arrastrando las zapatillas por las baldosas y rascándose la entrepierna. Al anochecer despertaba de la modorra diurna, se vestía y salía a jugar dominó en los cafés, así cada tarde menos el domingo que iba al hipódromo a perder lo ganado en la semana. También vivían allí una mucama de huesos grandes y cerebro de canario, que trabajaba desde la madrugada hasta la noche y durante la siesta desaparecía en la pieza del solterón; la cocinera, los gatos y un papagayo taciturno y medio desplumado.

La patrona le ordenó a Elvira que me bañara con jabón desinfectante y quemara toda mi ropa. No me cortó al rape el cabello, como se hacía entonces con las niñas de servicio para evitar los piojos, porque su hermano se lo impidió. El hombre de la nariz de fresa hablaba con suavidad, sonreía con frecuencia y a mí me resultaba simpático aun cuando estaba borracho. Se compadeció de mi angustia ante las tijeras y logró salvar la melena que mi madre tanto cepillaba. Es extraño, no puedo recordar su nombre... En esa casa yo usaba un delantal fabricado por la doña en su máquina de coser e iba descalza. Después del primer mes a prueba, me explicaron que debía trabajar más, porque ahora ganaba un sueldo. Nunca lo vi, lo cobraba mi Madrina cada quince días. Al comienzo aguardaba sus visitas con impaciencia y apenas aparecía me colgaba de su vestido rogándole que me llevara con ella, pero después me acostumbré, me arrimé a Elvira y me hice amiga de los gatos y del pájaro. Cuando la patrona me lavó la boca con bicarbonato para quitarme el hábito de mascullar entre dientes, dejé de hablar con mi madre en voz alta pero seguí haciéndolo en secreto. Había mucho que hacer, esa casa parecía una maldita carabela encallada, a pesar de la escoba y el cepillo, nunca se terminaba de limpiar esa floración imprecisa que avanzaba por los muros. La comida no era variada ni abundante, pero Elvira escondía las sobras de los amos y me las daba al desayuno, porque había escuchado por la radio que es bueno empezar la jornada con el estómago repleto, para que te aproveche en los sesos y algún día seas instruida, pajarito, me decía. A la solterona no se le escapaba detalle alguno, hoy lavarás los patios con creolina, acuérdate de planchar las servilletas y cuidado con quemarlas, tienes que limpiar los vidrios con papel de periódico y vinagre y cuando termines vienes para enseñarte a lustrar los zapatos del señor. Yo obedecía sin apuro, porque descubrí pronto que si haraganeaba con prudencia, podía pasar el día sin hacer casi nada. La doña del relicario comenzaba a impartir instrucciones desde que se levantaba en la madrugada, luciendo desde esa hora la ropa negra de sus lutos sobrepuestos, su relicario y su complejo peinado, pero se enredaba en sus propias órdenes y era fácil engañarla. El patrón se interesaba muy poco en los asuntos domésticos, vivía ocupado con las carreras de caballos, estudiando los antepasados de las bestias, calculando la ley de probabilidades y bebiendo para consolarse de sus fracasos en las apuestas. A veces su nariz se ponía como una berenjena y entonces me llamaba para que lo ayudara a meterse en la cama y escondiera las botellas vacías. Por su parte la mucama no tenía interés alguno en relacionarse con nadie, mucho menos conmigo. Sólo Elvira se ocupaba de mí, me obligaba a comer, me enseñaba los oficios de la casa, me aliviaba de las tareas más pesadas. Pasábamos horas conversando y contándonos cuentos. En esa época comenzaron algunas de sus excentricidades, como el odio irracional contra los extranjeros de pelo rubio y las cucarachas, a las cuales combatía con todas las armas a su alcance, desde cal viva hasta escobazos. En cambio no dijo nada cuando descubrió que yo le ponía comida a los ratones y cuidaba las crías para que no las devoraran los gatos. Temía morir en la inopia y acabar con sus huesos en una fosa común y para evitar esa humillación póstuma adquirió un féretro a crédito, que mantenía en su pieza, usándolo como armario para guardar sus cachivaches. Era un cajón de madera ordinaria, oloroso a pegamento de carpintero, forrado en raso blanco con cintas celestes, provisto de una pequeña almohada. De vez en cuando yo obtenía el privilegio de acostarme dentro y cerrar la tapa, mientras Elvira fingía un llanto inconsolable y entre sollozos recitaba mis hipotéticas virtudes, ay, Dios Santísimo, por qué te llevaste de mi lado al pajarito, tan buena, tan limpia y ordenada, yo la quiero más que si fuera mi propia nieta, haz un milagro, devuélvemela Señor. El juego duraba hasta que la mucama perdía el control y comenzaba a aullar.

Los días transcurrían iguales para mí, excepto el jueves, cuya proximidad calculaba en el almanaque de la cocina. Toda la semana esperaba el momento de cruzar la reja del jardín y partir al mercado. Elvira me colocaba mis zapatillas de goma, me cambiaba el delantal, me peinaba con una cola en la nuca y me daba un centavo para comprar un pirulí de azúcar casi invulnerable al diente humano, teñido de brillantes colores, que se podía lamer durante horas sin mermar su tamaño. Ese dulce me alcanzaba para seis o siete noches de intenso placer y para muchas chupadas vertiginosas entre dos pesadas faenas. La patrona marchaba delante apretando su cartera, abran los ojos, no se distraigan, no se alejen de mi lado, esto está lleno de pillos, nos advertía. Avanzaba con paso decidido observando, palpando, regateando, estos precios son un escándalo, a la cárcel debieran ir a parar los especuladores. Yo caminaba detrás de la mucama, una bolsa en cada mano y mi pirulí en el bolsillo. Observaba a la gente tratando de adivinar sus vidas y secretos, sus virtudes y aventuras. Regresaba a la casa con los ojos ardientes y el corazón de fiesta, corría a la cocina y mientras ayudaba a Elvira a descargar, la aturdía con historias de zanahorias y pimientos encantados, que al caer en la sopa se transformaban en príncipes y princesas y salían dando saltos entre las cacerolas, con ramas de perejil enredadas en las coronas y chorreando caldo de sus ropajes reales.

—¡Ssht... viene la doña! Agarra la escoba, pajarito.

Durante la siesta, cuando el silencio y la quietud se adueñaban de la casa, yo abandonaba mis tareas para ir al comedor, donde colgaba un gran cuadro de marco dorado, ventana abierta a un horizonte marino, olas, rocas, cielo brumoso y gaviotas. Me quedaba de pie, con las manos en la espalda y los ojos clavados en ese irresistible paisaje de agua, la cabeza perdida en viajes infinitos, en sirenas, delfines y mantarrayas que alguna vez surgieron de la fantasía de mi madre o de los libros del Profesor Jones. Entre tantos cuentos que ella me contó, yo prefería aquéllos donde figuraba el mar, porque me incitaban a soñar con islas remotas, vastas ciudades sumergidas, caminos oceánicos para la navegación de los peces. Estoy segura de que tenemos un antepasado marinero, sugería mi madre cada vez que yo le pedía otra de esas historias y así nació por fin la leyenda del abuelo holandés. Ante ese cuadro, yo recuperaba la emoción de antaño, cuando me instalaba junto a ella para oírla hablar o cuando la acompañaba en los trajines de la casa, siempre cerca para oler su aroma tenue de trapo, lejía y almidón.

—¡Qué haces aquí! —me zarandeaba la patrona si me descubría—. ¿No tienes nada que hacer? ¡Este cuadro no es para ti!

Deduje que las pinturas se gastan, el color se mete por los ojos de quien las mira y así van destiñendo hasta desaparecer.

—No, hija, cómo se te ocurre esa estupidez, no se gastan. Ven aquí, dame un beso en la nariz y te dejo ver el mar. Dame otro y te doy una moneda, pero no se lo digas a mi hermana, ella no entiende, ¿te da asco mi nariz? —Y el patrón se escondía conmigo detrás de los helechos para esa caricia clandestina.

Me habían asignado una hamaca que se colgaba en la cocina para pasar la noche, pero cuando todos se acostaban me escabullía hasta el cuarto de servicio y me deslizaba en el camastro que compartían la mucama y la cocinera, una hacia la cabecera y la otra hacia los pies. Me enrollaba junto a Elvira y le ofrecía un cuento a cambio de que me permitiera quedarme con ella.

—Está bien, cuéntame ése del hombre que perdió la cabeza por amor.

—Ése se me olvidó, pero se me ocurre otro de animales.

—Seguro tu madre tenía el vientre muy líquido para darte esa inventiva que tienes para contar historias, pajarito.

Me acuerdo muy bien, era un día lluvioso, había un olor raro, a melones podridos, orines de los gatos y un vaho caliente que venía de la calle, un olor que llenaba la casa, tan fuerte que se podía agarrar con los dedos. Yo estaba en el comedor viajando por mar. No escuché los pasos de mi patrona y al sentir su garra en el cuello, la sorpresa me devolvió de muy lejos en un instante, paralizándome en la incertidumbre de no saber dónde me encontraba.

—¿Otra vez aquí? ¡Anda a hacer tu trabajo! ¿Para qué crees que te pago?

—Ya terminé, doñita...

La patrona tomó el jarrón del aparador y le dio vuelta desparramando al suelo el agua sucia y las flores ya marchitas.

—Limpia —me ordenó.

Desaparecieron el mar, las rocas envueltas en bruma, la roja trenza de mis nostalgias, los muebles del comedor y sólo vi aquellas flores sobre las baldosas, inflándose, moviéndose, cobrando vida, y esa mujer con su torre de rizos y el medallón al cuello. Un no monumental me creció por dentro, ahogándome, lo sentí brotar en un grito profundo y lo vi estrellarse contra el rostro empolvado de la patrona. No me dolió su bofetón en la mejilla, porque mucho antes la rabia me había ocupado por completo y ya llevaba el impulso de saltarle encima, lanzarla al suelo, arañarle la cara, agarrarla del cabello y tirar con todas mis fuerzas. Y entonces cedió el rodete, se desmoronaron los rizos, se desprendió el moño y toda esa masa de cabellos ásperos quedó en mis manos como un zorrillo agonizante. Aterrorizada, comprendí que le había arrancado el cuero cabelludo. Salí disparada, crucé la casa, atravesé el jardín sin saber dónde ponía los pies y me lancé a la calle. En pocos instantes la lluvia tibia del verano me empapó, y cuando me vi toda mojada me detuve. Me sacudí de las manos el peludo trofeo y lo dejé caer al borde de la acera, donde el agua de la alcantarilla lo arrastró navegando con la basura. Me quedé varios minutos observando ese naufragio de pelos que se iba tristemente sin rumbo, convencida de que había llegado al límite de mi destino, segura de que no tendría donde esconderme después del crimen cometido. Dejé atrás las calles del vecindario, pasé el sitio del mercado de los jueves, abandoné la zona residencial de las casas cerradas a la hora de la siesta y seguí caminando. La lluvia se detuvo y el sol de las cuatro evaporó la humedad del asfalto, envolviendo todo en un velo pegajoso. Gente, tráfico, ruido, mucho ruido, construcciones donde rugían máquinas amarillas de proporciones gigantes, golpes de herramientas, frenazos de vehículos, cornetas, pregones de vendedores callejeros. Un vago olor de pantano y de fritangas emanaba de las cafeterías y me acordé que era la hora de la merienda, me dio hambre, pero no llevaba dinero y en la fuga había dejado atrás los restos del pirulí semanal. Calculé que llevaba varias horas dando vueltas. Todo me parecía asombroso. En esos años la ciudad no era el desastre irremediable que es ahora, pero ya estaba creciendo deforme, como un tumor maligno, agredida por una arquitectura demencial, mezcla de todos los estilos, palacetes de mármol italiano, ranchos tejanos, mansiones Tudor, rascacielos de acero, residencias en forma de buque, de mausoleo, de salón de té japonés, de cabaña alpina y de torta de novia con pastillaje de yeso. Me sentí aturdida.

Al atardecer llegué a una plaza orillada de ceibas, árboles solemnes que vigilan el lugar desde la Guerra de Independencia, coronada por una estatua ecuestre del Padre de la Patria en bronce, con la bandera en una mano y las riendas en la otra, humillado por tanta caca de paloma y tanto desencanto histórico. En una esquina vi a un campesino vestido de blanco, con sombrero de paja y alpargatas, rodeado de curiosos. Me acerqué a verlo. Hablaba cantadito y por unas monedas cambiaba el tema y continuaba improvisando versos sin pausa ni vacilación, de acuerdo a los pedidos de cada cliente. Traté de imitarlo en voz baja y descubrí que haciendo rimas es más fácil recordar las historias, porque el cuento baila con su propia música. Me quedé escuchando hasta que el hombre recogió las propinas y se fue. Por un rato me entretuve buscando palabras que sonaran parecidas, era una buena forma de recordar las ideas, así podría repetirle los cuentos a Elvira. Al pensar en ella me vino a la mente el olor de cebolla frita y entonces me di cuenta de mi situación y sentí una cosa fría en la espalda. Volví a ver el moño de mi patrona flotando en la acequia como un cadáver de rabipelado y las profecías que más de una vez me hiciera la Madrina me martillaron los oídos: mala, niña mala, acabarás en la cárcel, así se empieza, desobedeciendo y faltando el respeto y después terminas tras las rejas, te lo digo yo, ése será tu fin. Me senté al borde de la pileta a mirar los peces de colores y los nenúfares agobiados por el clima.

—¿Qué te pasa? —Era un muchacho de ojos oscuros, vestido con un pantalón de dril y una camisa muy grande para él.

—Me van a meter presa.

—¿Cuántos años tienes?

—Nueve, más o menos.

—Entonces no tienes derecho a ir a la cárcel. Eres menor de edad.

—Le arranqué el pellejo de la cabeza a mi patrona.

—¿Cómo?

—De un tirón.

Se instaló a mi lado observándome de reojo y escarbándose la mugre de las uñas con un cortapluma.

—Me llamo Huberto Naranjo, ¿y tú?

—Eva Luna. ¿Quieres ser mi amigo?

—Yo no ando con mujeres. —Pero se quedó y hasta tarde estuvimos mostrándonos cicatrices, intercambiando confidencias, conociéndonos, iniciando así la larga relación que nos conduciría después por los caminos de la amistad y el amor.

Desde que pudo tenerse en sus dos pies, Huberto Naranjo vivió en la calle, primero lustrando zapatos y repartiendo periódicos y después manteniéndose con insignificantes transacciones y raterías. Poseía una habilidad natural para engatusar a los incautos y tuve ocasión de apreciar su talento en la pileta de la plaza. Atraía a los transeúntes a gritos hasta juntar una pequeña multitud de funcionarios públicos, jubilados, poetas y algunos guardias apostados allí para impedir que alguien cometiera la irreverencia de pasar sin chaqueta delante de la estatua ecuestre. La apuesta consistía en agarrar un pez de la fuente, introduciendo medio cuerpo al agua, manoteando entre las raíces de las plantas acuáticas y alcanzando a ciegas el fondo resbaloso. Huberto le había cortado la cola a uno y el pobre bicho sólo podía nadar en círculos como un trompo o permanecer inmóvil bajo un nenúfar, donde él lo cogía de un zarpazo. Mientras Huberto enarbolaba triunfante su pescado, los demás pagaban las pérdidas con las mangas y la dignidad empapadas. Otra forma de ganar unas monedas consistía en adivinar cuál era la tapita marcada entre tres que él movía a toda velocidad sobre un trozo de tela desplegado en el suelo. Podía quitarle el reloj a un transeúnte en menos de dos segundos y hacerlo desaparecer en el aire en igual tiempo. Unos años más tarde, vestido como un cruce de vaquero y charro mexicano, vendería desde atornilladores robados hasta camisas dadas de baja en los remates de las fábricas. A los dieciséis años sería jefe de una pandilla, temido y respetado, controlaría varios carritos de maní tostado, salchichas y jugo de caña, sería el héroe del barrio de las putas y la pesadilla de la Guardia, hasta que otros afanes lo llevarían a la montaña. Pero eso fue mucho después. Cuando lo encontré por primera vez todavía era un niño, pero si yo lo hubiera observado con más atención, tal vez habría vislumbrado al hombre que llegaría a ser, porque ya entonces tenía los puños decididos y el corazón ardiente. Hay que ser bien macho, decía Naranjo. Era su muletilla, basada en unos atributos masculinos que en nada diferían de los de otros muchachos, pero que él ponía a prueba midiéndose el pene con un metro de costurera o demostrando la presión del chorro de orina, como supe mucho más tarde, cuando él mismo se burlaba de esos métodos. Para entonces alguien le había informado que el tamaño de aquello no es prueba irrefutable de virilidad. De todos modos, sus ideas sobre la hombría estaban arraigadas desde la infancia y todo lo que experimentó después, todas las batallas y las pasiones, todos los encuentros y los debates, todas las rebeliones y las derrotas, no bastaron para hacerlo cambiar de opinión.

Al anochecer salimos en busca de comida por los restaurantes del barrio. Sentados en un callejón estrecho frente a la puerta trasera de una cocinería, compartimos una pizza humeante que Huberto le cambió al mozo por una tarjeta postal donde sonreía una rubia de senos saltones. Después recorrimos un laberinto de patios, cruzando cercos y violando propiedades ajenas, hasta llegar a un estacionamiento de coches.

Nos deslizamos por una claraboya de ventilación para evitar al gordo que vigilaba la entrada y nos escabullimos hacia el último sótano. En un rincón oscuro entre dos columnas, Huberto había improvisado un nido de papel de periódicos para acomodarse cuando no conseguía un lugar más acogedor. Allí instalados nos dispusimos a pasar la noche echados lado a lado en la penumbra, envueltos en el olor del aceite de motor y el monóxido de carbono que impregnaba el ambiente con un tufo de transatlántico. Me acurruqué entre los papeles y le ofrecí un cuento en pago de tantas y tan finas atenciones.

—Está bien —aceptó él, algo desconcertado porque creo que no había oído en su vida algo que semejara remotamente a un cuento.

—¿De qué lo quieres?

—De bandidos —dijo, por decir algo.

Invoqué algunos episodios de las novelas de la radio, letras de rancheras y otros ingredientes de mi invención y me largué de inmediato con la historia de una doncella enamorada de un bandolero, un verdadero chacal que resolvía a balazos hasta los menores contratiempos, sembrando la región de viudas y huérfanos. La joven no perdía la esperanza de redimirlo con la fuerza de su pasión y la dulzura de su carácter y así, mientras él andaba practicando sus fechorías, ella recogía a los mismos huérfanos producidos por las insaciables pistolas del malvado. Su aparición en la casa era como un viento del infierno, entraba pateando puertas y lanzando tiros al aire; de rodillas ella le suplicaba que se arrepintiera de sus crueldades, pero él se burlaba con unas tremendas risotadas que estremecían las paredes y helaban la sangre. ¿Qué hay, guapa?, preguntaba a gritos mientras las criaturas aterrorizadas se escondían en el armario. ¿Cómo están los chiquillos?, y abría la puerta del mueble para sacarlos de las orejas y tomarles las medidas. ¡Ajá!, los veo muy crecidos, pero no te preocupes, que en un santiamén voy al pueblo y te hago otros huerfanitos para tu colección. Y así transcurrieron los años y siguieron aumentando las bocas que alimentar, hasta que un día la novia, cansada de tanto abuso, comprendió la inutilidad de seguir esperando la redención del bandido y se sacudió la bondad. Se hizo la permanente, se compró un vestido rojo y convirtió su casa en un lugar de fiesta y diversión, donde se podían tomar los más sabrosos helados y la mejor leche malteada, jugar toda clase de juegos, bailar y cantar. Los niños se divertían mucho atendiendo a la clientela, se acabaron las penurias y miserias y la mujer estaba tan contenta, que olvidó los desaires de antaño. Las cosas iban muy bien; pero las habladurías llegaron a oídos del chacal y una noche apareció como de costumbre, golpeando las puertas, disparando al techo y preguntando por los niños. Se llevó una sorpresa. Nadie se echó a temblar en su presencia, nadie salió corriendo en dirección al armario, la joven no se precipitó a sus pies para implorar compasión. Todos continuaron alegremente en sus ocupaciones, unos sirviendo helados, otros tocando la batería y los tambores y ella bailando mambo sobre una mesa con un esplendoroso sombrero decorado con frutas tropicales. Entonces el bandido, furioso y humillado, se fue con sus pistolas a buscar otra novia que le tuviera miedo y colorín colorado, este cuento se ha terminado.

Huberto Naranjo me escuchó hasta el final.

—Ésa es una historia idiota... Está bien, quiero ser tu amigo —dijo.

Vagamos por la ciudad durante un par de días. Me enseñó las ventajas de la calle y algunos trucos para sobrevivir: escapa de la autoridad, porque si te agarran estás jodida, para robar en los autobuses colócate atrás y aprovecha cuando abran la puerta para meter la mano y saltar afuera, la mejor comida se consigue a media mañana entre los desperdicios del Mercado Central y a media tarde en los botaderos de los hoteles y restaurantes. Siguiéndolo en sus correrías, experimenté por primera vez la borrachera de la libertad, esa mezcla de ansiosa exaltación y vértigo de muerte que a partir de entonces me ronda en sueños con tal nitidez que es como vivirla despierta. Pero a la tercera noche durmiendo a la intemperie, cansada y sucia, tuve un arrebato de nostalgia. Pensé primero en Elvira, lamentando no poder regresar al lugar del crimen, y después en mi madre y quise recuperar su trenza y ver de nuevo al puma embalsamado. Entonces le pedí a Huberto Naranjo que me ayudara a encontrar a la Madrina.

—¿Para qué? ¿No estamos bien así? Eres una tonta.

No atiné a explicarle mis razones, pero insistí mucho y por fin él se resignó a colaborar, después de advertirme que me arrepentiría todos los días de mi vida. Conocía bien la ciudad, se movilizaba colgado de las pisaderas o los parachoques de los buses y por mis vagas indicaciones y mediante su habilidad para ubicarse, llegó a la ladera de una colina donde se amontonaban ranchos levantados con materiales de desecho, cartones, planchas de cinc, ladrillos, neumáticos usados. Era igual en apariencia a otros barrios, pero lo reconocí de inmediato por el basural extendido a lo largo y ancho de los barrancos del cerro. Allí vaciaban su carga de inmundicias los camiones municipales y vistos desde arriba, brillaban con la fosforescencia verdiazul de las moscas.

—¡Ésa es la casa de mi Madrina! —chillé al vislumbrar de lejos las tablas pintadas de añil, donde sólo había estado un par de veces, pero recordaba bien porque era lo más parecido que tenía a un hogar.

El rancho estaba cerrado y una vecina gritó desde el otro lado de la calle que esperáramos, porque la Madrina andaba de compras en el abasto y regresaba pronto. Había llegado el instante de despedirnos y Huberto Naranjo, con las mejillas rojas, extendió la mano para estrechar la mía. Le eché los brazos al cuello, pero él me dio un empujón y casi me tira de espaldas. Yo lo sujeté con todas mis fuerzas por la camisa y le planté un beso que iba destinado a la boca, pero le cayó en medio de la nariz. Huberto echó a trotar cerro abajo, sin mirar hacia atrás, mientras yo me sentaba en la puerta a cantar.

La Madrina no demoró mucho en volver. La vi subir el cerro por la calle torcida, con un paquete en los brazos, sudando por el esfuerzo, grande y gorda, ataviada con una bata color limón. La llamé a gritos y corrí a su encuentro, pero no me dio tiempo de explicar lo ocurrido, ya lo sabía por la patrona, que le había informado mi desaparición y el imperdonable agravio recibido. Me levantó en vilo y me introdujo en el rancho. El contraste entre el mediodía afuera y la oscuridad del interior me dejó ciega y no alcancé a acomodar la visión, porque de un cachetazo volé por el aire y aterricé en el suelo. La Madrina me golpeó hasta que vinieron los vecinos. Después me curaron con sal.

Cuatro días más tarde fui conducida de regreso a mi empleo. El hombre de la nariz de fresa me dio una palmadita cariñosa en la mejilla y aprovechó un descuido de los demás para decirme que estaba contento de verme, me había echado de menos, dijo. La doña del relicario me recibió sentada en una silla de la sala, severa como un juez, pero me pareció que se había reducido a la mitad, parecía una vieja muñeca de trapo vestida de luto. No tenía la cabeza calva envuelta en vendajes enrojecidos, como yo esperaba, lucía la torre de crespos y duros rodetes, de otro color, pero intacta. Maravillada, procuré encontrar una explicación para ese formidable milagro, sin prestar atención a la perorata de la patrona ni a los pellizcos de la Madrina. Lo único comprensible de la reprimenda fue que a partir de ese día trabajaría el doble, así no tendría tiempo para perder en contemplaciones artísticas, y la reja del jardín permanecía con llave para impedirme otra fuga.

—Yo le domaré el carácter —aseguró la patrona.

—A golpes cualquiera entiende —agregó mi Madrina.

—Mira al suelo cuando te dirijo la palabra, mocosa. Tienes los ojos endemoniados y yo no te voy a permitir insolencias, ¿me has comprendido? —me advirtió la doña.

La miré fijamente sin parpadear, luego di media vuelta con la cabeza muy alta y me fui a la cocina, donde Elvira me esperaba espiando la conversación a través de la puerta.

—Ay, pajarito... Ven aquí para ponerte compresas en los magullones. ¿No te habrán roto un hueso?

La solterona no volvió a maltratarme y como nunca mencionó el cabello perdido, acabé considerando ese asunto como una pesadilla que se filtró en la casa por alguna rendija. Tampoco me prohibió mirar el cuadro, porque seguramente adivinó que, de ser necesario, yo le habría hecho frente a mordiscos. Para mí esa marina con sus olas espumantes y sus gaviotas inmóviles llegó a ser fundamental, representaba el premio a los esfuerzos del día, la puerta hacia la libertad. A la hora de la siesta, cuando los demás se echaban a descansar, yo repetía la misma ceremonia sin pedir permiso ni dar explicaciones, dispuesta a todo por defender ese privilegio. Me lavaba la cara y las manos, me pasaba el peine, estiraba mi delantal, me calzaba las zapatillas de salir y me iba al comedor. Colocaba una silla frente a la ventana de los cuentos, me sentaba con la espalda recta, las piernas juntas, las manos en la falda como en misa y partía de viaje. A veces notaba que la patrona me observaba desde el umbral de la puerta, pero nunca me dijo nada, me había cogido miedo.

—Así está bien, pajarito —me animaba Elvira—. Hay que dar bastante guerra. Con los perros rabiosos nadie se atreve, en cambio a los mansos los patean. Hay que pelear siempre.

Fue el mejor consejo que he recibido en mi vida. Elvira asaba limones en las brasas, los cortaba en cruz, los ponía a hervir y me daba a beber esa mixtura, para hacerme más valiente.

Varios años trabajé en la casa de los solterones y en ese tiempo muchas cosas cambiaron en el país. Elvira me hablaba de eso. Después de un breve período de libertades republicanas, teníamos otra vez un dictador. Se trataba de un militar de aspecto tan inocuo, que nadie imaginó el alcance de su codicia; pero el hombre más poderoso del régimen no era el General, sino el Hombre de la Gardenia, jefe de la Policía Política, un tipo de modales afectados, peinado a la gomina, vestido con impecables trajes de lino blanco y capullos en el ojal, perfumado a la francesa y con las uñas barnizadas. Nadie pudo acusarlo nunca de una vulgaridad. No era un marica, como dijeron sus numerosos enemigos. Dirigía en persona las torturas, sin perder su elegancia y su cortesía. En esa época refaccionaron el Penal de Santa María, un recinto siniestro en una isla en medio de un río infestado de caimanes y pirañas, en los límites de la selva, donde los presos políticos y los delincuentes, tratados como iguales en la hora de la desgracia, perecían por hambre, golpizas o enfermedades tropicales. Elvira mencionaba a menudo estos asuntos, de los cuales se enteraba por rumores en sus días de salida, puesto que nada de eso se escuchaba en la radio o salía publicado en la prensa. Me encariñé mucho con ella, abuela, abuela, la llamaba, nunca nos vamos a separar, pajarito, prometía ella, pero yo no estaba tan segura, ya entonces presentía que mi vida sería una larga serie de despedidas. Como yo, Elvira había comenzado a trabajar cuando niña y a lo largo de tantos años el cansancio se le había introducido en los huesos y le afectaba el alma. El esfuerzo acumulado y la pobreza perpetua le quitaron el impulso para seguir adelante y empezó a dialogar con la muerte. Dormía por las noches en su ataúd, en parte para acostumbrarse de a poco y perderle el miedo, y en parte para irritar a la patrona, quien nunca pudo tolerar con naturalidad ese féretro en su casa. La mucama no fue capaz de soportar la visión de mi abuela dentro de su lecho mortuorio en el cuarto que compartían y se fue sin avisar ni aun al patrón, quien se quedó esperándola a la hora de la siesta. Antes de partir marcó todas las puertas de la casa con cruces de tiza blanca, cuyo significado nadie logró descifrar y por lo mismo no nos atrevimos a borrarlas. Elvira se portó conmigo como una verdadera abuela. Con ella aprendí a canjear palabras por otros bienes y he tenido mucha suerte, porque siempre encontré alguien dispuesto a esa transacción.

Durante esos años yo no cambié mucho, seguí siendo más bien flaca y chica, con los ojos bien abiertos para fastidiar a la patrona. Mi cuerpo se desarrollaba con lentitud, pero por dentro algo corría desbocado, como un río invisible. Mientras yo me sentía mujer, el vidrio de la ventana reflejaba la imagen borrosa de una chiquilla. Crecí poco, pero lo suficiente para que el patrón se ocupara más de mí. Debo enseñarte a leer, hija, me decía, pero nunca tuvo tiempo de hacerlo. Ya no sólo me pedía besos en la nariz, también me daba unos centavos por acompañarlo cuando se bañaba y pasarle una esponja por todo el cuerpo. Después se echaba sobre la cama y yo lo secaba, lo empolvaba y le ponía la ropa interior, como a un recién nacido. A veces él permanecía horas remojándose en la bañera y jugando conmigo a las batallas navales, en otras ocasiones pasaba días sin prestarme ninguna atención, ocupado en sus apuestas o aturdido, con la nariz color berenjena. Elvira me había advertido con incuestionable claridad que los hombres tienen entre las piernas un monstruo tan feo como una raíz de yuca, por donde salen los niños en miniatura, se meten en la barriga de las mujeres y allí se desarrollan. No debía tocar esas partes por ningún motivo, porque el animal dormido levantaría su horrible cabeza, me saltaría encima y el resultado sería una catástrofe; pero yo no la creía, eso sonaba como otra de sus estrafalarias divagaciones. El patrón sólo tenía una lombriz gorda y lamentable, siempre mustia, de la cual jamás salió nada parecido a un bebé, al menos en mi presencia. Era similar a su pulposa nariz y descubrí entonces —y comprobé más tarde en la vida— la relación estrecha entre el pene y la nariz. Me basta observar la cara de un hombre para saber cómo se verá desnudo. Narices largas o cortas, finas o gruesas, altivas o humildes, narices ávidas, husmeadoras, atrevidas o narices indiferentes que sólo sirven para soplar, narices de todas clases. Con la edad casi todas se engruesan, se ponen fláccidas, bulbosas y pierden la soberbia de penes bien plantados.

Cuando me asomaba al balcón, calculaba que habría sido mejor quedarme al otro lado. La calle era más atractiva que esa casa donde la existencia transcurría tediosa, repitiendo rutinas siempre al mismo paso lento, los días pegados unos con otros, todos del mismo color, como el tiempo de los hospitales. Por las noches miraba el cielo e imaginaba que lograba hacerme de humo para deslizarme entre los barrotes de la reja cerrada. Jugaba a que un rayo de luna me daba en la espalda y me brotaban alas de pájaro, dos grandes alas emplumadas para emprender vuelo. A veces me concentraba tanto en esa idea, que lograba volar sobre los techos de la ciudad; no pienses tonterías, pajarito, sólo las brujas y los aviones vuelan de noche. No volví a saber de Huberto Naranjo hasta mucho después, pero pensaba a menudo en él, poniendo su rostro moreno a todos los príncipes encantados. Intuí el amor temprano y lo incorporé a los cuentos, se me aparecía en sueños, me rondaba. Atisbaba las fotos de la crónica policial, tratando de adivinar los dramas de pasión y muerte que encerraban las páginas de los periódicos, estaba siempre pendiente de las conversaciones de los adultos, escuchaba detrás de las puertas cuando la patrona hablaba por teléfono y atosigaba a Elvira con preguntas, déjame en paz, pajarito. La radio era mi fuente de inspiración. En la cocina había una encendida desde la mañana hasta la noche, único contacto con el mundo exterior, que proclamaba las virtudes de esa tierra bendita por Dios con toda clase de tesoros, desde su posición en el centro del globo y la sabiduría de sus gobernantes, hasta el pantano de petróleo sobre el cual flotábamos. Con esa radio aprendí a cantar boleros y otras canciones populares, a recitar los avisos publicitarios y *this pencil is red, is this pencil blue? no that pencil is not blue, that pencil is red* siguiendo un curso de inglés para principiantes, media hora al día, conocía los horarios de cada programa, imitaba las voces de los locutores. Seguía todos los folletines, sufría lo indecible con esos seres vapuleados por el destino y siempre me sorprendía que al final a la protagonista se le acomodaran tan bien las cosas, porque durante sesenta capítulos se había conducido como una cretina.

—Digo yo que Montedónico la va a reconocer como hija. Si le da su apellido, ella se puede casar con Rogelio de Salvatierra —suspiraba Elvira con la oreja pegada a la radio.

—Ella tiene la medalla de su madre. Eso es una prueba. ¿Por qué no le dice a todo el mundo que es hija de Montedónico y ya está?

—No puede hacerle eso al autor de sus días, pajarito.

—¡Cómo que no, si él la tuvo dieciocho años encerrada en un orfelinato!

—Es que él es perverso, sádico que le llaman...

—Mira, abuela, si ella no cambia, estará siempre fregada.

—No te preocupes, todo va a terminar bien. ¿No ves que ella es buena?

Elvira tenía razón. Siempre triunfaban los pacientes y los malvados recibían su castigo. Montedónico caía fulminado por una enfermedad mortal, suplicaba perdón desde su lecho de agonía, ella lo cuidaba hasta su muerte y después de heredarlo se unía en matrimonio con Rogelio de Salvatierra, dándome de paso mucho material para mis propias historias, aunque rara vez yo respetaba la norma básica del final feliz. Oye, pajarito, ¿por qué en tus cuentos nadie se casa? A menudo bastaban un par de sílabas para desencadenar un rosario de imágenes en mi cabeza. Una vez oí una palabra dulce y ajena y volé donde Elvira, abuela, ¿qué es la nieve? Por su explicación deduje que se trataba de merengue helado. A partir de ese momento me convertí en una heroína de cuentos polares, era una abominable mujer de las nieves peluda y feroz, luchando contra unos científicos que me daban caza para destinarme a experimentos de laboratorio. Averigüé cómo era en realidad la nieve el día que una sobrina del General celebró sus quince años y el evento fue tan proclamado por la radio, que a Elvira no le quedó otra alternativa que llevarme a ver el espectáculo de lejos. Mil invitados acudieron esa noche al mejor hotel de la ciudad, transformado para la ocasión en una réplica invernal del castillo de Cenicienta. Podaron los filodendros y los helechos tropicales, decapitaron las palmeras y en su lugar colocaron pinos de Navidad traídos de Alaska, cubiertos con lana de vidrio y cristales de hielo artificial. Para deslizarse en patines instalaron una pista de plástico blanco imitando las regiones del Polo Norte. Escarcharon los vidrios de las ventanas con pintura y desparramaron tanta nieve sintética por todas partes, que una semana después todavía se metían los copos en el quirófano del Hospital Militar, a quinientos metros de distancia. Como no pudieron congelar el agua de la piscina, porque fallaron las máquinas traídas del norte y en vez de hielo se obtuvo una especie de vómito gelatinoso, optaron por echar a navegar dos cisnes teñidos de rosa que arrastraban penosamente una cinta con el nombre de la quinceañera en letras doradas. Para dar más brillo a la fiesta fueron acarreados en avión dos miembros de la nobleza europea y una estrella de cine. A las doce de la noche bajaron a la festejada desde el techo del salón, sentada en un columpio en forma de trineo, cubierta de martas cibelinas, oscilando a cuatro metros de altura sobre las cabezas de los invitados, medio desmayada de calor y vértigo. Eso no lo vimos los curiosos apostados en los alrededores, pero apareció en todas las revistas y nadie se sorprendió ante el milagro de un hotel capitalino sumergido en el clima del Ártico, cosas aún más pasmosas habían ocurrido en el territorio nacional. Nada me llamó la atención, sólo me interesaron unas enormes bateas repletas de nieve natural instaladas en la entrada de la fiesta para que la elegante concurrencia jugara a lanzar bolas y armar muñecos, como habían oído que hacen en los fríos de otras partes. Logré zafarme de Elvira, me escabullí entre los mesoneros y los guardias y me acerqué a tomar ese tesoro en mis manos. Al principio creí que me quemaba y grité de susto, pero luego no pude soltarla, fascinada con el color de la luz atrapado en esa materia helada y porosa. Un vigilante estuvo a punto de cogerme, pero me agaché y corrí entre sus piernas llevándome la nieve apretada contra el pecho. Cuando desapareció entre mis dedos como un hilo de agua, me sentí burlada. Días después Elvira me regaló media esfera transparente, dentro de la cual había una cabaña y un pino, que al agitarse echaba a volar copos blancos. Para que tengas tu propio invierno, pajarito, me dijo.

Yo no estaba en edad de interesarme por la política, pero Elvira me llenaba la mente de ideas subversivas para llevar la contra a los patrones.

—Corrompido está todo en este país, pajarito. Mucho gringo de pelo amarillo, digo yo, cualquier día nos llevan la tierra para otra parte y nos encontramos sentados en el mar, eso digo.

La doña del relicario opinaba exactamente lo contrario.

—Mala suerte la nuestra, que nos descubrió Cristóbal Colón en vez de un inglés; hay que traer gente animosa de buena raza, que se abra camino en la selva, siembre el llano, levante industrias. ¿No se formaron así los Estados Unidos? ¡Y vean dónde ha llegado ese país!

Estaba de acuerdo con el General, quien abrió las fronteras a cuantos quisieron venir de Europa escapando de las miserias de la posguerra. Los inmigrantes llegaron por centenares con sus mujeres, hijos, abuelos y primos lejanos, con sus lenguas diversas, comidas típicas, leyendas y fiestas de guardar, con su cargamento de nostalgias. Todo se lo tragó de un bocado nuestra exuberante geografía. También se permitió la entrada a unos pocos asiáticos, que una vez dentro se multiplicaron con asombrosa rapidez. Veinte años más tarde alguien notó que en cada esquina de la ciudad había un restaurante con demonios coléricos, lámparas de papel y techo de pagoda. Por esa época la prensa informó de un mozo chino que abandonó la atención de los clientes en el comedor, subió a la oficina y le amputó la cabeza y las manos a su patrón con los cuchillos de la cocina, porque éste no guardó el debido respeto a una norma religiosa y colgó la imagen de un dragón junto a la de un tigre. Durante la investigación del caso se descubrió que todos los protagonistas de la tragedia eran inmigrantes ilegales. Cada pasaporte era usado un centenar de veces, porque si los funcionarios apenas podían adivinar el sexo de los orientales, mucho menos podían distinguir uno de otro en la fotografía del documento. Los extranjeros llegaron con ánimo de hacer fortuna y regresar a su lugar de origen, pero se quedaron. Sus descendientes olvidaron la lengua materna y los conquistó el aroma del café, el ánimo alegre y el encanto de un pueblo que aún no conocía la envidia. Muy pocos partieron a cultivar las haciendas regaladas por el Gobierno, porque faltaban caminos, escuelas, hospitales y sobraban pestes, mosquitos y bichos venenosos. Tierra adentro era el reino de los bandoleros, los contrabandistas y los soldados. Los inmigrantes se quedaron en las ciudades trabajando con ahínco y ahorrando cada centavo, ante la burla de los nacionales, que consideran el derroche y la generosidad como las mejores virtudes de cualquier persona decente.

—Yo no creo en maquinitas. Eso de copiar cosas de gringos es malo para el alma —sostenía Elvira escandalizada con el derroche de los nuevos ricos, que pretendían vivir como en las películas.

Los solterones no tenían acceso al dinero fácil porque vivían de sus respectivas pensiones de jubilados, de modo que el despilfarro no entraba en la casa, pero podían apreciar cómo se extendía a su alrededor. Cada ciudadano quiso ser dueño de un automóvil de magnate hasta que fue casi imposible circular por las calles atoradas de vehículos. Cambiaron petróleo por teléfonos en forma de cañones, de conchas marinas, de odaliscas; importaron tanto plástico que las carreteras acabaron orilladas de una basura indestructible; por avión llegaban diariamente los huevos para el desayuno de la nación, produciéndose inmensas tortillas sobre el asfalto ardiente del aeropuerto, cada vez que al descargar se volteaban las cajas.

—El General tiene razón, aquí nadie se muere de hambre, estiras la mano y agarras un mango, por eso no hay progreso. Los países fríos son más civilizados porque el clima obliga a la gente a trabajar —decía el patrón echado a la sombra, abanicándose con el periódico y rascándose la barriga, y le escribió una carta al Ministerio de Fomento sugiriendo la posibilidad de traer un témpano polar a remolque, para machacarlo y lanzarlo desde el aire, a ver si cambiaba el clima y mejoraba la pereza ajena.

Mientras los dueños del poder robaban sin escrúpulos, los ladrones de profesión o de necesidad apenas se atrevían a ejercer su oficio, porque el ojo de la policía estaba en todas partes. Así se propagó la idea de que sólo una dictadura podía mantener el orden. La gente común, para quien no alcanzaban los teléfonos de fantasía, los calzones de plástico desechables o los huevos importados, siguió viviendo como siempre. Los dirigentes políticos estaban en el exilio, pero Elvira me decía que en silencio y a la sombra se gestaba en el pueblo la rabia necesaria para oponerse al régimen. Por su parte los patrones eran partidarios incondicionales del General y cuando la Guardia pasaba por las casas vendiendo su fotografía, ellos mostraban con orgullo la que ya colgaba en un sitio de honor del salón. Elvira cultivaba un odio absoluto por ese militar rechoncho y remoto con el cual jamás había tenido ni el menor contacto, maldiciéndolo y lanzándole mal de ojo cada vez que sacudía el retrato con el trapo de limpiar.

derroche de los nuevos ricos, que pretendían vivir como en las películas.

Los solterones no tenían acceso al dinero fácil porque vivían de sus respectivas pensiones de jubilados, de modo que el despilfarro no entraba en la casa, pero podían apreciar cómo se extendía a su alrededor. Cada ciudadano quiso ser dueño de un automóvil de magnate hasta que fue casi imposible circular por las calles atascadas de vehículos. Cambiaron petróleo por teléfonos en forma de cañones, de conchas marinas, de odaliscas; importaron tanto plástico que las carreteras acabaron orilladas de una basura indestructible; por avión llegaban diariamente los huevos para el desayuno de la nación, produciéndose inmensas tortillas sobre el asfalto ardiente del aeropuerto, cada vez que al descargar se volteaban las cajas.

—El General tiene razón, aquí nadie se muere de hambre, estiras la mano y agarras un mango, por eso no hay progreso. Los países fríos son más civilizados porque el clima obliga a la gente a trabajar —decía el patrón echado a la sombra, abanicándose con el periódico y rascándose la barriga. Y le escribió una carta al Ministerio de Fomento sugiriendo la posibilidad de traer un témpano polar a remolque, para molerlo y lanzarlo desde el aire, a ver si cambiaba el clima y mejoraba la pereza ajena.

Mientras los dueños del poder robaban sin escrúpulos, los ladrones de profesión o de necesidad apenas se atrevían a ejercer su oficio porque el ojo de la policía estaba en todas partes. Así se propagó la idea de que sólo una dictadura podía mantener el orden. La gente común, para quien no alcanzaban los teléfonos de fantasía, los calzones de plástico desechables o los huevos importados, siguió viviendo como siempre. Los dirigentes políticos estaban en el exilio, pero Elvira me decía que en silencio y a la sombra se gestaba en el pueblo la rabia necesaria para oponerse al régimen. Por su parte, los patrones eran partidarios acérrimos del General y cuando la [illegible] pasaba por las casas vendiendo su retrato, ellos lo compraron con orgullo y lo colgaron en un sitio de honor del salón. Elvira [illegible] y le [illegible] el cual para [illegible] el menor [illegible] maldiciéndolo y [illegible] cada vez que [illegible] con el [illegible] de limpiar.

CUATRO

El día que el cartero encontró el cuerpo de Lukas Carlé, el bosque estaba recién lavado, húmedo y brillante, del suelo se desprendía una emanación intensa de hojas podridas y una pálida bruma de otro planeta. Desde hacía cuarenta años el hombre recorría en su bicicleta cada mañana el mismo sendero. Pedaleando por allí se había ganado el pan y había sobrevivido incólume a dos guerras, la ocupación, el hambre y muchos otros infortunios. Gracias a su oficio conocía a todos los habitantes de la zona por su nombre y apellido, tal como podía identificar cada árbol del bosque por su especie y su edad. A primera vista, esa mañana en nada se diferenciaba de otras, los mismos robles, hayas, castaños y abedules, el mismo musgo tierno y los hongos al pie de los troncos mayores, la misma brisa fragante y fría, las mismas sombras y parches de luz. Era un día igual a todos y tal vez una persona con menos conocimiento de la naturaleza no habría notado las advertencias, pero el cartero iba en ascuas, con un cosquilleo en la piel, porque percibía signos que ningún otro ojo humano podría registrar. Imaginaba el bosque como una enorme bestia verde por cuyas venas corría una sangre mansa, un animal de ánimo tranquilo que ese día estaba inquieto. Descendió de su vehículo y husmeó la madrugada buscando las razones de su ansiedad. Era tan absoluto el silencio, que temió haberse quedado sordo. Soltó la bicicleta en el suelo y dio un par de pasos fuera del camino para revisar los alrededores. No tuvo que buscarlo más, allí estaba esperándolo, colgado de una rama a media altura, atado por el cuello con una gruesa cuerda. No necesitó mirar el rostro del ahorcado para saber de quién se trataba. Conocía a Lukas Carlé desde que llegó al pueblo tiempo atrás, venido nadie sabía de dónde, de algún lugar de Francia tal vez, con sus baúles de libros, su mapamundi y un diploma, para casarse con la muchacha más bonita y agotarle la belleza en pocos meses. Lo reconoció por sus botines y su guardapolvo de maestro y tuvo la impresión de haber visto antes esa escena, como si hubiera aguardado durante años un desenlace así para ese hombre. No sintió pánico al principio, sólo un impulso irónico, deseos de decirle yo te lo advertí, bribón. Tardó algunos segundos en medir el tamaño de lo ocurrido y en ese instante crujió el árbol, el bulto dio un giro y los ojos sin esperanza del ahorcado se prendieron de los suyos. No pudo moverse. Estuvieron allí, mirándose los dos, el cartero y el padre de Rolf Carlé, hasta que ya no tuvieron más que decirse. Entonces el viejo reaccionó. Retrocedió a buscar su bicicleta, se inclinó a recogerla y al hacerlo sintió una puntada en el pecho, larga y ardiente como una pena de amor. Se montó a horcajadas en el vehículo y se alejó tan de prisa como pudo, doblado sobre el manubrio, con un gemido atravesado en la garganta.

Llegó a la aldea pedaleando con tanta desesperación, que su antiguo corazón de funcionario público casi estalla. Alcanzó a dar la voz de alarma antes de desplomarse delante de la panadería con un zumbido de avispero en el cerebro y un resplandor de espanto en las pupilas. Allí lo recogieron los panaderos y lo tendieron sobre la mesa de hacer pasteles, donde quedó acezando empolvado de harina, apuntando hacia el bosque con un índice y repitiendo que por fin Lukas Carlé estaba en un patíbulo, tal como debió estarlo mucho antes, bribón, maldito bribón. Así se enteró el pueblo. La noticia se metió en las casas sobresaltando a los habitantes, quienes no habían sufrido tal conmoción desde el final de la guerra. Salieron todos a la calle a comentar el suceso, menos un grupo de cinco alumnos del último año del colegio, quienes hundieron las cabezas bajo sus almohadas fingiendo un sueño profundo.

Poco después la policía sacó de la cama al médico y al juez y partieron seguidos por varios vecinos en la dirección señalada por el dedo tembloroso del empleado del correo. Encontraron a Lukas Carlé meciéndose como un espantapájaros muy cerca del camino y entonces cayeron en cuenta de que nadie lo había visto desde el viernes. Se necesitaron cuatro hombres para descolgarlo, porque el frío del bosque y la pesadumbre de la muerte lo habían vuelto monolítico. Al médico le bastó una mirada para saber que antes de morir por asfixia, había recibido un tremendo golpe en la nuca y a la policía le bastó otra mirada para deducir que los únicos que podían dar una explicación eran sus propios alumnos, con quienes salió al paseo anual del colegio.

—Traigan a los muchachos —ordenó el comandante.

—¿Para qué? Éste no es un espectáculo para niños —replicó el juez, cuyo nieto era alumno de la víctima.

Pero no pudieron ignorarlos. En la breve investigación realizada por la justicia local, más por sentido del deber que por deseos auténticos de conocer la verdad, los alumnos fueron llamados a declarar. Dijeron que nada sabían. Fueron al bosque, como todos los años en esa temporada, jugaron a la pelota, hicieron competencias de lucha libre, consumieron sus meriendas y luego se dispersaron con las cestas en todas direcciones para recolectar hongos silvestres. De acuerdo a las instrucciones recibidas, cuando comenzó a oscurecer se reunieron al borde del camino, a pesar de que el maestro no sonó su silbato para llamarlos. Lo buscaron sin resultado, después se sentaron a esperar y al caer la noche decidieron regresar al pueblo. No se les ocurrió informar a la policía porque supusieron que Lukas Carlé había vuelto a su casa o al colegio. Eso era todo. No tenían ni la menor idea de cómo acabó sus días colgado de la rama de aquel árbol.

Rolf Carlé, vestido con el uniforme del liceo, los zapatos recién lustrados y la gorra metida hasta las orejas, caminó con su madre a lo largo del corredor de la Prefectura. El joven tenía ese aire desgarbado y urgente de muchos adolescentes, era delgado, pecoso, de mirada atenta y manos delicadas. Los condujeron a una sala desnuda y fría, con los muros cubiertos por azulejos, en cuyo centro reposaba el cadáver en una camilla, iluminado por una luz blanca. La madre sacó un pañuelo de la manga y limpió cuidadosamente sus lentes. Cuando el forense levantó las sábanas, ella se inclinó y durante un interminable minuto observó ese rostro deformado. Le hizo una seña a su hijo y él también se acercó a mirar, entonces ella bajó la vista y se tapó la cara con las manos para ocultar su alegría.

—Es mi marido —dijo por último.

—Es mi padre —añadió Rolf Carlé, tratando de mantener la voz serena.

—Lo siento mucho. Esto es muy desagradable para ustedes... —balbuceó el médico sin entender la causa de su propio bochorno. Volvió a cubrir el cuerpo y los tres se quedaron de pie, en silencio, mirando desconcertados la silueta bajo la sábana—. No he realizado la autopsia todavía, pero parece que se trata de un suicidio, en verdad lo lamento.

—Bueno, supongo que eso es todo —dijo la madre.

Rolf la tomó del brazo y salió con ella sin prisa. El eco de sus pasos en el suelo de cemento quedaría asociado en su recuerdo a un sentimiento de alivio y de paz.

—No fue un suicidio. A tu padre lo mataron tus compañeros del liceo —afirmó la señora Carlé al llegar a la casa.

—¿Cómo lo sabe, mamá?

—Estoy segura y celebro que lo hicieran, porque si no lo habríamos tenido que hacer nosotros algún día.

—No hable así, por favor —murmuró Rolf espantado, porque siempre había visto a su madre como una persona resignada y no imaginaba que en su corazón almacenara tanto rencor contra ese hombre. Creía que sólo él lo odiaba—. Ya todo pasó, olvídese de esto.

—Al contrario, hijo, debemos recordarlo siempre —sonrió ella con una nueva expresión.

Los habitantes de la aldea se empecinaron tanto en borrar la muerte del Profesor Carlé de la memoria colectiva, que si no fuera por los propios asesinos, casi lo consiguen. Pero los cinco muchachos habían reunido el coraje para ese crimen durante años y no estaban dispuestos a callarse, pues presentían que ésa sería la acción más importante de sus vidas. No deseaban que se esfumara en la bruma de las cosas no dichas. En el entierro del maestro cantaron himnos con sus trajes de domingo, depositaron una corona de flores en nombre del colegio y mantuvieron la vista en el suelo, para que nadie los sorprendiera intercambiando miradas de complicidad. Las primeras dos semanas se quedaron mudos, esperando que una mañana despertara el pueblo con la evidencia suficiente para mandarlos a la cárcel. El miedo se les metió en el cuerpo y no los abandonó por un tiempo, hasta que se decidieron ponerlo en palabras, para darle forma. La ocasión se les presentó después de un partido de fútbol, en el vestuario de la cancha deportiva donde se aglomeraron los jugadores, mojados de sudor, excitados, quitándose la ropa entre bromas y empujones. Sin ponerse de acuerdo se demoraron en las duchas hasta que todos los demás se fueron y entonces, todavía desnudos, se colocaron delante del espejo y se observaron mutuamente, comprobando que ninguno de ellos tenía huellas visibles de lo ocurrido. Uno sonrió, disolviendo la sombra que los separaba y volvieron a ser los mismos de antes, se palmotearon, se abrazaron y jugaron como los niños grandes que eran. Carlé lo merecía, era una bestia, un psicópata, concluyeron. Repasaron los detalles y percibieron con asombro tal reguero de pistas que resultaba increíble que no hubieran sido detenidos, entonces comprendieron su impunidad y supieron que nadie alzaría la voz para acusarlos. A cargo de cualquier investigación estaría el comandante, padre de uno de ellos, en un juicio el abuelo de otro sería el juez y el jurado estaría compuesto por parientes y vecinos. Allí todos se conocían, estaban emparentados, nadie deseaba remover el fango de ese asesinato, ni siquiera la familia de Lukas Carlé. En realidad sospechaban que su mujer y su hijo habían deseado por años la desaparición del padre y que el viento de alivio provocado por su muerte llegó primero a su propia casa, barriéndola de arriba abajo y dejándola limpia y fresca como nunca antes lo estuvo.

Los muchachos se propusieron mantener vivo el recuerdo de su hazaña y lo lograron tan bien, que la historia pasó de boca en boca, enaltecida por detalles agregados con posterioridad, hasta transformarla en un acto heroico. Formaron un club y se hermanaron con un juramento secreto. Se reunían algunas noches en los límites del bosque para conmemorar ese viernes único en sus vidas, manteniendo alerta el recuerdo del piedrazo con el cual lo aturdieron, del nudo corredizo preparado de antemano, de la forma como treparon al árbol y pasaron el lazo por el cuello del maestro todavía desmayado, de cómo éste abrió los ojos en el instante en que lo izaban y se retorció en el aire con espasmos de agonía. Se identificaban con un círculo de tela blanca cosido en la manga izquierda de la chaqueta y pronto todo el pueblo adivinó el significado de esa señal. También lo supo Rolf Carlé, dividido entre la gratitud por haber sido liberado de su torturador, la humillación de llevar el apellido del ejecutado y la vergüenza de no tener ánimo ni fuerza para vengarlo.

Rolf Carlé comenzó a adelgazar. Cuando se llevaba la comida a la boca veía la cuchara transformada en la lengua de su padre, desde el fondo del plato y a través de la sopa lo observaban los ojos despavoridos del muerto, el pan tenía el color de su piel. Por las noches temblaba de fiebre y en el día inventaba pretextos para no salir de la casa, atormentado por la jaqueca, pero su madre lo obligaba a tragar alimentos y asistir a clases. Soportó veintiséis días, pero la mañana del día veintisiete, cuando en el recreo aparecieron cinco de sus compañeros con las mangas marcadas, tuvo un acceso de vómitos tan agudo, que el director del colegio se alarmó y pidió una ambulancia para mandarlo al hospital de la ciudad vecina, donde estuvo el resto de la semana echando el alma por la boca. Al verlo en ese estado, la señora Carlé intuyó que los síntomas de su hijo no correspondían a una indigestión común y corriente. El médico de la aldea, el mismo que lo vio nacer y extendió el certificado de defunción de su padre, lo examinó con atención, le recetó una serie de medicamentos y recomendó a la madre que no le hiciera mucho caso, pues Rolf era un muchacho sano y fuerte, la crisis de ansiedad pasaría y en poco tiempo estaría haciendo deportes y persiguiendo a las jovencitas. La señora Carlé le administró los remedios puntualmente, pero como no viera ninguna mejoría, duplicó las dosis por iniciativa propia. Nada surtió efecto, el muchacho seguía sin apetito, atontado por el malestar. A la imagen del padre ahorcado se sumaba el recuerdo del día en que fue a enterrar a los muertos en el campo de prisioneros. Katharina lo miraba insistente con sus ojos sosegados, lo seguía por la casa y por último lo llevó de la mano y trató de meterse con él debajo de la mesa de la cocina, pero ambos estaban ya demasiado crecidos. Entonces se acurrucó a su lado y comenzó a murmurar una de esas largas letanías de la infancia.

El jueves temprano entró su madre a despertarlo para ir al liceo y lo encontró volteado hacia la pared, pálido y exhausto, con la decisión evidente de morirse, porque ya no podía soportar el asedio de tantos fantasmas. Ella comprendió que se consumiría en el ardor de la culpa por haber deseado cometer él mismo ese crimen y, sin decir palabra, la señora Carlé se dirigió al armario y empezó a hurgar. Encontró objetos perdidos desde hacía años, ropa sin uso, juguetes de sus hijos, radiografías del cerebro de Katharina, la escopeta de Jochen. Allí estaban también los zapatos de charol rojo con tacones de estilete y se sorprendió de que evocaran en ella tan pocos rencores, ni siquiera tuvo el impulso de lanzarlos a la basura, los llevó a la chimenea y los colocó junto al retrato de su difunto marido, uno a cada lado, como un altar. Por fin dio con la bolsa de lona usada por Lukas Carlé durante la guerra, un saco verde con firmes correas de cuero, y con la misma pulcritud excesiva con que ejecutaba todos los oficios de la casa y del campo, acomodó dentro del saco las ropas de su hijo menor, una fotografía suya el día de su boda, una caja de cartón forrada con seda donde guardaba un rizo de Katharina y un paquete de galletas de avena horneadas por ella el día anterior.

—Vístete, hijo, te irás a América del Sur —anunció con inconmovible decisión.

De este modo Rolf Carlé fue embarcado en un buque noruego que lo llevó al otro lado del mundo, muy lejos de sus pesadillas. Su madre viajó con él en tren hasta el puerto más cercano, le compró un billete de tercera clase, envolvió el dinero sobrante en un pañuelo junto con la dirección del tío Rupert y se lo cosió en el interior de los pantalones, con instrucciones de no quitárselos por ningún motivo. Hizo todo esto sin muestras de emoción y al despedirse le dio un beso rápido en la frente, tal como hacía cada mañana cuando iba a la escuela.

—¿Cuánto tiempo estaré lejos, mamá?

—No lo sé, Rolf.

—No debo irme, ahora yo soy el único hombre de la familia, tengo que cuidar de usted.

—Yo estaré bien. Te escribiré.

—Katharina está enferma, no puedo dejarla así...

—Tu hermana no vivirá mucho más, siempre supimos que sería así, es inútil preocuparse por ella. ¿Qué sucede? ¿Estás llorando? No pareces hijo mío, Rolf, no tienes edad para comportarte como un chiquillo. Límpiate la nariz y sube a bordo antes que la gente comience a mirarnos.

—Me siento mal, mamá, quiero vomitar.

—¡Te lo prohíbo! No me hagas pasar una vergüenza. Vamos, sube por esa pasarela, camina hacia la proa y quédate allí. No mires hacia atrás. Adiós, Rolf.

Pero el muchacho se escondió en la popa para observar el muelle y así supo que ella no se movió de su lugar hasta que el barco se perdió en el horizonte. Guardó consigo la visión de su madre vestida de negro con su sombrero de fieltro y su cartera de falsa piel de cocodrilo, de pie, inmóvil y solitaria, con la cara vuelta hacia el mar.

Rolf Carlé navegó casi un mes en la última cubierta del buque, entre refugiados, emigrantes y viajeros pobres, sin hablar una palabra con nadie por orgullo y timidez, oteando el océano con tal determinación, que llegó al fondo de su propia tristeza y la agotó. Desde entonces no volvió a padecer aquella aflicción que por poco le induce a lanzarse al agua. A los doce días de viaje el aire salado le devolvió el apetito y lo curó de los malos sueños, se le pasaron las náuseas y se interesó en los delfines sonrientes que acompañaban al barco por largos trechos. Cuando finalmente arribó a las costas de América del Sur, habían vuelto los colores a sus mejillas. Se miró en el pequeño espejo del baño común que compartía con los demás pasajeros de su clase y vio que su rostro ya no era el de un adolescente atormentado, sino el de un hombre. Le gustó la imagen de sí mismo, respiró profundamente y sonrió por primera vez en mucho tiempo.

El buque detuvo sus máquinas en el muelle y los pasajeros descendieron por una pasarela. Sintiéndose como un filibustero de las novelas de aventura, con el viento tibio agitándole el pelo y los ojos deslumbrados, Rolf Carlé fue de los primeros en pisar tierra. Un puerto increíble surgió ante su vista a la luz de la mañana. De los cerros colgaban viviendas de todos colores, calles torcidas, ropa tendida, una pródiga vegetación en todos los tonos de verde. El aire vibraba de pregones, de cantos de mujeres, de risas de niños y gritos de papagayos, de olores, de una alegre concupiscencia y un calor húmedo de cocinería. En el bullicio de cargadores, marineros y viajantes, entre fardos, maletas, curiosos y vendedores de chucherías, lo esperaban su tío Rupert con su esposa Burgel y sus dos hijas, unas doncellas macizas y rubicundas de quienes el joven se enamoró de inmediato. Rupert era un primo lejano de su madre, carpintero de oficio, gran bebedor de cerveza y amante de los perros. Había llegado con su familia hasta ese confín del planeta huyendo de la guerra, porque no tenía vocación de soldado, le pareció una estupidez dejarse matar por una bandera que consideraba sólo un trapo amarrado a un palo. No tenía la menor inclinación patriótica y cuando tuvo la certeza de que la guerra era inevitable, recordó a unos bisabuelos lejanos que muchos años antes se embarcaron rumbo a América para fundar una colonia y decidió seguir sus pasos. Condujo a Rolf Carlé directamente del barco a un pueblo de fantasía, preservado en una burbuja donde el tiempo se había detenido y la geografía había sido burlada. Allí la vida transcurría como en los Alpes durante el siglo diecinueve. Para el muchacho fue igual que meterse en una película. No alcanzó a ver nada del país y por varios meses creyó que no había mucha diferencia entre el Caribe y las orillas del Danubio.

A mediados de mil ochocientos, un ilustre sudamericano dueño de tierras fértiles enclavadas en las montañas a poca distancia del mar y no muy lejos de la civilización, quiso poblarlas con colonos de buena cepa. Se fue a Europa, fletó un barco y corrió la voz entre los campesinos empobrecidos por las guerras y las pestes, de que al otro lado del Atlántico estaba esperándolos una utopía. Iban a construir una sociedad perfecta donde reinara la paz y la prosperidad, regulada por sólidos principios cristianos, lejos de los vicios, las ambiciones y los misterios que habían castigado a la humanidad desde el comienzo de la civilización. Ochenta familias fueron seleccionadas de acuerdo a sus méritos y buenas intenciones, entre las cuales había representantes de varios oficios artesanales, un maestro, un médico y un sacerdote, todos con sus instrumentos de trabajo y varios siglos de tradiciones y conocimientos a la espalda. Al pisar esas costas tropicales algunos se asustaron, convencidos de que jamás podrían habituarse a un lugar semejante, pero cambiaron de idea al ascender por un sendero hacia las cumbres de las montañas y encontrarse en el paraíso prometido, una región fresca y benigna, donde era posible cultivar las frutas y hortalizas de Europa y donde crecían también productos americanos. Allí construyeron una réplica de sus aldeas de origen, con casas de vigas de madera, avisos con letras góticas, flores en macetas adornando las ventanas y una pequeña iglesia donde colgaba la campana de bronce traída con ellos en el barco. Cerraron la entrada de la Colonia y bloquearon el camino, para que no fuera posible llegar o salir, y durante cien años cumplieron los deseos del hombre que los llevó hasta ese lugar, viviendo de acuerdo a los preceptos de Dios. Pero el secreto de la utopía no pudo ocultarse indefinidamente y cuando la prensa publicó la noticia se armó un escándalo. El Gobierno, poco dispuesto a consentir que en el territorio existiera un poblado extranjero con sus propias leyes y costumbres, los obligó a abrir las puertas y dar paso a las autoridades nacionales, al turismo y al comercio. Al hacerlo encontraron una aldea donde no se hablaba español, todos eran rubios de ojos claros y una buena parte de los niños habían nacido con taras a causa de los matrimonios consaguíneos. Construyeron una carretera para unirla con la capital, convirtiendo la Colonia en el paseo preferido de las familias con automóvil, que iban a comprar frutas invernales, miel, embutidos, pan casero y manteles bordados. Los colonos transformaron sus casas en restaurantes y albergues para los visitantes y algunos hoteles aceptaron parejas clandestinas, lo cual no correspondía exactamente a la idea del fundador de la comunidad, pero los tiempos cambian y era necesario modernizarse. Rupert llegó allí cuando todavía era un recinto cerrado, pero se las arregló para ser aceptado, después de probar su estirpe europea y demostrar que era un hombre de bien. Cuando abrieron las comunicaciones con el mundo exterior, él fue uno de los primeros en comprender las ventajas de la nueva situación. Dejó de fabricar muebles, porque ahora se podían comprar mejores y más variados en la capital y se dedicó a producir relojes cucú y a imitar juguetes antiguos pintados a mano para vender a los turistas. También comenzó un negocio de perros de raza y una escuela para adiestrarlos, idea que aún no se le había ocurrido a nadie en esas latitudes, pues hasta entonces los animales nacían y se reproducían de cualquier modo, sin apellidos, clubes, concursos, peluqueros o entrenamientos especiales. Pero pronto se supo que en alguna parte estaban de moda los pastores policiales y los ricos quisieron tener el suyo con documentos de garantía. Quienes podían pagarlos, compraban sus bestias y los dejaban por una temporada en la escuela de Rupert, de donde regresaban caminando a dos patas, saludando con la mano, acarreando en el hocico el periódico y las pantuflas del amo y fingiéndose muertos cuando recibían la orden en lengua extranjera.

El tío Rupert era propietario de un buen pedazo de terreno y una casa grande, acondicionada como pensión, con muchos cuartos, toda de madera oscura construida y amueblada con sus propias manos al estilo Heidelberg, a pesar de que él nunca había puesto los pies en esa ciudad. La copió de una revista. Su esposa cultivaba fresas y flores y tenía un gallinero del cual obtenía huevos para toda la aldea. Vivían de la crianza de perros, la venta de relojes y la atención de turistas.

La existencia de Rolf Carlé dio un vuelco. Había terminado el colegio, en la Colonia no podía seguir estudiando y, por otra parte, su tío era partidario de enseñarle sus mismos oficios, para que lo ayudara y tal vez lo heredara, pues no perdía la esperanza de verlo casado con una de sus hijas. Le tomó cariño desde la primera mirada. Siempre quiso tener un descendiente varón y ese muchacho resultó tal como lo había soñado, fuerte, de carácter noble y manos hábiles, con el pelo rojizo, como todos los hombres de su familia. Rolf aprendió con rapidez a manejar las herramientas de la carpintería, armar los mecanismos de los relojes, cosechar fresas y atender a la clientela de la pensión. Sus tíos se dieron cuenta de que podían obtener todo de él si le hacían creer que la iniciativa era suya y apelaban a sus sentimientos.

—¿Qué se puede hacer con el techo del gallinero, Rolf? —le preguntaba Burgel con un suspiro de impotencia.

—Echarle alquitrán.

—Mis pobres gallinas se van a morir cuando empiecen las lluvias.

—Déjemelo a mí, tía, esto lo resuelvo en un minuto. —Y ahí estaba el joven tres días seguidos, revolviendo un caldero con brea, equilibrándose sobre el techo y explicándole a quien fuera pasando sus teorías sobre impermeabilización, ante las miradas admirativas de sus primas y la sonrisa disimulada de Burgel.

Rolf quiso aprender la lengua del país y no descansó hasta conseguir quien se la enseñara de forma metódica. Estaba dotado con buen oído para la música y lo empleó en tocar el órgano de la iglesia, lucirse ante los visitantes con un acordeón y asimilar el castellano con un amplio repertorio de palabrotas de uso cotidiano, a las que recurría sólo en raras ocasiones, pero atesoraba como parte de su cultura. Ocupaba sus ratos libres en la lectura y en menos de un año había consumido todos los libros del pueblo, que pedía prestados y devolvía con puntualidad obsesiva. Su buena memoria le permitía acumular información —casi siempre inútil e imposible de comprobar— para deslumbrar a la familia y a los vecinos. Era capaz de decir sin la menor vacilación cuántos habitantes tenía Mauritania o el ancho del Canal de la Mancha en millas náuticas, en general porque lo recordaba, pero a veces porque lo inventaba al vuelo y lo aseguraba con tanta petulancia, que nadie osaba ponerlo en duda. Aprendió algunos latinajos para salpicar sus peroratas, con los cuales adquirió un sólido prestigio en esa pequeña comunidad, aunque no siempre los usaba correctamente. De su madre había recibido modales corteses y algo anticuados, que le sirvieron para conquistar la simpatía de todo el mundo, en particular de las mujeres, poco acostumbradas a esas finuras en un país de gente ruda. Con su tía Burgel era especialmente galante, no por afectación, sino porque en verdad la quería. Ella tenía la virtud de disipar sus angustias existenciales reduciéndolas a esquemas tan simples, que más tarde él se preguntaba cómo no se le había ocurrido antes esa solución. Cuando caía en el vicio de la nostalgia o se atormentaba por los males de la humanidad, ella lo curaba con sus postres espléndidos y con sus bromas atropelladas. Fue la primera persona, aparte de Katharina, en abrazarlo sin motivo y sin permiso. Cada mañana lo saludaba con besos sonoros y antes de dormir iba a acomodarle la cobija de la cama, atenciones que su madre nunca hizo, por pudor. Al primer vistazo Rolf parecía tímido, se sonrojaba con facilidad y hablaba en tono bajo, pero en realidad era vanidoso y aún estaba en edad de creerse el eje del universo. Era mucho más listo que la mayoría y él lo sabía, pero la inteligencia le alcanzaba para fingir cierta modestia.

Los domingos por la mañana llegaban gentes de la ciudad a ver el espectáculo en la escuela de tío Rupert. Rolf los guiaba hasta un gran patio con pistas y obstáculos, donde los perros realizaban sus proezas ante los aplausos del público. Ese día se vendían algunos animales y el joven se despedía de ellos apesadumbrado, porque los había criado desde su nacimiento y nada lo conmovía tanto como esas bestias. Se echaba en el jergón de las perras y dejaba que los cachorros lo olisquearan, le chuparan las orejas y se durmieran en sus brazos, conocía a cada uno por su nombre y hablaba con ellos en términos de igualdad. Tenía hambre de afecto, pero como había sido criado sin mimos, sólo se atrevía a satisfacer esa carencia con los animales y fue necesario un largo aprendizaje para que pudiera abandonarse al contacto humano, primero al de Burgel y luego al de otros. El recuerdo de Katharina constituía su fuente secreta de ternura y a veces, en la oscuridad de su cuarto, ocultaba la cabeza bajo la sábana y lloraba pensando en ella.

No hablaba de su pasado por temor a suscitar compasión y porque no había logrado ordenarlo en su mente. Los años de infortunio junto a su padre eran un espejo roto en su memoria. Alardeaba de frialdad y pragmatismo, dos condiciones que le parecían sumamente viriles, pero en verdad era un incorregible soñador, el menor gesto de simpatía lo desarmaba, la injusticia lograba sublevarlo, padecía ese idealismo candoroso de la primera juventud, que no resiste el enfrentamiento con la grosera realidad del mundo. Una infancia de privaciones y terrores le dio sensibilidad para intuir el lado oculto de las cosas y de las personas, una clarividencia que se le presentaba de pronto como un fogonazo, pero sus pretensiones de racionalidad le impedían prestar atención a esos misteriosos avisos o seguir la conducta señalada por sus impulsos. Negaba sus emociones y por lo mismo éstas lo volteaban en cualquier descuido. Tampoco admitía el reclamo de sus sentidos e intentaba controlar la parte de su naturaleza que se inclinaba hacia la molicie y el placer. Comprendió desde el principio que la Colonia era un sueño ingenuo donde se sumergió por casualidad, pero que la existencia estaba llena de asperezas y más valía ponerse una coraza si pretendía sobrevivir. Sin embargo, quienes lo conocían podían ver que esa protección era de humo y un soplo la desbarataba. Iba por la vida con los sentimientos desnudos, tropezando con su orgullo y cayendo para volver a ponerse de pie.

La familia de Rupert eran gentes sencillas, animosas y glotonas. La comida revestía una importancia fundamental para ellos, sus vidas giraban en torno a los afanes de la cocina y la ceremonia de sentarse a la mesa. Todos eran gordos y no se resignaban a ver al sobrino tan delgado, a pesar de la preocupación constante por alimentarlo. La tía Burgel había creado un plato afrodisíaco que atraía a los turistas y mantenía a su marido siempre en llamas, mírenlo, parece un tractor, decía con su risa contagiosa de matrona satisfecha. La receta era simple: en una olla enorme freía bastante cebolla, tocino y tomate, sazonado con sal, pimienta en grano, ajos y cilantro. A eso le agregaba por capas trozos de carne de cerdo y de res, pollos deshuesados, habas, maíz, repollo, pimentón, pescado, almejas y langostinos, luego espolvoreaba un poco de azúcar mascabada y vaciaba dentro cuatro jarros de cerveza. Antes de taparlo y cocinarlo a fuego suave, le arrojaba un manojo de hierbas cultivadas en los maceteros de su cocina. Ése era el momento crucial, pues nadie conocía la composición de este último aliño y ella estaba decidida a llevarse el secreto a la tumba. El resultado era un guiso oscuro, que se extraía de la olla y se servía en el orden inverso en que se colocaron los ingredientes. Al final se presentaba el caldo en tazas y el efecto era un formidable calor en los huesos y una pasión lujuriosa en el alma. Los tíos mataban varios cerdos al año y preparaban los mejores embutidos del pueblo: jamones ahumados, longanizas, mortadela, enormes latas de grasa; compraban leche fresca en toneles para hacer crema, batir mantequilla y fabricar quesos. Desde el amanecer hasta la noche emanaban vapores fragantes de la cocina. En el patio encendían braseros de leña donde se colocaban las cacerolas de cobre con dulces de ciruela, de albaricoque y de fresa, con que acompañaban el desayuno de los visitantes. Con tanta vida entre ollas aromáticas, las dos primas olían a canela, clavo de olor, vainilla y limón. Por las noches Rolf se escabullía como una sombra hasta su habitación para hundir la nariz en sus vestidos y aspirar esa fragancia dulce que llenaba su cabeza de pecados.

Las rutinas cambiaban durante los fines de semana. El jueves ventilaban las habitaciones, las adornaban con flores frescas y preparaban leña para las chimeneas, porque en las noches corría una brisa fría y a los huéspedes les gustaba sentarse frente al fuego e imaginar que estaban en los Alpes. De viernes a domingo la casa se llenaba de clientes y la familia trabajaba desde el amanecer atendiéndolos; la tía Burgel no salía de la cocina y las muchachas servían las mesas y hacían el aseo vestidas de fieltro bordado, medias blancas, delantales almidonados y peinadas con trenzas y cintas de colores, como las aldeanas de los cuentos germánicos.

Las cartas de la señora Carlé demoraban cuatro meses y eran todas muy breves y casi iguales: Querido hijo, me encuentro bien, Katharina está en el hospital, cuídate mucho y acuérdate de las cosas que te he enseñado, para que seas un hombre bueno, te besa tu mamá. Rolf, en cambio, le escribía con frecuencia, llenando muchas hojas por ambos lados para contarle sus lecturas, porque después de describir la aldea y la familia de sus tíos, no había más que decir, tenía la impresión de que nunca le sucedía nada digno de ser anotado en una carta y prefería sorprender a su madre con largas parrafadas filosóficas inspiradas por los libros. También le enviaba fotografías que tomaba con una vieja cámara de su tío, registrando así las variaciones de la naturaleza, las expresiones de la gente, los pequeños acontecimientos, los detalles que a simple vista pasaban desapercibidos. Esa correspondencia significaba mucho para él, no sólo porque mantenía viva la presencia de su madre, sino porque descubrió cuánto le gustaba observar el mundo y retenerlo en imágenes.

Las primas de Rolf Carlé eran requeridas en amores por un par de pretendientes, que descendían en línea directa de los fundadores de la Colonia, dueños de la única industria de velas de fantasía, cuya producción se vendía en todo el país y más allá de las fronteras. La fábrica todavía existe y es tanto su prestigio, que en ocasión de la visita del Papa, cuando el Gobierno mandó hacer un cirio de siete metros de largo y dos de diámetro para mantenerlo encendido en la Catedral, no sólo pudieron moldearlo a la perfección, decorarlo con escenas de la pasión y aromatizarlo con extracto de pino, sino que también fueron capaces de trasladarlo en un camión desde la montaña hasta la capital bajo un sol de plomo, sin que perdiera su forma de obelisco, su olor de Navidad ni su tono de marfil antiguo. La conversación de los dos jóvenes giraba en torno a los moldes, colores y perfumes de las velas. A veces resultaban algo aburridos, pero ambos eran guapos, bastante prósperos y estaban impregnados por dentro y por fuera con el aroma de la cera de abejas y de las esencias. Eran los mejores partidos de la Colonia y todas las muchachas buscaban pretextos para ir a comprar velas con sus más vaporosos vestidos, pero Rupert había sembrado la duda en sus hijas de que toda esa gente, nacida por generaciones de las mismas familias, tenía la sangre aguada y podía producir vástagos fallados. En franca oposición a las teorías sobre las razas puras, creía que de las mezclas salen los mejores ejemplares y para probarlo cruzó sus perros finos con bastardos callejeros. Obtuvo bestias lamentables de impredecibles pelajes y tamaños, que nadie quiso comprar, pero que resultaron mucho más inteligentes que sus congéneres con pedigree, como se vio cuando aprendieron a caminar sobre una cuerda floja y bailar vals sobre las patas traseras. Es mejor buscar novios fuera, decía, desafiando a su amada Burgel, quien no quería oír hablar de esa posibilidad; la idea de ver a sus niñas desposadas con varones morenos y con un vaivén de rumba en las caderas, le parecía una horrible desgracia. No seas obtusa, Burgel. Obtuso eres tú, ¿quieres tener nietos mulatos? Los nativos de este país no son rubios, mujer, pero tampoco son todos negros. Para zanjar la discusión, ambos suspiraban con el nombre de Rolf Carlé en los labios, lamentando no disponer de dos sobrinos como él, uno para cada hija, porque si bien existía un parentesco sanguíneo y el antecedente del retardo mental de Katharina, podría jurar que Rolf no era portador de genes deficientes. Lo consideraban el yerno perfecto, trabajador, educado, culto, con buenos modales, más no se podía pedir. Su juventud excesiva constituía por el momento su única falla, pero todo el mundo se cura de eso.

Las primas tardaron bastante en ponerse a tono con las aspiraciones de sus padres, porque eran doncellas inocentes, pero cuando se despabilaron dejaron muy atrás los preceptos de modestia y recato en que habían sido criadas. Percibieron el incendio en los ojos de Rolf Carlé, lo vieron entrar como una sombra en su habitación para hurgar furtivamente en sus vestidos y lo interpretaron como síntomas de amor. Hablaron del asunto entre ellas, contemplando la posibilidad de amarse platónicamente entre los tres, pero al verlo con el torso desnudo, el pelo de cobre revuelto por la brisa, sudando con las herramientas del campo o de la carpintería, fueron cambiando de parecer y llegaron a la feliz conclusión de que Dios había inventado dos sexos con un propósito evidente. Eran de carácter alegre y estaban acostumbradas a compartir el cuarto, el baño, la ropa y casi todo lo demás, de modo que no vieron malicia alguna en repartirse también al amante. Por otra parte, les resultaba fácil deducir el excelente estado físico del muchacho, cuyas fuerzas y buena voluntad alcanzaban para cumplir las pesadas faenas exigidas por el tío Rupert y, estaban seguras, sobrarían para retozar con ellas. Sin embargo, la cosa no era tan simple. Los habitantes del pueblo carecían de amplitud de criterio para entender una relación triangular y hasta su padre, a pesar de sus alardes de modernismo, nunca la toleraría. De la madre ni hablar, era capaz de coger un cuchillo y clavárselo al sobrino en la parte más vulnerable.

Pronto Rolf Carlé notó un cambio en la actitud de las jóvenes. Lo atosigaban con los trozos más grandes de carne asada, le echaban una montaña de crema batida a su postre, cuchicheaban a su espalda, se alborotaban cuando él las sorprendía observándolo, lo tocaban al pasar, siempre en forma casual, pero con tal carga erótica en cada uno de esos roces, que ni un anacoreta hubiera permanecido impasible. Hasta entonces él las rondaba con prudencia y disimulo para no faltar a las normas de cortesía ni enfrentar la posibilidad de un rechazo, que habría herido de muerte su propia estima, pero poco a poco empezó a mirarlas con audacia, largamente, porque no quería tomar una decisión precipitada. ¿Cuál escoger? Las dos le resultaban encantadoras con sus piernotas robustas, sus senos apretados, sus ojos de aguamarina y esa piel de infante. La mayor era más divertida, pero también lo seducía la suave coquetería de la menor. El pobre Rolf se debatió en tremendas dudas hasta que las muchachas se cansaron de esperar su iniciativa y se lanzaron en un ataque frontal. Lo atraparon en la huerta de las fresas, le hicieron una zancadilla para mandarlo al suelo y se le fueron encima para hacerle cosquillas, pulverizando su manía de tomarse en serio y sublevando su lujuria. Hicieron saltar los botones de su pantalón, le arrancaron los zapatos, le rompieron la camisa y metieron sus manos de ninfas traviesas por donde él nunca imaginó que alguien lo exploraría. A partir de ese día Rolf Carlé abandonó la lectura, descuidó a los cachorros, se olvidó de los relojes cucú, de escribirle a su madre y hasta de su propio nombre. Andaba en trance, con los instintos encendidos y la mente ofuscada. De lunes a jueves, cuando no había visitantes en la casa, disminuía el ritmo de trabajo doméstico y los tres jóvenes disponían de algunas horas de libertad, que aprovechaban para perderse en los cuartos de los huéspedes, vacíos en esos días de la semana. Pretextos no faltaban: airear los edredones, limpiar los cristales de las ventanas, fumigar las cucarachas, encerar la madera de los muebles, cambiar las sábanas. Las muchachas habían heredado de sus padres sentido de equidad y de organización, mientras una se quedaba en el corredor vigilando para dar la voz de alarma si alguien se aproximaba, la otra se encerraba en el cuarto con Rolf. Respetaban los turnos rigurosamente, pero por fortuna el joven no se enteró de ese detalle humillante. ¿Qué hacían cuando estaban a solas? Nada nuevo, los mismos juegos de primos que la humanidad conoce desde hace seis mil años. Lo interesante comenzó cuando decidieron juntarse por las noches los tres en la misma cama, tranquilizados por los ronquidos de Rupert y Burgel en la habitación contigua. Los padres dormían con la puerta abierta para vigilar a sus hijas y eso permitía a las hijas vigilar a los padres. Rolf Carlé era tan inexperto como sus dos compañeras, pero desde el primer encuentro tomó precauciones para no preñarlas y puso en los juegos de alcoba todo el entusiasmo y la inventiva necesarios para suplir su ignorancia amatoria. Su energía era alimentada sin tregua por el formidable regalo de sus primas, abiertas, tibias, frutales, siempre sofocadas de risa y bien dispuestas. Además, el hecho de hacerlo en el mayor silencio, aterrados por los crujidos de la cama, arropados bajo las sábanas, envueltos en el calor y el olor compartidos, era un incentivo que ponía fuego en sus corazones. Estaban en la edad precisa para hacer el amor incansablemente. Mientras las muchachas florecían con una vitalidad estival, los ojos cada vez más azules, la piel más luminosa y la sonrisa más feliz, Rolf olvidaba los latinajos, andaba tropezando con los muebles y durmiéndose de pie, servía la mesa de los turistas medio sonámbulo, con las rodillas temblorosas y la mirada difusa. Este niño está trabajando mucho, Burgel, lo veo pálido, hay que darle vitaminas, decía Rupert, sin sospechar que a sus espaldas el sobrino devoraba grandes porciones del famoso guiso afrodisíaco de su tía, para que no le fallaran los músculos a la hora de ponerlos a prueba. Los tres primos descubrieron juntos los requisitos para despegar y en algunas oportunidades llegaron incluso a volar muy alto. El muchacho se resignó a la idea de que sus compañeras tenían mayor capacidad de goce y podían repetir sus hazañas varias veces en la misma sesión, de modo que para mantener su prestigio incólume y no defraudarlas aprendió a dosificar sus fuerzas y su placer con técnicas improvisadas. Años después supo que los mismos métodos se empleaban en la China desde los tiempos de Confucio y concluyó que no hay nada nuevo bajo el sol, como decía su tío Rupert cada vez que leía el periódico. Algunas noches los tres amantes eran tan felices, que olvidaban despedirse y se dormían en un nudo de miembros entrelazados, el joven perdido en una montaña blanda y fragante, arrullado por los sueños de sus primas. Despertaban con los primeros cantos del gallo, justo a tiempo para saltar cada uno a su cama antes de que los padres los sorprendieran en tan deliciosa falta. Al principio las hermanas tuvieron la idea de rifarse al infatigable Rolf Carlé lanzando una moneda al aire, pero durante esos memorables combates descubrieron que estaban unidas a él por un sentimiento juguetón y festivo, totalmente inadecuado para establecer las bases de un matrimonio respetable. Ellas, mujeres prácticas, consideraron más conveniente desposar a los aromáticos fabricantes de velas, conservando a su primo de amante y convirtiéndolo, en lo posible, en padre de sus hijos, evitando así el riesgo del aburrimiento, aunque tal vez no el de traer hijos medio tarados a este mundo. Ese arreglo jamás pasó por la mente de Rolf Carlé, alimentado por la literatura romántica, las novelas de caballería y los rígidos preceptos honorables aprendidos en la infancia. Mientras ellas planeaban audaces combinaciones, él sólo lograba acallar la culpa de amarlas a las dos pretextando que se trataba de un acuerdo temporal, cuya finalidad última era conocerse más antes de formar una pareja; pero un contrato a largo plazo le parecía una perversión abominable. Se debatía en un conflicto insoluble entre el deseo, siempre renovado con poderosos bríos por esos dos cuerpos opulentos y generosos, y su propia severidad que lo inducía a considerar el matrimonio monógamo como el único camino posible para un hombre decente. No seas tonto, Rolf, ¿no ves que a nosotras no nos importa? Yo no te quiero para mí sola y mi hermana tampoco, sigamos así mientras estemos solteras y después de casadas también. Esta proposición fue una sacudida brutal para la vanidad del joven. Se hundió en la indignación durante treinta horas, al cabo de las cuales pudo más la concupiscencia. Recogió su dignidad del suelo y volvió a dormir con ellas. Y las adorables primas, una a cada lado, risueñas, desnudas, lo envolvieron otra vez en su niebla estupenda de canela, clavo de olor, vainilla y limón hasta enloquecer sus sentidos y anular sus secas virtudes cristianas.

Tres años transcurrieron así, suficientes para borrar las pesadillas macabras de Rolf Carlé y remplazarlas por sueños amables. Tal vez las muchachas habrían ganado la pelea contra sus escrúpulos y él se habría quedado junto a ellas para el resto de sus días, cumpliendo con humildad la tarea de amante y de padrote por partida doble, si su destino no estuviera trazado en otra dirección. El encargado de señalárselo fue el señor Aravena, periodista de oficio y cineasta de vocación.

Aravena escribía en el diario más importante del país. Era el mejor cliente de la pensión, pasaba casi todos los fines de semana en la casa de Rupert y Burgel, donde disponía de una habitación reservada. Su pluma tenía tanto prestigio, que ni la dictadura consiguió amordazarlo por completo y en sus años de profesión ganó una aureola de honestidad que le permitía publicar aquello que sus colegas jamás habrían osado. Hasta el General y el Hombre de la Gardenia lo trataban con consideración respetando una fórmula de equilibrio mediante la cual él disponía de un espacio para moverse sin ser molestado, dentro de ciertos límites, y el Gobierno proyectaba una imagen de liberalidad al mostrar sus artículos algo atrevidos. Hombre de evidente inclinación por la buena vida, fumaba grandes cigarros, comía como un león y era un bebedor esforzado, el único capaz de derrotar al tío Rupert en los torneos dominicales de cerveza. Sólo él se daba el lujo de pellizcar a las primas de Rolf en su nalgas portentosas, porque lo hacía con gracia, sin ánimo de ofenderlas sino de rendirles justo tributo. Vengan aquí mis adorables valkirias, dejen que este pobre periodista les ponga las manos en el culo, y hasta la tía Burgel se reía cuando sus niñas volteaban para que él les levantara ceremoniosamente las faldas de fieltro bordado y se extasiara ante esos globos cubiertos por calzones infantiles. El señor Aravena poseía una máquina filmadora y otra de escribir, portátil y ruidosa, con las teclas descoloridas por el uso, con la cual pasaba todo el sábado y medio domingo sentado en la terraza de la pensión escribiendo sus crónicas a dos dedos, mientras consumía embutidos y tragaba cerveza. Me hace bien respirar el aire puro de las montañas, decía mientras aspiraba el humo negro de su tabaco. A veces llegaba con una señorita, nunca la misma, a quien presentaba como su sobrina y Burgel fingía creer el parentesco, esta casa no es uno de esos hoteles indecentes, qué se han imaginado, sólo a él le permito venir acompañado, porque se trata de un caballero muy conocido, ¿no han visto su nombre en el periódico? A Aravena el entusiasmo por la dama de turno le duraba una noche, después se hartaba de ella y la enviaba de regreso con el primer camión de hortalizas que bajara a la capital. En cambio con Rolf Carlé podía pasar días conversando y paseando por los alrededores de la aldea. Le comentaba las noticias internacionales, lo inició en la política local, guiaba sus lecturas, le enseñó a usar la filmadora y algunos rudimentos de taquigrafía. No puedes quedarte en esta Colonia para siempre, decía, esto sirve para que un neurótico como yo venga a componer el cuerpo y desintoxicarse, pero ningún joven normal puede vivir en esta escenografía. Rolf Carlé conocía bien las obras de Shakespeare, Molière y Calderón de la Barca, pero no había estado jamás en un teatro y no podía ver la relación con la aldea, pero no era el caso discutir con ese maestro por quien sentía una admiración desmesurada.

—Estoy satisfecho de ti, sobrino. Dentro de un par de años puedes hacerte cargo de los relojes tú solo, es un buen negocio —le propuso el tío Rupert el día que el muchacho cumplió veinte años.

—En realidad no quiero ser relojero, tío. Creo que el cine es una profesión más adecuada para mí.

—¿Cine? ¿Y para qué sirve eso?

—Para hacer películas. A mí me interesan los documentales. Quiero saber lo que ocurre en el mundo, tío.

—Mientras menos sepas mejor, pero si eso es lo que te gusta, haz como quieras.

Burgel casi se enferma cuando supo que partiría a vivir solo en la capital, ese antro de peligros, droga, política, enfermedades, donde las mujeres son todas unas zorras, con perdón de la palabra, como esas turistas que llegan a la Colonia bamboleando la popa y echando la proa hacia delante. Desesperadas, las primas intentaron disuadirlo negándole sus favores, pero en vista de que el castigo era tan doloroso para ellas como para él, cambiaron de táctica y lo amaron con tanto ardor que Rolf bajó de peso en forma alarmante. Los más afectados, sin embargo, fueron los perros, que al husmear los preparativos perdieron el apetito y vagaban con el rabo entre las piernas, las orejas gachas y una insoportable mirada de súplica.

Rolf Carlé resistió todas las presiones sentimentales y dos meses más tarde partió a la Universidad, después de prometer a su tío Rupert que pasaría los fines de semana con ellos, a su tía Burgel que se comería las galletas, los jamones y las mermeladas que introducía en su equipaje, y a las primas que permanecería en castidad absoluta para volver con renovadas energías a jugar con ellas bajo el edredón.

y paseando por los alrededores de la aldea. Le comentaba las noticias internacionales, lo inició en la política local, guiaba sus lecturas, le enseñó a usar la filmadora y algunos rudimentos de fotografía. No puedes quedarte en esta Colonia para siempre, decía, esto sirve para que un neurótico como yo venga a componer el cuerpo y desintoxicarse, pero ningún joven normal puede vivir en esta escenografía. Rolf Carlé conocía bien las obras de Shakespeare, Molière y Calderón de la Barca, pero no había estado jamás en un teatro y no podía ver la relación con la aldea, pero no era el caso discutir con ese maestro por quien sentía una admiración desmesurada.

—Estoy satisfecho de ti, sobrino. Dentro de un par de años puedes hacerte cargo de los relojes, también es un buen negocio —le propuso el tío Rupert el día que el muchacho cumplió veinte años.

—En realidad no quiero ser relojero, tío. Creo que el cine es una profesión más adecuada para mí.

—¿Cine? ¿Y para qué sirve eso?

—Para hacer películas. A mí me interesan los documentales. Quiero saber lo que ocurre en el mundo, tío.

—Mientras menos sepas, mejor, pero si eso es lo que te gusta, haz como quieras.

Burgel casi se enfermó cuando supo que partiría a vivir solo en la capital, ese antro de peligros, drogas, política, enfermedades, donde las mujeres son todas unas zorras, con perdón de la palabra, como esas turistas que llegan a la Colonia bamboleando la popa y echando la proa hacia delante. Desesperadas, las primas intentaron disuadirlo negándole sus favores, pero en vista de que el castigo era tan doloroso para ellas como para él, cambiaron de táctica y lo amaron con tanto ardor que Rolf bajó de peso en forma alarmante. Los más afectados, sin embargo, fueron los perros, que al husmear los preparativos perdieron el apetito y vagaban con el rabo entre las piernas, las orejas gachas y una insoportable mirada de súplica.

Rolf Carlé resistió todas las presiones sentimentales y dos meses más tarde partió a la Universidad, después de prometer a su tío Rupert que pasaría los fines de semana con ellos, a su tía Burgel que se comería las galletas, los jamones y las mermeladas que introdujo en su equipaje, y a las primas que permanecería en castidad absoluta para volver con renovadas energías a jugar con ellas bajo el edredón.

CINCO

Mientras estas cosas sucedían en la vida de Rolf Carlé, a poca distancia yo salía de la infancia. En esa época comenzó la desgracia de la Madrina. Me enteré por la radio y vi su retrato en los pasquines comprados por Elvira a espaldas de la patrona, y así supe que dio a luz un monstruo. Científicos calificados informaron a la opinión pública que la criatura pertenecía a la Tribu III, es decir, se caracterizaba por la fusión de dos cuerpos con dos cabezas; género xifodimo, por lo tanto presentaba una sola columna vertebral; clase monofaliana, con un ombligo para los dos cuerpos. Lo curioso fue que una cabeza era de raza blanca y la otra negra.

—Dos padres tiene el pobrecito, eso es seguro —dijo Elvira con una mueca de asco—. A mi entender estas desgracias vienen por dormir con dos hombres en el mismo día. Más de cincuenta años tengo y nunca he hecho eso. Yo, por lo menos, nunca dejé que se mezclaran los humores de dos hombres en mi barriga, porque de ese vicio nacen renacuajos de circo.

La Madrina se ganaba la vida limpiando oficinas por las noches. Estaba desmanchando la alfombra en un décimo piso, cuando se manifestaron las primeras molestias, pero siguió trabajando porque no supo calcular el tiempo de su parto y porque estaba furiosa consigo misma por haber sucumbido a una tentación, pagándolo con ese embarazo bochornoso. Pasada la media noche sintió un líquido caliente correr entre sus piernas y quiso ir al hospital, pero ya era tarde, le fallaron las fuerzas y no pudo bajar. Llamó con todo el aire de los pulmones, pero en el edificio solitario no había nadie para socorrerla. Resignada a ensuciar lo que acababa de limpiar, se echó en el suelo y pujó desesperada hasta expulsar a su hijo. Al ver al extraño ser bicéfalo que había parido, su desconcierto no tuvo límites y su primera reacción fue deshacerse de aquello lo antes posible. Apenas pudo tenerse en pie cogió al recién nacido fue al pasillo y lo lanzó por el bajante de la basura, luego regresó jadeante a lavar de nuevo la alfombra. Al día siguiente, cuando el conserje entró al sótano, encontró el minúsculo cadáver entre los desperdicios arrojados de las oficinas, casi intacto porque cayó sobre papel picado. A sus gritos acudieron las mesoneras de la cafetería y en pocos minutos la noticia alcanzó la calle y se desparramó por la ciudad. Al mediodía el escándalo se conocía en todo el país y hasta vinieron periodistas extranjeros para fotografiar al niño, porque esa combinación de razas nunca se había visto en los anales de la medicina. Durante una semana no se habló de otra cosa, opacando incluso la muerte de dos estudiantes baleados por la Guardia en la puerta de la Universidad por agitar banderas rojas y cantar la Internacional. Llamaron desnaturalizada a la madre del bebé, asesina y enemiga de la ciencia porque no quiso entregarlo para investigación en el Instituto de Anatomía, sino que insistió en enterrarlo en el cementerio de acuerdo a los preceptos católicos.

—Primero lo mata y lo tira a la basura como si fuera un pescado podrido y después quiere darle cristiana sepultura. Dios no perdona crimen semejante, pajarito.

—Pero abuela, no está aprobado que mi Madrina lo mató...

—¿Y quién fue entonces?

La policía mantuvo a la madre aislada en una celda durante varias semanas, hasta que el médico forense logró hacerse oír. Había afirmado siempre, pero nadie le prestó atención, que el lanzamiento por el bajante de la basura no fue la causa del deceso, el crío estaba muerto antes de nacer. Por fin la justicia dejó libre a la pobre mujer, quien de todos modos quedó marcada, porque los titulares de los diarios la persiguieron durante meses y nadie creyó la versión oficial. La truculenta simpatía popular se puso de parte del niño y llamaron a la Madrina «Asesina del Monstruito». Este desagradable episodio acabó con sus nervios. No pudo resistir la culpa de haber dado a luz un espantajo y cuando la soltaron de la cárcel no era ya la misma persona, empecinada en que ese alumbramiento era un castigo divino por algún pecado abominable cuyo origen ni ella misma podía recordar. Sentía vergüenza de mostrarse en público, empezó a hundirse en la miseria y la desolación. Como último recurso acudió a los hechiceros, quienes la vistieron con una mortaja, la recostaron en la tierra, la rodearon de velas encendidas y la ahogaron en humo, talco y alcanfor, hasta que un grito visceral salió de las entrañas de la paciente, lo que fue interpretado como la expulsión definitiva de los malos espíritus. Después le colgaron collares sagrados para impedir que el mal volviera a introducirse en ella. Cuando fui con Elvira a visitarla, la encontré en su mismo rancho pintado de añil. Había perdido las carnes prietas y olvidado la coquetería descarada que antes ponía pimienta a su andar, se había rodeado de estampas católicas y dioses indígenas y su única compañía era el puma embalsamado.

Al ver que sus infortunios no terminaban con las oraciones, las brujerías ni las recetas de los yerbateros, la Madrina juró ante el altar de la Virgen María no volver a tener contacto carnal con hombre alguno y para obligarse a cumplirlo, se hizo coser la vagina por una comadrona. La infección por poco la mata. Nunca supo si se salvó por los antibióticos del hospital, por los cirios encendidos a Santa Rita o por las infusiones bebidas a destajo. Desde ese momento ya no pudo dejar el ron y la santería, extravió el rumbo y noción de la vida, con frecuencia no reconocía al prójimo y vagaba por las calles mascullando despropósitos sobre el hijo del diablo, un bicho de dos razas nacido de su vientre. Estaba trastornada y no podía ganar su sustento, porque en ese estado de turbación y con su foto en la crónica policial, nadie le daba empleo. A veces desaparecía por largo tiempo y yo temía que hubiera muerto, pero el día menos pensado regresaba, cada vez más gastada y triste, con los ojos inyectados y una cuerda de siete nudos para medirme el contorno del cráneo, método sacado de quizá dónde para saber si aún conservaba la virginidad. Es tu único tesoro, mientras tengas pureza vales algo, cuando la pierdes ya no eres nadie, decía y yo no comprendía por qué justamente aquella parte de mi cuerpo, pecaminosa y prohibida, resultaba al mismo tiempo de tanto valor.

Tal como dejaba pasar meses sin cobrar mi sueldo, de pronto

acudía a pedir dinero prestado con súplicas o amenazas, ustedes maltratan a mi muchachita, no ha crecido nada, está muy flaca y me dicen las malas lenguas que el patrón me la manosea, eso no me gusta nada, corrupción de menores le llaman. Cuando llegaba por la casa yo corría a esconderme en el ataúd. Inflexible, la solterona se negó a aumentar mi salario y comunicó a la Madrina que la próxima vez que la molestara llamara a la policía, ya te conocen, saben muy bien quién eres, agradecida debieras estar que me haga cargo de tu chiquilla, si no fuera por mí estaría muerta igual que tu crío de dos cabezas. La situación se hizo insostenible y por fin un día la patrona perdió la paciencia y me despidió.

La separación de Elvira fue muy triste. Durante más de tres años habíamos estado juntas, ella me había dado su cariño y yo le había llenado la cabeza con historias inverosímiles, nos ayudamos, nos protegimos mutuamente y compartimos la risa. Durmiendo en la misma cama y jugando al velorio en el mismo ataúd, cimentamos una relación inquebrantable, que nos preservó de la soledad y de las asperezas del oficio de sirvientas. Elvira no se resignó a olvidarme y a partir de ese día me visitaba donde estuviera. Se las arreglaba siempre para ubicarme. Aparecía como una abuela benigna en cada sitio donde yo trabajaba, llevando un frasco de dulce de guayaba o algunos pirulís comprados en el mercado. Nos sentábamos a mirarnos con ese afecto discreto al cual ambas estábamos habituadas y antes de marcharse, Elvira me pedía un cuento largo que le durara hasta la próxima visita. Así nos vimos durante un tiempo, hasta que por una mala jugada del azar nos perdimos la pista.

Para mí comenzó una peregrinación de una casa a otra. Mi Madrina me cambiaba de empleo, exigiendo cada vez más dinero, pero nadie estaba dispuesto a pagar con generosidad mis servicios, teniendo en cuenta que muchas niñas de mi edad trabajaban sin sueldo, sólo por la comida. En ese período se me enredó la cuenta y ahora no puedo recordar todos los lugares donde estuve, salvo algunos imposibles de olvidar, como la casa de la señora de la porcelana fría, cuyo arte me sirvió de fundamento, años más tarde, para una singular aventura.

Se trataba de una viuda nacida en Yugoslavia, que hablaba un español tosco y cocinaba platos complicados. Había descubierto la fórmula de la Materia Universal, como llamaba modestamente a una mezcla de papel de periódico remojado en agua, harina vulgar y cemento dental, con la cual fabricaba una masa gris, que mientras estaba húmeda era maleable y al secarse adquiría una consistencia pétrea. Con ella se podía imitar todo menos la transparencia del cristal y el humor vítreo del ojo. La amasaba, la envolvía en un trapo mojado y la guardaba en la nevera hasta el momento de usarla. Se podía moldear como arcilla o aplastar con un rodillo para dejarla delgada como una seda, cortarla, darle diferentes texturas o plegarla en varias direcciones. Una vez seca y dura, se sellaba con barniz y luego se pintaba a gusto para obtener madera, metal, tela, fruta, mármol, piel humana o cualquier otra cosa. La vivienda de la yugoslava era un muestrario de las posibilidades de este maravilloso material: un biombo Coromandel en la entrada; cuatro mosqueteros vestidos de terciopelo y encajes con espadas desenvainadas presidían el salón; un elefante adornado a la manera de la India servía de mesa para el teléfono; un friso romano hacía de respaldo de cama. Una de las habitaciones había sido transformada en tumba faraónica: las puertas lucían bajorrelieves funerarios, las lámparas eran panteras negras con bombillos luminosos en los ojos, la mesa imitaba un sarcófago bruñido con incrustaciones de falso lapislázuli, y los ceniceros tenían la forma serena y eterna de la esfinge, con un agujero en el lomo para aplastar las colillas. Yo deambulaba por ese museo, aterrada de que algo se me quebrara bajo el impacto del plumero o cobrara vida y me persiguiera para clavarme la espada de mosquetero, el colmillo de elefante o las garras de pantera. Así nació mi fascinación por la cultura del antiguo Egipto y mi horror por la masa de pan. La yugoslava sembró en mi alma una invencible desconfianza por los objetos inanimados y a partir de entonces necesito tocarlos para saber si son lo que parecen o están fabricados de Materia Universal. En los meses que trabajé allí aprendí el oficio, pero tuve el buen tino de no enviciarme. La porcelana fría es una tentación peligrosa, pues una vez dominados sus secretos nada impide al artesano copiar todo lo imaginable hasta construir un mundo de mentira y perderse en él.

La guerra había destrozado los nervios de la patrona. Convencida de que enemigos invisibles la espiaban para hacerle daño, rodeó su propiedad con un alto muro erizado de trozos de vidrio y guardaba dos pistolas en su mesa de noche, esta ciudad está llena de ladrones, una pobre viuda debe ser capaz de defenderse sola, al primer intruso que pise mi casa le disparo entre los ojos. Las balas no estaban reservadas sólo para los bandidos, el día que este país caiga en manos del comunismo yo te mato para que no sufras, Evita, y después me vuelo la cabeza de un tiro, decía. Me trataba con consideración y hasta con cierta ternura, se preocupaba de que yo comiera con abundancia, me compró una buena cama y cada tarde me invitaba al salón para que escucháramos juntas las novelas de la radio. «Ábranse las páginas sonoras del aire para hacer vivir a ustedes la emoción y el romance de un nuevo capítulo...» Sentadas lado a lado, mordisqueando galletas entre los mosqueteros y el elefante, oíamos tres folletines seguidos, dos de amor y uno de detectives. Me sentía cómoda con esa patrona, tenía la sensación de pertenecer a un hogar. Tal vez el único inconveniente era que la casa estaba situada en un barrio apartado, donde a Elvira le resultaba difícil visitarme, pero así y todo mi abuela emprendía el viaje cada vez que conseguía una tarde libre, cansada estoy de tanto andar, pajarito, pero más cansada estoy de no verte, todos los días yo le pido a Dios que a ti te otorgue fundamento y a mí me dé salud para encariñarte, me decía.

Me hubiera quedado allí mucho tiempo porque mi Madrina no tenía motivos de queja, le pagaban con puntualidad y holgura, pero un incidente extraño terminó con ese empleo. Una noche de viento, a eso de las diez, escuchamos un ruido prolongado, como un redoble de tambor. La viuda se olvidó de las pistolas, cerró las persianas temblando y no quiso asomarse para averiguar la causa del fenómeno. Al día siguiente encontramos cuatro gatos muertos en el jardín, estrangulados, decapitados o abiertos en canal, y palabrotas escritas con sangre en la pared. Me acordé que había oído por la radio casos similares, atribuidos a pandillas de muchachos dedicados a ese feroz pasatiempo y traté de convencer a la señora de que no había motivo de alarma, pero todo fue inútil. La yugoslava, enloquecida de miedo, decidió escapar del país antes de que los bolcheviques hicieran con ella lo mismo que con los gatos.

—Tienes suerte, te voy a emplear en la casa de un ministro —me nunció la Madrina.

El nuevo patrón resultó ser un personaje anodino, como casi todos los hombres públicos en ese período en que la vida política estaba congelada y cualquier asomo de originalidad podía conducir a un sótano, donde aguardaba un tipo rociado con perfume francés y con una flor en el ojal. Pertenecía a la vieja aristocracia por apellido y fortuna, lo que otorgaba cierta impunidad a sus groserías, pero sobrepasó los límites tolerables y hasta su familia acabó repudiándolo. Fue despedido de su puesto en la Cancillería al ser sorprendido orinando detrás de las cortinas de brocado verde del Salón de los Escudos y por la misma razón lo expulsaron de una embajada, pero esa mala costumbre, inaceptable para el protocolo diplomático, no era impedimento para la jefatura de un ministerio. Sus mayores virtudes eran la capacidad para adular al General y su talento para pasar inadvertido. En realidad su nombre se hizo famoso años más tarde, cuando huyó del país en una avioneta privada y en el tumulto y la precipitación de la partida olvidó sobre la pista una maleta llena de oro, que de todos modos no le hizo falta en el exilio. Vivía en una mansión colonial en el centro de un parque, umbroso, donde crecían helechos tan grandes como pulpos y orquídeas salvajes prendidas a los árboles. Por las noches brillaban puntos rojos entre el follaje del jardín, ojos de gnomos y otros seres benéficos de la vegetación, o simples murciélagos que descendían en vuelo rasante desde los tejados. Divorciado, sin hijos ni amigos, el ministro vivía solo en ese lugar encantado. La casa, herencia de sus abuelos, resultaba demasiado grande para él y sus sirvientes, muchos cuartos estaban vacíos y cerrados con llave. Mi imaginación se disparaba ante esas puertas alineadas a lo largo de los pasillos, tras las cuales creía percibir susurros, gemidos, risas. Al principio pegaba el oído y atisbaba por las cerraduras, pero pronto no necesité tales métodos para adivinar universos completos allí ocultos, cada cual con sus propias leyes, su tiempo, sus habitantes, preservados del uso y de la contaminación cotidiana. Puse a las piezas nombres sonoros que evocaban cuentos de mi madre, Katmandú, Palacio de los Osos, Cueva de

Merlín, y me bastaba un esfuerzo mínimo del pensamiento para traspasar la madera y penetrar en esas historias extraordinarias que se desarrollaban al otro lado de las paredes.

Aparte de los chóferes y los guardaespaldas, que ensuciaban el parquet y se robaban los licores, en la mansión trabajaban una cocinera, un viejo jardinero, un mayordomo y yo. Nunca supe para qué me contrataron ni cuál fue el arreglo comercial entre el patrón y mi Madrina, pasaba casi todo el día ociosa, correteando por el jardín, escuchando la radio, soñando con las habitaciones clausuradas o contando historias de aparecidos a los demás empleados a cambio de golosinas. Sólo dos funciones exclusivas eran mías: lustrar los zapatos y retirar la bacinilla del amo.

El mismo día que llegué hubo una cena para embajadores y políticos. Nunca había presenciado preparativos semejantes. Un camión descargó mesas redondas y sillas doradas, de los arcones del repostero salieron manteles bordados y de los aparadores del comedor la vajilla de banquete y los cubiertos con el monograma de la familia grabado en oro. El mayordomo me entregó un paño para que le sacara brillo a la cristalería y me maravilló el sonido perfecto de las copas al rozarse y la luz de las lámparas reflejada como un arcoiris en cada una. Trajeron un cargamento de rosas, que fueron puestas en jarrones de porcelana distribuidos por los salones. Surgieron de los armarios fuentes y garrafas de plata bruñida, por la cocina desfilaron pescados y carnes, vinos y quesos traídos de Suiza, frutas en caramelo y tortas encargadas a las monjas. Diez mesoneros con guantes blancos atendieron a los invitados mientras yo observaba tras las cortinas del salón, fascinada con ese refinamiento que me daba nuevo material para adornar los cuentos. Ahora podría describir fiestas imperiales, refocilándome en detalles que jamás se me habrían ocurrido, como los músicos vestidos de frac que tocaron ritmos bailables en la terraza, los faisanes rellenos con castañas y coronados por penachos de plumas, las carnes asadas que presentaron rociadas con licor y ardiendo en llamas azules. No quise irme a dormir hasta que partió el último invitado. Al día siguiente hubo que limpiar, contar la cuchillería, botar los ramilletes marchitos y devolver cada cosa a su sitio. Me incorporé al ritmo habitual de la casa.

En el segundo piso estaba el dormitorio del ministro, una

sala amplia con una cama tallada con ángeles mofletudos, el artesonado del techo tenía un siglo de existencia, las alfombras habían sido traídas del Oriente, las paredes lucían santos coloniales de Quito y de Lima y una colección de fotografías de él mismo en compañía de diversos dignatarios. Frente al escritorio de jacarandá se alzaba un antiguo sillón de felpa obispal, de brazos y patas doradas, con un orificio en el asiento. Allí se instalaba el patrón a satisfacer los apremios de su naturaleza, cuyo producto iba a parar en un recipiente de loza colocado debajo. Podía permanecer horas instalado en ese mueble anacrónico, escribiendo cartas y discursos, leyendo el periódico, bebiendo whisky. Al concluir tiraba del cordón de una campana que repicaba en toda la casa como un anuncio de catástrofe y yo, furiosa, subía a retirar la bacinilla sin comprender por qué ese hombre no usaba el baño como cualquier persona normal. El señor siempre tuvo esa manía, no hagas tantas preguntas, niña, me dijo el mayordomo como única explicación. A los pocos días yo sentía que me ahogaba, no lograba respirar bien, tenía un sofoco perpetuo, cosquillas en las manos y los pies, un sudor de adrenalina. Ni la esperanza de asistir a otra fiesta o las fabulosas aventuras de las habitaciones cerradas podían apartar de mi mente el sillón de felpa, la expresión del patrón cuando me indicaba con un gesto mi deber, el trayecto para vaciar aquello. El quinto día escuché la convocatoria de la campana y me hice la sorda por un rato distrayéndome en la cocina, pero a los pocos minutos la llamada retumbaba en mi cerebro. Por fin subí, paso a paso escalera arriba, en cada peldaño más y más acalorada. Entré a ese cuarto lujoso impregnado de olor a establo, me incliné por detrás del asiento y retiré la bacinilla. De la manera más tranquila, como si fuera un gesto de todos los días, levanté el recipiente y le di vuelta sobre el ministro de Estado, desprendiéndome de la humillación con un solo movimiento de la muñeca. Por un largo momento él se mantuvo inmóvil, los ojos desorbitados.

—Adiós, señor. —Giré sobre los talones, salí con prisa de la pieza, me despedí de los personajes dormidos tras las puertas selladas, bajé las escaleras, pasé entre los chóferes y los guardaespaldas, crucé el parque y me fui antes de que el afectado se repusiera del asombro.

No me atreví a buscar a mi Madrina, porque le había tomado miedo desde que en la confusión de su locura amenazó con coserme por dentro también a mí. En una cafetería me prestaron un teléfono y llamé donde los solterones para hablar con Elvira, pero allí me notificaron que había salido una mañana llevándose su féretro en un carretón alquilado y no regresó a trabajar, no sabían dónde ubicarla, se había esfumado sin dar una disculpa, dejando el resto de sus pertenencias. Tuve la sensación de haber vivido antes ese mismo desamparo, invoqué a mi madre para darme ánimo y con la actitud de quien acude a una cita, me dirigí instintivamente hacia el centro de la ciudad. En la Plaza del Padre de la Patria casi no reconocí la estatua ecuestre, porque le habían sacado brillo y en vez de las salpicaduras de paloma y la pátina verdosa del tiempo, ahora lucía destellos de gloria. Pensé en Huberto Naranjo, lo más parecido a un amigo que alguna vez tuve, sin contemplar la posibilidad de que él me hubiera olvidado o fuera difícil hallarlo, porque no había vivido lo suficiente para ser pesimista. Me senté al borde de la pileta donde él apostaba con el pez sin cola, a contemplar los pájaros, las ardillas negras y los perezosos en las ramas de los árboles. Al atardecer consideré que ya había esperado demasiado, abandoné mi asiento y me interné por las calles laterales, que conservaban el encanto de la arquitectura colonial, aún intocadas por las palas mecánicas de los constructores italianos. Pregunté por Naranjo en los almacenes del barrio, en los kioskos y en los restaurantes, donde muchos lo conocían, porque fueron ésos sus cuarteles de operaciones desde que era un mocoso. En todas partes me trataron con amabilidad, pero nadie quiso comprometer una respuesta, supongo que la dictadura había enseñado a la gente a cerrar la boca, nunca se sabe, hasta una chiquilla con delantal de sirvienta y un trapo de lustrar colgado del cinturón puede ser sospechosa. Por fin alguien se compadeció y me sopló un dato: anda a la calle República, de noche él ronda por allí, me dijo. En esa época la zona roja consistía sólo en un par de cuadras mal iluminadas, inocentes en comparación con la ciudadela que llegó a ser después, pero ya había avisos de señoritas con el parche negro de la censura sobre los senos desnudos, y faroles señalando hoteles de paso, discretos burdeles, garitos de juego. Me acordé que no había comido, pero no me atreví a pedir ayuda, mejor muerta que mendigando, pajarito, me machacaba Elvira. Ubiqué un callejón ciego, me acomodé detrás de unas cajas de cartón y me dormí en un instante. Desperté varias horas más tarde, con unos dedos firmes clavados en el hombro.

—Me dicen que tú me andas buscando. ¿Qué carajo quieres?

Al principio no lo reconocí ni él tampoco a mí. Huberto Naranjo había dejado atrás al niño que alguna vez fue. Me pareció muy elegante, con sus patillas morenas, copete engominado, pantalones ajustados, botas de tacón alto y cinturón de cuero con remaches metálicos. Asomaba en su rostro una expresión petulante, pero en los ojos bailaba esa chispa traviesa que ninguna de las grandes violencias sufridas a lo largo de su existencia pudo borrar. Tendría poco más de quince años, pero se veía mayor por la manera de balancearse con las rodillas ligeramente dobladas, las piernas abiertas, la cabeza echada hacia atrás y el cigarrillo colgando del labio inferior. Ese modo de llevar el cuerpo como un bandolero me sirvió para identificarlo, porque caminaba igual cuando era un chiquillo de pantalones cortos.

—Soy Eva.

—¿Quién?

—Eva Luna.

Huberto Naranjo se pasó la mano por el pelo, se metió los pulgares en el cinturón, escupió el cigarrillo al suelo y me observó desde arriba. Estaba oscuro y no podía distinguirme bien, pero la voz era la misma y entre las sombras vislumbró mis ojos.

—¿Eres la que contaba cuentos?

—Sí.

Entonces él olvidó su papel de villano y volvió a ser el niño abochornado por un beso en la nariz, que se despidió de mí un día. Puso una rodilla en el suelo, se acercó y sonrió con la alegría de quien recupera un perro perdido. Sonreí también, todavía ofuscada por el sueño. Nos estrechamos las manos con timidez, dos palmas sudorosas, tanteándonos, reconociéndonos, sonrojados, hola, hola, y de pronto no resistí más, me incorporé, le eché los brazos encima y me apreté contra su pecho, refregando la cara en su camisa de cantante y en su cuello manchado de brillantina perfumada, mientras él me daba golpecitos de consuelo en la espalda y tragaba saliva.

—Tengo un poco de hambre —fue lo único que se me ocurrió decir para disimular las ganas de echarme a llorar.

—Límpiate la nariz y vamos a comer —replicó él acomodándose de memoria el copete con un peine de bolsillo.

Me llevó por las calles vacías y silenciosas hasta el único boliche que permanecía abierto, entró empujando las puertas como un vaquero y nos encontramos en una habitación en penumbra, cuyos contornos se borraban en el humo de los cigarrillos. Una rockola tocaba canciones sentimentales mientras los clientes se aburrían en las mesas de billar o se emborrachaban en la barra del bar. Me condujo de la mano por detrás del mesón, atravesamos un pasillo y entramos en una cocina. Un joven moreno y bigotudo cortaba trozos de carne manejando el cuchillo como un sable.

—Hazle un bistec a esta niña, Negro, pero que sea bien grande, ¿oíste? Y ponle dos huevos, arroz y papas fritas. Yo pago.

—Tú mandas, Naranjo. ¿No es ésta la muchachita que andaba preguntando por ti? Por aquí pasó en la tarde. ¿Es tu novia? —sonrió el otro con un guiño.

—No seas pendejo, Negro, es mi hermana.

Me sirvió más comida de la que podía consumir en dos días. Mientras yo masticaba, Huberto Naranjo me observó en silencio midiendo con ojo experto los cambios visibles en mi cuerpo, nada importantes, porque me desarrollé más tarde. Sin embargo, los senos incipientes marcaban mi delantal de algodón como dos limones y ya en aquel tiempo Naranjo era el mismo catador de mujeres que hoy es, de modo que pudo presentir la forma futura de las caderas y otras protuberancias y sacar sus conclusiones.

—Una vez me dijiste que me quedara contigo —le dije.

—Eso fue hace varios años.

—Ahora vine para quedarme.

—De eso vamos a hablar después, ahora cómete el postre del Negro, que está bien bueno —respondió y una sombra le nubló la cara.

—No puedes quedarte conmigo. Una mujer no debe vivir en la calle —sentenció Huberto Naranjo a eso de las seis, cuando ya no quedaba un alma en el boliche y hasta las canciones de amor habían muerto en la rockola. Afuera despuntaba un día igual a todos, comenzaba el ir y venir del tráfico y de la gente apresurada.

—¡Pero antes me lo propusiste!

—Sí, pero entonces eras una niña.

La lógica de este razonamiento se me escapó por completo. Me sentía mejor preparada para enfrentarme con el destino ahora que era algo mayor y creía tener una vasta experiencia mundana, pero él me explicó que la cosa era al revés: al crecer tenía más necesidad de ser protegida por un hombre, al menos mientras fuera joven, después daba lo mismo, porque no sería apetecible para nadie. No te pido que me cuides, nadie me está atacando, sólo quiero andar contigo, alegué, pero él fue inflexible y para ahorrar tiempo zanjó la discusión con un puñetazo sobre la mesa, bueno chica, ya está bien, me importan un carajo tus razones, a callar. Apenas acabó de despertar la ciudad, Huberto Naranjo me cogió por un brazo y me llevó medio a la rastra al departamento de la Señora, un sexto piso de un edificio en la calle República, mejor cuidado que otros del barrio. Nos abrió la puerta una mujer madura en bata de levantarse y pantuflas con pompones, todavía mareada de sueño y mascullando la resaca de algún desvelo.

—¿Qué pasa, Naranjo?

—Te traigo una amiga.

—¡Cómo se te ocurre sacarme de la cama a esta hora!

Pero nos invitó a entrar, nos ofreció asiento y anunció que iba a arreglarse un poco. Después de una larga espera apareció por fin la mujer, encendiendo lámparas a su paso y agitando el ambiente con el revuelo de su bata de nylon y de su terrible perfume. Necesité un par de minutos para darme cuenta de que se trataba de la misma persona, le habían crecido las pestañas, la piel parecía un plato de arcilla, sus rizos pálidos y sin brillo se alzaban petrificados, los párpados eran dos pétalos azules y la boca una cereza reventada; sin embargo, esos asombrosos cambios no torcían la expresión simpática de su rostro y el encanto de su sonrisa. La Señora, como la llamaban todos, reía por cualquier motivo y al hacerlo arrugaba la cara y entornaba los ojos, un gesto amable y contagioso que me ganó de inmediato.

—Se llama Eva Luna y viene a vivir contigo —anunció Naranjo.

—Estás loco, hijo.

—Te voy a pagar.

—A ver, niña, da una vuelta para verte. No estoy en ese negocio, pero...

—¡No viene a trabajar! —la interrumpió él.

—No estoy pensando emplearla ahora, nadie la aceptaría ni de gratis, pero puedo empezar a enseñarle.

—Nada de eso. Haz cuenta que es mi hermana.

—¿Y para qué quiero yo a tu hermana?

—Para que te acompañe, sabe contar cuentos.

—¿Qué?

—Cuenta cuentos.

—¿Qué clase de cuentos?

—De amor, de guerra, de miedo, de lo que le pidas.

—¡Vaya! —exclamó la Señora observándome con benevolencia—. De todos modos hay que arreglarla un poco, Huberto, mírale los codos y las rodillas, tiene cuero de cachicamo. Tendrás que aprender modales, muchacha, no te sientes como si estuvieras montada en una bicicleta.

—Olvídate de esas estupideces y enséñale a leer.

—¿Leer? ¿Para qué quieres una intelectual?

Huberto era hombre de decisiones rápidas y ya a sus años estaba convencido de que su palabra era ley, de modo que plantó unos billetes en la mano de la mujer, prometió volver con frecuencia y se fue recitando recomendaciones con un firme taconeo de sus botas, no se te ocurra pintarle el pelo, porque te metes en un lío conmigo, que no salga de noche, la situación está jodida desde que mataron a los estudiantes, todas las mañanas aparecen muertos por allí, no la mezcles en tus negocios, acuérdate que es como de mi familia, cómprale ropa de señorita, yo pago todo, dale leche, dicen que hace engordar, si me necesitas me dejas recado en el boliche del Negro y yo vengo volando, ah... y gracias, ya sabes que me tienes a la orden. Apenas salió, la Señora se volvió con su estupenda sonrisa, caminó a mi alrededor examinándome, mientras yo fijaba la vista en el suelo, con las mejillas ardientes, abochornada, porque hasta ese día no había tenido ocasión de realizar el inventario de mi propia insignificancia.

—¿Cuántos años tienes?

—Trece, más o menos.

—No te preocupes, nadie nace bonita, eso se hace con paciencia y trabajo, pero vale la pena porque si lo consigues tienes la vida resuelta. Para empezar levanta la cabeza y sonríe.

—Prefiero aprender a leer...

—Ésas son tonterías de Naranjo. No le hagas caso. Los hombres son muy soberbios, siempre están opinando. Lo mejor es decirles que sí a todo y hacer lo que a una le da la gana.

La Señora tenía hábitos noctámbulos, defendía su departamento de la luz natural con gruesos cortinajes y lo alumbraba con tantos bombillos de colores, que a primera vista parecía la entrada de un circo. Me señaló los frondosos helechos que decoraban los rincones, todos de plástico, el bar con botellas y copas diversas, la cocina impoluta donde no se divisaba ni una olla, su dormitorio con una cama redonda sobre la cual reposaba una muñeca española vestida de lunares. En el baño, atestado de potiches de cosméticos, había grandes toallas rosadas.

—Desnúdate.

—¿Ah?

—Quítate la ropa. No te asustes, sólo voy a lavarte —se rió la Señora.

Llenó la bañera, vació un puñado de sales que llenaron el agua de espuma fragante y allí me sumergí, primero con timidez y luego con un suspiro de placer. Cuando ya comenzaba a dormirme entre vapores de jazmín y merengue de jabón, reapareció la Señora con un guante de crin para refregarme. Después me ayudó a secarme, me puso talco boratado en las axilas y unas gotas de perfume en el cuello.

—Vístete. Iremos a comer algo y luego a la peluquería —anunció.

Por el camino los transeúntes se volteaban a mirar a la mujer, aturdidos por su andar provocativo y su aspecto de toreadora, demasiado atrevido aun en ese clima de colores brillantes y hembras de lidia. El vestido la ceñía poniendo en relieve colinas y valles, relucían los abalorios en su cuello y en sus brazos, tenía la piel blanca como tiza, todavía bastante apreciada en ese sector de la ciudad, aunque entre los ricos ya se había puesto de moda el bronceado de playa. Después de comer nos dirigimos al salón de belleza, donde la Señora ocupó todo el ámbito con sus saludos ruidosos, su sonrisa inmaculada y su presencia descollante de hetaira magnífica. Fuimos atendidas por las peluqueras con las deferencias reservadas a las buenas clientas y luego partimos las dos con ánimo alegre por los portales del centro, yo con una melena de trovador y la mujer con una mariposa de carey atrapada en sus rizos, dejando a nuestro paso una estela de patchulí y fijador capilar. Cuando llegó el momento de las compras me hizo probarme de cuanto había, menos pantalones, porque la Señora era de opinión que una mujer con ropas masculinas es tan grotesca como un hombre con falda. Por último escogió para mí zapatos de bailarina, vestidos amplios y cinturones de elástico, tal como se veían en las películas. La más preciosa adquisición fue un diminuto sostén donde mis ridículas pechugas flotaban como ciruelas perdidas. Cuando acabó conmigo eran las cinco de la tarde y yo estaba transformada en otro ser, largamente me busqué en el espejo, pero no pude hallarme, el cristal me devolvía la imagen de un ratón desorientado.

Al anochecer llegó Melecio, el mejor amigo de la Señora.

—¿Y esto? —preguntó asombrado al verme.

—Para no entrar en detalles, digamos que es la hermana de Huberto Naranjo.

—¿No estarás pensando...?

—No, me la dejó como compañía...

—¡Eso no más te faltaba!

Pero a los pocos minutos me había adoptado y ambos jugábamos con la muñeca y escuchábamos discos de *rock n' roll*, un extraordinario descubrimiento para mí, habituada a la salsa, los boleros y las rancheras de las radios de cocina. Esa noche probé el aguardiente con jugo de piña y los pasteles con crema, base de la dieta en esa casa. Más adelante, la Señora y Melecio partieron a sus respectivos trabajos, dejándome sobre la cama redonda, abrazada a la muñeca española, arrullada por el ritmo frenético del rock y con la certeza plena de que ése había sido uno de los días más felices de mi vida.

Melecio se arrancaba los vellos del rostro con pinza, después se pasaba un algodón empapado en éter y así su piel había adquirido textura de seda, cuidaba sus manos, largas y finas, y cada noche se cepillaba cien veces el cabello; era alto y de huesos firmes, pero se movía con tal delicadeza que lograba dar una impresión de fragilidad. Nunca mencionaba a su familia y sería años después, en los tiempos del penal de Santa María, cuando la Señora pudo averiguar sus orígenes. Su padre era un oso emigrado de Sicilia que cuando veía a su hijo con los juguetes de su hermana le caía encima para golpearlo a los gritos de *¡ricchione!*, *¡pederasta!*, *¡mascalzone!* Su madre cocinaba abnegadamente la pasta ritual y se plantaba por delante con la determinación de una fiera cuando el padre intentaba obligarlo a patear una pelota, boxear, beber y más tarde visitar los prostíbulos. A solas con su hijo ella quiso averiguar sus sentimientos, pero la única explicación de Melecio fue que llevaba una mujer por dentro y no podía habituarse a ese aspecto de hombre en el cual estaba aprisionado como en una camisa de fuerza. Nunca dijo otra cosa y más tarde, cuando los psiquiatras le desmenuzaron el cerebro a preguntas, siempre contestó igual; no soy marica, soy mujer, este cuerpo es un error. Nada más y nada menos. Se fue de su casa apenas logró convencer a la *mamma* de que era mucho peor quedarse y morir en manos de su propio padre. Desempeñó varios oficios y acabó dando clases de italiano en una academia de lenguas, donde le pagaban poco, pero el horario resultaba cómodo. Una vez al mes se encontraba con su madre en el parque, le daba un sobre con el veinte por ciento de sus ingresos, cualquiera que ellos fueran, y la tranquilizaba con mentiras sobre hipotéticos estudios de arquitectura. Al padre dejaron de mencionarlo y al cabo de un año la mujer comenzó a usar ropa de viuda, porque a pesar de que el oso se conservaba en perfecta salud, ella lo había matado en su corazón. Melecio se las arregló por un tiempo, pero rara vez le alcanzaba el dinero y había días en los cuales se mantenía en pie sólo con café. En esa época conoció a la Señora y a partir de ese momento comenzó para él una etapa más afortunada. Había crecido en un clima de ópera trágica y el tono de sainete de su nueva amiga fue un bálsamo para las heridas sufridas en su casa y las que continuaba sufriendo a diario en la calle por sus modales delicados. No eran amantes. Para ella el sexo constituía sólo el pilar fundamental de su empresa y a su edad no estaba dispuesta a despilfarrar energía en esos trotes, y para Melecio la intimidad con una mujer resultaba chocante. Con muy buen juicio establecieron desde el principio una relación de la cual descartaron los celos, la posesión arbitraria, la falta de cortesía y otros inconvenientes propios del amor carnal. Ella era veinte años mayor que él y a pesar de esa diferencia, o tal vez por lo mismo, compartían una espléndida amistad.

—Me dieron el dato de un buen empleo para ti. ¿Te gustaría cantar en un bar? —propuso un día la Señora.

—No sé..., nunca lo he hecho.

—Nadie te va a reconocer. Estarás disfrazado de mujer. Es un cabaret de transformistas, pero no te espantes, es gente decente y pagan bien, el trabajo es fácil, ya lo verás...

—¡Tú también crees que soy uno de ésos!

—No te ofendas. Cantar allí no significa nada. Es un oficio como cualquier otro —repuso la Señora, cuyo sólido sentido práctico era capaz de reducir todo a dimensiones domésticas.

Con algunas dificultades logró vencer la barrera de prejuicios de Melecio y convencerlo de las ventajas de la oferta. Al principio él se sintió chocado con el ambiente, pero en su noche de estreno descubrió que no sólo llevaba una mujer por dentro, también había una actriz. Se reveló en él un talento histriónico y musical ignorado hasta entonces y lo que empezó como un número de relleno acabó siendo lo mejor del espectáculo. Inició una doble vida, de día el sobrio maestro de la academia y por las noches, una criatura fantástica cubierta de plumas y diamantes de vidrio. Prosperó el estado de sus finanzas, pudo hacer algunos regalos a su madre, mudarse a un cuarto más decente, comer y vestirse mejor. Habría sido feliz si no lo invadiera un incontrolable malestar cada vez que recordaba sus propios genitales. Sufría al observarse desnudo en el espejo o al comprobar que, muy a su pesar, funcionaba como un hombre normal. Una obsesión recurrente lo atormentaba: imaginaba que él mismo se castraba con una tijera de jardín, una contracción de los brazos y, ¡plaf!, ese apéndice maldito caía al suelo como un reptil ensangrentado.

Se instaló en un cuarto alquilado en el barrio de los judíos, al otro lado de la ciudad, pero cada tarde, antes de ir a su trabajo, se daba tiempo para visitar a la Señora. Llegaba al anochecer, cuando empezaban a encenderse las luces rojas, verdes y azules de la calle y las pindongas se asomaban a las ventanas y se paseaban por las aceras con sus aditamentos de batalla. Aun antes de oír el timbre yo adivinaba su presencia y corría a recibirlo. Me alzaba del suelo, no has aumentado ni un gramo desde ayer, ¿es que no te dan de comer?, era su saludo habitual y como un ilusionista hacía aparecer entre sus dedos algún dulce para mí. Prefería la música moderna, pero su público exigía canciones románticas en inglés o francés. Pasaba horas aprendiéndolas para renovar su repertorio y de paso me las enseñaba. Yo las memorizaba sin entender ni una palabra, porque en ellas no figuraba *this pencil is red, is this pencil blue?* ni ninguna otra frase del curso de inglés para principiantes que seguí por la radio. Nos divertíamos con los juegos de colegiales que ninguno de los dos tuvo oportunidad de practicar en la niñez, hacíamos casas para la muñeca española, correteábamos, cantábamos rondas en italiano, bailábamos. Me gustaba observarlo cuando se maquillaba y ayudarlo a coser las mostacillas en los trajes de fantasía del cabaret.

En su juventud, la Señora analizó sus posibilidades y concluyó que no tenía paciencia para ganarse el sustento con métodos respetables. Se inició entonces como especialista en masajes eruditos, al principio con cierto éxito, porque tales novedades no se habían visto aún por estas latitudes, pero con el crecimiento demográfico y la inmigración descontrolada, surgió una competencia desleal. Las asiáticas trajeron técnicas milenarias imposibles de superar y las portuguesas bajaron los precios hasta lo irracional. Esto alejó a la Señora de ese arte ceremonioso, porque no estaba dispuesta a realizar acrobacias de saltimbanqui o darlo barato ni a su marido, en caso de haberlo tenido. Otra se habría resignado a ejercer su oficio en forma tradicional, pero ella era mujer de iniciativas originales. Inventó unos estrafalarios juguetes con los cuales pensaba invadir el mercado, pero no consiguió a nadie dispuesto a financiarlos. Por falta de visión comercial en el país, esa idea —como tantas otras— fue arrebatada por los norteamericanos, que ahora tienen las patentes y venden sus modelos por todo el orbe. El pene telescópico a manivela, el dedo a pilas y el seno infalible con pezones de caramelo, fueron creaciones suyas y si le pagaran el porcentaje al cual en justicia tiene derecho, sería millonaria. Pero era una adelantada para esa década, nadie pensaba entonces que tales adminículos podrían tener demanda masiva y no parecía rentable producirlos al detalle para uso de especialistas. Tampoco consiguió préstamos bancarios para montar su propia fábrica. Obnubilado por la riqueza del petróleo, el Gobierno ignoraba las industrias no-tradicionales. Este fracaso no la descorazonó. La Señora hizo un catálogo de sus muchachas encuadernado en terciopelo malva y lo mandó discretamente a las más altas autoridades. Días más tarde recibió la primera solicitud para una fiesta en La Sirena, una isla privada que no figura en ningún mapa de navegación, defendida por arrecifes de coral y tiburones, a la cual sólo se puede acceder en avioneta. Pasado el entusiasmo inicial, midió el tamaño de su responsabilidad y se puso a meditar sobre la mejor forma de complacer a tan distinguida clientela. En ese instante, tal como me contó Melecio años más tarde, posó los ojos en nosotros, que habíamos sentado a la muñeca española en un rincón y desde el otro extremo de la sala le lanzábamos monedas tratando de embocarlas en la falda de lunares. Mientras nos contemplaba, su cerebro creativo barajaba diversas posibilidades y por fin se le ocurrió la idea de remplazar la muñeca por una de sus muchachas. Recordó otros juegos infantiles y a cada uno le añadió un pincelazo obsceno, transformándolo en una novedosa diversión para los invitados de la fiesta. Después de eso no le faltó trabajo con banqueros, magnates y encumbradas personalidades del Gobierno, que pagaban sus servicios con fondos públicos. Lo mejor de este país es que la corrupción alcanza para todos, suspiraba ella encantada. Con sus empleadas era severa. No las reclutaba con engañifas de chulo de barrio, les hablaba claro para evitar malentendidos y desbaratarles los escrúpulos desde el comienzo. Si una le fallaba, así fuera por razones de enfermedad, duelo o imponderable catástrofe, la descartaba de inmediato. Háganlo con entusiasmo, niñas, nosotras trabajamos para caballeros de orden, en este negocio se necesita mucha mística, les decía. Cobraba más caro que la competencia local, porque había comprobado que los deslices baratos no se disfrutan ni se recuerdan. En una oportunidad un coronel de la Guardia, que había pasado la noche con una de las mujeres, a la hora de cancelar la cuenta sacó su revólver de servicio, amenazando con meterla presa. La Señora no perdió la calma. Antes de un mes el militar llamó solicitando tres damas bien dispuestas para atender a unos delegados extranjeros y ella amablemente le respondió que invitara a su esposa, su madre y su abuela si quería joder gratis. A las dos horas apareció un ordenanza con un cheque y una caja de cristal con tres orquídeas moradas, que en el lenguaje de las flores significa tres encantos femeninos de poder supremo, como explicó Melecio, aunque posiblemente el cliente no lo sabía y las escogió sólo por la ostentación del envase.

Espiando las conversaciones de las mujeres aprendí en pocas semanas más de lo que muchas personas descubren a lo largo de la vida. Preocupada por mejorar la calidad de los servicios de su empresa, la Señora compraba libros franceses que le suministraba a hurtadillas el ciego del kiosko; sospecho, sin embargo, que rara vez resultaban de alguna utilidad, porque las muchachas se quejaban de que a la hora del calzoncillo los caballeros de orden se tomaban unos cuantos tragos y repetían las mismas rutinas, así es que de nada servía tanto estudio. Cuando me hallaba sola en el apartamento, me encaramaba en una silla y sacaba los libros prohibidos de su escondite. Eran asombrosos. Aunque no podía leerlos, las ilustraciones bastaban para sembrarme ideas que, estoy segura, llegaban incluso más allá de las posibilidades anatómicas.

Ése fue un buen período en mi existencia, a pesar de que tenía la sensación de estar suspendida en una nube, rodeada de omisiones y mentiras. A ratos creía asomarme a la verdad, pero pronto me encontraba otra vez extraviada en un bosque de ambigüedades. En esa casa las horas estaban trastocadas, se vivía de noche y se dormía durante el día, las mujeres se transformaban en seres diferentes al colocarse el maquillaje, mi patrona era un nudo de misterios, Melecio no tenía edad ni sexo definido, hasta los alimentos parecían golosinas de cumpleaños, nunca contundente comida casera. También el dinero acabó por ser irreal. La Señora guardaba gruesos fajos en cajas de zapatos, de donde sacaba para los gastos diarios, aparentemente sin llevar las cuentas. Yo encontraba billetes por todas partes y al principio pensé que los desparramaban a mi alcance para probar mi honradez, pero luego comprendí que no era una trampa, sino simple abundancia y puro desorden.

Algunas veces le oí decir a la Señora que sentía horror de las ataduras sentimentales, pero creo que la traicionaba su verdadera naturaleza y, tal como le ocurrió con Melecio, terminó encariñándose conmigo. Abramos las ventanas, para que entre el ruido y la luz, le pedí y ella accedió; compremos un pájaro para que nos cante y un macetero con helechos de verdad para verlos crecer, sugerí después y ella también lo hizo; quiero aprender a leer, insistí y ella se dispuso a enseñarme, pero otros afanes postergaron sus propósitos. Ahora, que han pasado tantos años y puedo pensar en ella con la perspectiva de la experiencia, creo que no tuvo un destino fácil, sobrevivía en un medio brutal, sumida en tráficos vulgares. Tal vez imaginaba que en alguna parte debía existir un puñado de seres escogidos que podían darse el lujo de la bondad y decidió protegerme de la sordidez de la calle República, a ver si lograba burlar a la suerte y salvarme de una vida como la suya. Al comienzo intentó mentirme sobre sus actividades comerciales, pero cuando me vio dispuesta a devorar el mundo con todos sus errores, cambió de táctica. Supe después por Melecio, que la Señora se puso de acuerdo con las otras mujeres para preservarme incontaminada y tanto se empeñaron en hacerlo, que terminé encarnando lo mejor de cada una. Quisieron mantenerme al margen de la rudeza y la chabacanería y al hacerlo ganaron una nueva dignidad para sus vidas. Me pedían que les contara la continuación de la radionovela de turno y yo improvisaba un fin dramático que nunca coincidía con el desenlace radial, pero eso no les importaba. Me invitaban a ver películas mexicanas y a la salida del cine nos instalábamos en «La Espiga de Oro» a comentar el espectáculo. A pedido de ellas, yo cambiaba el argumento convirtiendo los delicados amoríos de un modesto charro en una tragedia de sangre y espanto. Tú cuentas mejor que en las películas, porque se sufre mucho más, sollozaban ellas con la boca llena de torta de chocolate.

Huberto Naranjo era el único que no me pedía historias, porque las consideraba una diversión estúpida. Aparecía de visita con los bolsillos repletos de dinero y lo repartía a dos manos sin explicar cómo lo había obtenido. Me regalaba vestidos con volantes y encajes, zapatos de niñita y carteras de bebé, que todos celebraban porque deseaban conservarme en el limbo de la inocencia infantil, pero que yo rechazaba ofendida.

—Esto no sirve ni para ponérselo a la muñeca española. ¿No ves que ya no soy una mocosa?

—No quiero que andes vestida de buscona. ¿Te están enseñando a leer? —preguntaba él y se enfurecía al comprobar que mi analfabetismo no retrocedía ni una letra.

Yo me guardaba muy bien de decirle que en otros aspectos mi cultura avanzaba de prisa. Lo amaba con una de esas obsesiones adolescentes que dejan huellas imborrables, pero nunca conseguí que Naranjo reparara en mi ardorosa disposición y cada vez que intentaba insinuársela, él me apartaba con las orejas en llamas.

—Déjame tranquilo. Lo que tienes que hacer es estudiar para maestra o enfermera, ésos son trabajos decentes para una mujer.

—¿No me quieres?

—Me ocupo de ti, eso basta.

A solas en mi cama abrazaba la almohada, rogando que me crecieran pronto los senos y me engrosaran las piernas, sin embargo nunca relacioné a Huberto Naranjo con las ilustraciones de los libros didácticos de la Señora o los comentarios de las mujeres que lograba captar. No imaginaba que esas cabriolas tuvieran alguna relación con el amor, me parecían sólo un oficio para ganarse la vida, como la costura o la mecanografía. El amor era el de las canciones y las novelas de la radio, suspiros, besos, palabras intensas. Quería estar con Huberto bajo la misma sábana, apoyada en su hombro, durmiendo a su lado, pero mis fantasías eran castas todavía.

Melecio era el único artista digno en el cabaret donde trabajaba por las noches, los demás formaban un elenco deprimente: un coro de maricas denominado el Ballet Azul ensartados por la cola en lamentable desfile, un enano que realizaba proezas indecentes con una botella de leche y un caballero de ciertos años cuya gracia consistía en bajarse los pantalones, volver el trasero hacia los espectadores y expulsar tres bolas de billar. El público se reía a gritos con estos trucos de payaso, pero cuando Melecio hacía su entrada envuelto en plumas, tocado con su peluca de cortesana y cantando en francés, reinaba un silencio de misa en la sala. No lo silbaban ni lo ofendían con chirigotas como a la comparsa, porque aun el más insensible de los clientes percibía su calidad. Durante esas horas en el cabaret, se convertía en la estrella deseada y admirada, rutilante bajo los focos, centro de todas las miradas, allí cumplía su sueño de ser mujer. Al terminar su presentación se retiraba al cuarto insalubre que le habían asignado como camerino y se quitaba su atuendo de diva. Las plumas, colgadas de un gancho parecían un avestruz agónico, su peluca quedaba sobre la mesa como un despojo decapitado y sus alhajas de vidrio, botín de un pirata defraudado, reposaban en una bandeja de latón. Se quitaba el maquillaje con crema y aparecía su rostro viril. Vestía su ropa de hombre, cerraba la puerta y ya afuera se apoderaba de él una tristeza profunda, porque atrás quedaba lo mejor de sí mismo. Se dirigía al boliche del Negro a comer algo, solo en una mesa del rincón, pensando en la hora de felicidad que acababa de vivir sobre el escenario. Después regresaba a su pensión caminando por las calles solitarias para tomar el fresco de la noche, subía hasta su cuarto, se lavaba y se echaba sobre la cama a mirar la oscuridad hasta que se dormía.

Cuando la homosexualidad dejó de ser un tabú y se exhibió a la luz del día, se puso de moda visitar a los maricones en su ambiente, como se decía. Los ricos llegaban en sus coches con chófer, elegantes, ruidosos, aves multicolores que se abrían paso entre los clientes habituales, se sentaban a consumir champaña adulterado, aspirar una pizca de cocaína y aplaudir a los artistas. Las señoras eran las más entusiastas, finas mujeres descendientes de inmigrantes prósperos, vestidas con trajes de París, luciendo las réplicas de las joyas que guardaban en sus cajas de seguridad, invitaban a los actores a sus mesas para brindar con ellas. Al día siguiente reparaban con baños turcos y tratamientos de belleza los perjuicios de la mala bebida, el humo y la trasnochada, pero valía la pena porque esas excursiones eran el tema obligado de conversación en el Club de Campo. El prestigio de la extraordinaria Mimí, nombre artístico de Melecio, pasó de boca en boca esa temporada, pero el eco de su fama no salió de los salones y en el barrio de los judíos donde vivía o en la calle República, nadie sabía y a nadie le importaba que el tímido profesor de italiano fuera Mimí.

Los habitantes de la zona roja se habían organizado para la sobrevivencia. Hasta la policía acataba ese tácito código de honor, limitándose a intervenir en las riñas públicas, patrullar las calles de vez en cuando y cobrar sus comisiones, entendiéndose directamente con sus soplones, más interesada en la vigilancia política que en otros aspectos. Cada viernes aparecía en el apartamento de la Señora un sargento, que estacionaba su automóvil en la acera, donde todos pudieran verlo y supieran que estaba recaudando su parte de las ganancias, no fueran a pensar que la autoridad ignoraba los negocios de esa matrona. Su visita no duraba más de diez o quince minutos, suficientes para fumar un cigarrillo, contar un par de chistes y luego partir satisfecho con una botella de whisky bajo el brazo y su porcentaje en el bolsillo. Estos arreglos eran similares para todos y resultaban justos, pues permitían a los funcionarios mejorar sus ingresos y al resto laborar con tranquilidad. Yo llevaba varios meses en casa de la Señora, cuando cambiaron al sargento y de la noche a la mañana las buenas relaciones se fueron al diablo. Los negocios se vieron en peligro por las exigencias desmesuradas del nuevo oficial, quien no respetaba las normas tradicionales. Sus irrupciones intempestivas, amenazas y chantajes acabaron con la paz de espíritu, tan necesaria para la prosperidad. Trataron de llegar a un arreglo con él, pero era un individuo codicioso y de escaso criterio. Su presencia rompió el equilibrio delicado de la calle República y sembró el desconcierto por doquier, la gente se reunía en los boliches para discutir, así no es posible ganarse la vida como Dios manda, hay que hacer algo antes de que este desgraciado nos precipite en la ruina. Conmovido por el coro de lamentos, Melecio decidió intervenir, a pesar de que el asunto no le incumbía, y propuso hacer una carta firmada por los afectados y llevarla al Jefe del Departamento de Policía, con copia al ministro del Interior, ya que ambos se habían beneficiado durante años y tenían, por lo tanto, el deber moral de prestar oídos a sus problemas. No tardó en comprobar que el plan era descabellado y ponerlo en práctica una temeridad. En pocos días juntaron las firmas del vecindario, tarea nada sencilla, porque a cada cual había que explicarle los detalles, pero por fin reunieron una muestra importante y la Señora fue en persona a dejar el pliego de peticiones a los destinatarios. Veinticuatro horas después, al amanecer, cuando todo el mundo dormía, el Negro del boliche llegó corriendo con la noticia de que estaban allanando casa por casa. El maldito sargento venía con el furgón del Comando Contra el Vicio, bien conocido por introducir armas y droga en los bolsillos para inculpar a los inocentes. Sin aliento, el Negro contó que habían entrado como una horda de guerra en el cabaret y se habían llevado presos a todos los artistas y parte del público, dejando discretamente fuera del escándalo a la clientela elegante. Entre los detenidos iba Melecio cuajado de piedrerías y con su cola emplumada de pájaro de carnaval, acusado de pederasta y traficante, dos palabras desconocidas en ese entonces para mí. El Negro salió disparado a repartir la mala nueva entre el resto de sus amigos, dejando a la Señora con una crisis de nervios.

—¡Vístete, Eva! ¡Muévete! ¡Mete todo en una maleta! ¡No! ¡No hay tiempo para nada! Hay que salir de aquí... ¡Pobre Melecio!

Trotaba por el apartamento medio desnuda, estrellándose contra las sillas niqueladas y las mesas de espejo, mientras se vestía a toda prisa. Por último cogió la caja de zapatos con el dinero y echó a correr por la escalera de servicio, seguida por mí, todavía atontada de sueño y sin entender lo que pasaba, aunque presentía que debía ser algo muy grave. Descendimos en el mismo instante en que la policía irrumpía en el ascensor. En la planta baja nos topamos con la conserje en camisón de dormir, una gallega de corazón de madre, quien en tiempos normales hacía cambalache de suculentas tortillas de papas con chorizo por frascos de agua de colonia. Al ver nuestro estado de desorden y oír el jaleo de los uniformados y las sirenas de las patrullas en la calle, comprendió que no venía al caso formular preguntas. Nos hizo señas de seguirla al sótano del edificio, cuya puerta de emergencia comunicaba con un estacionamiento cercano, y por allí logramos escapar sin pasar por la calle República, ocupada íntegramente por la fuerza pública. Después de aquella estampida indigna, la Señora se detuvo acezando, apoyada contra el muro de un hotel, al borde del soponcio. Entonces pareció verme por primera vez.

—¿Qué haces aquí?

—Me escapo también...

—¡Ándate! ¡Si te encuentran conmigo me acusarán de corruptora de menores!

—¿A dónde quiere que vaya? Yo no tengo donde ir.

—No sé hija. Busca a Huberto Naranjo. Yo debo esconderme y conseguir ayuda para Melecio, no puedo ocuparme de ti ahora.

Se perdió calle abajo y lo último que vi de ella fue su fundillo envuelto en la falda floreada, bamboleándose sin asomo del antiguo atrevimiento, más bien con franca incertidumbre. Me quedé agazapada en la esquina mientras pasaban ululando los coches policiales y a mi alrededor huían meretrices, sodomitas y proxenetas. Alguien me indicó que me marchara pronto de allí, porque la carta redactada por Melecio y firmada por todos había caído en manos de los periodistas y el escándalo, que les estaba costando el puesto a más de un ministro y a varios jerarcas de la policía, nos caería encima como un hachazo. Allanaron cada edificio, cada casa, cada hotel y boliche del vecindario, se llevaron detenidos hasta al ciego del kiosko y reventaron tantas bombas de gas que hubo una docena de intoxicados y murió un recién nacido a quien su madre no alcanzó a poner a salvo, porque a esa hora estaba con un cliente. Durante tres días y sus noches no hubo más tema de conversación que la Guerra al Hampa, como la llamó la prensa. El ingenio popular, sin embargo, la llamó la Revuelta de las Putas, nombre con el cual el incidente quedó registrado en los versos de los poetas.

Me encontré sin un centavo, como tantas veces me había ocurrido antes y me pasaría en el futuro, y tampoco pude ubicar a Huberto Naranjo, a quien la confusión de esa batalla sorprendió en otro extremo de la ciudad. Desconcertada, me senté entre dos columnas de un edificio, dispuesta a luchar contra la sensación de orfandad que en otras ocasiones había experimentado y ahora volvía a invadirme. Escondí la cara entre las rodillas, llamé a mi madre y muy pronto percibí su aroma ligero de tela limpia y almidón. Surgió ante mí intacta, con su trenza enrollada en la nuca y los ojos de humo brillando en su rostro pecoso, para decirme que esa trifulca no era nada de mi incumbencia y no había razón para tener miedo, que me sacudiera el susto y echáramos a andar juntas. Me puse de pie y le tomé la mano.

No pude encontrar a ninguno de mis conocidos, tampoco

tuve valor para volver a la calle República, porque cada vez que me aproximaba veía las patrullas estacionadas y supuse que me esperaban a mí. Nada sabía de Elvira desde hacía mucho tiempo y descarté la idea de buscar a mi Madrina, que en esa época ya había perdido la razón por completo y sólo se interesaba en jugar a la lotería, convencida de que los santos le indicarían por teléfono el número ganador, pero la corte celestial se equivocaba en las predicciones tanto como cualquier mortal.

La célebre Revuelta de las Putas puso todo patas arriba. Al principio el público aplaudió la enérgica reacción del Gobierno y el Obispo fue el primero en hacer una declaración en favor de la mano dura contra el vicio; pero la situación se invirtió cuando un periódico humorístico editado por un grupo de artistas e intelectuales, publicó bajo el título de *Sodoma y Gomorra* las caricaturas de altos funcionarios implicados en la corrupción. Dos de los dibujos se parecían peligrosamente al General y al Hombre de la Gardenia, cuya participación en tráficos de toda índole era conocida, pero hasta ese momento nadie se había atrevido a ponerla en letras de molde. La Seguridad allanó el local del diario, rompió las máquinas, quemó el papel, detuvo a los empleados que pudo atrapar y declaró prófugo al director; pero al día siguiente apareció su cadáver con huellas de tortura y degollado, en el interior de un automóvil estacionado en pleno centro. A nadie le cupo duda de quiénes eran los responsables de su muerte, los mismos de la matanza de universitarios y la desaparición de tantos otros, cuyos cuerpos iban a parar a pozos sin fondo, con la esperanza de que si en el futuro eran encontrados, serían confundidos con fósiles. Este crimen colmó la paciencia de la opinión pública, que llevaba años soportando los abusos de la dictadura, y en pocas horas se organizó una manifestación masiva, muy diferente a los mítines relámpagos con que la oposición protestaba en vano contra el Gobierno. Se atocharon las calles cercanas a la Plaza del Padre de la Patria con miles de estudiantes y obreros, que elevaron banderas, pegaron pancartas, quemaron cauchos. Parecía que por fin el miedo había retrocedido para dar paso a la rebelión. En medio del tumulto avanzó por una avenida lateral una breve columna de extraño aspecto, eran las ciudadanas de la calle República, quienes no habían comprendido el alcance del escándalo político y creyeron que el pueblo se alzaba en su defensa. Conmovidas, algunas ninfas treparon a una improvisada tribuna para agradecer el gesto solidario hacia las olvidadas de la sociedad, como se autodesignaron. Y está bien que así sea, compatriotas, porque, ¿podrían las madres, las novias y las esposas dormir en paz si nosotras no realizáramos nuestro trabajo?, ¿dónde se desfogarían sus hijos, sus novios y sus maridos si no cumpliéramos con nuestro deber? La multitud las ovacionó de tal forma, que por poco se arma un carnaval, pero antes de que eso sucediera el General sacó el Ejército a la calle. Las tanquetas avanzaron con estrépito de paquidermos, pero no llegaron lejos, porque se hundió el pavimento colonial de las calles céntricas y la gente aprovechó los adoquines para arremeter contra la autoridad. Hubo tantos heridos y contusos, que se declaró al país en estado de sitio y se impuso toque de queda. Estas medidas aumentaron la violencia, que explotó por todas partes como incendios de verano. Los estudiantes colocaron bombas de fabricación doméstica hasta en los púlpitos de las iglesias, el populacho derribó las cortinas metálicas de los almacenes de los portugueses para apoderarse de la mercadería, un grupo de escolares atrapó a un policía y lo paseó desnudo por la Avenida Independencia. Hubo muchos destrozos y víctimas que lamentar, pero fue una estupenda pelotera que ofreció al pueblo la oportunidad de gritar hasta desgañitarse, cometer desmanes y sentirse libre de nuevo. No faltaron bandas de músicos improvisados tocando en tambores de gasolina vacíos y largas filas de bailarines sacudiéndose al son de los ritmos de Cuba y Jamaica. La asonada duró cuatro días, pero finalmente se apaciguaron los ánimos, porque todos estaban exhaustos y nadie podía recordar con precisión el origen de lo ocurrido. El ministro responsable presentó su renuncia y fue remplazado por un conocido mío. Al pasar delante de un kiosko, vi su retrato en la primera página de un periódico y me costó reconocerlo, porque la imagen de aquel hombre severo, con el ceño fruncido y la mano en alto, no correspondía a la de quien dejé humillado en un sillón de felpa obispal.

Hacia el fin de semana el Gobierno recuperó el control de

la ciudad y el General partió a descansar a su isla privada, panza arriba bajo el sol del Caribe, seguro de que hasta los sueños de sus compatriotas estaban en su puño. Esperaba gobernar el resto de su vida, porque para eso tenía al Hombre de la Gardenia vigilando que no se conspirara en los cuarteles ni en la calle, y además estaba convencido de que el relámpago de la democracia no había durado suficiente como para dejar huellas importantes en la memoria del pueblo. El saldo de ese tremendo bochinche fue algunos muertos y un número indeterminado de presos y exilados. Se abrieron otra vez las timbas y serrallos de la calle República y regresaron sus ocupantes a las labores habituales, como si nada hubiera sucedido. Las autoridades continuaron recibiendo sus porcentajes y el nuevo ministro se mantuvo en su puesto sin contratiempos, después de ordenar a la policía que no molestara al hampa y se dedicara, como siempre, a perseguir a los opositores políticos y dar caza a los locos y mendigos para afeitarles la cabeza, rociarlos con desinfectante y soltarlos en las carreteras para que desaparecieran por vías naturales. El General no se inmutó ante las habladurías, confiado en que las acusaciones de abuso y corrupción solidificarían su prestigio. Había hecho suya la lección del Benefactor y creía que la historia consagra a los jefes audaces, porque el pueblo desprecia la honestidad como una condición de frailes y de mujeres, poco deseable para ornamento de buen varón. Estaba convencido de que los hombres doctos sirven para honrarlos con estatuas y es conveniente disponer de dos o tres de ellos para exhibir en los textos escolares, pero a la hora de repartirse el poder, sólo los caudillos arbitrarios y temibles tienen oportunidad de triunfar.

Muchos días anduve vagando de un lado para otro. No participé en la Revuelta de las Putas, porque me cuidé de evitar los desórdenes. A pesar de la presencia visible de mi madre, al principio sentía un vago ardor en el centro del cuerpo y la boca seca, áspera, llena de arena, pero después me acostumbré. Olvidé los firmes hábitos de limpieza inculcados por la Madrina y Elvira y dejé de acercarme a las fuentes y grifos públicos para lavarme. Me convertí en una criatura sucia, que en el día caminaba sin rumbo fijo, comiendo lo que pudiera conseguir, y al atardecer me refugiaba en un sitio oscuro para ocultarme durante el toque de queda, cuando sólo los coches de la Seguridad circulaban por las calles.

Un día a eso de las seis de la tarde conocí a Riad Halabí. Yo estaba en una esquina y él, que pasaba por la misma acera, se detuvo a contemplarme. Levanté la cara y divisé a un hombre de mediana edad, corpulento, de ojos lánguidos y párpados gruesos. Creo que usaba traje claro y corbata, pero yo lo recuerdo siempre vestido con esas impecables guayaberas de batista que poco después yo misma plancharía con esmero.

—Pst, muchachita... —me llamó con voz gangosa.

Y entonces noté su defecto en la boca, una hendidura profunda entre el labio superior y la nariz, los dientes separados, a través de los cuales asomaba la lengua. El hombre sacó un pañuelo y se lo llevó a la cara para ocultar su deformidad, sonriéndome con sus ojos de aceituna. Empecé a retroceder, pero me invadió de pronto una profunda fatiga, un anhelo insoportable de abandonarme y dormir, se me doblaron las rodillas y caí sentada, mirando al desconocido a través de una neblina espesa. Él se inclinó, me tomó de los brazos, obligándome a ponerme en pie, a dar un paso, dos, tres, hasta que me encontré instalada en una cafetería ante un enorme emparedado y un vaso de leche. Los cogí con manos temblorosas, aspirando el olor del pan caliente. Al masticar y tragar sentí un dolor sordo, un placer agudo, una ansiedad feroz, que después sólo he encontrado algunas veces en un abrazo de amor. Comí con rapidez y no alcancé a terminar, porque me volvió el mareo y esta vez las náuseas fueron incontrolables y vomité. A mi alrededor la gente se apartó asqueada y el mesonero comenzó a proferir insultos, pero el hombre lo hizo callar con un billete y sosteniéndome por la cintura me sacó de allí.

—¿Dónde vives, hija? ¿Tienes familia?

Negué avergonzada. El hombre me condujo hasta una calle cercana donde esperaba su camioneta, destartalada y repleta de cajas y bolsas. Me ayudó a subir, me cubrió con su chaqueta, puso el motor en marcha y se dirigió hacia el oriente.

El viaje duró toda la noche a través de un paraje oscuro, donde las únicas luces eran las alcabalas de la Guardia, los camiones en su ruta hacia los campos petroleros y el Palacio de los Pobres, que se materializó por treinta segundos al borde del camino, como una visión alucinante. En otros tiempos fue la mansión de verano del Benefactor, donde bailaron las mulatas más bellas del Caribe, pero el mismo día que murió el tirano empezaron a llegar los indigentes, primero tímidamente y después en tropel. Entraron a los jardines y como nadie los detuvo siguieron avanzando, subieron por las anchas escaleras orilladas por columnas talladas con remaches de bronce, recorrieron los fastuosos salones de mármol blanco de Almería, rosa de Valencia y gris de Carrara, cruzaron los corredores de mármoles arborescentes, arabescos y cipolinos, se introdujeron en los baños de ónix, jade y turpalina y por fin se instalaron con sus hijos, sus abuelos, sus bártulos y sus animales domésticos. Cada familia encontró un lugar para acomodarse, dividieron con líneas ilusorias las amplias habitaciones, colgaron sus hamacas, destrozaron el mobiliario rococó para encender sus cocinas, los niños desarmaron la grifería de plata romana, los adolescentes se amaron entre los ornamentos del jardín y los viejos sembraron tabaco en las bañeras doradas. Alguien mandó a la Guardia a sacarlos a tiros, pero los vehículos de la autoridad se perdieron por el camino y nunca dieron con el lugar. No pudieron expulsar a los ocupantes, porque el palacio y todo lo que había dentro se hizo invisible al ojo humano, entró en otra dimensión en la cual siguió existiendo sin perturbaciones.

Cuando por fin llegamos a destino, ya había salido el sol. Agua Santa era uno de esos pueblos adormilados por la modorra de la provincia, lavado por la lluvia, brillando en la luz increíble del trópico. La camioneta recorrió la calle principal con sus casas coloniales, cada una con su pequeño huerto y su gallinero, y se detuvo ante una vivienda pintada con cal, más firme y mejor plantada que las demás. A esa hora el portón estaba cerrado y no me di cuenta de que era un almacén.

—Ya estamos en casa —dijo el hombre.

SEIS

Riad Halabí era uno de esos seres derrotados por la compasión. Tanto amaba a los demás, que trataba de evitarles la repugnancia de mirar su boca partida y siempre llevaba un pañuelo en la mano para tapársela, no comía o bebía en público, sonreía apenas y procuraba colocarse a contraluz o en la sombra, donde pudiera ocultar su defecto. Pasó la vida sin darse cuenta de la simpatía que inspiraba a su alrededor y del amor que sembró en mí. Había llegado al país a los quince años, solo, sin dinero, sin amigos y con una visa de turista estampada en un falso pasaporte turco, comprado por su padre a un cónsul traficante en el Cercano Oriente. Traía por misión hacer fortuna y remitir dinero a su familia y aunque no consiguió lo primero, nunca dejó de hacer lo segundo. Educó a sus hermanos, dio una dote a cada hermana y adquirió para sus padres un olivar, signo de prestigio en la tierra de refugiados y mendigos donde había crecido. Hablaba español con todos los modismos criollos, pero con un indudable acento del desierto y de allá trajo también el sentido de la hospitalidad y la pasión por el agua. Durante sus primeros años de inmigrante se alimentó de pan, banana y café. Dormía tirado en el suelo en la fábrica de telas de un compatriota, quien a cambio de techo le exigía limpiar el edificio, cargar los fardos de hilo y de algodón y ocuparse de las trampas para ratones, todo lo cual le tomaba una parte del día y el resto del tiempo lo empleaba en diversas transacciones. Pronto se dio cuenta dónde estaban las ganancias más sustanciosas y optó por dedicarse al comercio. Recorría las oficinas ofreciendo ropa interior y relojes, las casas de la burguesía tentando a las empleadas domésticas con cosméticos y collares de pacotilla, los liceos exhibiendo mapas y lápices, los cuarteles vendiendo fotos de actrices sin ropa y estampas de San Gabriel, patrono de la milicia y la recluta. Pero la competencia era feroz y sus posibilidades de surgir casi nulas, porque su única virtud de mercader consistía en el gusto por el regateo, que no le servía para obtener ventajas, pero le daba un buen pretexto para cambiar ideas con los clientes y hacer amigos. Era honesto y carecía de ambición, le faltaban condiciones para triunfar en ese oficio, al menos en la capital, por eso sus paisanos le aconsejaron que viajara al interior llevando su mercadería por los pueblos pequeños, donde la gente era más ingenua. Riad Halabí partió con la misma aprensión de sus antepasados al iniciar una larga travesía por el desierto. Al principio lo hizo en autobús, hasta que pudo comprar una motocicleta a crédito a la cual ajustó una gran caja en el asiento trasero. A horcajadas en ella recorrió los senderos de burros y despeñaderos de montaña, con la resistencia de su raza de jinetes. Después adquirió un automóvil antiguo pero brioso y por fin una camioneta. Con ese vehículo recorrió el país. Subió a las cumbres de los Andes por caminos de lástima, vendiendo en unos caseríos donde el aire era tan límpido que se podían ver los ángeles a la hora del crepúsculo; tocó todas las puertas a lo largo de la costa, sumergido en el vaho caliente de la siesta, sudando, afiebrado por la humedad, deteniéndose de vez en cuando para ayudar a las iguanas cuyas patas quedaban atrapadas en el asfalto derretido por el sol; atravesó los médanos navegando sin brújula en un mar de arenas movidas por el viento, sin mirar hacia atrás, para que la seducción del olvido no le convirtiera la sangre en chocolate. Por último llegó a la región que en otros tiempos fuera próspera y por cuyos ríos bajaban canoas cargadas de olorosos granos de cacao, pero que el petróleo llevó a la ruina y ahora estaba devorada por la selva y la desidia de los hombres. Enamorado del paisaje, iba por esa geografía con los ojos maravillados y el espíritu agradecido, recordando su tierra, seca y dura, donde se requería una tenacidad de hormiga para cultivar una naranja, en contraste con ese paraje pródigo en frutos y flores, como un paraíso preservado de todo mal. Allí resultaba fácil vender cualquier cachivache, incluso para alguien tan poco inclinado al lucro como él, pero tenía el corazón vulnerable y no fue capaz de enriquecerse a costa de la ignorancia ajena. Se prendó de las gentes, grandes señores en su pobreza y su abandono. Donde fuera lo recibían como a un amigo, tal como su abuelo acogía a los forasteros en su tienda, con la convicción de que el huésped es sagrado. En cada rancho le ofrecían una limonada, un café negro y aromático, una silla para descansar a la sombra. Eran personas alegres y generosas, de palabra clara, entre ellos lo dicho tenía la fuerza de un contrato. Él abría la maleta y desplegaba su mercancía en el suelo de barro apisonado. Sus anfitriones observaban aquellos bienes de dudosa utilidad con una sonrisa cortés y aceptaban comprarlos para no ofenderlo, pero muchos no tenían cómo pagarle, porque rara vez disponían de dinero. Aun desconfiaban de los billetes, esos papeles impresos que hoy valían algo y mañana podían ser retirados de circulación, de acuerdo a los caprichos del gobernante de turno, o que en un descuido desaparecían, como ocurrió con la colecta de Ayuda al Leproso, devorada en su totalidad por un chivo que se introdujo en la oficina del tesorero. Preferían las monedas, que al menos pesaban en los bolsillos, sonaban sobre el mostrador y brillaban, como dinero de verdad. Los más viejos todavía escondían sus ahorros en tinajas de barro y latas de queroseno enterradas en los patios, pues no habían oído hablar de los bancos. Por otra parte, eran muy pocos los que se desvelaban por preocupaciones financieras, la mayoría vivía del trueque. Riad Halabí se acomodó a esas circunstancias y renunció a la orden paterna de hacerse rico.

Uno de sus viajes lo condujo a Agua Santa. Cuando entró al pueblo le pareció abandonado, porque no se veía un alma en las calles, pero después descubrió una multitud reunida ante el correo. Ésa fue la mañana memorable en que murió de un tiro en la cabeza el hijo de la maestra Inés. El asesino era el propietario de una casa rodeada de terrenos abruptos, donde crecían los mangos sin control humano. Los niños se metían a recoger la fruta caída, a pesar de las amenazas del dueño, un afuerino que había heredado la pequeña hacienda y aún no se desprendía de la avaricia de algunos hombres de ciudad. Los árboles se cargaban tanto, que las ramas se quebraban con el peso, pero resultaba inútil tratar de vender los mangos, porque nadie los compraba. No había razón para pagar por algo que la tierra regalaba. Ese día el hijo de la maestra Inés se desvió de su ruta a la escuela para coger una fruta, tal como hacían todos sus compañeros. El tiro de fusil le entró por la frente y le salió por la nuca sin darle tiempo de adivinar qué eran esa centella y ese trueno que le reventaron en la cara.

Riad Halabí detuvo su camioneta en Agua Santa momentos después que los niños llegaron con el cadáver en una improvisada angarilla y lo depositaron ante la puerta del correo. Todo el pueblo acudió a verlo. La madre observaba a su hijo sin acabar de comprender lo ocurrido, mientras cuatro uniformados contenían a la gente para evitar que hicieran justicia por mano propia, pero cumplían ese deber sin mayor entusiasmo, porque conocían la ley, sabían que el homicida saldría indemne del juicio. Riad Halabí se mezcló con la muchedumbre con el presentimiento de que ese lugar estaba señalado en su destino, era el fin de su peregrinaje. Apenas averiguó los detalles de lo sucedido, se puso sin vacilar a la cabeza de todos y nadie pareció extrañado por su actitud, como si lo estuvieran esperando. Se abrió paso, levantó el cuerpo en sus brazos y lo llevó hasta la casa de la maestra, donde improvisó un velorio sobre la mesa del comedor. Luego se dio tiempo para colar café y servirlo, lo cual produjo cierto sobresalto entre los presentes que nunca habían visto a un hombre afanado en la cocina. Pasó la noche acompañando a la madre y su presencia firme y discreta hizo pensar a muchos que se trataba de algún familiar. A la mañana siguiente organizó el entierro y ayudó a descender la caja en la fosa con una congoja tan sincera, que la señorita Inés deseó que ese desconocido fuera el padre de su hijo. Cuando apisonaron la tierra sobre la tumba, Riad Halabí se volvió hacia la gente congregada a su alrededor y tapándose la boca con el pañuelo, propuso una idea capaz de canalizar la ira colectiva. Del camposanto partieron todos a recoger mangos, llenaron sacos, cestas, bolsas, carretillas y así marcharon hacia la propiedad del asesino, quien al verlos avanzar tuvo el impulso de espantarlos a tiros, pero lo pensó mejor y se escondió entre las cañas del río. La muchedumbre avanzó en silencio, rodeó la casa, rompió las ventanas y las puertas y vació su carga en las habitaciones.

Luego fueron por más. Todo el día estuvieron acarreando mangos hasta que ya no quedaron en los árboles y la casa estuvo repleta hasta el techo. El jugo de la fruta reventaba impregnaba las paredes y escurría por el piso como sangre dulce. Al anochecer, cuando volvieron a sus hogares, el criminal se atrevió a salir del agua, tomó su coche y escapó para nunca más volver. En los días siguientes el sol calentó la casa, convirtiéndola en una enorme marmita donde se cocinaron los mangos a fuego suave, la construcción se tiñó de ocre, se ablandó deformándose, se partió y se pudrió, impregnando el pueblo durante años de olor a mermelada.

A partir de ese día Riad Halabí se consideró a sí mismo como un nativo de Agua Santa, así lo aceptó la gente y allí instaló su hogar y su almacén. Como tantas viviendas campesinas, la suya era cuadrada, con las habitaciones dispuestas alrededor de un patio, donde crecía una vegetación alta y frondosa para proveer sombra, palmas, helechos y algunos árboles frutales. Ese solar representaba el corazón de la casa, allí se desarrollaba la vida, era el paso obligado de un cuarto a otro. En el centro Riad Halabí construyó una fuente árabe, amplia y serena, que apaciguaba el alma con el sonido incomparable del agua entre las piedras. Rodeando el jardín interior instaló canaletas de cerámicas por las cuales corría una acequia cristalina y en cada pieza se mantenía siempre una jofaina de loza para remojar pétalos de flores y aliviar con su aroma el bochorno del clima. La vivienda tenía muchas puertas, como las casas de los ricos y con el tiempo creció para dar cabida a las bodegas. Las tres salas grandes del frente se ocupaban para el almacén y hacia atrás estaban los aposentos, la cocina y el baño. Poco a poco el negocio de Riad Halabí llegó a ser el más próspero de la región, allí se podía comprar de todo: alimentos, abonos, desinfectantes, telas, medicamentos y si algo no figuraba en el inventario, se lo encargaban al turco para que lo trajera en su próximo viaje. Se llamaba *La Perla de Oriente*, en honor a Zulema, su esposa.

Agua Santa era una aldea modesta, con casas de adobe, madera y caña amarga, construida al borde de la carretera y defendida a machetazos contra una vegetación salvaje que en cualquier descuido podía devorarla. Hasta allí no habían llegado la oleada de inmigrantes ni los alborotos del modernismo, la gente era afable, los placeres sencillos y si no fuera por la cercanía del Penal de Santa María, habría sido un pequeño caserío igual a muchos de esa región, pero la presencia de la Guardia y la casa de putas le daba un toque cosmopolita. La vida transcurría sin sorpresas durante seis días de la semana, pero los sábados cambiaban los turnos de la prisión y los vigilantes acudían a divertirse, alterando con su presencia las rutinas de los pobladores, quienes procuraban ignorarlos fingiendo que ese ruido provenía de algún aquelarre de monos en la espesura, pero de todos modos tomaban la precaución de trancar sus puertas y encerrar a sus hijas. Ese día entraban también los indios a pedir limosna: un plátano, un trago de licor, pan. Aparecían en fila, harapientos, los niños desnudos, los viejos reducidos por el desgaste, las mujeres siempre preñadas, todos con una ligera expresión de burla en los ojos, seguidos por una jauría de perros enanos. El párroco les reservaba algunas monedas del diezmo y Riad Halabí les regalaba un cigarrillo o un caramelo a cada uno.

Hasta la llegada del turco, el comercio se reducía a minúsculas transacciones de productos agrícolas con los chóferes de los vehículos que transitaban por la carretera. Desde temprano los muchachos montaban toldos para protegerse del sol y colocaban sus verduras, frutas y quesos sobre un cajón, que debían abanicar constantemente para espantar las moscas. Si tenían suerte, lograban vender algo y regresar a casa con unas monedas. A Riad Halabí se le ocurrió hacer un trato con los camioneros que transportaban carga hacia los campamentos petroleros y regresaban vacíos, para que llevaran las hortalizas de Agua Santa a la capital. Él mismo se encargó de colocarlas en el Mercado Central en el puesto de un paisano suyo, trayendo así algo de prosperidad al pueblo. Poco después, al ver que en la ciudad había cierto interés por las artesanías de madera, barro cocido y mimbre, puso a sus vecinos a fabricarlas para ofrecerlas en las tiendas de turismo y en menos de seis meses eso se convirtió en el ingreso más importante de varias familias. Nadie dudaba de su buena disposición ni discutía sus precios, porque en ese largo tiempo de convivencia el turco dio incontables muestras de honradez. Sin proponérselo, su almacén llegó a ser el centro de la vida comercial de

Agua Santa, a través de sus manos pasaban casi todos los negocios de la zona. Amplió la bodega, construyó otros cuartos, compró hermosos cacharros de hierro y cobre para la cocina, dio una mirada satisfecha a su alrededor y consideró que poseía lo necesario para el contento de una mujer. Entonces le escribió a su madre pidiéndole que le buscara una esposa en su tierra natal.

Zulema aceptó casarse con él, porque a pesar de su belleza no había conseguido un marido y ya contaba veinticinco años cuando la casamentera le habló de Riad Halabí. Le dijeron que tenía labio de liebre, pero ella no sabía lo que eso significaba y en la foto que le mostraron se veía sólo una sombra entre la boca y la nariz, que más parecía un bigote torcido que un obstáculo para el matrimonio. Su madre la convenció de que el aspecto físico no es importante a la hora de formar una familia y cualquier alternativa resultaba preferible a quedarse soltera, convertida en sirvienta en casa de sus hermanas casadas. Además, siempre se llega a amar al marido, si se pone en ello suficiente voluntad; es ley de Alá que dos personas durmiendo juntas y echando hijos al mundo, acaben por estimarse, dijo. Por otra parte, Zulema creyó que su pretendiente era un rico comerciante instalado en América del Sur y aunque no tenía ni la menor idea de dónde quedaba ese lugar de nombre exótico, no dudó de que sería más agradable que el barrio lleno de moscas y ratas donde ella vivía.

Al recibir la respuesta positiva de su madre, Riad Halabí se despidió de sus amigos de Agua Santa, cerró el almacén y la casa y se embarcó rumbo a su país, donde no había puesto los pies en quince años. Se preguntó si su familia lo reconocería, porque se sentía otra persona, como si el paisaje americano y la dureza de su vida lo hubieran tallado de nuevo, pero en realidad no había cambiado mucho: Aunque ya no era un muchacho delgado con el rostro devorado por los ojos y la nariz ganchuda, sino un hombre fornido con tendencia a la barriga y la doble papada, seguía siendo tímido, inseguro y sentimental.

La boda entre Zulema y Riad Halabí se llevó a cabo con todos los ritos, porque el novio pudo pagarlos. Fue un acontecimiento memorable en esa aldea pobre donde casi habían olvidado las fiestas verdaderas. Tal vez el único signo de mal agüero fue que al comenzar la semana sopló el *khamsin* del desierto y la arena se metió por todas partes, invadió las casas, desgarró las ropas, agrietó la piel y cuando llegó el día del casamiento los novios tenían arena entre las pestañas. Pero ese detalle no impidió la celebración. El primer día de ceremonia se reunieron las amigas y las mujeres de ambas familias para examinar el ajuar de la novia, las flores de azahar, las cintas rosadas, mientras comían lúcumas, *cuernos de gacela,* almendras y pistachos y ululaban de alegría con un *yuyú* sostenido, que se repartía por la calle y alcanzaba a los hombres en el café. Al día siguiente llevaron a Zulema en procesión al baño público, presidida por un veterano que tocaba el temboril, para que los hombres desviaran la vista ante el paso de la novia cubierta con siete vestidos livianos. Cuando le quitaron la ropa en el baño, para que las parientas de Riad Halabí vieran que estaba bien alimentada y no tenía marcas, su madre rompió en llanto, como es la tradición. Le pusieron *henna* en las manos, con cera y azufre depilaron todo su cuerpo, le dieron masajes con crema, le trenzaron el cabello con perlas de bisutería y cantaron, bailaron y comieron dulces con té de menta, sin olvidar el luis de oro que la novia regaló a cada una de sus amigas. El tercer día fue la ceremonia del *Neftah.* Su abuela le tocó la frente con una llave para abrirle el espíritu a la franqueza y al afecto y luego la madre de Zulema y el padre de Riad Halabí la calzaron con zapatillas untadas en miel, para que entrara al matrimonio por el camino de la dulzura. El cuarto día ella, vestida con una túnica sencilla, recibió a sus suegros para agasajarlos con platos preparados por su propia mano y bajó los ojos modestamente cuando dijeron que la carne estaba dura y al *cuscus* le faltaba sal, pero la novia era bonita. El quinto día probaron la seriedad de Zulema exponiéndola a la presencia de tres trovadores que cantaron canciones atrevidas, pero ella se mantuvo indiferente detrás del velo y cada obscenidad que rebotaba contra su cara de virgen fue premiada con monedas. En otra sala se celebraba la fiesta de los hombres, donde Riad Halabí soportaba las bromas de todo el vecindario. El sexto día se casaron en la alcaldía y el séptimo recibieron al cadí. Los invitados colocaron sus presentes a los pies de los esposos, gritando el precio que habían pagado por ellos, el padre y la madre bebieron a solas con Zulema el último caldo de gallina y luego la entregaron a su marido de muy mala gana, tal como debe hacerse. Las mujeres de la familia la condujeron al cuarto preparado para la ocasión y le cambiaron el vestido por su camisa de desposada, luego fueron a reunirse con los hombres en la calle, esperando que sacudieran por la ventana la sábana ensangrentada de su pureza.

Por fin Riad Halabí se encontró solo con su esposa. Nunca se habían visto de cerca, ni habían intercambiado palabras o sonrisas. La costumbre exigía que ella estuviera asustada y temblorosa, pero era él quien se sentía así. Mientras pudo mantenerse a una distancia prudente y sin abrir la boca, su defecto resultaba menos notorio, pero no sabía cómo afectaría a su mujer en la intimidad. Turbado, se acercó a ella y extendió los dedos para tocarla, atraído por el reflejo nacarado de su piel, por la abundancia de sus carnes y las sombras de su cabello, pero entonces vio la expresión de asco en sus ojos y el gesto se le heló en el aire. Sacó su pañuelo y se lo llevó a la cara, manteniéndolo allí con una mano mientras con la otra la desvestía y la acariciaba, pero toda su paciencia y su ternura fueron insuficientes para vencer el rechazo de Zulema. Ese encuentro fue triste para ambos. Más tarde, mientras su suegra agitaba la sábana en el balcón pintada de celeste para ahuyentar a los malos espíritus, y abajo los vecinos disparaban salvas de fusil y las mujeres ululaban con frenesí, Riad Halabí se ocultó en un rincón. Sentía la humillación como un puño en el vientre. Ese dolor quedó con él, como un gemido en sordina y nunca habló de ello hasta el día que pudo contárselo a la primera persona que lo besó en la boca. Había sido educado en la regla del silencio: al hombre le está prohibido demostrar sus sentimientos o sus deseos secretos. Su posición de marido lo convertía en dueño de Zulema, no era correcto que ella conociera sus debilidades, porque podría utilizarlas para herirlo o dominarlo.

Volvieron a América y Zulema tardó poco en comprender que su esposo no era rico y no lo sería jamás. Desde el primer instante odió esa nueva patria, ese pueblo, ese clima, esas gentes, esa casa; se negó a aprender español y a colaborar en el trabajo del almacén con el pretexto de sus incontrolables jaquecas; se encerró en su hogar, echada en la cama, atiborrándose de comida, cada vez más gorda y aburrida. Dependía de su marido para todo, hasta para entenderse con los vecinos, con quienes él debía servir de intérprete. Riad Halabí pensó que debía darle tiempo para adaptarse. Estaba seguro de que al tener hijos todo sería diferente, pero los niños no llegaban, a pesar de las noches y las siestas apasionadas que compartió con ella, sin olvidar nunca atarse el pañuelo en la cara. Así pasó un año, pasaron dos, tres, diez, hasta que yo entré en *La Perla de Oriente* y en sus vidas.

Era muy temprano y todavía el pueblo estaba dormido cuando Riad Halabí estacionó la camioneta. Me condujo al interior de la vivienda por la puerta trasera, cruzamos el patio donde se deslizaba el agua de la fuente y cantaban los sapos y me dejó en el baño con un jabón y una toalla en las manos. Largo rato dejé correr el agua por mi cuerpo, lavándome la modorra del viaje y el desamparo de las últimas semanas, hasta recuperar el color natural de mi piel, ya olvidado por tanto abandono. Después me sequé, me peiné con una trenza y me vestí con una camisa de hombre atada en la cintura por un cordón y unas alpargatas de lona que Riad Halabí sacó del almacén.

—Ahora comerás con calma, para que no te duela la barriga —dijo el dueño de la casa instalándome en la cocina ante un festín de arroz, carne amasada con trigo y pan sin levadura—. Me dicen el turco, ¿y a ti?

—Eva Luna.

—Cuando viajo mi mujer se queda sola, necesita alguien para que la acompañe. Ella no sale, no tiene amigas, no habla español.

—¿Quiere que yo sea su sirvienta?

—No. Serás algo así como una hija.

—Hace mucho tiempo que no soy hija de nadie y ya no me acuerdo cómo se hace. ¿Tengo que obedecer en todo?

—Sí.

—¿Qué me hará cuando me porte mal?

—No lo sé, ya veremos.

—Le advierto que yo no aguanto que me peguen...

—Nadie te pegará, niña.

—Me quedo a prueba un mes y si no me gusta me escapo.

—De acuerdo.

En ese momento Zulema apareció en la cocina, aún atontada por el sueño. Me miró de pies a cabeza sin parecer extrañada por mi presencia, ya estaba resignada a soportar la irremediable hospitalidad de su marido, capaz de albergar a cualquiera con aspecto de necesitado. Diez días antes había recogido a un viajero con su burro y mientras el huésped recuperaba fuerzas para seguir su camino, la bestia se comió la ropa tendida al sol y una parte considerable de la mercadería del almacén. Zulema, alta, blanca, cabello negro, dos lunares junto a la boca y grandes ojos protuberantes y sombríos, se presentó vestida con una túnica de algodón que la cubría hasta los pies. Estaba adornada con zarcillos y pulseras de oro, sonoras como cascabeles. Me observó sin el menor entusiasmo, segura de que era alguna mendiga amparada por su marido. Yo la saludé en árabe, tal como me había enseñado Riad Halabí momentos antes, y entonces una amplia risa estremeció a Zulema, tomó mi cabeza entre sus manos y me besó en la frente replicando con una letanía en su idioma. El turco soltó también una carcajada, tapándose la boca con su pañuelo.

Ese saludo bastó para ablandar el corazón de mi nueva patrona y a partir de esa mañana me sentí como si hubiera crecido en aquella casa. La costumbre de levantarme temprano me resultó muy útil. Despertaba con la luz del alba, lanzaba las piernas fuera de la cama con un impulso enérgico que me ponía de pie y desde ese instante no volvía a sentarme, siempre cantando, trabajando. Partía a preparar el café de acuerdo a las instrucciones recibidas, hirviéndolo tres veces en una jarra de cobre y aromatizándolo con semillas de cardamomo, luego lo servía en un pocillo y se lo llevaba a Zulema, quien lo bebía sin abrir los ojos y continuaba durmiendo hasta tarde. Riad Halabí, en cambio, desayunaba en la cocina. Le gustaba preparar él mismo esa primera comida y poco a poco perdió el pudor por su boca deforme y permitió que yo lo acompañara. Después abríamos juntos la cortina metálica del almacén, limpiábamos el mostrador, ordenábamos los productos y nos sentábamos a esperar a los clientes, que no tardaban en aparecer.

Por primera vez fui libre de ir y venir por la calle, hasta entonces siempre había estado entre paredes, detrás de una puerta con llave o vagando perdida en una ciudad hostil. Buscaba pretextos para hablar con los vecinos o para ir por las tardes a dar vueltas en la plaza. Allí estaban la iglesia, el correo, la escuela y la comandancia, allí se tocaban todos los años los tambores de San Juan, se quemaba un muñeco de trapo para conmemorar la traición de Judas, se coronaba a la Reina de Agua Santa y cada Navidad la maestra Inés organizaba los Cuadros Vivos de la escuela, con sus alumnos vestidos de papel crepé y salpicados de escarcha plateada para representar escenas inmóviles de la Anunciación, el Nacimiento y la masacre de los inocentes ordenada por Herodes. Yo caminaba hablando alto, alegre y desafiante, mezclándome con los demás, contenta de pertenecer a esa comunidad. En Agua Santa las ventanas no tenían vidrios y las puertas estaban siempre abiertas y era costumbre visitarse, pasar delante de las casas saludando, entrar a tomar un café o un jugo de fruta, todos se conocían, nadie podía quejarse de soledad o de abandono. Allí ni los muertos se quedaban solos.

Riad Halabí me enseñó a vender, pesar, medir, sacar cuentas, dar el vuelto y regatear, un aspecto fundamental del negocio. No se regatea para sacar provecho del cliente, sino para estirar el placer de la conversación, decía. También aprendí algunas frases en árabe para comunicarme con Zulema. Pronto Riad Halabí decidió que yo no podía desempeñarme en el almacén ni transitar por la vida sin saber leer y escribir y le pidió a la maestra Inés que me diera lecciones particulares, porque yo ya estaba muy crecida para ir al primer año de la escuela. Todos los días recorría las cuatro cuadras con mi libro bien visible para que todos lo notaran, orgullosa de ser una estudiante. Me sentaba un par de horas ante la mesa de la maestra Inés, junto al retrato del niño asesinado, *mano, bota, ojo, vaca, mi mamá me mima, Pepe pide la pipa.* La escritura era lo mejor que me había ocurrido en toda mi existencia, estaba eufórica, leía en voz alta, andaba con el cuaderno bajo el brazo para usarlo a cada rato, anotaba pensamientos, nombres de flores, ruidos de pájaros, inventaba palabras. La posibilidad de escribir me permitió prescindir de las rimas para recordar y pude enredar los cuentos con múltiples personajes y aventuras. Apuntando un par de frases cortas me acordaba del resto y podía repetírselo a mi patrona, pero eso fue después, cuando ella comenzó a hablar en español.

Para ejercitarme en la lectura Riad Halabí compró un almanaque y algunas revistas de la farándula con fotografías de artistas, que le encantaron a Zulema. Cuando pude leer de corrido, me trajo novelas románticas, todas del mismo estilo: secretaria de labios túrgidos, senos mórbidos y ojos cándidos conoce a ejecutivo de músculos de bronce, sienes de plata y ojos de acero, ella es siempre virgen, aun en el caso infrecuente de ser viuda, él es autoritario y superior a ella en todo sentido, hay un malentendido por celos o por herencia, pero todo se arregla y él la toma en sus metálicos brazos y ella suspira esdrújulamente, ambos arrebatados por la pasión, pero nada grosero o carnal. La culminación era un único beso que los conducía al éxtasis de un paraíso sin retorno: el matrimonio. Después del beso no había nada más, sólo la palabra fin coronada de flores o de palomas. Pronto yo podía adivinar el argumento en la tercera página y para distraerme lo cambiaba, desviándolo hacia un desenlace trágico, muy diferente al imaginado por el autor y más de acuerdo a mi incurable tendencia hacia la morbosidad y la truculencia, en el cual la muchacha se convertía en traficante de armas y el empresario partía a cuidar leprosos en la India. Salpicaba el tema con ingredientes violentos sustraídos de la radio o de la crónica policial y con los conocimientos adquiridos a hurtadillas en las ilustraciones de los libros educativos de la Señora. Un día la maestra Inés le habló a Riad Halabí de *Las mil y una noches* y en su siguiente viaje él me lo trajo de regalo, cuatro grandes libros empastados en cuero rojo en los cuales me sumergí hasta perder de vista los contornos de la realidad. El erotismo y la fantasía entraron en mi vida con la fuerza de un tifón, rompiendo todos los límites posibles y poniendo patas arriba el orden conocido de las cosas. No sé cuántas veces leí cada cuento. Cuando los supe todos de memoria empecé a pasar personajes de una historia a otra, a cambiar las anécdotas, quitar y agregar, un juego de infinitas posibilidades. Zulema pasaba horas escuchándome con todos los sentidos alerta para comprender cada gesto y cada sonido, hasta que un día amaneció hablando español sin tropiezos, como si durante esos diez años el idioma hubiera estado dentro de su garganta, esperando que ella abriera los labios y lo dejara salir.

Yo amaba a Riad Halabí como a un padre. Nos unían la risa y el juego. Ese hombre, que a veces parecía serio o triste, era en realidad alegre, pero sólo en la intimidad de la casa y lejos de las miradas ajenas se atrevía a reírse y mostrar su boca. Siempre que lo hacía Zulema volteaba la cara, pero yo consideraba su defecto como un regalo de nacimiento, algo que lo hacía diferente a los demás, único en este mundo. Jugábamos dominó y apostábamos toda la mercadería de *La Perla de Oriente,* invisibles morocotas de oro, plantaciones gigantescas, pozos petroleros. Llegué a ser multimillonaria, porque él se dejaba ganar. Compartíamos el gusto por los proverbios, las canciones populares, los chistes ingenuos, comentábamos las noticias del periódico y una vez por semana íbamos juntos a ver las películas del camión del cine, que recorría los pueblos montando su espectáculo en las canchas deportivas o en las plazas. La mayor prueba de nuestra amistad era que comíamos juntos. Riad Halabí se inclinaba sobre el plato y empujaba el alimento con el pan o con los dedos, sorbiendo, lamiendo, limpiándose con servilletas de papel la comida que se le escapaba de la boca. Al verlo así, siempre en el lado más oscuro de la cocina, me parecía una bestia grande y generosa y sentía el impulso de acariciar su pelo rizado, de pasarle la mano por el lomo. Nunca me atreví a tocarlo. Deseaba demostrarle mi afecto y mi agradecimiento con pequeños servicios, pero él no me lo permitía, porque no tenía costumbre de recibir cariño, aunque estaba en su naturaleza prodigarlo a los demás. Yo lavaba sus camisas y guayaberas, las blanqueaba al sol y les ponía un poco de almidón, las planchaba con cuidado, las doblaba y se las guardaba en el armario con hojas de albahaca y yerbabuena. Aprendí a cocinar *hummus* y *tehina,* hojas de parra rellenas con carne y piñones, *falafel* de trigo, hígado de cordero, berenjenas, pollos con *alcuzcuz,* eneldo y azafrán, *baklavas* de miel y nueces. Cuando no había clientes en la tienda y estábamos solos, él trataba de traducirme los poemas de Harun Al Raschid, me cantaba canciones del Oriente, un largo y hermoso lamento. Otras veces se cubría media cara con un trapo de cocina, imitando un velo de odalisca y bailaba para mí, torpemente, los brazos alzados y la barriga girando enloquecida. Así, en medio de carcajadas, me enseñó la danza del vientre.

—Es una danza sagrada, la bailarás sólo para el hombre que más ames en tu vida —me dijo Riad Halabí.

Zulema era moralmente neutra, como un niño de pecho, toda su energía había sido desviada o suprimida, no participaba en la vida, ocupada sólo de sus íntimas satisfacciones. Sentía miedo de todo: de ser abandonada por su marido, de tener hijos de labio bífido, de perder su belleza, de que las jaquecas le perturbaran el cerebro, de envejecer. Estoy segura de que en el fondo aborrecía a Riad Halabí, pero tampoco podía dejarlo y prefería soportar su presencia antes que trabajar para mantenerse sola. La intimidad con él le repugnaba, pero al mismo tiempo la provocaba como un medio de encadenarlo, aterrada de que pudiera hallar placer junto a otra mujer. Por su parte, Riad la amaba con el mismo ardor humillado y triste del primer encuentro y la buscaba con frecuencia. Aprendí a descifrar sus miradas y cuando vislumbraba ese chispazo especial, me iba a vagar por la calle o a atender el almacén, mientras ellos se encerraban en la habitación. Después Zulema se enjabonaba furiosamente, se frotaba con alcohol y se hacía lavados con vinagre. Tardé mucho en relacionar ese aparato de goma y esa cánula con la esterilidad de mi patrona. A Zulema la habían educado para servir y complacer a un hombre, pero su esposo no le pedía nada y tal vez por eso ella se acostumbró a no realizar ni el menor esfuerzo y acabó convirtiéndose en un enorme juguete. Mis cuentos no contribuyeron a su felicidad, sólo le llenaron la cabeza de ideas románticas y la indujeron a soñar con aventuras imposibles y héroes prestados, alejándola definitivamente de la realidad. Sólo la entusiasmaba el oro y las piedras vistosas. Cuando su marido viajaba a la capital, gastaba buena parte de sus ganancias en comprarle toscas joyas, que ella guardaba en una caja enterrada en el patio. Obsesionada por el temor de que se las robaran, las cambiaba de lugar casi todas las semanas, pero a menudo no podía recordar dónde las había puesto y perdía horas buscándolas, hasta que conocí todos los escondites posibles y me di cuenta de que los usaba siempre en el mismo orden. Las alhajas no debían permanecer bajo tierra por mucho tiempo porque se suponía que en esas latitudes los hongos destruyen hasta los metales nobles y al cabo de un tiempo salen del suelo vapores fosforescentes, que atraen a los ladrones. Por eso, de vez en cuando Zulema asoleaba sus adornos a la hora de la siesta. Me sentaba a su lado a vigilarlos, sin comprender su pasión por ese discreto tesoro, pues no tenía ocasión de lucirlo, no recibía visitas, no viajaba con Riad Halabí ni paseaba por las calles de Agua Santa, sino que se limitaba a imaginar el regreso a su país, donde provocaría envidia con aquellos lujos, justificando así los años perdidos en tan remota región del mundo.

A su modo, Zulema era buena conmigo, me trataba como a un perro faldero. No éramos amigas, pero Riad Halabí se ponía nervioso cuando estábamos solas por mucho rato y si nos sorprendía hablando en voz baja buscaba pretextos para interrumpirnos, como si temiera nuestra complicidad. Durante los viajes de su marido, Zulema olvidaba los dolores de cabeza y parecía más alegre, me llamaba a su cuarto y me pedía que la frotara con crema de leche y rodajas de pepino para aclarar la piel. Se tendía de espaldas sobre la cama, desnuda excepto por sus zarcillos y pulseras, con los ojos cerrados y su pelo azul desparramado sobre la sábana. Al verla así yo pensaba en un pálido pez abandonado a su suerte en la playa. A veces el calor era oprimente y bajo el roce de mis manos ella parecía arder como una piedra al sol.

—Dame aceite en el cuerpo y más tarde, cuando refresque, me pintaré el cabello —me ordenaba Zulema en su español reciente.

No soportaba sus propios vellos, le parecían una señal de bestialidad sólo tolerable en los hombres, que de todos modos eran mitad animales. Gritaba cuando yo se los arrancaba con una mezcla de azúcar caliente y limón, dejando sólo un pequeño triángulo oscuro en el pubis. Le molestaba su propio olor y se lavaba y perfumaba de manera obsesiva. Me exigía que le contara cuentos de amor, que describiera al protagonista, el largo de sus piernas, la fuerza de sus manos, el contorno de su pecho, me detuviera en los detalles amorosos, si hacía esto o lo otro, cuántas veces, qué susurraba en el lecho. Esa calentura parecía una enfermedad. Traté de incorporar a mis historias unos galanes menos apuestos, con algún defecto físico, tal vez una cicatriz en la cara, cerca de la boca, pero eso la ponía de mal humor, me amenazaba con echarme a la calle y en seguida se sumergía en una tristeza taimada.

Con el transcurso de los meses gané seguridad, me desprendí de la añoranza y no volví a mencionar el plazo de prueba, con la esperanza de que a Riad Halabí se le hubiera olvidado. En cierta forma mis patrones eran mi familia. Me acostumbré al calor, a las iguanas asoleándose como monstruos del pasado, a la comida árabe, a las horas lentas de la tarde, a los días siempre iguales. Me gustaba ese pueblo olvidado, unido al mundo por un solo hilo de teléfono y un camino de curvas, rodeado de una vegetación tan tupida, que una vez se dio vuelta un camión ante los ojos de varios testigos, pero cuando se asomaron al barranco no pudieron encontrarlo, había sido tragado por los helechos y filodendros. Los habitantes se conocían por el nombre y las vidas ajenas carecían de secretos. *La Perla de Oriente* era un centro de reunión donde se conversaba, se realizaban negocios, se daban cita los enamorados. Nadie preguntaba por Zulema, ella era sólo un fantasma extranjero oculto en los cuartos de atrás, cuyo desprecio por el pueblo era retribuido en igual forma, en cambio estimaban a Riad Halabí y le perdonaban que no se sentara a beber o comer con los vecinos, como exigían los ritos de la amistad. A pesar de las dudas del cura, que objetaba su fe musulmana, era padrino de varios niños que llevaban su nombre, juez en las disputas, árbitro y consejero en los momentos de crisis. Me acogí a la sombra de su prestigio, satisfecha de pertenecer a su casa, e hice planes para continuar en esa vivienda blanca y amplia, perfumada por los pétalos de las flores en las jofainas de los cuartos, fresca por los árboles del jardín. Dejé de lamentar la pérdida de Huberto Naranjo y de Elvira, construí dentro de mí misma una imagen aceptable de la Madrina y suprimí los malos recuerdos para disponer de un buen pasado. Mi madre también encontró un lugar en las sombras de las habitaciones y solía presentarse por las noches como un soplo junto a mi cama. Me sentía apaciguada y contenta. Crecí un poco, cambió mi cara y al mirarme al espejo ya no veía una criatura incierta, comenzaban a aparecer mis rasgos definitivos, los que tengo ahora.

—No puedes vivir como una beduina, hay que pasarte por el Registro Civil —dijo un día el patrón.

Riad Halabí me dio varias cosas fundamentales para transitar por mi destino y entre ellas, dos muy importantes: la escritura y un certificado de existencia. No había papeles que probaran mi presencia en este mundo, nadie me inscribió al nacer, nunca había estado en una escuela, era como si no hubiera nacido, pero él habló con un amigo de la ciudad, pagó el soborno correspondiente y consiguió un documento de identidad, en el cual, por un error del funcionario, figuro con tres años menos de los que en realidad tengo.

Kamal, el segundo hijo de un tío de Riad Halabí, llegó a vivir en la casa año y medio después que yo. Entró en *La Perla de Oriente* con tanta discreción, que no vimos en él los signos de la fatalidad ni sospechamos que tendría el efecto de un huracán en nuestras vidas. Tenía veinticinco años, era menudo y delgado, de dedos finos y largas pestañas, parecía desconfiado y saludaba ceremoniosamente, llevándose una mano al pecho e inclinando la cabeza, gesto que de inmediato comenzó a usar Riad y luego imitaron entre carcajadas todos los niños de Agua Santa. Era hombre acostumbrado a pasar miserias. Escapando de los israelitas, su familia huyó de su aldea después de la guerra, perdiendo todas sus posesiones terrenales: el pequeño huerto heredado de sus antepasados, el burro y unos cuantos cacharros domésticos. Se crió en un campamento para refugiados palestinos y tal vez su destino era convertirse en guerrillero y combatir a los judíos, pero no estaba hecho para los azares de la batalla y tampoco compartía la indignación de su padre y sus hermanos por la pérdida de un pasado al cual no se sentía ligado. Le atraían más las costumbres occidentales, anhelaba irse de allí para empezar otra vida donde no le debiera respeto a ninguno y donde nadie lo conociera. Pasó los años de su infancia traficando en el mercado negro y los de la adolescencia seduciendo a las viudas del campamento, hasta que su padre, cansado de propinarle palizas y esconderlo de sus enemigos, se acordó de Riad Halabí, ese sobrino instalado en un remoto país de América del Sur, cuyo nombre no podía recordar. No preguntó la opinión de Kamal, simplemente lo cogió por un brazo y lo llevó a la rastra camino del puerto, donde consiguió emplearlo de grumete en un barco mercante, con la recomendación de no regresar a menos de hacerlo con una fortuna. Así llegó el joven, como tantos inmigrantes, a la misma costa caliente donde cinco años antes desembarcó Rolf Carlé de un buque noruego. De allí se trasladó en autobús a Agua Santa y a los brazos de su pariente, quien lo recibió con grandes muestras de hospitalidad.

Durante tres días *La Perla de Oriente* permaneció cerrada y la casa de Riad Halabí abierta en una fiesta inolvidable, a la cual asistieron todos los habitantes del pueblo. Mientras Zulema padecía algunas de sus innumerables dolencias encerrada en su habitación, el patrón y yo, ayudados por la maestra Inés y otras vecinas, hicimos tanta comida que aquello parecía una boda de las cortes de Bagdad. Sobre los mesones cubiertos con albos paños, pusimos grandes bandejas de arroz con azafrán, piñones, pasas y pistachos, pimiento y curry y a su alrededor cincuenta fuentes de guisos árabes y americanos, unos salados, otros picantes o agridulces, con carnes y pescado traído en bolsas de hielo desde el litoral y todos los granos con sus salsas y condimentos. Había una mesa sólo para los postres, donde se alternaban los dulces orientales y las recetas criollas. Serví enormes jarras de ron con fruta, que como buenos musulmanes los primos no probaron, pero los demás bebieron hasta rodar felices bajo las mesas y los que quedaron en pie bailaron en honor al recién llegado. Kamal fue presentado a cada vecino y a cada uno tuvo que contarle su vida en árabe. Nadie entendió ni una palabra de su discurso, pero se fueron comentando que parecía un joven simpático y en verdad lo era, tenía el aspecto frágil de una señorita, pero había algo velludo, moreno y equívoco en su naturaleza que inquietaba a las mujeres. Al entrar en una habitación la llenaba con su presencia hasta el último rincón, cuando se sentaba a tomar el fresco de la tarde en la puerta del almacén, toda la calle sentía el impacto de su atractivo, envolvía a los demás con una suerte de encantamiento. Apenas podía darse a entender con gestos y exclamaciones, pero todos los escuchábamos fascinados, siguiendo el ritmo de su voz y la áspera melodía de sus palabras.

—Ahora podré viajar tranquilo, porque hay un hombre de mi propia familia para cuidar de las mujeres, la casa y el almacén —dijo Riad Halabí palmoteando la espalda de su primo.

Muchas cosas cambiaron con la llegada de ese visitante. El patrón se alejó de mí, ya no me llamaba para escuchar mis cuentos o para comentar las noticias del periódico, dejó de lado los bromas y las lecturas a dúo, las partidas de dominó se convirtieron en un asunto de hombres. Desde la primera semana adoptó la costumbre de ir solo con Kamal a la proyección del cinematógrafo ambulante, porque su pariente no estaba habituado a la compañía femenina. Aparte de algunas doctoras de la Cruz Roja y misioneras evangélicas que visitaban los campamentos de refugiados, casi todas enjutas como madera seca, el joven sólo había visto mujeres con el rostro descubierto después de los quince años, cuando salió por primera vez del lugar donde creció. En una ocasión realizó un esforzado viaje en camión para ir a la capital un día sábado, al sector de la colonia norteamericana, donde las gringas lavaban sus automóviles en la calle, vestidas sólo con pantalones cortos y blusas escotadas, espectáculo que atraía multitudes masculinas desde remotos pueblos de la región. Los hombres alquilaban sillas y quitasoles para instalarse a observarlas. El lugar se llenaba de vendedores de chucherías, sin que ellas percibieran la conmoción, ajenas por completo a los jadeos, los sudores, los temblores y las erecciones que provocaban. Para aquellas señoras transplantadas de otra civilización, esos personajes envueltos en túnicas, de piel oscura y barbas de profeta, eran simplemente una ilusión óptica, un error existencial, un delirio provocado por el calor. Delante de Kamal, Riad Halabí se comportaba con Zulema y conmigo como un jefe brusco y autoritario, pero cuando estábamos solos nos compensaba con pequeños regalos y volvía a ser el amigo afectuoso de antes. Me asignaron la función de enseñar español al recién llegado, tarea nada sencilla, porque él se sentía humillado cuando yo le daba el significado de una palabra o le señalaba un error de pronunciación, pero aprendió a chapurrear con gran rapidez y muy pronto pudo ayudar en la tienda.

—Siéntate con las piernas juntas y abróchate todos los botones del delantal —me ordenó Zulema. Creo que estaba pensando en Kamal.

El hechizo del primo impregnó la casa y *La Perla de Oriente*, se desparramó por el pueblo y se lo llevó el viento aún más lejos. Las muchachas llegaban a cada momento al almacén con los más diversos pretextos. Ante él florecían como frutos salvajes, estallando bajo las faldas cortas y las blusas ceñidas, tan perfumadas que después de su partida el cuarto quedaba saturado de ellas por mucho tiempo. Entraban en grupos de dos o tres, riéndose y hablando en cuchicheos, se apoyaban en el mostrador de modo que los senos quedaran expuestos y los traseros se elevaran atrevidos sobre las piernas morenas. Lo esperaban en la calle, lo invitaban a sus casas por las tardes, lo iniciaron en los bailes del Caribe.

Yo sentía una impaciencia constante. Era la primera vez que experimentaba celos y ese sentimiento adherido a mi piel de día y de noche como una oscura mancha, una suciedad imposible de quitar, llegó a ser tan insoportable, que cuando al fin pude librarme de él, me había desprendido definitivamente del afán de poseer a otro y la tentación de pertenecer a alguien. Desde el primer instante Kamal me trastornó la mente, me puso en carne viva, alternando el placer absoluto de amarlo y el dolor atroz de amarlo en vano. Lo seguía por todas partes como una sombra, lo servía, lo convertí en el héroe de mis fantasías solitarias. Pero él me ignoraba por completo. Tomé conciencia de mí misma, me observaba en el espejo, me palpaba el cuerpo, ensayaba peinados en el silencio de la siesta, me aplicaba una pizca de carmín en las mejillas y la boca, con cuidado para que nadie lo notara. Kamal pasaba por mi lado sin verme. Él era el protagonista de todos mis cuentos de amor. Ya no me bastaba el beso final de las novelas que leía a Zulema y comencé a vivir tormentosas e ilusorias noches con él. Había cumplido quince años y era virgen, pero si la cuerda de siete nudos inventada por la Madrina midiera también las intenciones, no habría salido airosa de la prueba.

La existencia se nos torció a todos durante el primer viaje de Riad Halabí, cuando quedamos solos Zulema, Kamal y yo. La patrona se curó como por encanto de sus malestares y despertó de un letargo de casi cuarenta años. En esos días se levantaba temprano y preparaba el desayuno, se vestía con sus mejores trajes, se adornaba con todas sus joyas, se peinaba con el pelo echado hacia atrás, sujeto en la nuca en una media cola, dejando el resto suelto sobre sus hombros. Nunca se había visto tan hermosa. Al principio Kamal la eludía, delante de ella mantenía los ojos en el suelo y casi no le hablaba, se quedaba todo el día en el almacén y en las noches salía a vagar por el pueblo; pero pronto le fue imposible sustraerse al poder de esa mujer, a la huella pesada de su aroma, al calor de su paso, al embrujo de su voz. El ámbito se llenó de urgencias secretas, de presagios, de llamadas. Presentí que a mi alrededor sucedía algo prodigioso de lo cual yo estaba excluida, una guerra privada de ellos dos, una violenta lucha de voluntades. Kamal se batía en retirada, cavando trincheras, defendido por siglos de tabúes, por el respeto a las leyes de hospitalidad y a los lazos de sangre que lo unían a Riad Halabí. Zulema, ávida como una flor carnívora, agitaba sus pétalos fragantes para atraerlo a su trampa. Esa mujer perezosa y blanda cuya vida transcurría tendida en la cama con paños fríos en la frente, se transformó en una hembra enorme y fatal, una araña pálida tejiendo incansable su red. Quise ser invisible.

Zulema se sentaba en la sombra del patio a pintarse las uñas de los pies y mostraba sus gruesas piernas hasta medio muslo. Zulema fumaba y con la punta de la lengua acariciaba en círculos la boquilla del cigarro, los labios húmedos. Zulema se movía y el vestido se deslizaba descubriendo un hombro redondo que atrapaba toda la luz del día con su blancura imposible. Zulema comía una fruta madura y el jugo amarillo le salpicaba un seno. Zulema jugaba con su pelo azul, cubriéndose parte de la cara y mirando a Kamal con ojos de hurí.

El primo resistió como un valiente durante setenta y dos horas. La tensión fue creciendo hasta que ya no pude soportarla y temí que el aire estallara en una tormenta eléctrica, reduciéndonos a cenizas. Al tercer día Kamal trabajó desde muy temprano, sin aparecer por la casa a ninguna hora, dando vueltas inútiles en *La Perla de Oriente* para gastar las horas. Zulema lo llamó a comer, pero él dijo que no tenía hambre y se demoró otra hora en hacer la caja. Esperó que se acostara todo el pueblo y el cielo estuviera negro para cerrar el negocio y cuando calculó que había comenzado la novela de la radio, se metió sigilosamente en la cocina buscando los restos de la cena. Pero por primera vez en muchos meses Zulema estaba dispuesta a perderse el capítulo de esa noche. Para despistarlo dejó el aparato encendido en su habitación y la puerta entreabierta, y se apostó a esperarlo en la penumbra del corredor. Se había puesto una túnica bordada, debajo estaba desnuda y al levantar el brazo lucía la piel lechosa hasta la cintura. Había dedicado la tarde a depilarse, cepillarse el cabello, frotarse con cremas, maquillarse, tenía el cuerpo perfumado de patchulí y el aliento fresco con regaliz, iba descalza y sin joyas, preparada para el amor. Pude verlo todo porque no me mandó a mi cuarto, se había olvidado de mi existencia. Para

Zulema sólo importaban Kamal y la batalla que iba a ganar.

La mujer atrapó a su presa en el patio. El primo llevaba media banana en la mano e iba masticando la otra mitad, una barba de dos días le sombreaba la cara y sudaba porque hacía calor y era la noche de su derrota.

—Te estoy esperando —dijo Zulema en español, para evitar el bochorno de decirlo en su propio idioma.

El joven se detuvo con la boca llena y los ojos espantados. Ella se aproximó lentamente, tan inevitable como un fantasma, hasta quedar a pocos centímetros de él. De pronto comenzaron a cantar los grillos, un sonido agudo y sostenido que se me clavó en los nervios como la nota monocorde de un instrumento oriental. Noté que mi patrona era media cabeza más alta y dos veces más pesada que el primo de su marido, quien, por otra parte, parecía haberse encogido al tamaño de una criatura.

—Kamal... Kamal... —Y siguió un murmullo de palabras en la lengua de ellos, mientras un dedo de la mujer tocaba los labios del hombre y dibujaba su contorno con un roce muy leve.

Kamal gimió vencido, se tragó lo que le quedaba en la boca y dejó caer el resto de la fruta. Zulema le tomó la cabeza y lo atrajo hacia su regazo, donde sus grandes senos lo devoraron con un borboriteo de lava ardiente. Lo retuvo allí, meciéndolo como una madre a su niño, hasta que él se apartó y entonces se miraron jadeantes, pesando y midiendo el riesgo, y pudo más el deseo y se fueron abrazados a la cama de Riad Halabí. Hasta allí los seguí sin que mi presencia los perturbara. Creo que de verdad me había vuelto invisible.

Me agazapé junto a la puerta, con la mente en blanco. No sentía ninguna emoción, olvidé los celos, como si todo ocurriera en una tarde del camión del cinematógrafo. De pie junto a la cama, Zulema lo envolvió en sus brazos y lo besó hasta que él atinó a levantar las manos y tomarla por la cintura, respondiendo a la caricia con un sollozo sufriente. Ella recorrió sus párpados, su cuello, su frente con besos rápidos, lamidos urgentes y mordiscos breves, le desabotonó la camisa y se la quitó a tirones. A su vez él trató de arrancarle la túnica, pero se enredó en los pliegues y optó por lanzarse sobre sus pechos a través del escote. Sin dejar de manosearlo, Zulema le dio vuelta colocándose a su espalda y siguió explorándole el cuello y los hombros, mientras sus dedos manipulaban el cierre y le bajaban el pantalón. A pocos pasos de distancia, yo vi su masculinidad apuntándome sin subterfugios y pensé que Kamal era más atrayente sin ropa, porque perdía esa delicadeza casi femenina. Su escaso tamaño no parecía fragilidad, sino síntesis, y tal como su nariz prominente le moldeaba la cara sin afearla, del mismo modo su sexo grande y oscuro no le daba un aspecto bestial. Sobresaltada, olvidé respirar durante casi un minuto y cuando lo hice tenía un lamento atravesado en la garganta. Él estaba frente a mí y nuestros ojos se encontraron por un instante, pero los de él pasaron de largo, ciegos. Afuera cayó una lluvia torrencial de verano y el ruido del agua y de los truenos se sumó al canto agónico de los grillos. Zulema se quitó por fin el vestido y apareció en toda su espléndida abundancia, como una venus de argamasa. El contraste entre esa mujer rolliza y el cuerpo esmirriado del joven me resultó obsceno. Kamal la empujó sobre la cama, y ella soltó un grito, aprisionándolo con sus gruesas piernas y arañándole la espalda. Él se sacudió unas cuantas veces y luego se desplomó con un quejido visceral; pero ella no se había preparado tanto para salir del paso en un minuto, así es que se lo quitó de encima; lo acomodó sobre los almohadones y se dedicó a reanimarlo, susurrándole instrucciones en árabe con tan buen resultado, que al poco rato lo tenía bien dispuesto. Entonces él se abandonó con los ojos cerrados, mientras ella lo acariciaba hasta hacerlo desfallecer y por último lo cabalgó cubriéndolo con su opulencia y con el regalo de su cabello, haciéndolo desaparecer por completo, tragándolo con sus arenas movedizas, devorándolo, exprimiéndolo hasta su esencia y conduciéndolo a los jardines de Alá donde lo celebraron todas las odaliscas del Profeta. Después descansaron en calma, abrazados como un par de criaturas en el bochinche de la lluvia y de los grillos de aquella noche que se había vuelto caliente como un mediodía.

Esperé que se aplacara la estampida de caballos que sentía en el pecho y luego salí tambaleándome. Me quedé de pie en el centro del patio, el agua corriéndome por el pelo y empapándome la ropa y el alma, afiebrada, con un presentimiento de catástrofe. Pensé que mientras pudiéramos permanecer callados era como si nada hubiera sucedido, lo que no se nombra casi no existe, el silencio lo va borrando hasta hacerlo desaparecer. Pero el olor del deseo se había esparcido por la casa, impregnando los muros, las ropas, los muebles, ocupaba las habitaciones, se filtraba por las grietas, afectaba la flora y la fauna, calentaba los ríos subterráneos, saturaba el cielo de Agua Santa, era visible como un incendio y sería imposible ocultarlo. Me senté junto a la fuente, bajo la lluvia.

Por fin aclaró en el patio y comenzó a evaporarse la humedad del rocío, envolviendo la casa en una bruma tenue. Había pasado esas horas largas en la oscuridad, mirando hacia el interior de mí misma. Sentía escalofríos, debía ser a causa de ese olor persistente que desde hacía unos días flotaba en el ambiente y se pegaba en todas las cosas. Es hora de barrer la tienda, pensé cuando oí a lo lejos el tintineo de las campanas del lechero, pero me pesaba tanto el cuerpo que tuve que mirarme las manos para ver si se habían vuelto de piedra; me arrastré hasta la fuente, metí adentro la cabeza y al enderezarme, el agua fría se deslizó por mi espalda, sacudiéndome la parálisis de esa noche de insomnio y lavando la imagen de los amantes sobre la cama de Riad Halabí. Me fui al almacén sin mirar hacia la puerta de Zulema, ojalá sea un sueño, mamá, haz que sea sólo un sueño. Permanecí toda la mañana refugiada detrás del mostrador, sin asomarme al corredor, con el oído atento al silencio de mi patrona y de Kamal. Al mediodía cerré el negocio, pero no me atreví a salir de esos tres cuartos repletos de mercadería y me acomodé entre unos sacos de granos para pasar el calor de la siesta. Tenía miedo. La casa se había transformado en un animal impúdico respirando a mi espalda.

Kamal pasó esa mañana retozando con Zulema, almorzaron frutas y dulces y a la hora de la siesta, cuando ella se durmió extenuada, él recogió sus cosas, las metió en su maleta de cartón y se fue discretamente por la puerta de atrás, como un bandido. Al verlo salir tuve la certeza de que no volvería.

Zulema despertó a media tarde con la bulla de los grillos. Apareció en *La Perla de Oriente* envuelta en una bata, despeinada, con ojeras oscuras y los labios hinchados, pero se veía muy hermosa, plena, satisfecha.

—Cierra el negocio y ven a ayudarme —me ordenó.

Mientras limpiábamos y ventilábamos la habitación, colocábamos sábanas frescas en la cama y cambiábamos los pétalos de las flores en las jofainas, Zulema cantaba en árabe y siguió cantando en la cocina cuando preparó la sopa de yogur, el *kipe* y el *tabule*. Después llené la bañera, la perfumé con esencia de limón y Zulema se hundió en el agua con un suspiro feliz, los párpados entornados, sonriendo, perdida en quién sabe qué recuerdos. Cuando el agua se enfrió, pidió sus cosméticos, se observó en el espejo complacida y comenzó a empolvarse, se puso colorete en las mejillas, carmín en los labios, sombras nacaradas alrededor de los ojos. Salió del baño arropada en toallas y se tendió sobre la cama para que yo le diera masajes, después se cepilló el cabello, lo recogió en un moño y se puso un vestido escotado.

—¿Estoy bonita? —quiso saber.

—Sí.

—¿Me veo joven?

—Sí.

—¿De qué edad?

—Como la foto del día de su casamiento.

—¿Por qué me hablas de eso? ¡No quiero acordarme de mi casamiento! Ándate, estúpida, déjame sola...

Se sentó en una mecedora de mimbre bajo el alero del patio a mirar la tarde y a aguardar el regreso de su amante. Esperé con ella, sin atreverme a decirle que Kamal se había marchado. Zulema pasó horas meciéndose y llamándolo con todos sus sentidos, mientras yo cabeceaba en la silla. La comida se puso rancia en la cocina y se esfumó el aroma discreto de las flores en la habitación. A las once de la noche desperté asustada por el silencio, habían enmudecido los grillos y el aire estaba detenido, ni una hoja se movía en el patio. El olor del deseo había desaparecido. Mi patrona aún se mantenía inmóvil en el sillón, con el vestido arrugado, las manos crispadas, lágrimas le mojaban la cara, tenía el maquillaje chorreado, parecía una máscara abandonada a la intemperie.

—Vaya a la cama, señora, no lo espere más. Tal vez no vuelva hasta mañana... —le supliqué, pero la mujer no se movió.

Allí estuvimos sentadas toda la noche. Me castañeteaban los dientes y me corría un sudor extraño por la espalda, y atribuí esos signos a la mala suerte que había entrado en la casa. No era tampoco el momento de ocuparme de mis propios malestares, porque me di cuenta de que en el alma de Zulema algo se había quebrado. Sentí horror al mirarla, ya no era la persona que conocía, se estaba transformando en una especie de enorme vegetal. Preparé café para las dos y se lo llevé con la esperanza de devolverle la antigua identidad, pero no quiso probarlo, rígida, una cariátide con la vista clavada en la puerta del patio. Bebí un par de sorbos, pero lo sentí áspero y amargo. Por fin logré levantar a mi patrona de la silla y llevarla de la mano a su habitación, le quité el vestido, le limpié la cara con un trapo húmedo y la acosté. Comprobé que respiraba tranquila, pero la desolación le nublaba los ojos y seguía llorando, callada y tenaz. Después abrí el almacén como una sonámbula. Llevaba muchas horas sin comer, me acordé de los tiempos de mi desgracia, antes que Riad Halabí me recogiera, cuando se me cerró el estómago y no podía tragar. Me puse a chupar un níspero tratando de no pensar. Llegaron a *La Perla de Oriente* tres muchachas preguntando por Kamal y les dije que no estaba y no valía la pena ni siquiera recordarlo, porque en realidad no era humano, nunca existió en carne y hueso, era un genio del mal, un *efrit* venido del otro lado del mundo para alborotarles la sangre y turbarles el alma, pero ya no lo verían más, había desaparecido arrastrado por el mismo viento fatal que lo trajo del desierto hasta Agua Santa. Las jóvenes se fueron a la plaza a comentar la noticia y pronto empezaron a desfilar los curiosos para averiguar lo ocurrido.

—Yo no sé nada. Esperen que llegue el patrón —fue la única respuesta que se me ocurrió.

Al mediodía le llevé una sopa a Zulema y traté de dársela a cucharadas, pero veía sombras y me temblaban tanto las manos, que el líquido se me desparramó por el suelo. De pronto la mujer comenzó a balancearse con los ojos cerrados, lamentándose, primero un monótono quejido y después un ayayay agudo y perseverante como llanto de sirena.

—¡Cállese! Kamal no volverá. Si no puede vivir sin él, más vale que se levante y vaya a buscarlo hasta que lo encuentre. No hay nada más que hacer. ¿Me oye, señora? —La sacudí, espantada ante el tamaño de ese sufrimiento.

Pero Zulema no respondió, había olvidado el español y nadie

volvió a oírle ni una palabra en ese idioma. Entonces la llevé otra vez a la cama, la acosté y me eché a su lado, pendiente de sus suspiros, hasta que ambas nos dormimos agotadas. Así nos encontró Riad Halabí cuando llegó a mitad de la noche. Traía la camioneta cargada de mercadería nueva y no había olvidado los regalos para su familia: una sortija de topacio para su mujer, un vestido de organza para mí, dos camisas para su primo.

—¿Qué pasa aquí? —preguntó asombrado ante el soplo de tragedia que barría su casa.

—Kamal se fue —logré tartamudear.

—¿Cómo que se fue? ¿Adónde?

—No sé.

—Es mi huésped, no puede irse así, sin avisarme, sin despedirse...

—Zulema está muy mal.

—Creo que tú estás peor, hija. Tienes una tremenda calentura.

En los días siguientes sudé el terror, se me fue la fiebre y recuperé el apetito, en cambio fue evidente que Zulema no sufría un malestar pasajero. Se había enfermado de amor y todos así lo comprendieron, menos su marido que no quiso verlo y se negó a relacionar la desaparición de Kamal con el desánimo de su mujer. No preguntó lo sucedido, porque adivinaba la respuesta y al tener certeza de la verdad se habría visto obligado a tomar venganza. Era demasiado compasivo para rebanarle los pezones a la infiel o buscar a su primo hasta dar con él para amputarle los genitales y metérselos en la boca, de acuerdo con la tradición de sus antepasados.

Zulema continuó callada y tranquila, llorando a ratos, sin manifestar ningún entusiasmo por la comida, la radio o los regalos de su marido. Comenzó a adelgazar y al cabo de tres semanas su piel se había vuelto de un suave color sepia, como un retrato de otro siglo. Sólo reaccionaba cuando Riad Halabí intentaba hacerle una caricia, entonces se replegaba acechándolo con un odio seguro. Por un tiempo se me acabaron las clases con la maestra Inés y el trabajo en el almacén, tampoco se reanudaron las visitas semanales al camión del cinematógrafo, porque ya no pude separarme de mi patrona, pasaba el día y buena parte de la noche cuidándola. Riad Halabí tomó un par de empleadas para hacer la limpieza y ayudar en *La*

Perla de Oriente. Lo único bueno de ese período fue que él volvió a ocuparse de mí como en los tiempos anteriores a la llegada de Kamal, de nuevo me pedía que le leyera en voz alta o le contara cuentos de mi invención, me invitaba a jugar dominó y se dejaba ganar. A pesar de la atmósfera de opresión que había en la casa, encontrábamos pretextos para reírnos.

Pasaron algunos meses sin cambios notables en el estado de la enferma. Los habitantes de Agua Santa y de los pueblos vecinos acudieron a preguntar por ella, trayendo cada uno un remedio diferente: una mata de ruda para infusiones, un jarabe para curar a los atónitos, vitaminas en píldoras, caldo de ave. No lo hacían por consideración hacia esa extranjera altiva y solitaria, sino por cariño al turco. Sería bien bueno que la viera una experta, dijeron y un día trajeron a una goajira hermética que se fumó un tabaco, sopló el humo sobre la paciente y concluyó que no tenía ninguna enfermedad registrada por la ciencia, sólo un ataque prolongado de tristeza amorosa.

—Echa de menos a su familia, pobrecita —explicó el marido y despidió a la india antes que siguiera adivinando su vergüenza.

No tuvimos noticias de Kamal. Riad Halabí no volvió a mencionar su nombre, herido por la ingratitud con que pagó el albergue recibido.

[illegible]. Lo único bueno de ese período fue que él volvió a ocuparse de mí como en los tiempos anteriores a la llegada de Kamal; de nuevo me pedía que le leyera en voz alta o le contara cuentos de mi invención, me invitaba a jugar dominó y se dejaba ganar. A pesar de la atmósfera de opresión que había en la casa, encontrábamos pretextos para reírnos.

Pasaron algunos meses sin cambios notables en el estado de la enferma. Los parroquianos de Agua Santa y de los pueblos cercanos acudieron a preguntar por ella, trayendo cada uno un remedio diferente: una pasta de ruda para infusiones, un jarabe para curar a los atontados, vitaminas en pastillas, caldo de ave. No lo hacían por consideración hacia esa extranjera altiva y solitaria, sino por cariño al turco. Sería bueno que la viera una experta, dijeron, y un día trajeron a una guajira medio india que se fumó un tabaco, sopló el humo sobre la paciente y concluyó que no tenía ninguna enfermedad conocida por la ciencia, sólo un ataque de tristeza amorosa.

—Extraña de menos a su familia, pobrecita —explicó el marido y despidió a la india antes que siguiera adivinando su vergüenza.

No tuvimos noticias de Kamal. Riad Halabí no volvió a mencionar su nombre, herido por la ingratitud con que pagó el albergue recibido.

SIETE

Rolf Carlé comenzó a trabajar con el señor Aravena el mismo mes que los rusos mandaron al espacio una perra metida en una cápsula.

—¡Soviéticos tenían que ser, no respetan ni a los animales! —exclamó el tío Rupert indignado al conocer la noticia.

—No es para tanto, hombre... Después de todo no es más que una bestia ordinaria, sin ningún pedigree —replicó la tía Burgel sin levantar la vista del pastel que estaba preparando. Ese desafortunado comentario desencadenó una de las peores peleas que jamás tuvo la pareja. Pasaron el viernes gritándose improperios y ofendiéndose con reproches acumulados en treinta años de vida en común. Entre muchas otras cosas lamentables, Rupert oyó decir por primera vez a su mujer que siempre había detestado a los perros, le repugnaba ese negocio de criarlos y venderlos y rezaba para que sus malditos pastores policiales se infestaran de peste y se fueran todos a la mierda. A su vez Burgel se enteró de que él conocía una infidelidad cometida por ella en su juventud, pero había callado para convivir en paz. Se dijeron cosas inimaginables y al final quedaron exhaustos. Cuando Rolf llegó el sábado a la Colonia, encontró la casa cerrada y creyó que toda la familia se había contagiado con la gripe asiática que esa temporada andaba causando estragos. Burgel yacía postrada en la cama con compresas de albahaca en la frente y Rupert, congestionado de rencor, se había encerrado en la carpintería con sus canes reproductores y catorce cachorros recién nacidos, a destrozar metódicamente todos los relojes cucú para los turistas. Sus primas tenían los ojos hinchados por el llanto. Las dos mozas se habían casado con los fabricantes de velas, sumando a su olor natural de canela, clavo de olor, vainilla y limón, el aroma delicioso de la cera de abejas. Vivían en la misma calle de la casa paterna, compartiendo el día entre sus pulcros hogares y el trabajo con sus padres, ayudándolos en el hotel, el gallinero y la cría de perros. Nadie percibió el entusiasmo de Rolf Carlé por su nueva máquina filmadora ni quiso oír, como otras veces, el recuento minucioso de sus actividades o de los disturbios políticos en la Universidad. La disputa había alterado tanto el ánimo de aquel pacífico hogar, que ese fin de semana no pudo pellizcar a sus primas, porque las dos andaban con cara de duelo y no demostraron ningún entusiasmo por airear los edredones en los cuartos vacíos. El domingo por la noche Rolf regresó a la capital con la castidad en ascuas, con la misma ropa sucia de la semana anterior, sin la provisión de galletas y embutidos que habitualmente su tía le ponía en la maleta y con la incómoda sensación de que una perra moscovita podía ser más importante que él a los ojos de su familia. El lunes por la mañana se encontró con el señor Aravena, para desayunar juntos en un cafetín en la esquina del periódico.

—Olvídate de ese animal y de los líos de tus tíos, muchacho, van a suceder acontecimientos muy importantes —le dijo su protector ante el plato suculento con el cual comenzaba a vivir cada día.

—¿De qué habla?

—Habrá un plebiscito dentro de un par de meses. Está todo arreglado, el General piensa gobernar otros cinco años.

—Eso no es ninguna novedad.

—Esta vez le va a salir el tiro por la culata, Rolf.

De acuerdo a lo previsto, poco antes de Navidad se efectuó el referéndum apoyado por una campaña publicitaria que sofocó al país con ruido, afiches, desfiles militares e inauguraciones de monumentos patrióticos. Rolf Carlé decidió hacer su trabajo con cuidado y, dentro de lo posible, con algo de humildad, empezando por el principio y por abajo. Con anticipación tomó el pulso de la situación, rondando las oficinas electorales, hablando con oficiales de las Fuerzas Armadas, obreros y estudiantes. El día señalado las calles fueron ocupadas por el Ejército y la Guardia, pero se veía muy poca gente en los centros electorales, parecía un domingo de provincia. El General resultó vencedor por la aplastante mayoría del ochenta por ciento, pero el fraude fue tan impúdico, que en vez del efecto buscado, cayó en el ridículo. Carlé llevaba varias semanas fisgoneando y poseía mucha información, que entregó a Aravena con petulancia de novato, aventurando de paso complicados pronósticos políticos. El otro lo escuchó con aire burlón.

—No le des tantas vueltas, Rolf. La verdad es simple: mientras el General era temido y odiado pudo sujetar las riendas del gobierno, pero apenas se convirtió en motivo de mofa, el poder comenzó a escurrirse de sus manos. Será derrocado antes de un mes.

Tantos años de tiranía no habían acabado con la oposición, algunos sindicatos funcionaban en la sombra, los partidos políticos habían sobrevivido fuera de la ley y los estudiantes no dejaban pasar un día sin manifestar su descontento. Aravena sostenía que las masas nunca habían determinado el curso de los acontecimientos en el país, sino un puñado de atrevidos dirigentes. La caída de la dictadura, pensaba él, se daría por un consenso de las élites, y el pueblo, acostumbrado a un sistema de caudillos, seguiría por el camino que le señalaran. Consideraba fundamental el papel de la Iglesia católica, porque si bien nadie respetaba los Diez Mandamientos y los hombres alardeaban de ateos, como otra expresión de machismo, ésta seguía ejerciendo un enorme poder.

—Hay que hablar con los curas —sugirió.

—Ya lo hice. Un sector está soliviantando a los obreros y a la clase media, dicen que los obispos van a acusar al Gobierno por la corrupción y los métodos represivos. Mi tía Burgel fue a confesarse después de la discusión que tuvo con su marido y el cura se abrió la sotana y le pasó un fajo de panfletos para repartir en la Colonia.

—¿Qué más has oído?

—Los partidos de oposición han firmado un pacto, por fin se han unido todos.

—Entonces éste es el momento de meter una cuña en las Fuerzas Armadas para dividirlas y sublevarlas. Todo está a punto, mi olfato no falla —dijo Aravena, encendiendo uno de sus fuertes habanos.

A partir de ese día, Rolf Carlé no se conformó con registrar los acontecimientos, sino que aprovechó sus contactos para ayudar a la causa de la rebelión y al hacerlo pudo medir la fuerza moral de la oposición, que lograba sembrar desconcierto entre los mismos soldados. Los estudiantes ocuparon los liceos y las facultades, tomaron rehenes, asaltaron una radio y llamaron al pueblo a lanzarse a la calle. Salió el Ejército con las órdenes precisas de dejar un sembradero de muertos, pero en pocos días se había propagado el descontento entre muchos oficiales y la tropa recibía instrucciones contradictorias. Entre ellos también comenzaban a soplar los vientos de la conspiración. El Hombre de la Gardenia reaccionó atestando sus sótanos con nuevos prisioneros, a los cuales él mismo atendió, sin desordenar su elegante peinado de galán; pero sus métodos brutales tampoco pudieron evitar el deterioro del poder. En las semanas siguientes el país se hizo ingobernable. Por todas partes iba la gente hablando, libres por fin del miedo que les cerrara la boca durante tantos años. Las mujeres acarreaban armas bajo las faldas, los escolares salían de noche a pintar los muros y hasta el mismo Rolf se encontró una mañana con una bolsa cargada de dinamita camino de la Universidad, donde lo esperaba una muchacha muy bella. Se prendó de ella al primer vistazo, pero fue una pasión sin futuro, porque ella recibió la bolsa sin darle las gracias, se alejó con los explosivos a cuestas y él no volvió a saber de ella nunca más. Se declaró una huelga total, cerraron las tiendas y las escuelas, los médicos no atendieron a los enfermos, los sacerdotes clausuraron los templos y los muertos se quedaron sin sepelio. Las calles se veían vacías y por la noche nadie encendió luces, como si de pronto se hubiera acabado la civilización. Todo el mundo se quedó con el aliento suspendido, esperando, esperando.

El Hombre de la Gardenia partió en un avión privado a vivir un exilio de lujo en Europa, donde todavía está, muy viejo pero siempre elegante, escribiendo sus memorias para acomodar el pasado. El mismo día escapó el ministro del sillón de felpa obispal, llevándose una buena cantidad en lingotes de oro. No fueron los únicos. En pocas horas huyeron por aire, tierra y mar muchos que tenían la conciencia intranquila. La huelga no alcanzó a durar tres días. Cuatro capitanes se pusieron de acuerdo con los partidos políticos de la oposición, sublevaron a sus subalternos y atraídos por la conspiración, pronto se sumaron los demás regimientos. Cayó el Gobierno y el General, bien pertrechado de fondos, salió con su familia y sus colaboradores más cercanos en un avión militar puesto a su disposición por la Embajada de los Estados Unidos. Una multitud de hombres, mujeres y niños, cubiertos con el polvo de la victoria, entró en la mansión del dictador y se lanzó a la piscina, dejando el agua como sopa, al son del jazz tocado por un negro en el piano de cola blanco que decoraba la terraza. El pueblo atacó el cuartel de la Seguridad. Los guardias dispararon con ametralladoras, pero la multitud logró romper las puertas y entrar en el edificio, matando a cuantos de ellos encontraron a su paso. Los torturadores que se salvaron porque no estaban allí en ese momento, debieron esconderse durante meses para evitar ser linchados en la calle. Hubo asaltos a las tiendas y a las residencias de los extranjeros acusados de haberse enriquecido con la política inmigratoria del General. Rompieron las vitrinas de las licorerías y las botellas salieron a la calle, pasando de boca en boca para celebrar el fin de la dictadura.

Rolf Carlé no durmió en tres días filmando los sucesos en medio de un estrépito de muchedumbre enardecida, de cornetas de automóviles, bailes callejeros y borracheras indiscriminadas. Trabajaba como en sueños, con tan poca conciencia de sí mismo que olvidó el miedo y fue el único que se atrevió a entrar con una máquina de cine en el edificio de la Seguridad, para captar desde la primera fila el amontonamiento de muertos y heridos, los agentes despedazados y los prisioneros liberados de los sótanos malignos del Hombre de la Gardenia. Se introdujo también en la mansión del General y vio a la multitud destrozar el mobiliario, rajar a navajazos la colección de cuadros y arrastrar por la calle los abrigos de chinchilla y los vestidos bordados de lentejuelas de la primera dama, y estuvo presente también en el Palacio cuando se improvisó la Junta de Gobierno, compuesta por oficiales sublevados y civiles prominentes. Aravena lo felicitó por su trabajo y le dio el último empujón recomendándolo en la televisión, donde sus audaces reportajes lo convirtieron en la figura más célebre del noticiario.

Los partidos políticos reunidos en cónclave echaron las bases de un entendimiento, porque la experiencia les había enseñado que si actuaban como caníbales los únicos favorecidos volverían a ser los militares. Los dirigentes exiliados demoraron unos días en regresar, instalarse y empezar a desenredar la madeja del poder. Entretanto la derecha económica y la oligarquía, sumadas a la rebelión en el último instante, se movieron hacia el Palacio con rapidez y en pocas horas se apoderaron de los cargos vitales, repartiéndoselos con tal astucia que cuando el nuevo presidente ocupó su sitio, comprendió que la única forma de gobernar era transando con ellos.

Ésos fueron momentos de confusión, pero por fin decantó la polvareda, calló el ruido y amaneció el primer día de la democracia.

En muchos lugares la gente no se enteró del derrocamiento de la dictadura, entre otras cosas, porque tampoco sabían que el General había pasado tantos años en el poder. Permanecían al margen de los acontecimientos contemporáneos. En esta desmesurada geografía existen en el mismo instante todas las épocas de la historia. Mientras en la capital los magnates se comunican por teléfono para discutir de negocios con sus socios en otras ciudades del globo, hay regiones de los Andes donde las normas del comportamiento humano son las que trajeron cinco siglos antes los conquistadores españoles y en algunas aldeas de la selva los hombres deambulan desnudos bajo los árboles, como sus antepasados de la Edad de Piedra. Ésa era una década de grandes trastornos y prodigiosos inventos, pero para muchos en nada se diferenciaba de las anteriores. El pueblo es generoso y perdona con facilidad; en el país no hay penas de muerte o de cadena perpetua, de modo que los beneficiados por la tiranía, los colaboradores, soplones y agentes de la Seguridad, pronto fueron olvidados y pudieron incorporarse de nuevo a esa sociedad donde había espacio para todos.

Yo no supe detalles de lo ocurrido hasta muchos años más tarde, cuando por curiosidad le eché un vistazo a la prensa de esa época, porque en Agua Santa no fue noticia. Ese día hubo una fiesta organizada por Riad Halabí para reunir fondos para reparar la escuela. Empezó temprano con la bendición del cura, quien en un principio se opuso a ese pasatiempo, porque servía de pretexto para apuestas, borracheras y navajazos, pero luego hizo la vista gorda porque la escuela se estaba desmoronando desde la última tormenta. Después se llevó a cabo la elección de la Reina, coronada por el Jefe Civil con una diadema de flores y perlas falsas fabricadas por la maestra Inés, y en la tarde comenzaron las riñas. Acudieron visitantes de otros pueblos y cuando alguien con una radio de pilas interrumpió gritando que el General había huido y la muchedumbre estaba echando abajo las prisiones y descuartizando a los agentes, lo hicieron callar, no fuera a distraer a los gallos. El único en abandonar su sitio fue el Jefe Civil, quien partió de mala gana a su oficina para comunicarse con sus superiores en la capital y pedir instrucciones. Volvió un par de horas más tarde diciendo que no había que preocuparse por esa vaina, en efecto había caído el Gobierno, pero todo seguía como antes, de modo que ya podían comenzar la música y el baile y páseme otra cerveza que vamos a brindar por la democracia. A medianoche Riad Halabí contó el dinero reunido, se lo entregó a la maestra Inés y regresó a casa cansado, pero contento, porque su iniciativa había dado buenos frutos y el techo de la escuela estaba asegurado.

—Cayó la dictadura —le dije apenas entró. Me había quedado todo el día cuidando a Zulema en una de sus crisis y lo estaba esperando en la cocina.

—Ya lo sé, hija.

—Lo dijeron por la radio. ¿Qué significa eso?

—Nada que nos importe, eso ocurre muy lejos de aquí.

Pasaron dos años y se consolidó la democracia. Con el tiempo sólo el gremio de los taxistas y algunos militares añoraban la dictadura. El petróleo siguió manando de las profundidades de la tierra con la abundancia de antes y nadie se preocupó demasiado en invertir las ganancias, porque en el fondo creían que la bonanza iba a durar eternamente. En las universidades, los mismos estudiantes que se habían jugado la vida para derrocar al General, se sentían defraudados por el nuevo Gobierno y acusaban al Presidente de someterse a los intereses de Estados Unidos. El triunfo de la Revolución Cubana había hecho estallar un incendio de ilusiones en todo el continente. Por allá había hombres cambiando el orden de la vida y sus voces llegaban por el aire sembrando palabras magníficas. Por ahí andaba el Ché con una estrella en la frente dispuesto a combatir en cualquier rincón de América. Los jóvenes se dejaban crecer las barbas y aprendían de memoria conceptos de Carlos Marx y frases de Fidel Castro. Si no existen las condiciones para la revolución, el verdadero revolucionario debe crearlas, estaba escrito con pintura imborrable en los muros de la Universidad. Algunos, convencidos de que el pueblo jamás obtendría el poder sin violencia, decidieron que era el momento de tomar las armas. Comenzó el movimiento guerrillero.

—Quiero filmarlos —anunció Rolf Carlé a Aravena.

Así fue como partió a la montaña siguiendo los pasos de un joven moreno, callado y sigiloso, que lo condujo de noche por unos senderos de chivos hasta el sitio donde se ocultaban sus compañeros. Así fue como se convirtió en el único periodista en contacto directo con la guerrilla, el único que pudo filmar sus campamentos y el único en el cual los comandantes depositaron su confianza. Y así fue también como conoció a Huberto Naranjo.

Naranjo había pasado los años de su adolescencia asolando los barrios de la burguesía, convertido en el jefe de una pandilla de marginales, en guerra contra las bandas de muchachos ricos que recorrían la ciudad en sus motos cromadas, vestidos con chaquetas de cuero y armados con cadenas y cuchillos, imitando a las patotas de las películas. Mientras los señoritos se quedaron en su sector ahorcando gatos, destrozando a navajazos las butacas de los cines, manoseando a las niñeras en los parques, metiéndose en el Convento de las Adoratrices para aterrorizar a las monjas y asaltando las fiestas de quinceañeras para orinarse sobre la torta, el asunto quedaba prácticamente en familia. De vez en cuando la policía los detenía, se los llevaba a la Comandancia, llamaba a los padres para arreglar las cosas como amigos y en seguida los soltaban sin dejar registro de sus nombres. Son travesuras inocentes, decían benévolos, en pocos años crecerán, cambiarán las chaquetas de cuero por traje y corbata y podrán dirigir las empresas de sus padres y el destino del país. Pero cuando invadieron las calles del centro para untar con mostaza y ají picante los genitales de los mendigos, marcar a cuchillo las caras de las prostitutas y atrapar a los homosexuales de la calle República para empalarlos, Huberto Naranjo consideró que ya bastaba. Reunió a sus compinches y se organizaron para la defensa. De este modo nació La Peste, la banda más temida de la ciudad, que se enfrentaba a las motos en batallas campales, dejando un reguero de contusos, desmayados y heridos de arma blanca. Si aparecía la policía en furgones blindados con perros de presa y equipos antimotines y lograba caerles encima por sorpresa, los de piel blanca y casaca negra volvían indemnes a sus hogares. El resto era apaleado en los cuarteles hasta que la sangre corría en hilitos entre los adoquines del patio. Pero no fueron los golpes los que acabaron con La Peste, sino una razón de fuerza mayor, que condujo a Naranjo lejos de la capital.

Una noche su amigo, el Negro del boliche, lo invitó a una misteriosa reunión. Después de dar la contraseña en la puerta, fueron conducidos a un cuarto cerrado donde había varios estudiantes, que se presentaron con nombres falsos. Huberto se acomodó en el suelo junto a los demás, sintiéndose fuera de lugar, porque tanto el Negro como él parecían ajenos al grupo, no provenían de la Universidad, ni siquiera habían pasado por el liceo. Sin embargo, pronto advirtió que recibían un trato respetuoso, porque el Negro había hecho el servicio militar especializándose en explosivos y eso le daba enorme prestigio. Les presentó a Naranjo como el jefe de La Peste y como todos habían oído hablar de su coraje, lo recibieron con admiración. Allí escuchó a un joven poner en palabras la confusión que él mismo llevaba en el pecho desde hacía varios años. Fue una revelación. Al principio se sintió incapaz de comprender la mayor parte de esos discursos inflamados y mucho menos de repetirlos, pero intuyó que su lucha personal contra los señoritos del Club de Campo y sus desafíos a la autoridad, parecían juegos de niños a la luz de esas ideas oídas por primera vez. El contacto con la guerrilla cambió su vida. Descubrió con asombro que para esos muchachos la injusticia no era parte del orden natural de las cosas, como él suponía, sino una aberración humana, se le hicieron evidentes los abismos que determinan a los hombres desde su nacimiento y decidió poner toda su rabia, hasta entonces inútil, al servicio de esta causa.

Para el joven, entrar en la guerrilla fue una cuestión de hombría, porque una cosa era batirse a cadenazos con los chaquetas negras y otra muy diferente manejar armas de fuego contra el Ejército. Había vivido siempre en la calle y creía no conocer el miedo, no retrocedía en las batallas con otras pandillas ni pedía clemencia en el patio del cuartel, la violencia era una rutina para él, pero nunca imaginó los límites a los cuales tendría que llegar en los años venideros.

Al comienzo sus misiones fueron en la ciudad, pintar paredes, imprimir folletos, pegar afiches, producir mantas, conseguir armas, robar medicamentos, reclutar simpatizantes, buscar lugares para ocultarse, someterse a entrenamiento militar. Con sus compañeros aprendió los múltiples usos de un trozo de plástico, a fabricar bombas caseras, sabotear cables de alta tensión, volar rieles y caminos para dar la impresión de que eran muchos y estaban bien organizados, eso atraía a los indecisos, reforzaba la moral de los combatientes y debilitaba al enemigo. Los periódicos dieron publicidad a estos actos criminales, como fueron llamados, pero luego hubo prohibición de mencionar los atentados y el país sólo se enteraba por rumores, por algunas hojas impresas en máquinas domésticas, por las radios clandestinas. Los jóvenes procuraron movilizar a las masas de distintas maneras, pero su ardor revolucionario se estrellaba contra las caras impávidas o las cuchufletas del público. La ilusión de la riqueza petrolera cubría todo con un manto de indiferencia. Huberto Naranjo se impacientaba. En las reuniones oyó hablar de la montaña, allá estaban los mejores hombres, las armas, la semilla de la revolución. Viva el pueblo, muera el imperialismo, gritaban, decían, susurraban; palabras, palabras, miles de palabras, buenas y malas palabras; la guerrilla tenía más palabras que balas. Naranjo no era orador, no sabía usar todas esas ardientes palabras, pero pronto se perfiló en él un criterio político y aunque no podía teorizar como un ideólogo, lograba conmover con el ímpetu de su coraje. Tenía puños duros y fama de valiente, por ello consiguió finalmente que lo enviaran al frente.

Partió una tarde sin despedirse de nadie y sin dar explicaciones a sus amigos de La Peste, de quienes se había distanciado desde que comenzaron sus nuevas inquietudes. El único que supo su paradero fue el Negro, pero no lo habría dicho ni muerto. A los pocos días en la montaña, Huberto Naranjo comprendió que todo lo experimentado hasta entonces era una tontería, que había llegado la hora de probar en serio su carácter. La guerrilla no era un ejército en la sombra, como creía, sino grupos de quince o veinte muchachos diseminados por los desfiladeros, no muchos en total, apenas suficientes para tener esperanzas. En qué me he metido, éstos son unos locos, fue su primer pensamiento, en seguida descartado porque tenía su meta muy clara: había que ganar. El hecho de ser tan pocos los obligaba a sacrificarse más. Lo primero fue el dolor. Marcha forzada con treinta kilos de pertrechos a la espalda y un arma en la mano, arma sagrada que no debía mojarse ni astillarse, que no podía soltar ni un solo instante, caminar, agacharse, subir y bajar en fila, callado, sin comida ni agua, hasta que los músculos de todo el cuerpo eran un solo inmenso y absoluto gemido, hasta que la piel de las manos se le levantaba como globos llenos de un líquido turbio, hasta que las picaduras de los bichos le impedían abrir los ojos y los pies le sangraban, destrozados dentro de las botas. Subir y subir más, dolor y más dolor. Luego el silencio. En ese paisaje verde e impenetrable, adquirió el sentido del silencio, aprendió a moverse como la brisa; allí un suspiro, un roce de la mochila o del arma sonaba como un campanazo y podía costar la vida. El enemigo estaba muy cerca. Paciencia para esperar inmóvil durante horas. Disimula el miedo, Naranjo, no vayas a contagiar a los demás, resiste el hambre, todos tenemos hambre, aguanta la sed, todos tenemos sed. Siempre empapado, incómodo, sucio, adolorido, atormentado por el frío de la noche y el calor atroz del mediodía, por el lodo, la lluvia, los zancudos y los chinches, por las heridas supuradas, desgarros y calambres. Al comienzo se sentía perdido, no veía por dónde andaba ni dónde golpeaba con el machete, abajo hierbas, maleza, ramas, piedras, rastrojos, arriba las copas de los árboles tan tupidas que no se vislumbraba la luz del sol; pero después la mirada se le hizo de tigre y aprendió a ubicarse. Dejó de sonreír, su cara se tornó dura, la piel color de tierra, la mirada seca. La soledad era peor que el hambre. Lo acosaba un deseo apremiante de sentir el contacto de otra persona, acariciar a alguien, estar con una mujer, pero allí todos eran hombres, no se tocaban jamás, cada uno encerrado en su propio cuerpo, en su pasado, en sus miedos e ilusiones. A veces llegaba alguna compañera y todos ansiaban poner la cabeza en su regazo, pero eso tampoco era posible.

Huberto Naranjo se fue mutando en otro animal de la espesura, sólo instinto, reflejos, impulsos, puros nervios, huesos, músculos, piel, ceño fruncido, mandíbula apretada, vientre firme. El machete y el fusil se le pegaron en las manos, prolongaciones naturales de sus brazos. Se le afinó el oído y se le aguzó la vista, siempre alerta, aun cuando dormía. Desarrolló una tenacidad sin límites, pelear hasta la muerte, hasta vencer, no hay alternativa, vamos a soñar y cumplir los sueños, soñar o morir, adelante. Se olvidó de sí mismo. Por fuera era de piedra, pero con el paso de los meses algo elemental se ablandó y se partió en su interior y de adentro surgió un fruto nuevo. El primer síntoma fue la compasión, desconocida para él, que jamás la había recibido de nadie ni había tenido ocasión de practicarla. Algo tibio crecía detrás de la dureza y del silencio, algo así como un afecto ilimitado por los demás, algo que lo sorprendió más que ningún otro de los cambios sufridos hasta entonces. Empezó amando a sus camaradas, quería dar la vida por ellos, sentía un deseo poderoso de abrazarlos y decirles te quiero, hermano. Luego ese sentimiento se extendió hasta abarcar a toda la multitud anónima del pueblo y comprendió entonces que la rabia se le había dado vuelta.

En esa época lo conoció Rolf Carlé y le bastó intercambiar tres frases para comprender que estaba ante un hombre excepcional. Tuvo la corazonada de que sus destinos se cruzarían muchas veces, pero la descartó de inmediato. Evitaba caer en las trampas de la intuición.

OCHO

Un par de años después de la partida de Kamal, el estado de Zulema se había estabilizado en la melancolía, recuperó el apetito y dormía como antes, pero nada provocaba en ella el menor interés, se le iban las horas inmóvil en su sillón de mimbre observando el patio, ausente de este mundo. Mis historias y las novelas de la radio eran lo único que lograba encender un chispazo en sus ojos, aunque no estoy segura de que las comprendiera, porque no parecía haber recuperado la memoria del español. Riad Halabí instaló un aparato de televisión, pero como ella lo ignoró y de todos modos las imágenes llegagan con tantas interferencias como si fueran mensajes de otros planetas, decidió llevarlo a la tienda para que al menos lo aprovecharan los vecinos y los clientes. Mi patrona ya no recordaba a Kamal ni lamentaba la pérdida del amor, simplemente se instaló en la indolencia para la cual siempre tuvo vocación. Su enfermedad le sirvió para huir de las pequeñas responsabilidades fastidiosas de su casa, de su matrimonio, de sí misma. La tristeza y el aburrimiento le resultaban más soportables que el esfuerzo de una existencia normal. Tal vez en esa época comenzó a rondarla la idea de la muerte, como un estado superior de pereza, en el cual no tendría que mover la sangre en sus venas o el aire en sus pulmones, el descanso sería total, no pensar, no sentir, no ser. Su marido la llevó en la camioneta al hospital regional, a tres horas de camino de Agua Santa, donde le hicieron algunos exámenes, le dieron píldoras para la melancolía y dijeron que en la capital podrían curarla con descargas eléctricas, método que a él le resultó inaceptable.

—El día que vuelva a mirarse al espejo, estará curada —decía yo y colocaba a mi patrona delante de un espejo grande para resucitarle la coquetería—. ¿Se acuerda qué blanca tenía antes la piel, Zulema? ¿Quiere que le maquille los ojos? —Pero el cristal sólo reflejaba el contorno incierto de una medusa de mar.

Nos acostumbramos a la idea de que Zulema era una especie de planta enorme y delicada, reanudamos las rutinas de la casa y de *La Perla de Oriente* y volví a mis clases con la maestra Inés. Cuando comencé apenas era capaz de leer dos sílabas pegadas y tenía una trabajosa caligrafía de párvulo, sin embargo mi ignorancia no resultaba excepcional, la mayoría en ese pueblo era analfabeta. Debes estudiar para que después puedas mantenerte por ti misma, hija, no es bueno depender de un marido, acuérdate que quien paga manda, me decía Riad Halabí. Me puse obsesiva con el estudio, me fascinaban la historia, las letras y la geografía. La señorita Inés no había salido jamás de Agua Santa, pero tenía mapas desplegados en los muros de su casa y por las tardes me comentaba las noticias de la radio, señalando los puntos ignotos donde sucedía cada acontecimiento. Valiéndome de una enciclopedia y de los conocimientos de mi maestra, yo viajaba por el mundo. En cambio resulté nula para los números. Si no aprendes a multiplicar, ¿cómo te puedo confiar la tienda?, reclamaba el turco. Yo no le hacía mucho caso, preocupada sólo de lograr el mayor dominio posible de las palabras. Leía el diccionario con pasión y podía pasar horas buscando rimas, averiguando antónimos y resolviendo crucigramas. Al acercarme a los diecisiete años mi cuerpo alcanzó su tamaño definitivo y mi rostro adquirió la expresión que me acompañaría hasta hoy. Entonces dejé de examinarme en el espejo para compararme con las mujeres perfectas del cine y las revistas y decidí que era bella por la simple razón de que tenía ganas de serlo. No le di un segundo pensamiento a ese asunto. Usaba el cabello largo atado en una cola a la espalda, vestidos de algodón que yo misma me cosía y alpargatas de lona. Algunos jóvenes del pueblo o los chóferes de los camiones, que se detenían a beber una cerveza, me decían cosas, pero Riad Halabí los espantaba como un padre celoso.

—Ninguno de estos patanes sirve para ti, mi niña. Vamos a buscarte un marido con buena situación, que te respete y te quiera.

—Zulema me necesita y aquí soy feliz. ¿Para qué me voy a casar?

—Las mujeres tienen que casarse, porque si no están incompletas, se secan por dentro, se les enferma la sangre; pero tú puedes esperar un poco, todavía eres joven. Tienes que prepararte para el futuro. ¿Por qué no estudias para secretaria? Mientras yo viva no te faltará nada, pero nunca se sabe, es mejor tener un oficio. Cuando llegue el momento de buscarte un novio te voy a comprar vestidos bonitos y deberás ir a la peluquería y hacerte uno de esos peinados que se usan ahora.

Yo devoraba los libros que caían en mis manos, atendía la casa y a la enferma, ayudaba al patrón en el almacén. Siempre ocupada, no tenía ánimo para pensar en mí misma, pero en mis historias aparecían anhelos e inquietudes que no sabía que estaban en mi corazón. La maestra Inés me sugirió anotarlos en un cuaderno. Pasaba parte de la noche escribiendo y me gustaba tanto hacerlo, que se me iban las horas sin darme cuenta y a menudo me levantaba por la mañana con los ojos enrojecidos. Pero ésas eran mis mejores horas. Sospechaba que nada existía verdaderamente, la realidad era una materia imprecisa y gelatinosa que mis sentidos captaban a medias. No había pruebas de que todos la percibieran del mismo modo, tal vez Zulema, Riad Halabí y los demás tenían una impresión diferente de las cosas, tal vez no veían los mismos colores ni escuchaban los mismos sonidos que yo. Si así fuera, cada uno vivía en soledad absoluta. Ese pensamiento me aterraba. Me consolaba la idea de que yo podía tomar esa gelatina y moldearla para crear lo que deseara, no una parodia de la realidad, como los mosqueteros y las esfinges de mi antigua patrona yugoslava, sino un mundo propio, poblado de personajes vivos, donde yo imponía las normas y las cambiaba a mi antojo. De mí dependía la existencia de todo lo que nacía, moría o acontecía en las arenas inmóviles donde germinaban mis cuentos. Podía colocar en ellas lo que quisiera, bastaba pronunciar la palabra justa para darle vida. A veces sentía que ese universo fabricado con el poder de la imaginación era de contornos más firmes y durables que la región confusa donde deambulaban los seres de carne y hueso que me rodeaban.

Riad Halabí llevaba la misma vida de antes, preocupado de los problemas ajenos, acompañando, aconsejando, organizando, siempre al servicio de los demás. Presidía el club deportivo y era el encargado de casi todos los proyectos de esa pequeña comunidad. Dos noches por semana se ausentaba sin dar explicaciones y regresaba muy tarde. Cuando lo oía entrar furtivo por la puerta del patio, yo apagaba la luz y fingía dormir, para no abochornarlo. Aparte de esas escapadas, ambos compartíamos nuestras existencias como un padre con su hija. Asistíamos juntos a misa, porque el pueblo veía con malos ojos mi escasa devoción, tal como dijo muchas veces la maestra Inés, y él había decidido que a falta de mezquita no le hacía ningún daño adorar a Alá en un templo cristiano, sobre todo teniendo en cuenta que no era necesario seguir el rito de cerca. Hacía como los otros hombres, que se colocaban en la parte de atrás de la iglesia y se mantenían de pie, en una actitud algo displicente, porque las genuflexiones se consideraban poco viriles. Desde allí él podía recitar sus oraciones musulmanas sin llamar la atención. No perdíamos ninguna película en el nuevo cine de Agua Santa. Si el programa contemplaba algo romántico o musical, llevábamos a Zulema entre los dos, sujetándola por los brazos, como a una inválida.

Cuando terminó la temporada de las lluvias y arreglaron la carretera arrasada por el río en la última crecida, Riad Halabí anunció otro viaje a la capital, porque *La Perla de Oriente* estaba desprovista de mercadería. A mí no me gustaba quedarme sola con Zulema. Es mi trabajo, niña, debo ir porque si no el negocio se me arruina, pero volveré pronto y te traeré muchos regalos, me tranquilizaba siempre el patrón antes de partir. Aunque yo nunca lo mencionaba, aún tenía miedo de la casa, sentía que las paredes guardaban el hechizo de Kamal. A veces soñaba con él y en las sombras presentía su olor, su fuego, su cuerpo desnudo apuntándome con el sexo erguido. Entonces invocaba a mi madre para que lo echara de allí, pero no siempre ella escuchaba mi llamado. En verdad la ausencia de Kamal era tan notoria, que no sé cómo pudimos alguna vez soportar su presencia. Por las noches el vacío dejado por el primo ocupaba los cuartos silenciosos, se apoderaba de los objetos y saturaba las horas.

Riad Halabí partió el jueves por la mañana, pero recién el

viernes al desayuno Zulema advirtió que su marido se había ido y entonces murmuró su nombre. Era su primera manifestación de interés en mucho tiempo y temí que fuera el comienzo de otra crisis, pero al saber que él estaba de viaje pareció aliviada. Para distraerla, por la tarde la instalé en el patio y fui a desenterrar las joyas. Llevaba varios meses sin asolearlas, no pude recordar el escondite y perdí más de una hora buscando hasta dar con la caja. La traje, le sacudí la tierra y la deposité ante Zulema, sacando las joyas una a una y limpiándolas la pátina con un trapo para devolverles el brillo al oro y el color a las gemas. Le coloqué zarcillos en las orejas y anillos en todos los dedos, le colgué cadenas y collares al cuello, le cubrí de pulseras los brazos y cuando la tuve así adornada fui a buscar el espejo.

—Mire qué linda se ve, parece un ídolo...

—Busca un lugar nuevo para ocultarlas —ordenó Zulema en árabe, quitándose las prendas antes de volver a sumergirse en la apatía.

Pensé que era buena idea cambiar el escondrijo. Metí todo de vuelta en la caja, la envolví en una bolsa plástica para preservarla de la humedad y fui detrás de la casa a un terreno abrupto cubierto de maleza. Allí cavé un hueco cerca de un árbol, enterré el paquete, apisoné bien la tierra y con una piedra filuda hice una marca al tronco para acordarme del lugar. Había oído que así hacían los campesinos con su dinero. Tan frecuente era esta forma de ahorro por esos lados, que años más tarde, cuando construyeron la autopista, los tractores desenterraron botijas llenas de monedas y billetes cuyo valor había sido anulado por la inflación.

Al anochecer preparé la cena para Zulema, la acosté y después me quedé cosiendo hasta muy tarde en el corredor. Echaba de menos a Riad Halabí, en la casa sombría apenas se escuchaba el rumor de la naturaleza, los grillos estaban mudos, no corría una brisa. A medianoche decidí ir a la cama. Encendí todas las luces, cerré las persianas de los cuartos para que no se metieran los sapos y dejé abierta la puerta trasera, para huir si aparecía el fantasma de Kamal o cualquier otro habitante de mis pesadillas. Antes de acostarme le di una última mirada a Zulema y comprobé que dormía tranquila, cubierta sólo por una sábana.

Como siempre, desperté con la primera claridad del amanecer y partí a la cocina a preparar el café, lo serví en un pocillo y crucé el patio para llevárselo a la enferma. Al pasar fui apagando las luces que había dejado encendidas la noche anterior y noté que los bombillos estaban sucios de luciérnagas quemadas. Llegué a la habitación de la mujer, abrí la puerta sin ruido y entré.

Zulema estaba echada con medio cuerpo sobre la cama y el resto por el suelo, abierta de brazos y piernas, la cabeza hacia la pared, su pelo negroazul desparramado sobre las almohadas y un charco rojo empapaba las sábanas y la camisa. Sentí un olor más intenso que los pétalos de las flores en las jofainas. Me acerqué con lentitud, coloqué la taza de café sobre la mesa, me incliné sobre Zulema y la di vuelta. Entonces vi que se había dado un tiro de pistola en la boca y el disparo le había destrozado el paladar.

Recogí el arma, la limpié y la puse en el cajón de la cómoda, entre la ropa interior de Riad Halabí, donde siempre se guardaba. Luego empujé el cuerpo al suelo y cambié las sábanas. Busqué una palangana con agua, una esponja y una toalla, le quité la camisa de noche a mi patrona y comencé a lavarla, porque no quería que la vieran en ese estado de negligencia. Le cerré los ojos, le maquillé cuidadosamente los párpados con *khol*, le peiné el cabello y la vestí con su mejor camisa de dormir. Tuve mucha dificultad para subirla de nuevo a la cama, porque la muerte la transformó en piedra. Cuando terminé de acomodar aquel desorden, me senté al lado de Zulema a contarle el último cuento de amor, mientras afuera estallaba la mañana con el ruido de los indios llegando al pueblo con sus niños, sus viejos y sus perros a pedir limosna, como todos los sábados.

El jefe de la tribu —un hombre sin edad, vestido con pantalón blanco y sombrero de paja— fue el primero en llegar a la casa de Riad Halabí. Iba por los cigarrillos que el turco les daba todas las semanas y al ver el almacén cerrado dio la vuelta para entrar por la puerta trasera, que yo había dejado abierta la noche anterior. Penetró al patio, a esa hora todavía fresco, pasó delante de la fuente, cruzó el corredor y se asomó a la habitación de Zulema. Me vio desde el umbral y me reconoció al punto, porque yo lo recibía habitualmente detrás del mostrador de *La Perla de Oriente.* Paseó la mirada por las sábanas limpias, los muebles de madera oscura y brillante, el tocador con el espejo y los cepillos de plata labrada, el cadáver de mi patrona acomodado como un santo de capilla con su camisón adornado de encajes. Notó también la pila de ropa ensangrentada junto a la ventana. Se acercó a mí y sin decir palabra me puso las manos en los hombros. Entonces sentí que regresaba de muy lejos, con un grito interminable atascado por dentro.

Cuando más tarde irrumpió la policía con ínfulas de combate, pateando puertas y machacando instrucciones, yo no me había movido y el indio aún estaba allí con los brazos cruzados sobre el pecho, mientras el resto de la tribu se aglomeraba en el patio como un tropel desharrapado. Detrás de ellos llegaron los habitantes de Agua Santa, cuchicheando, empujándose, atisbando, invadiendo la casa del turco, donde no habían puesto los pies desde la fiesta de bienvenida al primo Kamal. Al ver la escena en el cuarto de Zulema, el Teniente se hizo cargo de la situación de inmediato. Empezó por espantar a los curiosos y acallar la algarabía con un tiro al aire, luego sacó a todo el mundo del cuarto para que no desbarataran las huellas digitales, como explicó, y por último me colocó esposas, ante el asombro de todos, incluso de sus propios subalternos. Desde los tiempos en que traían los reclusos del Penal de Santa María para abrir caminos, varios años atrás, no se veía a nadie esposado en Agua Santa.

—No te muevas de allí —me mandó, mientras sus hombres revisaban la habitación en busca del arma, descubrían la palangana y las toallas, confiscaban el dinero del almacén y los cepillos de plata y empujaban al indio que persistía en el cuarto y se les ponía por delante cuando se me acercaban. En eso llegó corriendo la señorita Inés, todavía en bata de levantarse porque era su día de limpieza. Trató de hablar conmigo, pero el Teniente no se lo permitió.

—¡Hay que avisar al turco! —exclamó la maestra, pero supongo que nadie sabía cómo ubicarlo.

Un zafarrancho de ruido, carreras y órdenes alteró el alma de la casa. Calculé que echaría dos días fregando el suelo y arreglando el estropicio. Me pregunté, sin acordarme para nada que él andaba de viaje, por qué Riad Halabí permitía tanta falta de respeto y cuando levantaron el cuerpo de Zulema envuelto en una sábana, tampoco encontré una explicación razonable. El largo grito seguía allí en mi pecho, como un viento de invierno, pero no podía sacarlo. Lo último que vi antes de ser arrastrada al jeep de la policía, fue el rostro del indio inclinado para decirme al oído algo que no comprendí.

Me encerraron en una celda de la Comandancia, un recinto pequeño, caliente. Sentía sed y traté de llamar para pedir agua. Las palabras nacían en mi interior, crecían, subían, resonaban en mi cabeza y se asomaban a mis labios, pero no lograba expulsarlas, las tenía adheridas al paladar. Hice un esfuerzo por invocar imágenes felices: mi madre trenzándome el cabello mientras cantaba una canción, una niña cabalgando sobre el lomo paciente de un puma embalsamado, las olas reventando en el comedor de los solterones, los velorios de risa con Elvira, la abuela brava. Cerré los ojos y me dispuse a esperar. Muchas horas más tarde un sargento, a quien yo misma había servido aguardiente de caña el día anterior en *La Perla de Oriente*, llegó a buscarme. Me dejó de pie frente al escritorio del oficial de turno y él se sentó a un lado, en un pupitre de escolar, a tomar nota de las declaraciones con una lenta y trabajosa escritura. El cuarto estaba pintado de verde parduseo, había una hilera de bancos metálicos a lo largo de las paredes y un estrado de cierta altura para que la mesa del jefe alcanzara la debida autoridad. Las aspas de un ventilador en el techo movían el aire espantando mosquitos, sin aliviar el calor, persistente y húmedo. Recordé la fuente árabe de la casa, el sonido cristalino del agua corriendo entre las piedras del patio, la jarra grande de jugo de piña que preparaba la maestra Inés cuando me daba clases. Entró el Teniente y se me plantó por delante.

—Tu nombre —me ladró y yo traté de decírselo, pero nuevamente las palabras se me anclaron en algún sitio y no logré desprenderlas.

—Ella es Eva Luna, la que recogió el turco en uno de sus viajes. Entonces era una niña, ¿no se acuerda que se lo conté, mi Teniente? —dijo el sargento.

—Cállate, no te pregunto a ti, cabrón.

Se me acercó con calma amenazante y caminó a mi alrededor mirándome de pies a cabeza, sonriendo. Era un moreno alegre y buenmozo que causaba estragos entre las mujeres jóvenes de Agua Santa. Llevaba dos años en el pueblo, había llegado con la ventolera de las últimas elecciones, cuando remplazaron a varios funcionarios, incluso algunos de la policía, por otros del partido de Gobierno. Yo lo conocía, iba a menudo donde Riad Halabí y a veces se quedaba a jugar dominó.

—¿Por qué la mataste? ¿Para robarle? Dicen que la turca es rica y tiene un tesoro enterrado en el patio. ¡Contéstame, puta!, ¿dónde escondiste las joyas que le robaste?

Me demoré una eternidad en recordar la pistola, el cuerpo rígido de Zulema y todo lo que hice con ella antes de la llegada del indio. Asumí por fin el tamaño de la desgracia y al comprenderlo, acabó de trabárseme la lengua y ya no intenté responder. El oficial levantó la mano, echó el brazo hacia atrás y me dio un puñetazo. No recuerdo nada más. Desperté en el mismo cuarto, atada a la silla, sola, me habían quitado el vestido. Lo peor era la sed, ah, el jugo de piña, el agua de la fuente... Se había ido la luz del día y la pieza estaba alumbrada por una lámpara que colgaba en el techo cerca del ventilador. Traté de moverme, pero me dolía todo el cuerpo, sobre todo las quemaduras de cigarrillos en las piernas. Poco después entró el sargento sin la guerrera del uniforme, con la camiseta sudada y la barba crecida de varias horas. Me limpió la sangre de la boca y me apartó el pelo de la cara.

—Será mejor que confieses. No creas que mi Teniente ya terminó contigo, está empezando... ¿Sabes lo que les hace a veces a las mujeres?

Traté de decirle con la mirada lo que había ocurrido en la habitación de Zulema, pero volvió a borrarse la realidad y me vi a mí misma sentada en el suelo con la cara entre las rodillas y una trenza enrollada en el cuello, mamá, llamé sin voz.

—Eres más terca que una mula —murmuró el sargento con una sincera expresión de lástima.

Fue a buscar agua y me sostuvo la cabeza para que bebiera, después mojó un pañuelo y me lo pasó con cuidado por las huellas de la cara y el cuello. Sus ojos se encontraron con los míos y me sonrió como un padre.

—Me gustaría ayudarte, Eva, no quiero que te maltrate más, pero yo no mando aquí. Dime cómo mataste a la turca y dónde escondiste lo que le robaste y yo me arreglo con el Teniente para que te traslade ahora mismo donde un juez de menores. Vamos, dímelo... ¿qué te pasa?, ¿te has vuelto muda? Voy a darte más agua, a ver si recuperas el fundamento y empezamos a entendernos.

Bebí tres vasos seguidos y fue tan grande el placer del líquido frío bajándome por la garganta, que sonreí también. Entonces el sargento me soltó las amarras de las manos, me colocó el vestido y me acarició la mejilla.

—Pobrecita... El Teniente tardará un par de horas, fue a ver la película y a beber unas cervezas, pero volverá, eso es seguro. Cuando llegue te voy a dar un golpe para que te desmayes de nuevo, a ver si te deja en paz hasta mañana... ¿Quieres un poco de café?

La noticia de lo sucedido alcanzó a Riad Halabí mucho antes de que saliera publicada en los periódicos. El mensaje viajó hasta la capital de boca en boca por secretos senderos, recorrió las calles, los hoteles de mala muerte y los depósitos de turquerías, hasta dar con el único restaurante árabe del país, donde además de la comida típica, la música del Medio Oriente y un baño de vapor en el segundo piso, una criolla disfrazada de odalisca improvisaba una peculiar danza de siete velos. Uno de los mozos se acercó a la mesa donde Riad Halabí disfrutaba un plato mixto de manjares de su país y le dio un recado del ayudante de cocina, un hombre nacido en la misma tribu del jefe indio. Así fue como lo supo el sábado por la noche, condujo su camioneta como una exhalación hasta Agua Santa y alcanzó a llegar en la mañana del día siguiente, justo a tiempo para impedir que el Teniente volviera a interrogarme.

—Entrégueme a mi muchacha —le exigió.

En el cuarto verde, otra vez desnuda y atada a la silla, escuché la voz de mi patrón y estuve a punto de no reconocerlo, porque empleaba por primera vez ese tono autoritario.

—No puedo soltar a la sospechosa, turco, comprende mi posición —dijo el Teniente.

—¿Cuánto cuesta?

—Está bien. Ven a mi oficina para que lo discutamos en privado.

Pero ya era tarde para sustraerme al escándalo. Mis fotos de frente y de perfil, con un parche negro en los ojos, porque aún no alcanzaba la mayoría de edad, habían sido despachadas a los periódicos de la capital y poco después aparecerían en la crónica policial bajo el extraño titular de «Muerte de su Propia Sangre», acusada de haber asesinado a la mujer que me había recogido del arroyo. Todavía guardo un trozo de papel, amarillo y quebradizo como un pétalo seco, donde está registrada la historia de ese horrendo crimen inventado por la prensa, y tantas veces lo he leído, que en algunos momentos de mi vida llegué a creer que era cierto.

—Acomódala un poco, vamos a entregársela al turco —ordenó el Teniente después de su conversación con Riad Halabí.

El sargento me lavó lo mejor posible y no quiso ponerme el vestido, porque estaba manchado con sangre de Zulema y mía. Yo transpiraba tanto, que prefirió envolverme con una manta mojada para taparme la desnudez y de paso refrescarme. Me arregló un poco el pelo, pero de todos modos mi aspecto era lamentable. Al verme Riad Halabí lanzó un grito.

—¡Qué le han hecho a mi niña!

—No armes ningún lío, turco, porque será peor para ella —le advirtió el Teniente—. Acuérdate que te estoy haciendo un favor, mi deber es mantenerla detenida hasta que se aclare todo esto. ¿Quién te dice que ella no mató a tu mujer?

—¡Usted sabe que Zulema estaba loca y se suicidó!

—Yo no sé nada. Eso no está probado. Llévate a la muchacha y no me jorobes, mira que todavía puedo cambiar de idea.

Riad Halabí me rodeó con sus brazos y caminamos lentamente hacia la salida. Al cruzar la puerta y asomarnos a la calle, vimos reunidos ante la Comandancia a todos los vecinos y algunos indios que aún permanecían en Agua Santa, observando inmóviles desde el otro lado de la plaza. Cuando salimos del edificio y dimos dos pasos en dirección a la camioneta, el jefe de la tribu comenzó a golpear la tierra con los pies en una extraña danza, produciendo un sonido sordo de tambor.

—¡Váyanse todos a la mierda antes que los corra a tiros! —ordenó el Teniente furioso.

La maestra Inés no pudo contenerse más y haciendo uso de la autoridad conferida por tantos años de hacerse obedecer en el aula, se adelantó y mirándolo de frente escupió a sus pies.

El cielo te castigue desgraciado, dijo claramente para que todos pudiéramos oírla. El sargento dio un paso atrás, temiendo lo peor, pero el oficial sonrió con sorna y no contestó. Nadie más se movió hasta que Riad Halabí me colocó en el asiento del vehículo y puso el motor en marcha, entonces comenzaron a retirarse los indios hacia la carretera de la selva y los habitantes de Agua Santa a dispersarse mascullando maldiciones contra la policía. Estas cosas pasan por traer gente de afuera, ninguno de estos desalmados nació aquí, de ser así no actuarían con esas ínfulas, escupía furioso mi patrón en la camioneta.

Entramos en la casa. Las puertas y ventanas estaban abiertas, pero todavía flotaba en los cuartos un aire de espanto. Había sido saqueada —fueron los guardias, dijeron los vecinos, fueron los indios, dijeron los guardias—, parecía un campo de batalla, faltaban la radio y la televisión, la mitad de la vajilla estaba rota, las bodegas en desorden, la mercadería desparramada y destripados los sacos de granos, harina, café y azúcar. Riad Halabí, sosteniéndome todavía por la cintura, pasó por encima de aquellos restos de tifón sin detenerse a medir los daños y me llevó a la cama donde el día anterior yacía su mujer.

—Cómo te han dejado estos perros... —dijo arropándome.

Y entonces, por fin me volvieron las palabras a la boca, salieron como una cantaleta incontrolable, una detrás de otra, una nariz enorme apuntándome sin verme y ella más blanca que nunca lamiendo y chupando, los grillos del jardín y el calor de la noche, todos sudando, sudando ellos y sudando yo, no se lo dije para que pudiéramos olvidarlo, de todos modos él se fue, se evaporó como un espejismo, ella lo montó y se lo tragó, vamos llorando Zulema que se nos acabó el amor, delgado y fuerte, oscura nariz metiéndose en ella, en mí no, sólo en ella, creí que ella volvería a comer y a pedirme cuentos y a poner el oro al sol, por eso no se lo dije, señor Riad, un balazo y la boca le quedó partida como la suya, Zulema toda de sangre, el pelo de sangre, la camisa de sangre, la casa inundada de sangre y los grillos con esa bulla tremenda, ella lo montó y se lo tragó, él se fue escapando, todos sudando, los indios saben lo que pasó y el Teniente también lo sabe, dígale que no me toque, que no me pegue, se lo juro, yo no oí el tiro de la pistola, le entró por la boca y le rompió el paladar, yo no la maté, la vestí para que usted no la viera así, la lavé, el café todavía está en la taza, yo no la maté, ella lo hizo, ella sola, dígales que me suelten, que yo no fui, yo no fui, yo no fui...

—Ya lo sé, mi niña; cállate, por favor. —Y Riad Halabí me acunaba llorando de despecho y de lástima.

La señorita Inés y mi patrón me curaron las magulladuras con compresas de hielo y después tiñeron con anilina negra mi mejor vestido, para el cementerio. Al día siguiente yo continuaba afiebrada y con la cara deforme, pero la maestra insistió en que me vistiera de luto de pies a cabeza, con medias oscuras y un velo en la cabeza, como era la costumbre, para asistir al funeral de Zulema, demorado más allá de las veinticuatro horas reglamentarias, porque no habían encontrado un médico forense para hacer la autopsia. Hay que salir al encuentro de los chismes, dijo la maestra. No se presentó el cura, para que quedara bien claro que se trataba de un suicidio y no de un crimen, como andaban murmurando los guardias. Por respeto al turco y para molestar al Teniente, toda Agua Santa desfiló ante la tumba y cada uno me abrazó y me dio el pésame como si en verdad yo fuera la hija de Zulema y no la sospechosa de haberla asesinado.

Dos días más tarde ya me sentía mejor y pude ayudar a Riad Halabí a poner orden en la casa y en el almacén. Comenzó la vida de nuevo sin hablar de lo ocurrido y sin mencionar los nombres de Zulema o de Kamal, pero ambos aparecían en las sombras del jardín, en los rincones de los cuartos, en la penumbra de la cocina, él desnudo con los ojos ardientes y ella intacta, rolliza y blanca, sin máculas de sangre o semen, como si viviera de muerte natural.

A pesar de las precauciones de la maestra Inés, la maledicencia crecía y se inflaba como levadura y los mismos que tres meses antes estaban dispuestos a jurar que yo era inocente, comenzaron a murmurar porque vivía sola con Riad Halabí bajo el mismo techo, sin estar unidos por un lazo familiar comprensible. Cuando el chisme se coló por las ventanas y entró en la casa, ya tenía proporciones aterradoras: el turco y esa zorra son amantes, mataron al primo Kamal, echaron al río sus restos para que la corriente y las pirañas dieran cuenta de él, por eso perdió el juicio la pobre esposa y a ella también la mataron para quedarse solos en la casa y ahora emplean sus noches y sus días en una bacanal de sexo y de herejías musulmanas, pobre hombre, no es culpa suya, esa diabla le trastornó el cerebro.

—Yo no creo en las pendejadas que dice la gente, turco, pero cuando el río suena, es que piedras lleva. Tendré que hacer otra investigación, esto no puede quedar así —amenazó el Teniente.

—¿Cuánto quiere ahora?

—Pasa por mi oficina y lo hablamos.

Entonces Riad Halabí comprendió que el chantaje no terminaría nunca y que la situación había llegado a un punto sin retorno. Nada volvería a ser como antes, el pueblo nos haría la vida imposible, era tiempo de separarnos. Esa noche, sentado en el patio cerca de la fuente árabe, con su impecable guayabera de batista blanca, me lo dijo escogiendo con cuidado las palabras. El cielo estaba claro, yo podía distinguir sus ojos grandes y tristes, dos aceitunas mojadas, y pensé en las cosas buenas compartidas con ese hombre, en los naipes y el dominó, en las tardes leyendo el silabario, en las películas del cine, en las horas cocinando juntos... Concluí que lo amaba profundamente con un amor agradecido. Un sentimiento blando me recorrió las piernas, me oprimió el pecho, me hizo arder los ojos. Me acerqué, di la vuelta a la silla donde él estaba, me puse detrás y por primera vez en tanto tiempo de convivencia me atreví a tocarlo. Apoyé las manos en sus hombros y la barbilla en su cabeza. Durante un tiempo imposible de calcular, él no se movió, tal vez presentía lo que iba a ocurrir y lo estaba deseando, porque sacó el pañuelo de su pudor y se tapó la boca. No, eso no, le dije, se lo quité y lo tiré al suelo, luego rodeé la silla y me senté sobre sus rodillas, echándole los brazos al cuello, muy cercana, mirándolo sin pestañear. Olía a hombre limpio, a camisa recién planchada, a lavanda. Lo besé en su mejilla afeitada, en la frente, en las manos, firmes y morenas. Ayayay, mi niña, suspiró Riad Halabí y sentí su aliento tibio bajar por mi cuello, pasearse bajo mi blusa. El placer me erizó la piel y me endureció los senos. Caí en cuenta que nunca había estado tan cerca de nadie y que llevaba siglos sin recibir una caricia. Tomé su cara, me aproximé con lentitud y lo besé en los labios largamente, aprendiendo la forma extraña de su boca, mientras un calor brutal me encendía los huesos, me estremecía el vientre. Tal vez por un instante él luchó contra sus propios deseos, pero de inmediato se abandonó para seguirme en el juego y explorarme también, hasta que la tensión fue insoportable y nos apartamos para tomar aire.

—Nadie me había besado en la boca —murmuró él.

—Tampoco a mí. —Y lo tomé de la mano para conducirlo al dormitorio.

—Espera, niña, no quiero perjudicarte...

—Desde que murió Zulema no he vuelto a menstruar. Es por el susto, dice la maestra... ella cree que ya no podré tener hijos —me sonrojé.

Toda la noche permanecimos juntos. Riad Halabí había pasado la vida inventando fórmulas de aproximación con un pañuelo en la cara. Era un hombre amable y delicado, ansioso de complacer y de ser aceptado, por eso había indagado todas las formas posibles de hacer el amor sin emplear los labios. Había convertido sus manos y todo el resto de su pesado cuerpo en un instrumento sensitivo, capaz de agasajar a una mujer bien dispuesta hasta colmarla de dicha. Ese encuentro fue tan definitivo para los dos, que pudo haber sido una ceremonia solemne, pero en cambio resultó alegre y risueño. Entramos juntos en un espacio propio donde no existía el tiempo natural y durante aquellas horas magníficas pudimos vivir en completa intimidad, sin pensar en nada más que en nosotros mismos, dos compañeros impúdicos y juguetones ofreciendo y recibiendo. Riad Halabí era sabio y tierno y esa noche me dio tanto placer, que habrían de pasar muchos años y varios hombres por mi vida antes que volviera a sentirme tan plena. Me enseñó las múltiples posibilidades de la feminidad para que nunca me transara por menos. Recibí agradecida el espléndido regalo de mi propia sensualidad, conocí mi cuerpo, supe que había nacido para ese goce y no quise imaginar la vida sin Riad Halabí.

—Déjame quedarme contigo —le rogué al amanecer.

—Niña, tengo demasiados años más que tú. Cuando tengas treinta yo seré un viejo chocho.

—Eso no importa. Aprovechemos el tiempo que podamos estar juntos.

—Los chismes nunca nos dejarían en paz. Yo hice ya mi vida, pero tú todavía no has comenzado la tuya. Tienes que irte de este pueblo, cambiarte el nombre, educarte, olvidar todo lo que nos ha pasado. Yo te ayudaré siempre, eres más que una hija para mí...

—No quiero irme, quiero quedarme a tu lado. No hagas caso de lo que dice la gente.

—Debes obedecerme, yo sé por qué lo hago, ¿no ves que conozco el mundo mejor que tú? Nos perseguirán hasta volvernos locos, no podemos vivir encerrados, eso no sería justo contigo, eres una criatura. —Y después de una larga pausa Riad Halabí agregó—: Hay algo que quería preguntarte hace días, ¿sabes dónde escondió Zulema sus joyas?

—Sí.

—Está bien, no me lo digas. Ahora son tuyas, pero déjalas donde están, porque no las necesitas todavía. Te daré dinero para que vivas en la capital, para que vayas a una escuela y aprendas un oficio, así no tendrás que depender de nadie, ni siquiera de mí. Nada te faltará, niña mía. Las joyas de Zulema estarán esperando, serán tu dote cuando te cases.

—No me casaré con nadie, sólo contigo, por favor, no me eches.

—Lo hago porque te quiero mucho, un día lo entenderás, Eva.

—¡Nunca lo entenderé! ¡Nunca!

—Ssht... no hablemos de eso ahora, ven aquí, todavía nos quedan algunas horas.

Por la mañana nos fuimos caminando juntos hasta la plaza. Riad Halabí cargaba la maleta de ropa nueva que había preparado para mí y yo iba en silencio, con la cabeza alta y la mirada desafiante, para que nadie supiera que estaba a punto de llorar. Era un día como todos y a esa hora los niños jugaban en la calle y las comadres de Agua Santa habían sacado sus sillas a la acera, donde se sentaban con una palangana en la falda a desgranar maíz. Los ojos del pueblo nos siguieron implacables hasta la parada del autobús. Nadie me hizo una señal de despedida, ni el Teniente, que atinó a pasar por allí en su jeep y volteó la cabeza, como si nada hubiera visto, cumpliendo su parte del trato.

—No quiero irme —le supliqué por última vez.

—No hagas esto más difícil para mí, Eva.

—¿Irás a verme a la ciudad? Prométeme que irás pronto y haremos el amor otra vez.

—La vida es larga, niña, y está llena de sorpresas, todo puede suceder.

—Bésame.

—No puedo, nos están mirando. Sube al bus y no te bajes por ningún motivo hasta la capital. Allá tomas un taxi y te vas a la dirección que llevas anotada, es una pensión de señoritas, la maestra Inés habló por teléfono con la directora, allí estarás segura.

Desde la ventanilla lo vi con el pañuelo en la boca.

Recorrí la misma ruta que años antes hiciera durmiendo en la camioneta de Riad Halabí. Desfilaron ante mis ojos los sorprendentes paisajes de la región, pero no pude verlos, porque tenía la mirada vuelta para dentro, todavía deslumbrada por el descubrimiento del amor. Intuí en ese momento que la impresión de agradecimiento se renovaría en mí por el resto de mi existencia cada vez que evocara a Riad Halabí, y en verdad así ha sido. Sin embargo, durante esas horas traté de librarme de la languidez de los recuerdos y lograr la frialdad indispensable para revisar el pasado y hacer un inventario de mis posibilidades. Había vivido hasta entonces a las órdenes de otros, hambrienta de afecto, sin más futuro que el día de mañana y sin más fortuna que mis historias. Necesitaba realizar un continuo esfuerzo de la imaginación para suplir todo lo que me había faltado. Hasta mi madre era una sombra efímera a la cual debía dibujar cada día para no perderla en los laberintos de la memoria. Repasé una a una cada palabra de la noche anterior y comprendí que ese hombre a quien amé durante cinco años como un padre y ahora deseaba como a un amante, era un proyecto imposible. Miré mis manos maltratadas por los trabajos domésticos, me las pasé por la cara palpando la forma de los huesos, hundí los dedos en mi pelo y con un suspiro dije basta. Repetí en alta voz basta, basta, basta. Luego saqué de la cartera el papel con el nombre del pensionado de señoritas, lo arrugué en el puño y lo lancé por la ventana.

Llegué a la capital en un momento de confusión. Al descender del autobús con mi maleta, eché una ojeada a mi alrededor y noté que algo alarmante ocurría, policías corrían pegados a las paredes o zigzagueando entre los coches estacionados y se escuchaban tiros cercanos. A las preguntas del chófer, respondieron a gritos que saliéramos de allí, porque alguien estaba disparando con un rifle desde el edificio de la esquina. Los pasajeros tomaron sus bultos y echaron a andar de prisa en todas direcciones. Yo los seguí atontada, no sabía hacia dónde encaminarme, no reconocí la ciudad.

Al salir de la terminal advertí que algo flotaba en el aire, la atmósfera parecía saturada de tensiones, la gente cerraba sus puertas y ventanas, los comerciantes bajaban las cortinas metálicas de las tiendas, las calles empezaban a vaciarse. Quise subirme a un taxi para salir de allí lo antes posible, pero ninguno se detuvo y como tampoco circulaban otros medios de transporte, no tuve más alternativa que continuar andando con los zapatos nuevos, que me martirizaban los pies. Sentí un ruido de tormenta y al levantar la cara vi un helicóptero revoloteando en el cielo, como un moscardón perdido. Por mi lado pasaron algunas personas apresuradas y traté de averiguar qué sucedía, pero nadie lo sabía con certeza; golpe de estado, alcancé a escuchar como única explicación. Entonces yo no conocía el significado de esas palabras, pero el instinto me mantuvo en movimiento y seguí sin rumbo fijo, con la maleta en la mano, sintiéndola cada momento más pesada. Media hora más tarde pasé frente a un hotel de aspecto modesto y me metí, calculando que me alcanzaría el dinero para pasar allí un tiempo. Al día siguiente comencé a buscar trabajo.

Cada mañana salía llena de esperanzas y por las tardes volvía extenuada. Después de leer los avisos del periódico, me presentaba en todos los sitios donde se solicitara personal, pero al cabo de unos días comprendí que, a menos que estuviera dispuesta a bailar desnuda o atender clientes de un bar, sólo conseguiría trabajar como sirvienta y de eso ya había tenido bastante. En algunos momentos de desesperación estuve a punto de tomar el teléfono y llamar a Riad Halabí, pero me contuve. Por fin el dueño del hotel, que siempre estaba sentado en la portería y veía mis entradas y salidas, adivinó mi situación y me ofreció ayuda. Me explicó que sin una carta de recomendación era muy difícil encontrar empleo, sobre todo en esos días de tantos disturbios políticos, y me dio una tarjeta para una amiga suya. Al llegar a la dirección reconocí las inmediaciones de la calle República y mi primer impulso fue escapar de allí, pero lo pensé mejor y concluí que nada perdía con preguntar. Sin embargo, no alcancé a encontrar el edificio que buscaba, porque me vi envuelta en una agitación callejera. Varios jóvenes corrieron a mi lado, arrastrándome con ellos hacia la pequeña plaza frente a la iglesia de los Seminaristas. Los estudiantes agitaban los puños, vociferaban, lanzaban consignas y yo al medio sin entender qué diablos sucedía. Un muchacho se desgañitaba acusando al Gobierno de venderse al imperialismo y traicionar al pueblo, y otros dos treparon la fachada de la iglesia para colgar una bandera, mientras los demás coreaban ¡no pasarán, no pasarán! En eso apareció un grupo de militares y pasó a golpes y tiros. Eché a correr buscando un sitio donde esperar que se aquietara el desorden de la plaza y el ritmo de mi respiración. En eso vi que la puerta lateral de la iglesia estaba entreabierta y sin vacilar me deslicé adentro. Hasta allí llegaba el ruido de afuera, pero amortiguado, como si los hechos ocurrieran en otro tiempo. Me senté en el banco más cercano y al hacerlo me vino de golpe todo el cansancio acumulado en esos días, coloqué los pies sobre el travesaño y recosté la cabeza en el respaldo. Poco a poco la paz del recinto me devolvió el sosiego, me sentí a gusto en ese refugio sombrío, rodeado de columnas y santos inmóviles, envuelta en silencio y frescura. Pensé en Riad Halabí y quise estar a su lado, como cada tarde de los últimos años, los dos juntos en el patio a la hora de ponerse el sol. Me estremecí ante el recuerdo del amor, pero de inmediato lo descarté. Más tarde, al percibir que los ecos de la calle se habían disipado y entraba menos luz a través de los vitrales, saqué la cuenta de que había transcurrido un largo rato y eché una mirada a mi alrededor. Entonces vi sentada en otro banco a una mujer tan hermosa, que por un instante la confundí con alguna aparición divina. Ella se volvió y me hizo un gesto amistoso.

—¿A ti también te agarró el bochinche? —preguntó la magnífica desconocida con una voz subterránea, acercándose para sentarse a mi lado—. Hay disturbios por todas partes, dicen que los estudiantes se atrincheraron en la Universidad y se han alzado unos regimientos, este país es un despelote, así no nos va a durar mucho la democracia.

La observé asombrada, detallando sus huesos de animal de carrera, sus largos dedos finos, sus ojos dramáticos, la línea clásica de la nariz y el mentón y tuve la impresión de haberla conocido antes o, al menos, de haberla presentido. Ella me miró también, con una sonrisa dudosa en sus labios pintados.

—Yo te he visto alguna vez...

—Creo que yo también.

—¿No eres la niña que contaba cuentos... Eva Luna?

—Sí...

—¿No me reconoces? Soy yo, Melecio.

—No puede ser..., ¿qué te pasó?

—¿Sabes lo que es la reencarnación? Es como volver a nacer. Digamos que estoy reencarnada.

Palpé sus brazos desnudos, sus pulseras de marfil, un rizo de su cabello, con la emoción renovada de encontrarme ante un personaje surgido de mi propia imaginación. Melecio, Melecio, me salió de adentro con toda la carga de buenos recuerdos reservada para esa criatura desde los tiempos de la Señora. Vi lágrimas negras de maquillaje descender lentamente por ese rostro perfecto, la atraje para abrazarla, primero con timidez y luego con incontenible alegría, Melecio, Eva, Melecio...

—No me llames así, ahora mi nombre es Mimí.

—Me gusta, te queda bien.

—¡Cómo hemos cambiado las dos! No me mires así, no soy un marica, soy un transexual.

—¿Un qué?

—Yo nací hombre por equivocación, pero ahora soy mujer.

—¿Cómo lo hiciste?

—Con dolor. Siempre supe que yo no era como los demás, pero fue en la cárcel donde tomé la decisión de torcerle la mano a la naturaleza. Parece un milagro habernos encontrado... y justo en una iglesia. Hace como veinte años que no entraba en una iglesia —se rió Mimí secándose las últimas lágrimas.

Melecio fue detenido durante la Revuelta de las Putas, ese memorable jaleo público que él mismo inició con su desafortunada carta al Ministro del Interior respecto a los sobornos de la policía. Allanaron el cabaret donde trabajaba y sin darle tiempo de ponerse ropa de calle, se lo llevaron con su bikini de perlas y diamantes de mentira, con su cola de avestruz rosada, su peluca rubia y sus sandalias plateadas. Su aparición en el cuartel produjo una tormenta de risotadas e insultos, le dieron una golpiza fenomenal y lo metieron cuarenta horas en la celda de los presos más peligrosos. Después se lo entregaron a un psiquiatra, que estaba experimentando una cura para la homosexualidad mediante la persuasión emética. Durante seis días y seis noches, éste lo sometió a una serie de drogas hasta dejarlo medio muerto, mientras le presentaba fotografías de atletas, bailarines y modelos masculinos, con la certeza de provocarle un reflejo condicionado de repulsión hacia los de su mismo sexo. Al sexto día Melecio, una persona de carácter habitualmente pacífico, perdió la paciencia, saltó al cuello del médico, comenzó a morderlo como una hiena y si no se lo quitan a tiempo lo estrangula con sus propias manos. Dedujeron que había desarrollado repulsión hacia el psiquiatra, entonces lo calificaron de incurable, y lo enviaron a Santa María, donde iban a parar los delincuentes sin esperanza de juicio y los presos políticos que sobrevivían a los interrogatorios. Creado en la dictadura del Benefactor y modernizado con nuevas rejas y celdas en la del General, el Penal tenía capacidad para trescientos internos, pero allí se hacinaban más de mil quinientos. Melecio fue trasladado en un avión militar a un pueblo fantasma, próspero en los tiempos de la fiebre aurífera y agónico desde el auge del petróleo. De allí lo llevaron amarrado como un animal, primero en una camioneta y luego en una lancha, hasta el infierno donde pasaría el resto de su existencia. A la primera mirada comprendió la proporción de su desdicha. Una pared de poco más de metro y medio de altura y de allí para arriba barrotes, detrás los presos mirando hacia el verde inmutable de la vegetación y el agua amarilla del río. Libertad, libertad, estallaron en súplicas cuando se acercó el vehículo del Teniente Rodríguez, quien acompañaba a la nueva hornada de detenidos para realizar su inspección trimestral. Se abrieron las pesadas puertas metálicas y penetraron hasta el último círculo, donde fueron recibidos por una muchedumbre aullante. A Melecio lo condujeron directamente al pabellón de los homosexuales; allí los guardias lo ofrecieron en remate entre los delincuentes veteranos. Tuvo suerte, dentro de todo, porque lo dejaron en El Harén, donde cincuenta privilegiados disponían de un sector independiente y estaban organizados para sobrevivir.

—En esa época yo no había oído hablar del Maharishi y no tenía ninguna ayuda espiritual —dijo Mimí temblorosa ante esos recuerdos, sacando de su cartera una estampa en colores, donde aparecía un barbudo con túnica de profeta rodeado de símbolos astrales—. Me salvé de la locura porque sabía que la Señora no me abandonaría, ¿te acuerdas de ella? Es una amiga leal, no descansó hasta rescatarme, pasó meses untándole la mano a los jueces, movilizando a sus contactos en el Gobierno y hasta habló con el General en persona para sacarme de allí.

Cuando salió de Santa María, un año después, Melecio no era ni sombra de la persona que había sido. El paludismo y el hambre le habían quitado veinte kilos, una infección al recto lo obligaba a caminar encorvado como un anciano y la experiencia de la violencia había roto el dique de sus emociones, pasaba del llanto a la risa histérica sin ninguna transición. Salió en libertad sin creer lo que le estaba sucediendo, convencido de que era un truco para acusarlo de intento de fuga y dispararle por la espalda, pero se hallaba tan debilitado que se resignó a su suerte. Lo cruzaron en lancha por el río y luego lo llevaron en un automóvil hasta el pueblo fantasma. Bájate, maricón, lo empujaron, cayó de rodillas sobre el polvo ambarino y allí quedó esperando el tiro de muerte, pero nada de eso ocurrió. Oyó el motor del coche alejándose, levantó la vista y se encontró delante de la Señora, quien en el primer momento no lo reconoció. Lo estaba aguardando con una avioneta alquilada y se lo llevó en vuelo directo a una clínica de la capital. Durante aquel año ella había juntado dinero con el tráfico de prostitutas por vía marítima y lo puso todo a disposición de Melecio.

—Gracias a ella estoy viva —me contó Mimí—. Tuvo que irse del país. Si no fuera por mi *mamma*, me conseguiría un pasaporte con mi nuevo nombre de mujer y partiría a vivir con ella.

La Señora no había emigrado por su voluntad, sino huyendo de la justicia, obligada por el escándalo de las veinticinco muchachas muertas, localizadas en un barco rumbo a Curazao. Yo lo había escuchado hacía un par de años por la radio en la casa de Riad Halabí y todavía recordaba el caso, pero nunca pensé que se trataba de la dama del enorme fundillo en cuyo hogar me dejó Huberto Naranjo. Los cadáveres eran de dominicanas y trinitarias embarcadas de contrabando en una cava hermética, en la cual el aire alcanzaba para doce horas. Por confusión burocrática permanecieron encerradas dos días en las bodegas de carga del barco. Antes de partir, las mujeres recibían un pago en dólares y la promesa de un buen trabajo. Esa parte del negocio correspondía a la Señora y ella la llevaba a cabo con honestidad, pero al llegar a los puertos de destino, les confiscaban los documentos y las depositaban en lupanares de ínfima categoría, donde se encontraban atrapadas en una telaraña de amenazas y deudas. La Señora, acusada de dirigir la red de comercio de pelanduscas por las islas del Caribe, estuvo a punto de ir a parar con sus huesos a la cárcel, pero nuevamente amigos poderosos la ayudaron y provista de documentos falsos pudo desaparecer a tiempo. Durante un par de años vivió de sus rentas, tratando de no llamar la atención, pero su espíritu creativo necesitaba una válvula de escape y acabó montando un negocio de adminículos sadomasoquistas, con tan buen resultado, que de los cuatro puntos cardinales le hacían pedidos para sus cinturones de castidad para varones, sus látigos de siete colas, sus collares de perro para uso humano y tantos otros instrumentos de humillación.

—Pronto será de noche, es mejor que nos vayamos —dijo Mimí—. ¿Dónde vives?

—Por el momento en un hotel. Acabo de llegar, pasé estos años en Agua Santa, en un pueblo perdido.

—Ven a vivir conmigo, yo estoy sola.

—Creo que debo buscar mi propio camino.

—La soledad no es buena para nadie. Vamos a mi casa y una vez que pase este jaleo ves lo que más te conviene —dijo Mimí retocándose el maquillaje ante un espejo de bolsillo, algo alterada por las vicisitudes de ese día.

Cerca de la calle República, al alcance de los faroles amarillos y las lámparas rojas, estaba el apartamento de Mimí. Los que antes fueron doscientos metros dedicados a vicios moderados, se habían convertido en un laberinto de plástico y neón, un centro de hoteles, bares, cafetines y burdeles de toda índole. Allí se encontraban también el Teatro de la Ópera, el mejor restaurante francés de la ciudad, el Seminario y varios edificios residenciales, porque en la capital, como en el resto del territorio, todo estaba revuelto. En los mismos barrios se codeaban las mansiones señoriales con los ranchos miserables y cada vez que los nuevos ricos intentaban instalarse en una urbanización exclusiva, a la vuelta del año se encontraban rodeados por las chabolas de los nuevos pobres. Esa democracia urbanística se extendía a otros aspectos de la vida nacional y así es como a veces resultaba difícil establecer la diferencia entre un ministro y su chófer, porque ambos parecían de la misma extracción social, usaban trajes similares y se trataban con un desparpajo que a simple vista podía confundirse con malos modales, pero en el fondo era un sólido sentido de la propia dignidad.

—Me gusta este país —dijo una vez Riad Halabí, sentado en la cocina de la maestra Inés—. Ricos y pobres, negros y blancos, una sola clase, un solo pueblo. Cada uno se siente dueño del suelo que pisa, ni jerarquías, ni protocolos, nadie supera a otro por nacimiento o por fortuna. Yo vengo de un lugar muy diferente, en mi tierra hay muchas castas y reglas, el hombre nace y muere siempre en el mismo lugar.

—Que no lo engañen las apariencias, Riad —le rebatió la maestra Inés—. Este país es como una torta de milhojas.

—Sí, pero cualquiera puede subir o bajar, puede ser millonario, presidente o mendigo, según sea su esfuerzo, su suerte o los designios de Alá.

—¿Cuándo se ha visto un indio rico?, ¿o un negro metido a general o banquero?

La maestra tenía razón, pero nadie admitía que la raza tuviera algo que ver en el asunto, pues todos se vanagloriaban de ser pardos. Los inmigrantes llegados de todas partes del planeta también se igualaron sin prejuicios y al cabo de un par de generaciones ni los chinos podían afirmar que fueran asiáticos puros. Sólo la antigua oligarquía proveniente de épocas anteriores a la Independencia se distinguía por el tipo y el color, pero entre ellos eso no se mencionaba jamás, habría sido una imperdonable falta de tacto en una sociedad aparentemente orgullosa de la sangre mixta. A pesar de su historia de colonización, caudillos y tiranos, era la tierra prometida, la tierra de la libertad, como decía Riad Halabí.

—Aquí el dinero, la belleza o el talento abren todas las puertas —me explicó Mimí.

—Me faltan los dos primeros, pero creo que mi afán por contar historias es un regalo del cielo... —En realidad no estaba segura de que eso tuviera alguna aplicación práctica, hasta entonces sólo me había servido para darle un poco de color a la vida y escapar a otros mundos cuando la realidad me resultaba intolerable; contar cuentos me parecía un oficio sobrepasado por los progresos de la radio, la televisión y el cine, pensaba que todo lo transmitido por ondas o proyectado en una pantalla era verídico, en cambio mis narraciones eran casi siempre un cúmulo de mentiras, que ni yo misma sabía de dónde sacaba.

—Si eso te gusta, no debes trabajar en otra cosa.

—Nadie paga por oír cuentos, Mimí, y yo tengo que ganarme la vida.

—Tal vez encuentres alguien que pague por eso. No hay apuro, mientras estés conmigo no te faltará nada.

—No pienso ser una carga para ti. Riad Halabí me decía que la libertad empieza por la independencia económica.

—Pronto te darás cuenta de que la carga soy yo. Te necesito mucho más que tú a mí, soy una mujer muy sola.

Me quedé con ella esa noche, la siguiente y la otra, y así durante varios años, en los cuales me arranqué del pecho el amor imposible por Riad Halabí, acabé de hacerme mujer y aprendí a conducir el timón de mi existencia, no siempre en la forma más elegante, es cierto, pero hay que tener en cuenta que me ha tocado navegar en aguas revueltas.

Tantas veces me habían dicho que era una desgracia nacer mujer, que tuve alguna dificultad en comprender el esfuerzo de Melecio por convertirse en una. Yo no veía la ventaja por parte alguna, pero él deseaba serlo y para ello estaba dispuesto a sufrir toda clase de tormentos. Bajo la dirección de un médico especializado en esas metamorfosis, ingería hormonas capaces de transformar a un elefante en ave migratoria, se eliminó los vellos con pinchazos eléctricos, se colocó mamas y nalgas de silicona y se inyectó parafina donde consideró necesario. El resultado es turbador, por decir lo menos. Desnuda es una amazona de senos espléndidos y piel de niño, cuyo vientre culmina en unos atributos masculinos bastante atrofiados, pero aún visibles.

—Me falta una operación. La Señora averiguó que en Los Ángeles hacen milagros, pueden convertirme en una mujer de verdad, pero eso todavía está en experimentación y además cuesta una fortuna —me dijo Mimí.

Para ella el sexo es lo menos interesante de la feminidad, otras cosas la atraen, vestidos, perfumes, telas, adornos, cosméticos. Goza con el roce de las medias al cruzar las piernas, con el ruido apenas perceptible de su ropa interior, con la caricia de su melena sobre los hombros. En esa época añoraba un compañero para cuidarlo y servirlo, alguien que la protegiera y le ofreciera un cariño durable, pero no había tenido suerte. Se hallaba suspendida en un limbo andrógino. Confundiéndola con un travesti, algunos se le aproximaban, pero ella no aceptaba esas relaciones equívocas, se consideraba mujer y buscaba hombres viriles; sin embargo éstos no se atrevían a salir con ella, aunque se sintieran fascinados por su belleza, no fueran a tacharlos de maricones. No faltaron quienes la sedujeron y la enamoraron para averiguar cómo era desnuda y cómo hacía el amor, les resultaba excitante abrazar a ese monstruo admirable. Si un amante entraba en su vida, toda la casa giraba en torno a él, ella se transformaba en una esclava dispuesta a complacerlo en las más atrevidas quimeras, para hacerse perdonar el hecho irrefutable de no ser una hembra completa. En esas ocasiones, cuando se doblegaba y se hundía en la sumisión, yo intentaba defenderla de su propia locura, razonar con ella, salir al paso de esa pasión peligrosa. Tienes celos, déjame en paz, se irritaba Mimí. Casi siempre el escogido correspondía al estilo castigador de chulo fornido, quien durante unas cuantas semanas la explotaba, alteraba el equilibrio de la casa, dejaba en el aire los rastros de su paso y causaba tanto trastorno que me ponía de pésimo humor y a menudo amenacé con trasladarme a otro lado. Pero finalmente la parte más sana de Mimí se rebelaba, lograba sobreponerse y expulsar a su victimario. A veces la ruptura se producía con violencia, en otras oportunidades era él quien, satisfecha la curiosidad, se cansaba y se iba, entonces ella caía en la cama enferma de despecho. Por un tiempo, hasta que se enamoraba de nuevo, las dos volvíamos a las rutinas normales. Yo vigilaba las hormonas, los somníferos y las vitaminas de Mimí y ella se ocupaba de mi educación, clases de inglés, cursos para manejar, libros, recogía historias por la calle para traérmelas de regalo. El sufrimiento, la humillación, el miedo y la enfermedad la habían marcado profundamente y hecho trizas la ilusión del mundo de cristal donde hubiera deseado vivir. Ya no era una ingenua, aunque aparentaba serlo como parte de sus artificios de seducción; sin embargo, ningún dolor, ninguna violencia, han conseguido destruir su esencia más íntima.

Creo que yo tampoco era muy afortunada en el amor, aunque no faltaban hombres a mi alrededor. De vez en cuando yo sucumbía a alguna pasión absoluta que me remecía hasta los huesos. En ese caso no esperaba que el otro diera el primer paso, tomaba la iniciativa intentando recrear en cada abrazo la dicha compartida con Riad Halabí, pero eso no daba buen resultado. Varios escaparon, tal vez un poco asustados de mi atrevimiento, después me denigraban en sus conversaciones con los amigos. Me sentía libre, estaba segura de que no podía quedar embarazada.

—Tienes que ir al médico —insistía Mimí.

—No te preocupes, estoy sana. Todo se arreglará cuando deje de soñar con Zulema.

Mimí coleccionaba cajas de porcelana, animales de peluche, muñecas y cojines bordados por ella en sus ratos de ocio. Su cocina parecía una vitrina de aparatos domésticos y los usaba todos, porque le gustaba cocinar, aunque era vegetariana y se alimentaba como un conejo. Consideraba la carne un veneno mortal, otra de las numerosas enseñanzas del Maharishi, cuyo retrato presidía la sala y cuya filosofía guiaba su vida. Era un abuelo sonriente de ojos acuosos, un sabio que había recibido iluminación divina a través de las matemáticas. Sus cálculos le habían demostrado que el universo —y con mayor razón sus criaturas— estaba gobernado por el poder de los números, principios de conocimiento cosmogónico desde Pitágoras hasta nuestros días. Fue el primero en poner la ciencia de los números al servicio de la futurología. En cierta ocasión fue invitado por el Gobierno para consultarlo sobre asuntos de Estado y Mimí se encontraba entre la muchedumbre que lo recibió en el aeropuerto. Antes de verlo desaparecer en la limusina oficial, pudo tocar el borde de su túnica.

—El hombre y la mujer, no hay diferencia en este caso, son modelos del universo a escala reducida, por lo tanto todo acontecer en el plano astral está acompañado de manifestaciones a nivel humano y cada persona experimenta una relación con determinado orden planetario de acuerdo a la configuración básica que lleva asociada a sí misma desde el día en que aspiró su primer aliento de vida, ¿entiendes? —recitó Mimí de un tirón, sin tomar aire.

—Perfectamente —le aseguré y a partir de ese momento no hemos tenido jamás un problema, porque cuando todo lo demás falla, nos comunicamos en el lenguaje de los astros.

NUEVE

Las hijas de Burgel y Rupert quedaron embarazadas en la misma época, sufrieron juntas las molestias propias de la gestación, engordaron como un par de ninfas renacentistas y dieron a luz a sus primogénitos con pocos días de diferencia. Los abuelos exhalaron un hondo suspiro de alivio porque las criaturas nacieron sin taras aparentes, y celebraron el acontecimiento con un fastuoso bautizo doble en el cual gastaron buena parte de sus ahorros. Las madres no pudieron atribuir la paternidad de sus hijos a Rolf Carlé, como tal vez deseaban secretamente, porque los recién nacidos olían a cera y porque hacía más de un año que no tenían el gusto de dar brincos con él, no por falta de buena disposición de las partes, sino porque los maridos resultaron bastante más avispados de lo imaginado y no les dieron muchas oportunidades de encontrarse a solas. En cada una de las esporádicas visitas de Rolf a la Colonia, sus tíos y las dos matronas lo agobiaban de mimos y los fabricantes de velas lo colmaban de ruidosas atenciones, pero no le quitaban los ojos de encima, de modo que las acrobacias eróticas pasaron a un segundo plano por razones de fuerza mayor. Sin embargo, de vez en cuando los tres primos lograban escabullirse a un bosque de pinos o a algún cuarto vacío de la pensión y reír juntos durante un rato recordando los viejos tiempos.

Con el paso de los años las dos mujeres tuvieron otros hijos y se acomodaron en su papel de esposas, pero no perdieron la frescura que enamoró a Rolf Carlé cuando las vio por primera vez. La mayor siguió siendo alegre y juguetona, empleaba un vocabulario de corsario y era capaz de beber cinco jarras de cerveza sin perder la compostura. La menor mantuvo esa delicada coquetería que la hacía tan seductora, a pesar de que ya no tenía la belleza frutal de su adolescencia. Las dos preservaron el olor de canela, clavo de olor, vainilla y limón, cuya sola evocación lograba poner fuego en el alma de Rolf, como le había ocurrido a veces a miles de kilómetros de distancia despertándolo en la mitad de la noche con el presentimiento de que ellas también estaban soñando con él.

Por su parte Burgel y Rupert envejecieron criando perros y estremeciendo la digestión de los turistas con sus extraordinarias recetas culinarias, siguieron peleando por nimiedades y amándose con buen humor, cada día más encantadores. La convivencia a lo largo de los años borró sus diferencias y con el tiempo fueron igualándose en cuerpo y alma hasta parecer gemelos. Para divertir a los nietos a veces ella se pegaba con engrudo un bigotazo de lana y se ponía la ropa de su marido y él se colocaba un sostén relleno con trapos y una falda de su mujer, creando una festiva confusión en los niños. El reglamento de la pensión se suavizó y muchas parejas furtivas viajaban hasta la Colonia para pasar una noche en esa casa, porque los tíos sabían que el amor es bueno para conservar la madera y a su edad ellos ya no tenían el mismo ardor de antes, a pesar de las enormes porciones de guiso afrodisíaco que consumían. Acogían a los enamorados con simpatía, sin hacer preguntas sobre su situación legal, les daban las mejores habitaciones y les servían suculentos desayunos, agradecidos porque esos escarceos prohibidos contribuían al buen estado del artesonado y de los muebles.

En ese tiempo la situación política se estabilizó, después que el Gobierno sofocó el intento golpista y logró controlar la crónica tendencia a la subversión de algunos militares. El petróleo siguió manando de la tierra como un inacabable torrente de riqueza, adormeciendo las conciencias y postergando todos los problemas para un mañana hipotético.

Mientras tanto Rolf Carlé se había convertido en una celebridad andariega. Realizó varios documentales que dieron prestigio a su nombre más allá de las fronteras nacionales. Había andado por todos los continentes y para entonces hablaba cuatro idiomas. El señor Aravena, promovido a director de la Televisora Nacional desde la caída de la dictadura, lo enviaba en busca de noticias a las fuentes de origen, porque era partidario de los programas dinámicos y atrevidos. Lo consideraba el mejor cineasta de su equipo y en secreto Rolf estaba de acuerdo con él. Los cables de las agencias de prensa tuercen la verdad, hijo, es preferible ver los acontecimientos con los propios ojos, decía Aravena. Así es como Carlé filmó catástrofes, guerras, secuestros, juicios, coronaciones de reyes, reuniones de altos dignatarios y otros hechos que lo mantuvieron alejado del país. En algunos momentos, cuando se encontraba hundido hasta las rodillas en un lodazal del Vietnam o esperando durante días en una trinchera del desierto, medio desmayado de sed, con la cámara al hombro y la muerte a la espalda, el recuerdo de la Colonia le devolvía la sonrisa. Para él, esa aldea de cuentos encaramada en un cerro perdido de América constituía un refugio seguro donde su espíritu podía siempre encontrar la paz. Allí regresaba cuando se sentía agobiado por las atrocidades del mundo, para echarse bajo los árboles a mirar el cielo, revolcarse en el suelo con sus sobrinos y con los perros, sentarse por las noches en la cocina a observar a su tía revolviendo las ollas y a su tío ajustando los mecanismos de un reloj. Allí daba rienda suelta a su vanidad deslumbrando a la familia con sus aventuras. Sólo ante ellos se atrevía a practicar inocentes pedanterías, porque en el fondo se sabía perdonado de antemano.

La índole de su trabajo le había impedido formar un hogar, como le reclamaba su tía Burgel cada vez con más insistencia. Ya no se enamoraba con la facilidad de los veinte años y empezaba a resignarse a la idea de la soledad, convencido de que le sería muy difícil encontrar la mujer ideal, aunque jamás se preguntó si él cumpliría los requisitos exigidos por ella, en el caso improbable de que ese ser perfecto apareciera en su camino. Tuvo un par de amores que acabaron frustrados, algunas amigas leales en distintas ciudades que le daban la bienvenida con el mayor cariño si atinaba a pasar por allí, y suficientes conquistas para alimentar su propia estima, pero ya no se entusiasmaba con relaciones pasajeras y desde el primer beso comenzaba a despedirse. Se había transformado en un hombre fibroso, piel y músculos tensos, con los ojos atentos rodeados de arrugas finas, bronceado y pecoso. Sus experiencias en la primera línea de tantos hechos violentos no lograron endurecerlo, todavía era vulnerable a las emociones de la adolescencia, aún sucumbía ante la ternura y lo perseguían de vez en cuando las mismas pesadillas, mezcladas, es cierto, con algunos sueños felices de muslos rosados y cachorros de perros. Era tenaz, inquieto, incansable. Sonreía con frecuencia y lo hacía con tal sinceridad, que ganaba amigos en todas partes. Cuando estaba detrás de la cámara se olvidaba de sí mismo, interesado solamente en captar la imagen, aun a costa de cualquier riesgo.

Una tarde de setiembre me encontré con Huberto Naranjo en una esquina. Él rondaba por allí observando de lejos una fábrica de uniformes militares. Había bajado a la capital para conseguir armas y botas —¿qué puede hacer un hombre sin botas en la montaña?— y de paso convencer a sus jefes sobre la necesidad de cambiar de estrategia, porque sus muchachos eran diezmados por el Ejército. Llevaba la barba afeitada y el pelo corto, vestía un traje de ciudad y cargaba un discreto maletín en la mano. En nada se parecía a los afiches ofreciendo recompensa por la captura de un barbudo con boina negra, que desde los muros miraba desafiante a los transeúntes. La prudencia más elemental indicaba que así se estrellara de frente con su propia madre, debía continuar su camino como si no la viera, pero yo surgí ante él de sorpresa, tal vez en ese momento sus defensas estaban bajas. Dijo que me vio cruzar la calle y por los ojos me reconoció de inmediato, a pesar de que casi nada más quedaba de la criatura que él dejó en casa de la Señora varios años atrás para que se la cuidaran como si fuera su hermana. Estiró la mano y me tomó por un brazo. Me volví sobresaltada y él murmuró mi nombre. Traté de recordar dónde lo había visto antes, pero ese hombre con aspecto de funcionario público, a pesar de la piel quemada por la intemperie, en nada se parecía al adolescente de copete engominado y botas de tacón con remaches plateados que fuera el héroe de mi infancia y protagonista de mis primeras fantasías amorosas. Entonces él cometió el segundo error.

—Soy Huberto Naranjo...

Le tendí la mano porque no se me ocurrió otra forma de saludarlo y los dos nos sonrojamos. Nos quedamos en la esquina mirándonos atónitos, teníamos más de siete años para contarnos, pero no sabíamos por donde empezar. Sentí una caliente languidez en las rodillas y el corazón a punto de explotar, me volvió de golpe la pasión olvidada en tanta ausencia, creí que lo había amado sin tregua y en treinta segundos me enamoré de nuevo. Huberto Naranjo llevaba largo tiempo sin mujer. Más tarde supe que esa privación de afecto y de sexo era para él lo más difícil de sobrellevar en la montaña. En cada visita a la ciudad corría al primer prostíbulo que surgiera a su paso y durante unos instantes, siempre demasiado breves, se hundía en el marasmo abismante de una sensualidad urgente, rabiosa y finalmente triste, que apenas aliviaba el hambre acumulada sin darle en realidad ninguna dicha. Cuando podía ofrecerse el lujo de pensar en sí mismo, lo agobiaba el anhelo de tener en los brazos a una muchacha que fuera sólo suya, de poseerla por completo, de que ella lo esperara, lo deseara y le fuera fiel. Y pasando por encima de todas las reglas que imponía a sus combatientes, me invitó a tomar un café.

Aquel día llegué muy tarde a la casa, levitando en estado de trance.

—¿Qué te pasa? Tienes los ojos más claros que nunca —me preguntó Mimí, que me conocía como a sí misma y podía adivinar mis penas y alegrías aun a la distancia.

—Estoy enamorada.

—¿Otra vez?

—Ahora es en serio. He esperado a este hombre durante años.

—Ya veo, el encuentro de dos almas gemelas. ¿Quién es él?

—No puedo decírtelo, es un secreto.

—¡Cómo que no puedes decírmelo! —Me cogió por los hombros, alterada—. ¿Acabas de conocerlo y ya se interpuso entre nosotras?

—Está bien, no te enojes. Es Huberto Naranjo, pero nunca debes mencionar su nombre.

—¿Naranjo? ¿Es el mismo de la calle República? ¿Y por qué tanto misterio?

—No lo sé. Me dijo que cualquier comentario puede costarle la vida.

—¡Siempre supe que ese tipo acabaría mal! A Huberto Naranjo lo conocí cuando era un chiquillo, le estudié las líneas de la mano y vi su destino en los naipes, no es para ti. Hazme caso, ése nació para bandido o para magnate, debe andar metido en contrabando, en tráfico de mariguana o en algún otro negocio sucio.

—¡No te permito que hables así de él!

Para entonces vivíamos en una casa cerca del Club de Campo, la zona más elegante de la ciudad, donde habíamos encontrado una vivienda antigua y pequeña, al alcance de nuestro presupuesto. Mimí había logrado más fama de la que jamás soñó y se había vuelto tan hermosa, que no parecía de material humano. La misma fuerza de voluntad empleada en cambiar su naturaleza masculina, la colocó al servicio de refinarse y de convertirse en actriz. Depuso todas las extravagancias que podrían confundirse con vulgaridad, pasó a dictar la moda con sus trajes de marca y su maquillaje de luces y sombra, pulió su lenguaje, reservando algunas groserías sólo para casos de emergencia, pasó dos años estudiando actuación en un taller de teatro y modales en un instituto especializado en la formación de reinas de belleza, donde aprendió a subir a un automóvil con las piernas cruzadas, a morder hojas de alcachofa sin alterar la línea de su lápiz de labios y a bajar la escalera arrastrando una invisible estola de armiño. No ocultó su cambio de sexo, pero tampoco hablaba de ello. La prensa sensacionalista explotó esa aura de misterio, atizando la candela del escándalo y de la maledicencia. Su situación dio un vuelco dramático. Al pasar por la calle se volvían a mirarla, las colegialas la asaltaban para pedirle un autógrafo, tuvo contratos para telenovelas y montajes teatrales, donde demostró un talento histriónico que no se había visto en el país desde 1917, cuando el Benefactor trajo de París a Sarah Bernhardt, ya anciana, pero aún magnífica a pesar de equilibrarse sobre una sola pierna. La aparición de Mimí en el escenario aseguraba una platea llena, porque la gente viajaba de provincia para ver a esa criatura mitológica de quien se decía que tenía senos de hembra y falo de varón. La invitaban a desfiles de moda, como jurado en concursos de belleza, a las fiestas de caridad. Hizo su entrada triunfal en la alta sociedad para el Baile de Carnaval, cuando las familias más antiguas le dieron un espaldarazo al recibirla en los salones del Club de Campo. Esa noche Mimí pasmó a la concurrencia al presentarse vestida de hombre, con un suntuoso disfraz de rey de Thailandia, cubierta de falsas esmeraldas, conmigo del brazo ataviada como su reina. Algunos recordaban haberla aplaudido años atrás en un sórdido cabaret de sodomitas, pero eso, lejos de dañar su prestigio, aumentaba la curiosidad. Mimí sabía que nunca sería aceptada como miembro de esa oligarquía que por el momento la buscaba, era sólo un bufón exótico para decorar sus fiestas, pero el acceso a ese ambiente le fascinaba y para justificarse sostenía que era útil para su carrera de artista. Aquí lo más importante es tener buenas relaciones, me decía cuando me burlaba de esas veleidades.

El éxito de Mimí nos aseguró bienestar económico. Ahora vivíamos frente a un parque donde las niñeras paseaban a los hijos de sus patrones y los chóferes sacaban a orinar a los perros finos. Antes de mudarnos regaló a las vecinas de la calle República las colecciones de peluches y almohadones bordados, y embaló en cajones las figuras de porcelana fría fabricadas por sus propias manos. Tuve la mala idea de enseñarle esa artesanía y durante largo tiempo pasó sus ratos libres preparando masa para modelar diversos adefesios. Contrató un profesional para que decorara su nueva morada y el hombre casi sufre un colapso al ver las creaciones de Materia Universal. Le suplicó que las mantuviera guardadas donde no pudieran alterar sus diseños de arquitectura interior y Mimí se lo prometió, porque él era muy agradable, de edad madura, pelo gris, ojos negros. Entre ellos surgió una amistad tan sincera, que ella se convenció de que había encontrado al fin la pareja señalada por el zodíaco. La astrología no falla, Eva, en mi carta astral está escrito que voy a vivir un gran amor en la segunda mitad de mi destino...

Durante largo tiempo el decorador nos visitó con frecuencia, influyendo definitivamente en la calidad de nuestras vidas. Junto a él nos aproximamos a refinamientos hasta entonces desconocidos, aprendimos a escoger los vinos, antes creíamos que el tinto se tomaba de noche y el blanco de día, apreciar el arte, interesarnos en las noticias del mundo. Dedicábamos los domingos a galerías de pintura, museos, teatro, cinematecas. Con él asistí por vez primera a un concierto y el impacto fue tan formidable que no dormí en tres días, porque la música quedó resonando dentro de mí, y cuando pude hacerlo soñé que era un instrumento de cuerdas, de madera rubia con incrustaciones de nácar y clavijas de marfil. Por largo tiempo no me perdí ninguna función de la orquesta, me sentaba en un palco del segundo piso y cuando el director levantaba su batuta y la sala se llenaba de sonidos, se me caían las lágrimas, no podía soportar tanto placer. Arregló la casa en blanco, con muebles modernos y un par de detalles antiguos, tan diferente a lo que habíamos visto, que durante semanas nos dimos vueltas en los cuartos, extraviadas, temerosas de mover algún objeto y no recordar después su lugar exacto o de sentarnos en una poltrona oriental y aplastarle el soplido a las plumas; pero, tal como él nos aseguró desde el principio, el buen gusto crea adicción y finalmente nos habituamos y acabamos burlándonos de algunas chabacanerías del pasado. Un día ese hombre encantador anunció que partía a Nueva York, contratado por una revista, hizo sus maletas y se despidió de nosotras con genuino pesar, dejando a Mimí sumida en la desolación.

—Cálmate, Mimí. Si se fue, quiere decir que no era el hombre de tu destino. El verdadero aparecerá pronto —le dije y la lógica irrefutable de este argumento le aportó algo de consuelo.

Con el transcurso del tiempo la armonía perfecta de la decoración sufrió alteraciones, pero el ambiente de la casa se volvió más acogedor. Primero fue la marina. Le conté a Mimí lo que significó para mí el cuadro de los solterones y ella decidió que la causa de mi fascinación tenía un origen genético, con seguridad provenía de algún antepasado navegante que me había transmitido en la sangre la invencible nostalgia del mar. Como eso calzaba con la leyenda del abuelo holandés, ambas rastreamos anticuarios y remates hasta dar con un óleo de rocas, olas, gaviotas y nubes, que compramos sin vacilar y pusimos en un sitio de honor, destruyendo de un plumazo el efecto de los grabados japoneses seleccionados con tanto esmero por nuestro amigo. Después adquirí poco a poco toda una familia para colgar en la pared, antiguos daguerrotipos desteñidos por el tiempo: un embajador cubierto de condecoraciones, un explorador de grandes bigotes y escopeta de dos cañones, un abuelo con zuecos de madera y pipa de cerámica mirando hacia el futuro con altivez. Cuando tuve una parentela de alcurnia, buscamos minuciosamente la imagen de Consuelo. Yo las rechazaba todas, pero al cabo de una larga peregrinación dimos por fin con una joven delicada y sonriente, vestida de encajes y protegida por una sombrilla, en un jardín de rosas trepadoras. Era lo bastante hermosa como para encarnar a mi madre. En mi infancia sólo había visto a Consuelo con delantal y alpargatas realizando vulgares tareas domésticas, pero siempre supe que en secreto era como la exquisita señora de la sombrilla, porque así se transformaba cuando estábamos solas en el cuarto de servicio y así deseo preservarla en mi recuerdo.

En esos años intenté recuperar el tiempo perdido. Estudiaba bachillerato en una academia vespertina para obtener un diploma que después no me sirvió de nada, pero entonces me parecía indispensable. Trabajaba durante el día como secretaria en la fábrica de uniformes militares y por las noches llenaba mis cuadernos de cuentos. Mimí me había rogado que dejara ese empleo de pacotilla y me dedicara sólo a escribir. Desde que vio una cola de gente ante una librería, esperando turno para que un bigotudo escritor colombiano en gira triunfal firmara sus libros, me colmaba de cuadernos, lapiceras y diccionarios. Ése es buen oficio, Eva, no tendrías que levantarte tan temprano y nadie andaría dándote órdenes... Soñaba con verme dedicada a la literatura, pero yo necesitaba ganarme la vida y en ese sentido la escritura es un terreno bastante resbaladizo.

Poco después que dejé Agua Santa y me instalé en la capital, busqué el rastro de mi Madrina, porque la última vez que supe de ella estaba enferma. Vivía de allegada en un cuarto en el barrio antiguo de la ciudad, cedido por unas buenas almas que la habían acogido por lástima. Sus posesiones no eran muchas, aparte del puma embalsamado —milagrosamente intacto a pesar del tiempo y los trastornos de la pobreza— y sus santos, porque una ha de tener su altar a domicilio, así sólo gasta en velas y no gasta en curas, como decía. Había perdido algunos dientes, entre ellos el de oro, vendido por necesidad, y de las carnes opulentas quedaba sólo el recuerdo, pero conservaba su gusto por la limpieza y todavía se bañaba cada noche con una jarra. La mente le funcionaba tan mal, que comprendí la imposibilidad de rescatarla del laberinto personal donde se había extraviado y me limité a visitarla con frecuencia para darle vitaminas, limpiar su habitación y llevarle golosinas y agua de rosas, para que se perfumara como antaño. Quise internarla en un sanatorio, pero nadie le prestó atención, dijeron que no era una enferma grave y había otras prioridades, los servicios médicos no contemplaban casos como el suyo. Una mañana la familia que le daba albergue me llamó alarmada: la Madrina sufría un ataque de tristeza, no había dejado de llorar en doce días.

—Vamos a verla, yo te acompaño —dijo Mimí.

Llegamos en el mismo instante en que, agotada su resistencia a la melancolía, se rebanaba el cuello con una navaja. Alcanzamos a oír desde la calle el grito que atrajo a todo el vecindario; nos abalanzamos al interior de la vivienda y allí la encontramos, en un charco de sangre que crecía como un lago entre las patas del puma embalsamado. Tenía un tajo de oreja a oreja, pero estaba viva y nos miraba paralizada de asombro. Se había cercenado los músculos de las quijadas, se le recogieron las mejillas y lucía una espantosa sonrisa desdentada. Yo sentí las rodillas de lana y tuve que apoyarme en la pared para no caerme, pero Mimí se arrodilló junto a ella apretándole los bordes de la herida con sus largas uñas de mandarín y así detuvo el chorro por donde se le escapaba la vida, hasta que llegó una ambulancia. Mientras yo temblaba, ella mantuvo las uñas allí durante todo el trayecto en el vehículo. Mimí es una mujer sorprendente. Los médicos del hospital metieron a la Madrina en el quirófano y la zurcieron como un calcetín, salvándola de milagro.

Al recoger sus pertenencias en el cuarto donde vivía, encontré dentro de una bolsa la trenza de mi madre, roja y brillante como la piel de la surucucú. Había permanecido olvidada durante todos esos años, salvándose así de ser convertida en peluca. Me la llevé junto con el puma. El intento de suicidio sirvió al menos para que se ocuparan de la enferma y apenas la dieron de alta en el servicio de emergencia, fue internada en la Casa de Orates. Al cabo de un mes pudimos visitarla.

—Esto es peor que el Penal de Santa María —declaró Mimí—. Vamos a sacarla de aquí.

Atada por una cuerda a un poste de cemento en el centro de un patio, junto a otras mujeres dementes, la Madrina ya no lloraba, permanecía silenciosa e inmóvil, con su costurón al cuello. Pidió que le devolvieran sus santos, porque sin ellos se hallaba perdida, los diablos la acosaban para quitarle a su hijo, el monstruo de dos cabezas. Mimí trató de sanarla con fuerza positiva, como indicaba el manual del Maharishi, pero la enferma resultó impermeable a las terapias esotéricas. En esa época comenzó su obsesión por el Papa, quería verlo para pedirle la absolución de sus pecados, y para tranquilizarla le prometí llevarla a Roma, sin soñar que un día veríamos al Sumo Pontífice de cuerpo presente, repartiendo bendiciones en el trópico.

La sacamos del hospicio, la bañamos, le arreglamos las pocas mechas que aún conservaba en la cabeza, la vestimos con ropa nueva y la trasladamos con todos sus santos a una clínica privada situada en la costa, en medio de palmeras, cascadas de agua dulce y grandes jaulas con guacamayas. Era un lugar para gente rica, pero la aceptaron a pesar de su aspecto, porque Mimí era amiga del director, un psiquiatra argentino. Allí quedó instalada en una habitación pintada de rosa, con vista al mar y música ambiental, cuyo costo era bastante elevado, pero bien valía el esfuerzo, porque por primera vez desde que yo podía recordar la Madrina parecía contenta. Mimí pagó la primera mensualidad, pero ese deber es mío. Empecé a trabajar en la fábrica.

—Eso no es para ti. Tienes que estudiar para escritora —alegaba Mimí.

—Eso no se estudia en ninguna parte.

Huberto Naranjo apareció de súbito en mi vida y asimismo se esfumó horas después sin aclarar sus motivos, dejándome un rastro de selva, lodo y pólvora. Comencé a vivir para esperarlo y en esa larga paciencia recreé muchas veces la tarde del primer abrazo, cuando después de compartir un café casi en silencio, mirándonos con determinación apasionada, nos fuimos de la mano a un hotel, rodamos juntos sobre la cama y él me confesó que nunca me quiso como hermana y que en todos esos años no había dejado de pensar en mí.

—Bésame, no debo amar a nadie, pero tampoco puedo dejarte, bésame otra vez —susurró abrazándome y después se quedó con los ojos de piedra, empapado de sudor, temblando.

—¿Dónde vives? ¿Cómo voy a saber de ti?

—No me busques, yo regresaré cuando pueda. —Y volvió a apretarme como enloquecido, con urgencia y torpeza.

Por un tiempo no tuve noticias de él y Mimí opinó que eso era la consecuencia de ceder en la primera salida, había que hacerse rogar, ¿cuántas veces te lo he dicho?, los hombres hacen todo lo posible por acostarse con una y cuando lo consiguen nos desprecian, ahora él te considera fácil, puedes aguardar sentada, no volverá. Pero Huberto Naranjo apareció de nuevo, me abordó en la calle y otra vez fuimos al hotel y nos amamos del mismo modo. A partir de entonces tuve el presentimiento de que siempre regresaría, aunque en cada oportunidad él insinuaba que era la última vez. Entró en mi existencia envuelto en un hálito de secreto, trayendo consigo algo heroico y terrible. Echó a volar mi imaginación y creo que por eso me resigné a amarlo en tan precarias condiciones.

—No sabes nada de él. Seguro está casado y es padre de media docena de chiquillos —refunfuñaba Mimí.

—Tienes el cerebro podrido por los folletines. No todos son como el malvado de la telenovela.

—Yo sé lo que digo. A mí me criaron para hombre, fui a una escuela de varones, jugué con ellos y traté de acompañarlos al estadio y a los bares. Conozco mucho más que tú de este tema. No sé cómo será en otras partes del mundo, pero aquí no se puede confiar en ninguno.

Las visitas de Huberto no seguían un patrón previsible, sus ausencias podían prolongarse un par de semanas o varios meses. No me llamaba, no me escribía, no me enviaba mensajes y de pronto, cuando menos lo suponía, me interceptaba en la calle, como si conociera todos mis pasos y estuviera oculto en la sombra. Siempre parecía una persona diferente, a veces con bigotes, otras con barba o con el cabello peinado de otro modo, como si fuera disfrazado. Eso me asustaba pero también me atraía, tenía la impresión de amar a varios hombres simultáneamente. Soñaba con un lugar para nosotros dos, deseaba cocinar su comida, lavar su ropa, dormir con él cada noche, caminar por las calles sin rumbo premeditado, de la mano como esposos. Yo sabía que él estaba hambriento de amor, de ternura, de justicia, de alegría, de todo. Me estrujaba como si quisiera saciar una sed de siglos, murmuraba mi nombre y de pronto se le llenaban los ojos de lágrimas. Hablábamos del pasado, de los encuentros cuando éramos niños, pero nunca nos referíamos al presente o al futuro. Algunas veces no conseguíamos estar juntos una hora, él parecía estar huyendo, me abrazaba con angustia y salía disparado. Si no había tanta prisa, yo recorría su cuerpo con devoción, lo exploraba, contaba sus pequeñas cicatrices, sus marcas, comprobaba que había adelgazado, que sus manos estaban más callosas y su piel más seca, qué tienes aquí, parece una llaga, no es nada, ven. En cada despedida me quedaba un gusto amargo en la boca, una mezcla de pasión, despecho y algo similar a la piedad. Para no inquietarlo, en ocasiones fingía una satisfacción que estaba lejos de sentir. Era tanta la necesidad de retenerlo y enamorarlo, que opté por seguir los consejos de Mimí y no puse en práctica ninguno de los trucos aprendidos en los libros didácticos de la Señora y tampoco le enseñé las sabias caricias de Riad Halabí, no le hablé de mis fantasías, ni le indiqué las cuerdas exactas que Riad había pulsado, porque presentía que él me habría acosado a preguntas, dónde, con quién, cuándo lo hiciste. A pesar de los alardes de mujeriego que le escuché tantas veces en la época de su adolescencia, o tal vez por serlo, era mojigato conmigo, yo a ti te respeto, me decía, tú no eres como las otras, ¿como quiénes?, insistía yo y él sonreía, irónico y distante. Por prudencia, no le mencioné mi pasión adolescente por Kamal, mi amor inútil por Riad ni los encuentros efímeros con otros amantes. Cuando me interrogó sobre mi virginidad, le contesté qué te importa mi virginidad, puesto que tampoco puedes ofrecerme la tuya, pero la reacción de Huberto fue tan violenta, que preferí omitir mi espléndida noche con Riad Halabí e inventé que me habían violado los policías de Agua Santa cuando me llevaron detenida por la muerte de Zulema. Tuvimos una absurda discusión y por fin él se disculpó, soy un bruto, perdóname, tú no tienes la culpa, Eva, esos canallas me lo van a pagar, lo juro, pagarán.

—Cuando tengamos oportunidad de estar tranquilos, las cosas van a funcionar mucho mejor —sostenía yo en las conversaciones con Mimí.

—Si no te hace feliz ahora, no lo hará nunca. No entiendo por qué sigues con él, es un sujeto muy raro.

Por un largo período la relación con Huberto Naranjo alteró mi existencia, andaba desesperada, urgida, trastornada por el anhelo de conquistarlo y retenerlo a mi lado. Dormía mal, sufría atroces pesadillas, me fallaba el entendimiento, no podía concentrarme en mi trabajo o en mis cuentos, buscando alivio sustraía los tranquilizantes del botiquín y los tomaba a escondidas. Pero pasó el tiempo y finalmente el fantasma de Huberto Naranjo se encogió, se hizo menos omnipresente, se redujo a un tamaño más cómodo y entonces pude vivir por otros motivos, no sólo para desearlo. Seguí pendiente de sus visitas porque lo amaba y me sentía la protagonista de una tragedia, la heroína de una novela, pero pude hacer una vida tranquila y seguir escribiendo por las noches. Recordé la decisión tomada cuando me enamoré de Kamal, de no volver a padecer el ardor insoportable de los celos, y la mantuve con una determinación terca y taimada. No me permití a mí misma suponer que en esas separaciones él buscaba a otras mujeres, ni pensar que fuera un bandolero, como decía Mimí; prefería imaginar que existía una razón superior para su comportamiento, una dimensión aventurera a la cual yo no tenía acceso, un mundo viril regido por leyes implacables. Huberto Naranjo estaba comprometido con una causa que debía ser para él más importante que nuestro amor. Me propuse entenderlo y aceptarlo. Cultivaba un sentimiento romántico hacia ese hombre que iba tornándose cada vez más seco, fuerte y silencioso, pero dejé de hacer planes para el futuro.

El día que mataron a dos policías cerca de la fábrica donde yo trabajaba, confirmé mis sospechas de que el secreto de Huberto estaba relacionado con la guerrilla. Les dispararon con una ametralladora desde un automóvil en marcha. De inmediato se llenó la calle de gente, patrullas, ambulancias, allanaron todo el vecindario. Dentro de la fábrica se detuvieron las máquinas, alinearon a los operarios en los patios, revisaron el local de arriba abajo y por fin nos soltaron con orden de irnos a casa, porque toda la ciudad estaba alborotada. Caminé hasta la parada del autobús y allí encontré a Huberto Naranjo esperándome. Llevaba casi dos meses sin verlo y me costó un poco reconocerlo, porque parecía haber envejecido de súbito. Esa vez no sentí placer alguno en sus brazos y tampoco intenté simularlo, tenía el pensamiento en otra parte. Después, sentados en la cama, desnudos sobre unas sábanas toscas tuve la sensación de que cada día nos alejábamos más y me dio lástima por los dos.

—Perdóname, no estoy bien. Hoy ha sido un día atroz, mataron a dos policías, yo los conocía, siempre estaban allí de guardia y me saludaban. Uno se llamaba Sócrates, imagínate qué nombre para un policía, era un buen hombre. Los asesinaron a balazos.

—Los ejecutaron —replicó Huberto Naranjo—. Los ejecutó el pueblo. Eso no es un asesinato, debes hablar con propiedad. Los asesinos son los policías.

—¿Qué te pasa? No me digas que eres partidario del terrorismo.

Me apartó con firmeza y mirándome a los ojos me explicó que la violencia la ejercía el Gobierno, ¿no eran formas de violencia el desempleo, la pobreza, la corrupción, la injusticia social? El Estado practicaba muchas formas de abuso y represión, esos policías eran esbirros del régimen, defendían los intereses de sus enemigos de clase y su ejecución era un acto legítimo; el pueblo estaba luchando por su liberación. Durante largo rato no contesté. De pronto comprendí sus ausencias, sus cicatrices y silencios, su prisa, su aire de fatalidad y el magnetismo tremendo que emanaba de él, electrizando el aire a su alrededor y atrapándome como a un insecto encandilado.

—¿Por qué no me lo dijiste antes?

—Era mejor que no lo supieras.

—¿No confías en mí?

—Trata de entender, esto es una guerra.

—De haberlo sabido, estos años habrían sido más fáciles para mí.

—El solo hecho de verte es una locura. Piensa lo que pasaría si sospecharan de ti y te interrogaran.

—¡Yo no diría nada!

—Pueden hacer hablar a un mudo. Te necesito, no puedo estar sin ti, pero cada vez que vengo me siento culpable porque pongo en peligro la organización y las vidas de mis compañeros.

—Llévame contigo.

—No puedo, Eva.

—¿No hay mujeres en la montaña?

—No. Esta lucha es muy dura, pero vendrán tiempos mejores y podremos amarnos de otra manera.

—No puedes sacrificar tu vida y la mía.

—No es un sacrificio. Estamos construyendo una sociedad

diferente, un día todos seremos iguales y libres...

Recordé la tarde lejana cuando nos conocimos, dos niños perdidos en una plaza. Ya entonces él se consideraba un macho bien plantado, capaz de dirigir su destino, en cambio sostenía que yo estaba en desventaja por haber nacido mujer y debía aceptar diversas tutelas y limitaciones. A sus ojos yo siempre sería una criatura dependiente. Huberto pensaba así desde que tuvo uso de razón, era improbable que la revolución cambiara esos sentimientos. Comprendí que nuestros problemas no tenían relación con las vicisitudes de la guerrilla; aunque él lograra sacar adelante su sueño, la igualdad no alcanzaría para mí. Para Naranjo y otros como él, el pueblo parecía compuesto sólo de hombres; nosotras debíamos contribuir a la lucha, pero estábamos excluidas de las decisiones y del poder. Su revolución no cambiaría en esencia mi suerte, en cualquier circunstancia yo tendría que seguir abriéndome paso por mí misma hasta el último de mis días. Tal vez en ese momento me di cuenta de que la mía es una guerra cuyo final no se vislumbra, así es que más vale darla con alegría, para que no se me vaya la vida esperando una posible victoria para empezar a sentirme bien. Concluí que Elvira tenía razón, hay que ser bien brava, hay que pelear siempre.

Ese día nos separamos indignados, pero Huberto Naranjo regresó dos semanas después y yo lo estaba aguardando, como siempre.

DIEZ

La escalada del movimiento guerrillero trajo a Rolf Carlé de vuelta al país.

—Por el momento se te acabó el turismo por el mundo, muchacho —le dijo Aravena desde su escritorio de director. Había engordado mucho, estaba enfermo del corazón y los únicos placeres que todavía conmovían sus sentidos eran la buena mesa, el sabor de sus cigarros y algún vistazo disimulado a los traseros apoteósicos y ahora intocables de las hijas del tío Rupert durante sus paseos a la Colonia, pero las limitaciones físicas no habían disminuido su curiosidad profesional—. La guerrilla está jorobando mucho y ya es hora de que alguien averigüe la verdad. Recibimos toda la información censurada, el Gobierno miente y las radios subversivas también. Quiero saber cuántos hombres hay en la montaña, qué clase de armamento tienen, quiénes los apoyan, cuáles son sus planes, en fin, todo.

—No puede dar eso por televisión.

—Necesitamos saber lo que pasa, Rolf. Creo que esos hombre son unos locos, pero puede ser que tengamos otra Sierra Maestra ante nuestras narices y no la veamos.

—Y si así fuera, ¿qué haría?

—Nada. Nuestro papel no consiste en modificar el rumbo de la historia, sino simplemente registrar los hechos.

—Usted no pensaba así en tiempos del General.

—Algo he aprendido con la edad. Anda, observa, filma si puedes y me cuentas todo.

—No es fácil. No me permitirán que husmee en sus campamentos.

—Por eso te lo pido a ti y no a otro del equipo. Tú ya estuviste con ellos hace unos años, ¿cómo se llamaba el tipo ese que te impresionó tanto?

—Huberto Naranjo.

—¿Puedes ponerte en contacto con él de nuevo?

—No sé, tal vez ya no existe, dicen que el Ejército ha matado a muchos y otros han desertado. En todo caso el tema me gusta y veré lo que puedo hacer.

Huberto Naranjo no había muerto ni había desertado, pero ya nadie lo llamaba por ese nombre. Ahora era el Comandante Rogelio. Había pasado años de guerra, con las botas puestas, el arma en la mano y los ojos siempre abiertos para ver más allá de las sombras. Su vida era un sucesión de violencias, pero también había momentos de euforia, momentos sublimes. Cada vez que recibía a un grupo de nuevos combatientes el corazón le saltaba en el pecho, como ante el encuentro con una novia. Salía a recibirlos en el límite del campamento y allí estaban, aún impolutos, optimistas, formados en línea como les había enseñado su jefe de patrulla, todavía con su aire de ciudad, con ampollas recientes en las manos, sin los callos de los veteranos, con la mirada suave, cansados pero sonrientes. Eran sus hermanos menores, sus hijos, venían a luchar y desde ese instante él era responsable de sus vidas, de mantenerles la moral en alto y enseñarles a sobrevivir, hacerlos duros como granito, más valientes que una leona, astutos, ágiles y resistentes para que cada uno de ellos valiera por cien soldados. Era bueno tenerlos allí, sentía un espasmo en la garganta. Metía las manos en los bolsillos y los saludaba con cuatro frases bruscas, para no traicionar su emoción.

También le gustaba sentarse con sus compañeros alrededor de una fogata, en aquellas ocasiones en que eso era posible. Nunca se quedaban mucho tiempo en el mismo lugar, era necesario conocer la montaña, moverse en su terreno como pez en el agua, decía el manual. Pero había días de ocio, a veces cantaban, jugaban a cartas, oían música por la radio como personas normales. De vez en cuando él debía bajar a la ciudad para ponerse en contacto con sus enlaces, entonces caminaba por las calles pretendiendo que era un ser como los demás, aspirando esos olores ya olvidados de comida, de tráfico, de basura, observando con ojos nuevos a los niños, a las mujeres en sus quehaceres, a los perros vagabundos, como si él fuera uno más de la multitud, como si nadie lo persiguiera. De pronto en una pared veía escrito el nombre del Comandante Rogelio con letras negras y al saberse crucificado en ese muro, recordaba con una mezcla de orgullo y de temor que no debía estar allí, no tenía una vida como la de otros, era un combatiente.

Los guerrilleros provenían en su mayoría de la Universidad, pero Rolf Carlé no intentó mezclarse con los estudiantes para buscar la forma de llegar a la montaña. Su rostro aparecía a menudo en el noticiario de la televisión, era bien conocido por todos. Se acordó del contacto usado hacía unos años, cuando entrevistó por primera vez a Huberto Naranjo en los albores de la lucha armada y se dirigió al boliche del Negro. Lo encontró en su cocina, algo más gastado, pero con el mismo buen ánimo. Se estrecharon la mano con desconfianza. Los tiempos habían cambiado y ahora la represión era labor de especialistas, la guerrilla ya no era sólo un ideal de muchachos ilusionados con la esperanza de cambiar el mundo, sino un enfrentamiento despiadado y sin cuartel. Rolf Carlé entró en materia con algunos preámbulos.

—Yo no tengo nada que ver con eso —replicó el Negro.

—No soy un soplón, nunca lo he sido. No te he delatado en todos estos años, ¿por qué iba a hacerlo ahora? Consúltalo con tus jefes, diles que me den una oportunidad, al menos que me dejen explicarles lo que pienso hacer...

El hombre lo miró largo rato, estudiando cada detalle de su rostro y seguramente aprobó lo que vio, porque Rolf Carlé sintió un cambio en su actitud.

—Vendré a verte mañana, Negro —dijo.

Volvió al día siguiente y todos los días durante casi un mes, hasta que por fin consiguió la cita y pudo exponer sus intenciones. El Partido consideró que Rolf Carlé podía ser un elemento útil; sus reportajes eran buenos, parecía un hombre honesto, tenía acceso a la televisión y era amigo de Aravena; resultaba conveniente contar con alguien como él y el riesgo no sería demasiado grande si manejaban el asunto con las precauciones debidas.

—Hay que informar al pueblo, una victoria gana aliados —decían los dirigentes.

—No alarmen a la opinión pública, no quiero oír ni una palabra sobre la guerrilla, vamos a anularla con el silencio. Están todos fuera de la ley y así serán tratados —ordenaba por su parte el Presidente de la República.

En esta ocasión el viaje de Rolf Carlé al campamento fue muy distinto al realizado antes, no se trató de una excursión con una mochila a la espalda como un escolar de vacaciones. Buena parte del trayecto lo hizo con los ojos vendados, lo trasladaron en el maletero de un coche, medio asfixiado y desmayándose de calor, otra parte la realizó de noche a través de los campos sin recibir el menor indicio de su ubicación, sus guías se turnaban y ninguno estaba dispuesto a hablar con él, pasó dos días encerrado en diversos galpones y graneros, movilizado de aquí para allá sin derecho a hacer preguntas. El Ejército, entrenado en las escuelas de contra-insurgencia, acorralaba a los guerrilleros, instalaba controles móviles en los caminos, detenía los vehículos, revisaba todo. No era fácil pasar sus líneas de control. En los Centros de Operaciones, diseminados por todo el país, se concentraban las tropas especializadas. Corría el rumor de que ésos eran también campos de prisioneros y lugares de tortura. Los soldados bombardeaban las montañas, dejando un reguero de escombros. Recuerden el código de ética revolucionaria, machacaba el Comandante Rogelio, por donde pasemos no puede haber abuso, respeten y paguen todo lo que consuman, para que el pueblo aprecie la diferencia entre nosotros y los soldados, para que sepan cómo serán las zonas liberadas por la Revolución. Rolf Carlé se encontró con que a poca distancia de las ciudades, donde la vida transcurría en aparente paz, había un territorio en guerra, pero ése era un tema oficialmente prohibido. La lucha sólo era mencionada en las radios clandestinas, que daban a conocer las acciones de la guerrilla: un oleoducto dinamitado, una garita asaltada, una emboscada al Ejército.

Después de cinco días en los cuales lo movilizaron como un fardo, se encontró subiendo un cerro y abriéndose paso en la vegetación a machetazos, hambriento, enlodado y picado de mosquitos. Sus guías lo dejaron en un claro del bosque con instrucciones de no moverse por ningún motivo, no encender fuego ni hacer ruido. Allí esperó sin más compañía que los chillidos de los monos. Al amanecer, cuando estaba a punto de perder la paciencia, aparecieron dos jóvenes barbudos y zarrapastrosos con fusiles en los brazos.

—Bienvenido, compañero —lo saludaron con anchas sonrisas.

—Ya era hora —replicó extenuado.

Rolf Carlé filmó el único largometraje que existe en el país sobre la guerrilla de esa época, antes que la derrota acabara con el sueño revolucionario y la pacificación devolviera a los sobrevivientes a la vida normal, algunos convertidos en burócratas, otros en diputados o empresarios. Se quedó con el grupo del Comandante Rogelio durante un tiempo, moviéndose de noche de un sitio a otro por un terreno salvaje y descansando a veces en el día. Hambre, fatiga, miedo. La vida era muy dura en la montaña. Había estado en varias guerras, pero esa lucha de emboscadas, de ataques sorpresivos, de sentirse siempre vigilados, de soledad y de silencio, le pareció peor. El número total de guerrilleros variaba, estaban organizados en grupos pequeños para moverse con mayor facilidad. El Comandante Rogelio se desplazaba de uno a otro, encargado de todo el frente. Rolf asistió al adiestramiento de los nuevos combatientes, ayudó a montar radios y postas de emergencia, aprendió a arrastrarse sobre los codos y soportar el dolor, y al convivir con ellos y escucharlos, acabó entendiendo las razones de esos jóvenes para tanto sacrificio. Los campamentos funcionaban con disciplina militar, pero a diferencia de los soldados, carecían de ropa adecuada, medicamentos, comida, techo, transporte, comunicaciones. Llovía durante semanas y no podían encender una hoguera para secarse, era como vivir en un bosque sumergido en el mar. Rolf tenía la sensación de caminar sobre una cuerda floja tendida sobre el abismo, la muerte estaba allí, escondida detrás del próximo árbol.

—Todos sentimos lo mismo, no te preocupes, uno se acostumbra —bromeó el Comandante.

Las provisiones se consideraban sagradas, pero en ocasiones alguien no resistía la urgencia y se robaba una lata de sardinas. Los castigos eran duros, porque no sólo había que racionar la comida, sino, sobre todo enseñar el valor de la solidaridad. A veces alguno se quebraba, se echaba a llorar encogido en el suelo llamando a su madre, entonces el Comandante se acercaba, lo ayudaba a levantarse y se iba caminando con él donde nadie pudiera verlos, para darle discreto consuelo. Si comprobaba una traición, ese mismo hombre era capaz de ejecutar a uno de los suyos.

—Aquí lo normal es morir o ser herido, hay que estar preparados para todo. Lo raro es salvar la vida y el milagro será la victoria —le dijo el Comandante Rogelio a Rolf.

Rolf sintió que en esos meses envejecía, se le gastaba el cuerpo. Al final no sabía lo que estaba haciendo ni por qué, perdió el sentido del tiempo, una hora le parecía una semana y de pronto una semana parecía un sueño. Era muy difícil captar la información pura, la esencia de las cosas, a su alrededor había un silencio extraño, un silencio de palabras, pero al mismo tiempo un silencio cargado de presagios, poblado de ruidos de la selva, de chillidos y murmullos, de voces remotas que llegaban por el aire, de quejidos y lamentos de sonámbulos. Aprendió a dormir a ratos, de pie, sentado, de día, de noche, medio inconsciente por el cansancio, pero siempre alerta, un susurro lo hacía saltar. Le disgustaba la mugre, su propio olor, añoraba sumergirse en agua limpia, jabonarse hasta los huesos, habría dado cualquier cosa por una taza de café caliente. En los enfrentamientos con los soldados vio morir destrozados a los mismos hombres con quienes había compartido un cigarrillo la noche anterior. Se inclinaba sobre ellos con la cámara y los filmaba fuera de sí mismo, como si estuviera a una larga distancia mirando esos cuerpos a través de un telescopio. No puedo perder la razón, se repetía como tantas veces lo había hecho antes en situaciones similares. Le volvían las imágenes de su infancia, el día que fue a enterrar a los muertos en el campo de concentración, y las visiones recientes de otras guerras. Sabía por experiencia, que todo dejaba huellas en él, que en su memoria cada acontecimiento salpicaba una mancha y a veces pasaba mucho tiempo antes de darse cuenta de que un episodio lo había marcado profundamente, era como si el recuerdo se hubiera congelado en alguna parte y de pronto, por algún mecanismo de asociación, apareciera ante sus ojos con intolerable intensidad. Se preguntaba también por qué seguía allí, por qué no mandaba todo al carajo y se volvía a la ciudad, eso habría sido más sano que quedarse en ese laberinto de pesadillas, irse, refugiarse por un tiempo en la Colonia y dejar que sus primas lo mecieran en vapores de canela, clavo de olor, vainilla y limón. Pero esas dudas no lograban detenerlo, seguía a los guerrilleros a todas partes, llevando la filmadora al hombro tal como los demás cargaban sus armas. Una tarde trajeron al Comandante Rogelio entre cuatro muchachos, venía en una angarilla improvisada, envuelto en una cobija, tiritando, retorciéndose, envenenado por un alacrán.

—Nada de mariqueras, compañeros, nadie se muere de esto —murmuró—. Déjenme, se me va a pasar solo.

Rolf Carlé sentía emociones contradictorias por ese hombre, nunca estaba cómodo en su presencia, suponía que no contaba con su confianza y por lo mismo no comprendía por qué lo dejaba hacer su trabajo, le molestaba su severidad y también admiraba lo que lograba con sus hombres. De la ciudad le llegaban unos muchachos imberbes y al cabo de unos meses él los convertía en guerreros, inmunes a la fatiga y al dolor, duros, pero de algún modo se las arreglaba para preservarles los ideales de la adolescencia. No había antídoto para la picadura de alacrán, el botiquín de primeros auxilios estaba casi vacío. Se quedó al lado del enfermo arropándolo, dándole agua, limpiándolo. A los dos días bajó la calentura y el Comandante le sonrió con la mirada, entonces comprendió que a pesar de todo eran amigos.

A Rolf Carlé no le bastó la información obtenida entre los guerrilleros, le faltaba la otra mitad de la noticia. Se despidió del Comandante Rogelio sin muchas palabras, los dos conocían las reglas y habría sido una grosería hablar de ellas. Sin comentar con nadie lo que había experimentado en la montaña, Rolf Carlé se metió en los Centros de Operaciones del Ejército, acompañó a los soldados en sus excursiones, habló con los oficiales, entrevistó al Presidente y hasta consiguió permiso para asistir a los entrenamientos militares. Al finalizar tenía miles de metros de película, cientos de fotografías, horas de grabaciones, poseía más información sobre el tema que nadie en el país.

—¿Crees que la guerrilla tendrá éxito, Rolf?

—Francamente no, señor Aravena.

—En Cuba lo lograron. Allí demostraron que se puede derrotar a un ejército regular.

—Han pasado varios años y los gringos no permitirán nuevas revoluciones. En Cuba las condiciones eran diferentes, allá luchaban contra una dictadura y tenían apoyo popular.

Aquí hay una democracia llena de defectos, pero el pueblo está orgulloso de ella. La guerrilla no cuenta con la simpatía de la gente, y con pocas excepciones, sólo ha podido reclutar estudiantes en las universidades.

—¿Qué piensas de ellos?

—Son idealistas y valientes.

—Quiero ver todo lo que conseguiste, Rolf —le exigió Aravena.

—Voy a editar la película para suprimir todo lo que no se puede mostrar ahora. Usted me dijo una vez que nosotros no estamos aquí para cambiar la historia, sino para dar noticias.

—Aún no me acostumbro a tus arranques de pedantería Rolf. ¿Así que tu película puede cambiar el destino del país?

—Sí.

—Ese documental tiene que estar en mi archivo.

—No puede caer en manos del Ejército por ningún motivo, sería fatal para los hombres que están en la montaña. No los traicionaré y estoy seguro que usted haría lo mismo.

El director de la Televisora Nacional se fumó el cigarro hasta la colilla, en silencio, observando a su discípulo a través del humo sin asomo de sarcasmo, pensando, recordando los años de oposición a la dictadura del General, revisando sus emociones de entonces.

—No te gusta aceptar consejos, pero esta vez debes hacerme caso, Rolf —dijo por fin—. Esconde tus películas, porque el Gobierno sabe que existen y tratará de quitártelas por las buenas o por las malas. Edita, suprime, conserva todo lo que te parezca necesario, pero te advierto que es como almacenar nitroglicerina. En fin, tal vez en un tiempo más podremos sacar al aire ese documental y quién sabe si dentro de una década también podremos mostrar lo que ahora crees que cambiaría la historia.

Rolf Carlé llegó el sábado a la Colonia con una maleta cerrada con candado y se la entregó a sus tíos con la recomendación de no hablar de eso con nadie y ocultarla hasta que él volviera por ella. Burgel la forró con una cortina de plástico y Rupert la colocó bajo unas tablas de la carpintería sin hacer comentarios.

En la fábrica sonaba la sirena a las siete de la mañana, se abría la puerta y doscientas mujeres entrábamos en tropel, desfilando ante las supervisoras, que nos revisaban de pies a cabeza en previsión de posibles sabotajes. Allí se fabricaban desde las botas de los soldados hasta los galones de los generales, todo medido y pesado, para que ni un botón, ni una hebilla, ni una hebra de hilo cayera en manos criminales, como decía el Capitán, porque esos cabrones son capaces de copiarnos los uniformes y mezclarse con nuestra tropa para entregar la patria al comunismo, malditos sean. Las enormes salas sin ventanas, se iluminaban con luces fluorescentes, el aire entraba a presión por tubos colocados en el techo, abajo se alineaban las máquinas de coser y a dos metros del suelo corría a lo largo de los muros un balcón estrecho por donde caminaban los vigilantes, cuya misión consistía en controlar el ritmo del trabajo para que ninguna vacilación, ningún escalofrío, ni el menor impedimento atentara contra la producción. A esa altura quedaban las oficinas, pequeños cubículos para los oficiales, los contadores y las secretarias. El ruido era un formidable rugido de catarata, que obligaba a andar con tapones en las orejas y a entenderse por gestos. A las doce se escuchaba por encima del barullo atronador la sirena para la colación del mediodía llamando a los comedores, donde servían un almuerzo tosco, pero contundente, similar al rancho de los conscriptos. Para muchas obreras ésa constituía la única comida del día y algunas guardaban una parte para llevar a sus casas, a pesar de la vergüenza que les significaba pasar ante las supervisoras con los restos envueltos en papel. El maquillaje estaba prohibido y el pelo debía llevarse corto o cubierto por un pañuelo, porque en una ocasión el eje de una bobinadora le cogió la melena a una mujer y cuando cortaron la electricidad ya era tarde, le había arrancado el cuero cabelludo. De todos modos, las más jóvenes procuraban verse bonitas con pañuelos alegres, faldas cortas, un poco de carmín, a ver si lograban atraer a un jefe y cambiar su suerte, ascendiendo dos metros más arriba, al balcón de las empleadas, donde el sueldo y el trato eran más dignos. La historia jamás comprobada de una operaria que así llegó a casarse con un oficial, alimentaba la imaginación de las novatas, pero las mujeres mayores no elevaban la vista hacia tales quimeras, trabajaban calladas y de prisa para aumentar su cuota.

El Coronel Tolomeo Rodríguez aparecía de vez en cuando para inspección. Su llegada enfriaba el aire y aumentaba el ruido. Era tanto el peso de su rango y el poder que emanaba de su persona, que no necesitaba levantar la voz ni gesticular, le bastaba una mirada para hacerse respetar. Pasaba revista, hojeaba los libros de registro, se introducía en las cocinas, interrogaba a las obreras, ¿usted es nueva?, ¿qué comieron hoy?, aquí hace mucho calor, suban la ventilación, usted tiene los ojos irritados, pase por la oficina para que le den un permiso. Nada se le escapaba. Algunos subalternos lo odiaban, todos le temían, se rumoreaba que hasta el Presidente se cuidaba de él, porque contaba con el respeto de los oficiales jóvenes y en cualquier momento podría ceder a la tentación de alzarse contra el gobierno constitucional.

Yo lo había visto siempre de lejos, porque mi oficina estaba al final del pasillo y mi trabajo no requería de su inspección, pero aun a esa distancia podía percibir su autoridad. Un día de marzo lo conocí. Lo estaba mirando a través del cristal que me separaba del corredor y de pronto él se volvió y nuestros ojos se encontraron. Ante él todo el personal empleaba la mirada periférica, nadie le fijaba la vista, pero yo no pude pestañear, quedé suspendida de sus pupilas, hipnotizada. Me pareció que pasaba mucho rato. Por último él caminó en mi dirección. El ruido me impedía oír sus pasos, daba la impresión de avanzar flotando, seguido a cierta distancia por su secretario y el Capitán. Cuando el Coronel me saludó con una leve inclinación, pude apreciar de cerca su tamaño, sus manos expresivas, su pelo grueso, sus dientes grandes y parejos. Era atrayente como un animal salvaje. Esa tarde, al salir de la fábrica, había una limusina oscura detenida en la puerta y un ordenanza me pasó una nota con una invitación manuscrita del Coronel Tolomeo Rodríguez para cenar con él.

—Mi Coronel espera su respuesta —se cuadró el hombre.

—Dígale que no puedo, tengo otro compromiso.

Al llegar a casa se lo conté a Mimí, quien pasó por alto la observación de que ese hombre era enemigo de Huberto Naranjo y consideró la situación desde el punto de vista de los folletines de amor que nutrían sus horas de ocio, concluyendo que yo había hecho lo indicado, siempre es bueno hacerse rogar, repitió como tantas veces.

—Debes ser la primera mujer que le rechaza una invitación, te apuesto que mañana insiste —pronosticó.

No fue así. Nada supe de él hasta el viernes siguiente, cuando realizó una visita sorpresa a la fábrica. Al saber que estaba en el edificio, me di cuenta de que lo había esperado durante días, espiando hacia el corredor, procurando adivinar sus pasos a través del estruendo de las máquinas de coser, deseando verlo y al mismo tiempo temiendo su aparición, con una impaciencia ya casi olvidada, porque desde los comienzos de mi relación con Huberto Naranjo no padecía tales tormentos. Pero el militar no se acercó a mi oficina y cuando sonó la sirena de las doce suspiré con una mezcla de alivio y de despecho. En las semanas siguientes volví a pensar en él algunas veces.

Diecinueve días más tarde, al llegar por la noche a casa, encontré al Coronel Tolomeo Rodríguez tomando café en compañía de Mimí. Estaba sentado en una de las poltronas orientales, se puso en pie y me extendió una mano sin sonreír.

—Espero no importunarla. Vine porque deseaba hablarle —dijo.

—Quiere hablarte —repitió Mimí, pálida como uno de los grabados colgados en la pared.

—Ha pasado algún tiempo sin verla y me he tomado la libertad de visitarla —dijo en el tono ceremonioso que empleaba con frecuencia.

—Por eso vino —agregó Mimí.

—¿Aceptaría mi invitación a cenar?

—Quiere que vayas a comer con él —tradujo de nuevo Mimí al borde de la fatiga, porque lo había reconocido apenas entró y le volvieron de golpe todos los recuerdos: era quien inspeccionaba cada tres meses el Penal de Santa María en los tiempos de su infortunio. Estaba descompuesta, aunque confiaba en que él no podría relacionar la imagen de un miserable recluso de El Harén, infectado de paludismo, cubierto de llagas y con la cabeza afeitada, con la mujer asombrosa que ahora le servía café.

¿Por qué no me negué de nuevo? Tal vez no fue por temor, como creí entonces, tenía ganas de estar con él. Me di una ducha para quitarme el agobio del día, me puse mi vestido negro, me cepillé el pelo y me presenté en la sala, dividida entre la curiosidad y rabia conmigo misma porque sentía que estaba traicionando a Huberto. El militar me ofreció el brazo con un gesto algo ampuloso, pero pasé por delante sin tocarlo, ante la mirada desolada de Mimí, quien aún no lograba reponerse de la impresión. Entré en la limusina deseando que los vecinos no vieran las motos de la escolta, no fueran a pensar que me había convertido en la querida de un general. El chófer nos condujo a uno de los restaurantes más exclusivos de la ciudad, una mansión versallesca donde el cocinero saludaba a los clientes de honor y un anciano adornado con una banda presidencial y provisto de una tacita de plata, probaba los vinos. El Coronel parecía a sus anchas, pero yo me sentía como un náufrago entre sillas de brocado azul, ostentosos candelabros y un batallón de sirvientes. Me pasaron un menú escrito en francés y Rodríguez, adivinando mi desconcierto, escogió por mí. Me encontré frente a un cangrejo sin saber cómo atacarlo, pero el mozo quitó la carne del caparazón y me la colocó en el plato. Ante la batería de cuchillos curvos y rectos, copas de dos colores y aguamaniles, agradecí los cursos de Mimí en el instituto para reinas de belleza y las enseñanzas del amigo decorador, porque pude desempeñarme sin hacer el ridículo, hasta que me presentaron un sorbete de mandarina entre la entrada y la carne. Miré asombrada la minúscula bola coronada por una hoja de menta y pregunté por qué servían los postres antes del segundo plato. Rodríguez se rió y ese gesto tuvo la virtud de anular los galones de su manga y quitarle varios años del rostro. A partir de ese instante todo fue más fácil. Ya no me parecía un prócer de la nación, lo examiné a la luz de aquellas velas palaciegas y él quiso saber por qué lo miraba así, a lo cual respondí que lo hallaba muy parecido al puma embalsamado.

—Cuénteme su vida, Coronel —le pedí a los postres.

Creo que esa petición lo sorprendió y por un instante lo puso alerta, pero después debe haberse dado cuenta que yo no era una espía del enemigo, casi pude leer sus pensamientos, es sólo una pobre mujer de la fábrica, ¿cuál será su parentesco con esa actriz de televisión?, bonita, por cierto, mucho más que esta muchacha tan mal vestida, estuve a punto de invitar a la otra, pero dicen que es un maricón, cuesta creerlo, de todos modos no puedo correr el riesgo de que me vean con un degenerado. Acabó hablándome de su infancia en la hacienda de su familia en una zona agreste, desértica, estepas sopladas por el viento, donde el agua y la vegetación tienen un valor especial y las gentes son fuertes, porque viven en la aridez. No era hombre de la región tropical del país, tenía recuerdos de largas cabalgatas por el llano, de mediodías calientes y secos. Su padre, un caudillo local, lo metió en las Fuerzas Armadas a los dieciocho años sin preguntarle su parecer, para que sirva a la patria con pundonor, hijo, como debe ser, le ordenó. Y él así lo hizo sin vacilar, la disciplina es lo primero, quien sabe obedecer aprende a mandar. Estudió ingeniería y ciencias políticas, había viajado, leía poco, le gustaba mucho la música, se confesó frugal, casi abstemio, casado, padre de tres hijas. Pese a su prestigio de severidad, esa noche exhibió buen humor y al final me dio las gracias por la compañía, se había divertido, dijo, yo era una persona original, aseguró, aunque no me oyó más de cuatro frases, él había acaparado la conversación.

—Soy yo quien le agradece, Coronel. Nunca había estado en este lugar, es muy elegante.

—No tiene que ser la última vez, Eva. ¿Podríamos vernos la próxima semana?

—¿Para qué?

—Bueno, para conocernos mejor...

—¿Usted quiere acostarse conmigo, Coronel?

Dejó caer los cubiertos y durante casi un minuto mantuvo los ojos clavados en el plato.

—Ésa es una pregunta brutal y merece una respuesta similar —respondió por fin—. Sí, eso deseo. ¿Acepta?

—No, muchas gracias. Las aventuras sin amor me ponen triste.

—No he dicho que el amor esté excluido.

—¿Y su mujer?

—Aclaremos una cosa, mi señora esposa no tiene nada que ver en esta conversación y no volveremos a mencionarla jamás. Hablemos de nosotros. No es propio que lo diga yo, pero puedo hacerla feliz si me lo propongo.

—Dejemos los rodeos, Coronel. Me imagino que usted tiene mucho poder, puede hacer lo que quiera y siempre lo hace, ¿verdad?

—Está equivocada. Mi cargo me impone responsabilidades

y deberes con la patria y yo estoy dispuesto a cumplirlos. Soy un soldado, no hago uso de privilegios y mucho menos de este tipo. No intento presionarla, sino seducirla y estoy seguro de lograrlo, porque los dos nos sentimos atraídos. La haré cambiar de opinión y terminará amándome...

—Discúlpeme, pero lo dudo.

—Prepárese, Eva, porque no la voy a dejar en paz hasta que me acepte —sonrió él.

—En ese caso no perdamos tiempo. Yo no pienso ponerme a discutir con usted porque me puede ir mal. Vamos ahora mismo, salimos de esto en un santiamén y después me deja tranquila.

El militar se puso en pie con la cara roja. De inmediato dos mozos corrieron solícitos a atenderlo y de las mesas vecinas se dieron vuelta a observarnos. Entonces volvió a sentarse y durante un rato estuvo en silencio, rígido, respirando agitadamente.

—No sé qué clase de mujer eres —dijo por último, tuteándome por primera vez—. En circunstancias normales aceptaría tu desafío y nos iríamos de inmediato a un lugar privado, pero he decidido conducir este asunto de otra manera. No voy a suplicarte. Estoy seguro de que tú me buscarás y si tienes suerte, aún estará en pie mi proposición. Llámame por teléfono cuando desees verme —dijo Rodríguez secamente pasándome una tarjeta con el escudo nacional en el borde superior y su nombre impreso en letras cursivas.

Esa noche llegué temprano a casa. Mimí opinó que había actuado como una demente, ese militar era un tipo poderoso y podía causarnos muchos problemas, ¿no podía haber sido algo más cortés? Al día siguiente renuncié a mi trabajo, recogí mis cosas y dejé la fábrica para escapar de ese hombre, que representaba todo aquello contra lo cual Huberto Naranjo se jugaba la vida desde hacía tantos años.

—No hay mal que por bien no venga —sentenció Mimí al comprobar que la rueda de la fortuna había dado medio giro para colocarme en el camino donde ella consideraba que siempre debí estar—. Ahora podrás escribir en serio.

Estaba instalada ante la mesa del comedor con sus naipes desplegados en abanico, donde podía leer que mi destino era contar y todo lo demás resultaba empeño perdido, tal como yo misma sospechaba desde que leí *Las mil y una noches*. Mimí sostenía que cada uno nace con un talento y la dicha o la desgracia consisten en descubrirlo y que haya demanda de eso en el mundo, porque hay destrezas inútiles, como la de un amigo suyo que era capaz de aguantar tres minutos sin respirar bajo el agua, lo cual jamás le sirvió para algo. Por su parte estaba tranquila, pues ya conocía el suyo. Acababa de debutar en una novela de televisión como la malvada Alejandra, rival de Belinda, una doncella ciega que al final recuperaría la vista, como siempre ocurre en estos casos, para casarse con el galán. Los libretos yacían desparramados por la casa y ella los memorizaba con mi ayuda. Yo debía representar todos los demás papeles. *(Luis Alfredo aprieta los párpados para no llorar, porque los hombres no lloran.)* Entrégate a este sentimiento... Déjame que pague la operación de tus ojos, mi amor. *(Belinda se estremece, teme perder al ser amado...)* Quisiera estar segura de ti... pero existe otra mujer en tu vida, Luis Alfredo. *(Él enfrenta esas bellas pupilas sin luz.)* Alejandra nada significa para mí, ella sólo ambiciona la fortuna de los Martínez de la Roca, pero no lo logrará. Nadie podrá separarnos jamás, Belinda mía. *(La besa y ella se entrega a esa caricia sublime dejando entender para el público que quizá pueda suceder algo... o quizá no. Paneo de cámara para mostrar a Alejandra que los espía desde la puerta, desfigurada por los celos. Corte al estudio B.)*

—Las telenovelas son una cuestión de fe. Hay que creer y punto —decía Mimí entre dos parlamentos de Alejandra—. Si te pones a analizarlas les quitas la magia y las arruinas.

Aseguraba que cualquiera es capaz de inventar dramas como el de Belinda y Luis Alfredo, pero con mayor razón podía hacerlo yo, que había pasado años escuchándolos en la cocina, creyendo que eran casos verídicos y al comprobar que la realidad no era como en la radio me había sentido burlada. Mimí me expuso las indudables ventajas de trabajar para la televisión, donde cualquier desvarío encontraba su ubicación propia y cada personaje, por extravagante que fuera, tenía la posibilidad de clavar un alfiler en el alma desprevenida del público, efecto que rara vez lograba un libro. Esa tarde llegó con una docena de pasteles y una pesada caja envuelta en papel de fantasía. Era una máquina de escribir. Para que empieces a trabajar, dijo. Pasamos parte de la noche sentadas sobre la cama bebiendo vino, comiendo dulces y discutiendo el argumento ideal, un embrollo de pasiones, divorcios, bastardos, ingenuos y malvados, ricos y pobres, capaz de atrapar al espectador desde el primer instante y mantenerlo prisionero de la pantalla durante doscientos conmovedores capítulos. Nos dormimos mareadas y salpicadas de azúcar y yo soñé con hombres celosos y muchachas ciegas.

Desperté de madrugada. Era un miércoles suave y algo lluvioso, en nada diferente de otros en mi vida, pero éste lo atesoro como un día único, reservado sólo para mí. Desde que la maestra Inés me enseñó el alfabeto, escribía casi todas las noches, pero sentí que ésta era una ocasión diferente, algo que podría cambiar mi rumbo. Preparé un café negro y me instalé ante la máquina, tomé una hoja de papel limpia y blanca, como una sábana recién planchada para hacer el amor y la introduje en el rodillo. Entonces sentí algo extraño, como una brisa alegre por los huesos, por los caminos de las venas bajo la piel. Creí que esa página me esperaba desde hacía veintitantos años, que yo había vivido sólo para ese instante, y quise que a partir de ese momento mi único oficio fuera atrapar las historias suspendidas en el aire más delgado, para hacerlas mías. Escribí mi nombre y en seguida las palabras acudieron sin esfuerzo, una cosa enlazada con otra y otra más. Los personajes se desprendieron de las sombras donde habían permanecido ocultos por años y aparecieron a la luz de ese miércoles, cada uno con su rostro, su voz, sus pasiones y obsesiones. Se ordenaron los relatos guardados en la memoria genética desde antes de mi nacimiento y muchos otros que había registrado por años en mis cuadernos. Comencé a recordar hechos muy lejanos, recuperé las anécdotas de mi madre cuando vivíamos entre los idiotas, los cancerosos y los embalsamados del Profesor Jones; aparecieron un indio mordido de víbora y un tirano con las manos devoradas por la lepra; rescaté a una solterona que perdió el cuero cabelludo como si se lo hubiera arrancado una máquina bobinadora, un dignatario en su sillón de felpa obispal, un árabe de corazón generoso y tantos otros hombres y mujeres cuyas vidas estaban a mi alcance para disponer de ellas según mi propia y soberana voluntad. Poco a poco el pasado se transformaba en presente y me adueñaba también del futuro, los muertos cobraban vida con ilusión de eternidad, se reunían los dispersos y todo aquello esfumado por el olvido adquiría contornos precisos.

Nadie me interrumpió y pasé casi todo el día escribiendo, tan absorta que hasta me olvidé de comer. A las cuatro de la tarde vi surgir ante mis ojos una taza de chocolate.

—Toma, te traje algo caliente...

Miré esa figura alta y delgada, envuelta en un kimono azul y necesité algunos instantes para reconocer a Mimí, porque yo andaba en plena selva dando alcance a una niña de cabellera roja. Seguí a ese ritmo sin acordarme de las recomendaciones recibidas: los libretos se organizan en dos columnas, cada capítulo tiene veinticinco escenas, mucho cuidado con los cambios de escenario que salen muy caros y con los parlamentos largos que confunden a los actores, cada frase importante se repite tres veces y el argumento debe ser simple, partiendo del supuesto de que el público es cretino. Sobre la mesa crecía un cerro de páginas salpicadas de anotaciones, correcciones, jeroglíficos y manchas de café, pero recién empezaba a desempolvar recuerdos y trenzar destinos, no sabía hacia dónde iba ni cuál sería el desenlace, si es que lo había. Sospechaba que el final llegaría sólo con mi propia muerte y me atrajo la idea de ser yo también uno más de la historia y tener el poder de determinar mi fin o inventarme una vida. El argumento se complicaba; los personajes se tornaban más y más rebeldes. Trabajaba —si trabajo se puede llamar aquella fiesta— muchas horas al día, desde el amanecer hasta la noche. Dejé de ocuparme de mí misma, comía cuando Mimí me alimentaba y me iba a dormir porque ella me conducía a la cama, pero en sueños seguía sumida en ese universo recién nacido, de la mano con mis personajes, no fueran a desdibujarse sus delicados trazos y volver a la nebulosa de los cuentos que se quedan sin contar.

Al cabo de tres semanas, Mimí consideró que había llegado el momento de dar uso práctico a ese delirio, antes de que yo desapareciera tragada por mis propias palabras. Consiguió una entrevista con el director de la televisión para ofrecerle la historia, porque le parecía peligroso para mi salud mental prolongar ese esfuerzo si no había esperanza de verlo en la pantalla. En la fecha señalada se vistió toda de blanco, según su horóscopo era el color conveniente para ese día, se acomodó entre los senos una medalla del Maharishi y salió arrastrándome. A su lado me sentí como siempre apacible y tranquila, protegida por la luz de esa criatura mitológica.

Aravena nos recibió en su oficina de plástico y cristal, detrás de un escritorio imponente que no mitigaba el mal efecto de su barriga de buen vividor. Me defraudó ese gordo con ojos de rumiante y un cigarro a medio consumir, tan diferente al hombre lleno de energía que había imaginado al leer sus artículos. Distraído, porque lo menos interesante de su trabajo era el circo ineludible de la farándula, Aravena apenas nos saludó sin darnos la cara, la vista en la ventana donde se perfilaban los techos vecinos y los nubarrones de la próxima tormenta. Me preguntó cuánto faltaba para terminar el libreto, le echó un vistazo a la carpeta sosteniéndola con sus dedos blandos y murmuró que lo leería cuando estuviera desocupado. Estiré el brazo y recuperé mi folletín, pero Mimí me lo arrebató y volvió a entregárselo, al tiempo que lo obligaba a mirarla, movía sus pestañas con un aleteo mortal, se humedecía los labios pintados de rojo y le proponía cenar el sábado siguiente, sólo unos cuantos amigos, una reunión íntima, dijo con ese susurro irresistible que había fabricado para disimular la voz de tenor con que vino al mundo. Un bruma visible, un aroma obsceno, una firme telaraña envolvieron al hombre. Durante un largo momento se quedó inmóvil, con la carpeta en la mano, desconcertado, porque supongo que no había recibido hasta entonces un ofrecimiento de tanta lujuria. La ceniza del cigarro cayó sobre la mesa y él no lo percibió.

—¿Tenías que convidarlo a casa? —le reproché a Mimí al salir.

—Haré que te acepte ese libreto, así sea lo último que yo haga en mi vida.

—No estás pensando seducirlo...

—¿Cómo crees que se consiguen las cosas en este medio?

El sábado amaneció lloviendo y siguió cayendo agua durante el día y toda la noche, mientras Mimí se afanaba preparando una cena ascética a base de arroz integral, considerado elegante desde que los macrobióticos y los vegetarianos empezaron a asustar a la humanidad con sus teorías dietéticas. El gordo se va a morir de hambre, mascullaba yo picando zanahorias, pero ella se mantuvo inconmovible, más preocupada de arreglar floreros, encender palos de incienso, seleccionar música y distribuir almohadones de seda, porque también se había puesto de moda quitarse los zapatos y echarse en el suelo. Eran ocho comensales, todos gente de teatro, excepto Aravena, quien llegó acompañado por ese hombre de pelo de cobre que solían ver con su cámara en las barricadas de alguna remota revolución, ¿cómo era que se llamaba? Le estreché la mano con la vaga sensación de haberlo conocido antes.

Después de la comida Aravena me llamó aparte y me confesó su fascinación por Mimí. No había logrado desprenderse de ella, la sentía como una quemadura reciente.

—Es la feminidad absoluta, todos tenemos algo de andróginos, algo de varón y hembra, pero ella arrancó de sí misma hasta el último vestigio del elemento masculino y fabricó esas curvas espléndidas, es totalmente mujer, es adorable —dijo secándose la frente con su pañuelo.

Miré a mi amiga, tan cercana y conocida, sus facciones dibujadas con lápices y pinceles, sus senos y caderas redondos, su vientre liso, seco para la maternidad y el placer, cada línea de su cuerpo hecha con invencible tenacidad. Sólo yo conozco a fondo la naturaleza secreta de esa criatura de ficción, creada con dolor para satisfacer los sueños ajenos y privada de los sueños propios. La he visto sin maquillaje, cansada, triste, he estado junto a ella en sus depresiones, enfermedades, insomnios y fatigas, quiero mucho al ser humano frágil y contradictorio que hay detrás del plumaje y la bisutería. En ese momento me pregunté si ese hombre de labios gruesos y manos hinchadas sabría indagar en ella para descubrir a la compañera, la madre, la hermana, que es en verdad Mimí. Desde el otro extremo de la sala ella percibió la mirada de su nuevo admirador. Tuve el impulso de detenerla, de protegerla, pero me contuve.

—A ver, Eva, cuéntale una historia a nuestro amigo —dijo Mimí dejándose caer junto a Aravena.

—¿De qué la quiere?

—Algo pícaro, ¿verdad? —insinuó ella.

Me senté con las piernas recogidas como un indio, cerré los ojos y durante unos segundos dejé vagar la mente por las dunas de un desierto blanco, como siempre hago para inventar un cuento. Pronto acudieron a esas arenas una mujer con enaguas de tafetán amarillo, pincelazos de los paisajes fríos sacados por mi madre de las revistas del Profesor Jones y los juegos creados por la Señora para las fiestas del General. Comencé a hablar. Mimí dice que tengo una voz especial para los cuentos, una voz que, siendo mía, parece también ajena, como si brotara desde la tierra y me subiera por el cuerpo. Sentí que la habitación perdía sus contornos, esfumada en los nuevos horizontes que yo convocaba. Los invitados callaron.

—*Eran tiempos muy duros en el sur. No en el sur de este país, sino del mundo, donde las estaciones están cambiadas y el invierno no ocurre en Navidad, como en las naciones cultas, sino en la mitad del año, como en las regiones bárbaras...*

Cuando terminé de hablar, Rolf Carlé fue el único que no aplaudió con los demás. Después me confesó que tardó un buen rato en regresar de aquella pampa austral por donde se alejaban dos amantes con una bolsa de monedas de oro, y cuando lo hizo estaba determinado a convertir mi historia en una película antes que los fantasmas de ese par de pillos se apoderaran de sus sueños. Me pregunté por qué Rolf Carlé me resultaba tan familiar, no podía deberse sólo al hecho de haberlo visto en televisión. Eché un vistazo al pasado, a ver si me lo había encontrado antes, pero no era así y tampoco conocía a nadie como él. Quise tocarlo. Me aproximé y le pasé un dedo por el dorso de la mano.

—Mi madre también tenía la piel pecosa... —Rolf Carlé no se movió y tampoco intentó retener mis dedos—. Me dijeron que estuviste en la montaña con los guerrilleros.

—He estado en muchos sitios.

—Cuéntamelo...

Nos sentamos en el suelo y él respondió a casi todas mis preguntas. Me habló también de su oficio, que lo llevaba de un lado a otro observando el mundo a través de una lente. Pasamos el resto de la noche tan entretenidos que no notamos cuando los demás partieron. Fue el último en irse y creo que lo hizo sólo porque Aravena se lo llevó a remolque. En la puerta anunció que estaría ausente por unos días filmando los disturbios en Praga, donde los checos enfrentaban a piedrazos los tanques invasores. Quise despedirme con un beso, pero él me estrechó la mano con una inclinación de cabeza que me resultó algo solemne.

Cuatro días después, cuando Aravena me citó para firmar el contrato, seguía lloviendo y en su lujosa oficina habían colocado baldes para recoger las goteras del techo. Tal como me explicó el director sin preámbulos, el guión no calzaba ni remotamente en los moldes habituales, en realidad todo eso era un enredo de personajes estrambóticos, de anécdotas inverosímiles, carecía de romance verdadero, los protagonistas no eran hermosos ni vivían en la opulencia, resultaba casi imposible seguir la pista de los acontecimientos, el público se perdería, en resumen le parecía un embrollo y nadie con dos dedos de frente correría el riesgo de producirlo, pero él lo haría porque no resistía la tentación de escandalizar al país con esos adefesios y porque Mimí se lo había pedido.

—Sigue escribiendo, Eva, tengo curiosidad por saber cómo va a terminar ese sartal de disparates —dijo al despedirse.

Las inundaciones comenzaron al tercer día de lluvias y al quinto el Gobierno decretó estado de emergencia. Las catástrofes a causa del mal tiempo eran habituales, nadie tomaba la precaución de limpiar las acequias o destapar las alcantarillas, pero esta vez el temporal sobrepasó todo lo imaginable. El agua arrastró los ranchos de los cerros, desbordó el río que atraviesa la capital, se metió en las casas, se llevó los automóviles, los árboles y la mitad del estadio deportivo. Los camarógrafos de la Televisora Nacional se subieron en botes de goma y filmaron a las víctimas en los techos de sus viviendas, donde esperaban con paciencia ser rescatados por los helicópteros militares. Aunque pasmados y hambrientos, muchos cantaban, porque habría sido una estupidez agravar la desgracia lamentándose. La lluvia cesó al cabo de una semana con el mismo método empírico empleado años atrás para combatir la sequía. El Obispo sacó al Nazareno en procesión y todo el mundo salió detrás rezando y haciendo mandas debajo de sus paraguas, ante las burlas de los empleados del Instituto Meteorológico, quienes se habían comunicado con sus colegas en Miami y podían asegurar que, de acuerdo a las mediciones de los globos sonda y las octavas de nubes, el aguacero iba a durar nueve días más. Sin embargo, el cielo se despejó tres horas después que el Nazareno volvió al altar de la catedral, mojado como un estropajo, a pesar del baldaquino con que intentaron protegerlo. Su peluca destiñó, le corrió un líquido oscuro por el rostro y los más devotos cayeron de rodillas convencidos de que la imagen sudaba sangre. Eso contribuyó al prestigio del catolicismo y aportó tranquilidad a algunas almas inquietas por el empuje ideológico de los marxistas y la llegada de los primeros grupos mormones, compuestos por candorosos y enérgicos jóvenes en camisas de manga corta, que se introducían en los hogares y convertían a las familias desprevenidas.

Cuando se detuvo la lluvia y sacaron la cuenta de las pérdidas para reparar los daños y organizar de nuevo a la ciudadanía, apareció flotando cerca de la Plaza del Padre de la Patria un ataúd de modesta confección, pero en perfecto estado. El agua lo había llevado navegando desde un rancherío del cerro en el oeste de la ciudad por diversas calles convertidas en torrentes, hasta depositarlo intacto en pleno centro. Al abrirlo descubrieron a una anciana durmiendo apacible. Yo la vi en el noticiario de las nueve, llamé al canal para averiguar los detalles y partí con Mimí rumbo a los refugios improvisados por el Ejército para albergar a los damnificados. Llegamos a unas grandes tiendas de campaña donde se amontonaban las familias esperando el buen tiempo. Muchos habían perdido hasta los documentos de identidad, pero en las carpas no reinaba la tristeza, aquel desastre era un buen pretexto para descansar y una ocasión de hacer nuevos amigos, mañana verían cómo salir de la mala situación, hoy era inútil llorar por lo que el agua se llevó. Allí encontramos a Elvira, flaca y brava, en camisa de dormir, sentada en una colchoneta contándole a un círculo de oyentes, cómo se había salvado del diluvio en su extraña arca. De este modo recuperé a mi abuela. Al verla en la pantalla la reconocí de inmediato, a pesar del pelo blanco y el mapa de arrugas en que se había transformado su cara, porque nuestra larga separación no había rozado su espíritu, en el fondo seguía siendo la misma mujer que me cambiaba cuentos por plátanos fritos y por el derecho de jugar a la muerte en su féretro. Me abrí paso, me abalancé sobre ella y la estreché con la premura acumulada en esos años de ausencia. En cambio Elvira me besó sin aspavientos, como si en su alma no hubiera transcurrido el tiempo, nos hubiéramos visto el día anterior y todas las modificaciones en mi aspecto no fueran más que una engañifa de sus ojos cansados.

—Imagínate, pajarito, tanto dormir en el cajón para que la muerte me agarre preparada y al final lo que me agarra es la vida. Nunca más me acuesto en un ataúd, ni cuando me toque ir al cementerio. Quiero que me entierren de pie, como un árbol.

La llevamos a casa. En el taxi durante el trayecto, Elvira contempló a Mimí, nunca había visto nada parecido, opinó que era como una enorme muñeca. Más tarde la palpó por todos los lados con sus sabias manos de cocinera y comentó que tenía la piel más blanca y más suave que una cebolla, los senos duros como toronjas verdes y olía a la torta de almendras y especies de la Pastelería Suiza, luego se puso los anteojos para observarla mejor y entonces ya no le cupo duda alguna de que no era criatura de este mundo. Es un arcángel, concluyó. Mimí también simpatizó con ella desde el primer momento, porque aparte de su *mamma,* cuyo amor jamás le había fallado, y yo, no contaba con familia propia, todos sus parientes le habían vuelto la espalda al verla en un cuerpo de mujer. También ella necesitaba una abuela. Elvira aceptó nuestra hospitalidad en vista de que se lo pedimos con insistencia y además el aguacero se había llevado todos sus bienes materiales, excepto el féretro, contra el cual Mimí no tuvo objeciones, a pesar de que no armonizaba con la decoración interior. Pero Elvira ya no lo quería. El ataúd le había salvado la vida una vez y no estaba dispuesta a correr ese riesgo de nuevo.

A los pocos días regresó Rolf Carlé de Praga y me llamó. Me pasó a buscar en un jeep destartalado por el maltrato, enfilamos hacia el litoral y a media mañana llegamos a una playa de aguas translúcidas y arenas rosadas, muy diferente al mar de olas abruptas donde yo había navegado tan a menudo en el comedor de los solterones. Chapoteamos en el agua y descansamos al sol hasta que nos dio hambre, entonces nos vestimos y partimos en busca de un mesón donde comer pescado frito. Pasamos la tarde mirando la costa, bebiendo vino blanco y contándonos las vidas. Le hablé de mi niñez, cuando servía en casas ajenas, de Elvira salvada de las aguas, de Riad Halabí y otros hechos, pero pasé por alto a Huberto Naranjo, a quien nunca mencionaba, por el firme hábito de la clandestinidad. Por su parte Rolf Carlé me contó del hambre de la guerra, la desaparición de su hermano Jochen, de su padre colgado en el bosque, del campo de prisioneros.

—Es muy extraño, nunca había puesto estas cosas en palabras.

—¿Por qué?

—No lo sé, me parece que son secretos. Son la parte más oscura de mi pasado —dijo y después se quedó mucho rato en silencio con los ojos fijos en el mar y otra expresión en sus ojos grises.

—¿Qué pasó con Katharina?

—Tuvo una muerte triste, sola en un hospital.

—Está bien, se murió, pero no como tú dices. Busquemos un buen final para ella. Era domingo, el primer día con sol en esa temporada. Katharina amaneció muy animada y la enfermera la sentó en la terraza en una silla de lona, con las piernas envueltas en una cobija. Tu hermana se quedó mirando los pájaros que comenzaban a armar sus nidos en los aleros del edificio y los nuevos brotes en las ramas de los árboles. Estaba abrigada y segura, como cuando se dormía en tus brazos bajo la mesa de la cocina, en verdad en ese momento soñaba contigo. No tenía memoria, pero su instinto conservaba intacto el calor que tú le dabas y cada vez que se sentía contenta, murmuraba tu nombre. En eso estaba, nombrándote alegremente, cuando se le desprendió el espíritu sin darse cuenta. Poco después llegó tu madre a visitarla, como todos los domingos, y la encontró inmóvil, sonriendo, entonces le cerró los ojos, la besó en la frente y compró para ella una urna de novia, donde la acostó sobre el mantel blanco.

—Y mi madre, ¿tienes un buen destino para ella también? —preguntó Rolf Carlé con la voz quebrada.

—Sí. Del cementerio regresó a su casa y vio que los vecinos habían puesto flores en todos los jarrones para que ella se sintiera acompañada. El lunes era el día de hacer pan y ella se quitó el vestido de salir, se puso el delantal y comenzó a preparar la mesa. Se sentía tranquila, porque todos sus hijos estaban bien, Jochen había encontrado una buena mujer y formado una familia en algún lugar del mundo, Rolf hacía su vida en América y ahora Katharina, libre por fin de ataduras físicas, podía volar a su antojo.

—¿Por qué crees que mi madre nunca ha aceptado venir a vivir conmigo?

—No sé..., tal vez no quiera salir de su país.

—Está vieja y sola, estaría mucho mejor en la Colonia con mis tíos.

—No todos sirven para emigrar, Rolf. Ella está en paz, cuidando su jardín y sus recuerdos.

ONCE

Durante una semana fue tanto el trastorno provocado por las inundaciones, que no destacaron otras noticias en la prensa y a no ser por Rolf Carlé, la masacre en un Centro de Operaciones del Ejército habría pasado casi desapercibida, ahogada en las aguas turbias del diluvio y los contubernios del poder. Se amotinó un grupo de presos políticos y después de apoderarse de las armas de sus guardianes, se atrincheró en un sector de los pabellones. El Comandante, hombre de iniciativas súbitas y ánimo impávido, no solicitó instrucciones, simplemente dio orden de pulverizarlos y sus palabras fueron tomadas al pie de la letra. Los atacaron con armamento de guerra, mataron a un número indeterminado de hombres y no quedaron heridos porque a los sobrevivientes los reunieron en un patio y los remataron sin clemencia. Cuando a los guardias se les pasó la borrachera de sangre y contaron los cadáveres, comprendieron que sería difícil explicar su acción a la opinión pública y tampoco podrían confundir a los periodistas alegando que se trataba de rumores infundados. La estampida de los morteros mató a las aves en vuelo y del cielo cayeron pájaros muertos en varios kilómetros a la redonda, imposibles de justificar porque ya nadie estaba dispuesto a creer en nuevos milagros del Nazareno. Como indicio complementario, una fetidez implacable escapaba de las fosas comunes saturando el aire. Como primera medida no permitieron acercarse a ningún curioso y trataron de cubrir la zona con un manto de soledad y de silencio. El Gobierno no tuvo más alternativa que respaldar la decisión del Comandante. No se puede arremeter contra las fuerzas del orden, esas cosas ponen en peligro a la democracia, mascullló furioso el Presidente en la intimidad de su gabinete. Entonces improvisaron la explicación de que los subversivos se habían eliminado entre ellos y repitieron la patraña tantas veces, que acabaron por creerla ellos mismos. Pero Rolf Carlé sabía demasiado sobre esos asuntos para aceptar la versión oficial y sin esperar que Aravena lo comisionara, se metió donde otros no se atrevieron. Obtuvo una parte de la verdad de sus amigos en la montaña y el resto lo averiguó con los mismos guardias que exterminaron a los prisioneros y a quienes bastó un par de cervezas para hablar, porque ya no podían seguir soportando el asedio de la mala conciencia. Tres días después, cuando empezaba a esfumarse el olor de los cadáveres y ya habían barrido los últimos pájaros podridos, Rolf Carlé tenía pruebas irrefutables de lo sucedido y estaba dispuesto a luchar contra la censura, pero Aravena le advirtió que no se hiciera ilusiones, por televisión no podía asomar ni una palabra. Tuvo la primera pelea con su maestro, lo acusó de timorato y cómplice, pero el otro fue inflexible. Habló con un par de diputados de la oposición y les mostró sus películas y fotografías, para que vieran los métodos empleados por el Gobierno para combatir la guerrilla y las condiciones infrahumanas de los detenidos. Ese material fue exhibido en el Congreso, donde los parlamentarios denunciaron la matanza y exigieron que las tumbas fueran abiertas y se llevara a juicio a los culpables. Mientras el Presidente aseguraba al país que estaba dispuesto a llegar hasta las últimas consecuencias en la investigación, aunque para ello tuviera que renunciar a su cargo, una cuadrilla de conscriptos improvisaba una cancha deportiva asfaltada y plantaba una doble hilera de árboles para cubrir las fosas, los expedientes se perdieron en los vericuetos de la administración judicial y los directores de todos los medios de prensa fueron citados al Ministerio del Interior para advertirles sobre las consecuencias de difamar a las Fuerzas Armadas. Rolf Carlé continuó insistiendo con una tenacidad que acabó por vencer la prudencia de Aravena y las evasivas de los diputados, quienes al menos aprobaron una tibia amonestación al Comandante y un decreto ordenando que los presos políticos fueran tratados de acuerdo a la Constitución, tuvieran juicios públicos y cumplieran sus penas en las cárceles y no en centros especiales, donde ninguna autoridad civil tenía acceso. Como resultado, nueve guerrilleros recluidos en el Fuerte El Tucán fueron trasladados al Penal de Santa María, medida no menos atroz para ellos pero que sirvió para cerrar el caso e impedir que creciera el escándalo, empantanado en la indiferencia colectiva.

La misma semana Elvira anunció que había un aparecido en el patio, pero no le prestamos atención. Mimí andaba enamorada y lo escuchaba todo a medias, demasiado ocupada en las pasiones turbulentas de mi folletín. La máquina de escribir repiqueteaba todo el día sin dejarme ánimo para atender asuntos de rutina.

—Hay un alma en pena en esta casa, pajarito —insistió Elvira.

—¿Dónde?

—Se asoma por la pared de atrás. Es un espíritu de hombre, sería bueno precaverse, digo yo. Mañana mismo compro un líquido contra las ánimas.

—¿Se lo darás a tomar?

—No, niña, qué ideas tienes, es para lavar la casa. Hay que pasarlo por las paredes, los suelos, por todas partes.

—Es mucho trabajo, ¿no lo venden en spray?

—No pues, niña, esos modernismos no funcionan con las almas difuntas.

—Yo no he visto nada, abuela...

—Yo sí, anda vestido de persona y es moreno como San Martín de Porres, pero no es humano, cuando lo vislumbro la piel se me pone de gallina, pajarito. Ha de ser alguien perdido que busca un camino, tal vez no ha acabado de morirse.

—Tal vez, abuela.

Pero no se trataba de un ectoplasma trashumante, como se supo ese mismo día cuando el Negro tocó el timbre y Elvira, espantada al verlo, cayó sentada al suelo. Lo había enviado el Comandante Rogelio y rondaba la calle buscándome sin atreverse a preguntar por mí para no llamar la atención.

—¿Te acuerdas de mí? Nos conocimos en la época de la Señora, yo trabajaba en el boliche de la calle República. La primera vez que te vi eras una mocosa —se presentó.

Inquieta, porque Naranjo nunca había usado intermediarios y los tiempos no estaban como para confiar en nadie, lo seguí hasta una bomba de gasolina en los arrabales de la ciudad. El Comandante Rogelio me aguardaba oculto en un depósito de neumáticos. Necesité varios segundos para adaptarme a la oscuridad y descubrir a ese hombre que tanto había amado y que ahora me resultaba lejano. No nos habíamos visto en varias semanas y yo no había tenido oportunidad de contarle los cambios ocurridos en mi vida. Después de besarnos entre los tambores de combustible y latas de aceite quemado, Huberto me pidió un plano de la fábrica, porque pensaba robar uniformes para vestir de oficiales a varios de sus hombres. Había decidido introducirse en el Penal de Santa María para rescatar a sus compañeros y de paso propinar un golpe mortal al Gobierno y una humillación inolvidable al Ejército. Sus planes tambalearon cuando le anuncié que no podía colaborar con él, porque había dejado mi empleo y ya no tenía acceso a las instalaciones del edificio. Tuve la mala idea de contarle la cena en el restaurante con el Coronel Tolomeo Rodríguez. Me di cuenta que se puso furioso, porque empezó a hacerme preguntas muy amables, con una risa burlona que conozco bien. Acordamos vernos el domingo en el Jardín Zoológico.

Esa noche, después de admirarse a sí misma en el capítulo correspondiente de la telenovela, en compañía de Elvira, para quien el hecho de verla en dos lugares al mismo tiempo era una prueba más de su naturaleza celestial, Mimí entró en la habitación a desearme buenas noches, como siempre hacía, y me sorprendió dibujando líneas en una hoja de papel. Quiso saber de qué se trataba.

—¡No te metas en vainas! —exclamó aterrada al conocer el proyecto.

—Tengo que hacerlo, Mimí. No podemos seguir ignorando lo que pasa en el país.

—Sí podemos, lo hemos hecho hasta ahora y gracias a eso estamos bien. Además aquí a nadie le importa nada de nada, tus guerrilleros no tienen ni la menor oportunidad de triunfar. ¡Piensa cómo empezamos, Eva! Yo tuve la mala suerte de nacer mujer en un cuerpo de hombre, me han perseguido por marica, me han violado, torturado, puesto en prisión y mira dónde estoy ahora, todo por mi propio mérito. ¿Y tú? Lo único que has hecho es trabajar y trabajar, eres bastarda, con una mezcolanza de sangre de todos los colores, sin familia, nadie te educó ni te puso una vacuna o te dio una vitamina.

Pero hemos salido adelante. ¿Quieres echarlo todo a perder?

En cierto modo era verdad que para entonces habíamos logrado ajustar algunas cuentas privadas con la vida. Habíamos sido tan pobres, que no conocíamos el valor del dinero y se nos escurría de las manos como arena, pero ahora ganábamos suficiente para gastar en ciertos lujos. Nos creíamos ricas. Yo recibí un pago adelantado por el folletín, suma que me parecía fabulosa y me pesaba en el bolsillo. Por su parte, Mimí se consideraba en el mejor período de su existencia. Por fin había logrado el balance perfecto de las píldoras multicolores y se sentía tan bien en su cuerpo, como si hubiera nacido con él. Nada quedaba de su antigua timidez y hasta podía bromear con lo que antes era motivo de bochorno. Además de su papel de Alejandra en el serial de televisión, estaba ensayando el personaje del Caballero de Eón, un travesti del siglo dieciocho, agente secreto, quien pasó su existencia sirviendo a los reyes de Francia en atavíos de mujer y fue descubierto sólo cuando vistieron su cadáver, a los ochenta y dos años de edad. Poseía todas las condiciones para interpretarlo y el más célebre dramaturgo del país había escrito la comedia especialmente para ella. Lo que la hacía más feliz era que creía haber encontrado por fin al hombre señalado por la astrología, aquel que la acompañaría en sus años de madurez. Desde que frecuentaba a Aravena habían renacido las ilusiones de su primera juventud; nunca tuvo una relación así, él nada le exigía, la colmaba de regalos y lisonjas, la llevaba a los sitios más concurridos donde todos pudieran admirarla, la cuidaba como un coleccionista de obras de arte. Todo anda bien por primera vez, Eva, no busques líos, me suplicó Mimí, pero yo esgrimí los argumentos tantas veces escuchados en boca de Huberto Naranjo y repliqué que éramos dos seres marginales, condenados a luchar por cada migaja y aunque rompiéramos las cadenas que nos ataban desde el día de nuestra concepción, aún quedarían los muros de una cárcel mayor, no se trataba de modificar las circunstancias personales, sino de cambiar toda la sociedad. Mimí escuchó mi discurso hasta el final y cuando habló lo hizo con su voz de hombre y una determinación en los gestos que contrastaba con el encaje color salmón de los puños de su bata y los rizos de su melena.

—Todo lo que has dicho es una soberana ingenuidad. En el caso improbable de que tu Naranjo triunfe con su revolución, estoy segura de que al poco tiempo actuaría con la misma prepotencia de todos los hombres que llegan a tener poder.

—No es cierto. Él es diferente. No piensa en sí mismo, sino en el pueblo.

—Eso es ahora, porque le sale gratis. Es un prófugo metido en la selva, pero habría que verlo si estuviera en el gobierno. Mira, Eva, los hombres como Naranjo no pueden hacer cambios definitivos, sólo modifican las reglas, pero se manejan siempre en la misma escala. Autoridad, competencia, codicia, represión, siempre es lo mismo.

—Si él no puede, ¿entonces quién?

—Tú y yo, por ejemplo. Hay que cambiar el alma del mundo. Pero en fin, para eso falta mucho y como veo que estás decidida y no puedo dejarte sola, iré contigo al zoológico. Lo que ese imbécil necesita no es un plano de la fábrica de uniformes, sino del Penal de Santa María.

La última vez que el Comandante Rogelio la había visto, se llamaba Melecio, tenía los atributos de un hombre normal y trabajaba como profesor de italiano en una academia de idiomas. A pesar de que Mimí aparecía con frecuencia en las páginas de las revistas y en la televisión, él no la reconoció, porque vivía en otra dimensión, alejado por completo de esas frivolidades, pateando víboras en el monte y manejando armas de fuego. Yo le había hablado a menudo de mi amiga, pero de todos modos él no esperaba ver junto a la jaula de los monos a esa mujer vestida de rojo cuya hermosura lo dejó aturdido y puso patas arriba sus prejuicios al respecto. No, no se trataba de un maricón disfrazado, era una hembra olímpica capaz de cortarle el aliento a un dragón.

Aunque era imposible que Mimí pasara desapercibida, procuramos disimularnos en la multitud, deambulando entre niños ajenos y echando maíz a las palomas como cualquier familia en su paseo dominical. Al primer intento del Comandante Rogelio de teorizar, ella lo frenó con una de aquellas retahílas reservadas para casos extremos. Le dijo claramente que se guardara sus discursos, porque ella no era tan candorosa como yo; que consentía en ayudarlo por esta vez, para librarse de él lo antes posible y con la esperanza de que le dieran un tiro y fuera a parar de cabeza al infierno, para que no siguiera jodiendo la paciencia; pero que no estaba dispuesta a tolerar que además la adoctrinara con sus ideas cubanas, que se fuera al carajo, pues bastantes problemas tenía ella sin necesidad de echarse encima esa revolución ajena, qué se había imaginado, a ella no le interesaban un pepino el marxismo ni ese atado de barbudos revoltosos, lo único que quería era sobrevivir en paz y ojalá lo entendiera porque si no se lo iba a explicar de otra manera. Luego se sentó pierna arriba en un banco de cemento a dibujarle un plano con un lápiz de cejas en las tapas de su libreta de cheques.

Los nueve guerrilleros trasladados del Fuerte El Tucán se encontraban en las celdas de castigo de Santa María. Detenidos siete meses antes, resistieron todos los interrogatorios sin que pudieran quebrantarles la decisión de callar ni el deseo de volver a la montaña para seguir peleando. La discusión en el Congreso los colocó en primera página de los periódicos y los elevó al rango de héroes a los ojos de los estudiantes de la Universidad, quienes empapelaron la ciudad de afiches con sus rostros.

—Que no se vuelva a saber de ellos —ordenó el Presidente, confiando en la mala memoria de la gente.

—Díganles a los compañeros que los liberaremos —ordenó el Comandante Rogelio, confiando en la audacia de sus hombres.

De esa prisión sólo había escapado años antes un bandido francés, quien logró llegar por el río hasta el mar, flotando sobre una balsa improvisada sobre cadáveres inflados de perros, pero desde entonces nadie lo había intentado. Agotados por el calor, la falta de alimento, las pestes y la violencia que sufrían en cada instante de sus condenas, los detenidos comunes carecían de fuerzas para cruzar el patio, mucho menos para aventurarse en la selva, en el caso improbable de una fuga. Los presos especiales no tenían ninguna posibilidad de lograrlo, a menos que fueran capaces de abrir las puertas de hierro, dominar a los guardias armados de metralletas, atravesar todo el edificio, saltar el muro, nadar entre pirañas por un río caudaloso e internarse en la jungla, todo eso con las manos desnudas y en el último estado de agotamiento. El Comandante Rogelio no ignoraba esos colosales obstáculos, sin embargo aseguró impasible que los rescataría y ninguno de sus hombres dudó de su promesa, mucho menos los nueve recluidos en las celdas de castigo. Una vez que logró sobreponerse a la rabia inicial, tuvo la idea de usarme como señuelo para atraer al Coronel Tolomeo Rodríguez a una trampa.

—Está bien, siempre que no le hagan daño —dije.

—Se trata de secuestrarlo, no de matarlo. Lo trataremos como a una señorita para canjearlo por los compañeros. ¿Por qué te interesa tanto ese hombre?

—Por nada... Te advierto que no será fácil pillarlo desprevenido, anda armado y tiene guardaespaldas. No es ningún tonto.

—Supongo que no llevará su escolta cuando sale con una mujer.

—¿Me estás pidiendo que me acueste con él?

—¡No! Sólo que lo cites donde te indiquemos y lo mantengas distraído. Nosotros llegaremos en seguida. Una operación limpia, sin tiros ni escándalo.

—Debo lograr que entre en confianza y eso no es posible en la primera salida. Necesito tiempo.

—Creo que ese Rodríguez te gusta... Juraría que quieres dormir con él —trató de bromear Huberto Naranjo, pero la voz le salió estentórea.

No respondí, porque me distraje pensando que seducir a Rodríguez podría ser algo muy interesante, aunque en verdad no estaba segura si sería capaz de entregarlo a sus enemigos o si, por el contrario, intentaría prevenirlo. Tal como decía Mimí, yo no estaba preparada ideológicamente para esa guerra. Sonreí sin darme cuenta y creo que esa sonrisa secreta cambió al punto los planes de Huberto, que decidió volver al primer proyecto. Mimí opinó que eso equivalía a un suicidio, conocía el sistema de vigilancia, los visitantes se anunciaban por radio y si se trataba de un grupo de oficiales, como pretendía Naranjo disfrazar a sus hombres, el director iría en persona a esperarlos al aeropuerto militar. Ni el Papa entraría en el Penal sin control de identidad.

—Entonces tenemos que introducir armas para los compañeros —dijo el Comandante Rogelio.

—Debes estar mal de la cabeza —se burló Mimí—. En mis tiempos eso hubiera sido bien difícil, porque revisaban a todo el mundo a la entrada y a la salida, pero ahora es imposible, tienen un aparato para detectar metales y aunque te tragues el arma te la descubren.

—No importa. Los sacaré de allí como sea.

En los días siguientes al encuentro en el Jardín Zoológico, se reunió con nosotras en diversos lugares para afinar los detalles, que a medida que se sumaban a la lista ponían en evidencia la insensatez del proyecto. Nada pudo disuadirlo. La victoria es de los más atrevidos, replicaba cuando le señalábamos los peligros. Yo dibujé la fábrica de uniformes y Mimí el presidio, calculamos los movimientos de los guardias, aprendimos las rutinas, y estudiamos hasta la orientación de los vientos, la luz y la temperatura de cada hora del día. En el proceso Mimí se contagió con el entusiasmo de Huberto y perdió de vista la meta final, olvidó que se trataba de liberar a los prisioneros y acabó considerándolo una especie de juego de salón. Fascinada, trazaba planos, hacía listas, imaginaba estrategias, haciendo caso omiso de los riesgos, convencida en el fondo de que todo quedaría en las intenciones sin llevarse jamás a la práctica, como tantas cosas a lo largo de la historia nacional. La empresa era tan audaz, que merecía llegar a buen término. El Comandante Rogelio iría con seis guerrilleros, escogidos entre los más veteranos y valientes, a acampar con los indios en las cercanías de Santa María. El jefe de la tribu había ofrecido cruzarlos por el río y guiarlos en la selva, dispuesto a colaborar con ellos después que el Ejército irrumpió en su aldea dejando un reguero de ranchos quemados, animales despanzurrados y muchachas violadas. Se comunicarían con los prisioneros a través de un par de indios, sirvientes de la cocina de la prisión. El día señalado los detenidos debían estar preparados para desarmar a algunos guardias y deslizarse hasta el patio, donde el Comandante Rogelio y sus hombres los rescatarían. La parte más débil del plan, tal como señaló Mimí sin que fuera necesaria ninguna experiencia para llegar a esa conclusión, era que los guerrilleros lograran salir de las celdas de seguridad. Cuando el Comandante Rogelio fijó como plazo máximo el martes de la semana siguiente, ella lo miró entre sus largas pestañas de pelo de visón y en ese momento tuvo el primer atisbo de que el asunto iba en serio. Una decisión de tal magnitud no podía tomarse al azar, de modo que sacó sus naipes, le indicó que cortara el mazo con la mano izquierda, distribuyó las cartas de acuerdo a un orden establecido en la antigua civilización egipcia y procedió a leer el mensaje de las fuerzas sobrenaturales, mientras él la observaba con una mueca sarcástica, mascullando que debía estar demente para confiar el éxito de semejante empresa a esa extravagante criatura.

—No puede ser el martes, sino el sábado —determinó ella cuando volteó El Mago y salió con la cabeza para abajo.

—Será cuando yo diga —replicó él dejando bien clara su opinión sobre ese delirio.

—Aquí dice sábado y tú no estás en condiciones de desafiar al Tarot.

—Martes.

—Los sábados por la tarde la mitad de los guardias anda de parranda en el burdel de Agua Santa y la otra mitad ve el béisbol en la televisión.

Ése fue el argumento decisivo en favor de la quiromancia. En eso estaban, discutiendo alternativas, cuando me acordé de la Materia Universal. El Comandante Rogelio y Mimí levantaron la vista de los naipes y me contemplaron perplejos. Así fue como sin proponérmelo, terminé en compañía de media docena de guerrilleros amasando porcelana fría en un rancho indígena a poca distancia de la casa del turco donde pasé los mejores años de mi adolescencia.

Entré en Agua Santa en un coche destartalado con placas robadas, conducido por el Negro. El lugar no había cambiado mucho, la calle principal había crecido un poco, se veían viviendas nuevas, varios almacenes y algunas antenas de televisión, pero permanecían inmutables el bochinche de los grillos, el sofoco implacable del mediodía y la pesadilla de la selva que comenzaba al borde del camino. Tenaces y pacientes, sus habitantes soportaban el vaho caliente y el desgaste de los años, casi aislados del resto del país por una vegetación inmisericorde. En principio no debíamos detenernos en el pueblo, nuestro destino era la aldea de los indios a medio camino de Santa María, pero cuando vi las casas con sus techos de tejas, las calles lustrosas por la última lluvia y las mujeres sentadas en sus sillas de paja en los umbrales de las puertas, me volvieron los recuerdos con una fuerza ineludible y le supliqué al Negro que pasara frente a *La Perla de Oriente* sólo para echar un vistazo, aunque fuera de lejos. Tantas cosas se habían arruinado en ese tiempo, tantos habían muerto o habían partido sin despedirse, que imaginaba la tienda convertida en un fósil irremediable, descuajada por el uso y las travesuras del olvido, por eso me sorprendió verla surgir ante mis ojos como un espejismo ileso. Su fachada estaba reconstruida, las letras del nombre recién pintadas, la vitrina lucía herramientas agrícolas, comestibles, ollas de aluminio y dos flamantes maniquíes con pelucas amarillas. Había tal aire de renovación, que no pude resistir y me bajé del automóvil para asomarme a la puerta. El interior también había sido rejuvenecido con un mostrador moderno, pero los sacos de granos, los rollos de telas baratas y los frascos de caramelos eran similares a los de antes.

Riad Halabí se hallaba sacando cuentas junto a la caja, vestido con una guayabera de batista y tapándose la boca con un pañuelo blanco. Era el mismo que yo guardaba en la memoria, ni un minuto había pasado para él, estaba intacto como a veces se conserva el recuerdo del primer amor. Me aproximé con timidez, conmovida por la misma ternura de los diecisiete años, cuando me senté sobre sus rodillas para pedirle el regalo de una noche de amor y ofrecerle esa virginidad que mi Madrina medía con una cuerda de siete nudos.

—Buenas tardes..., ¿tiene aspirinas? —fue lo único que pude decir.

Riad Halabí no levantó la vista ni apartó el lápiz de su libro de contabilidad y me señaló con un gesto el otro extremo del mesón.

—Pídaselas a mi mujer —dijo con el ceceo de su labio de conejo.

Me volví, segura de encontrar a la maestra Inés convertida en esposa del turco, tal como imaginé muchas veces que sucedería finalmente, pero en cambio vi a una muchacha que no debía tener más de catorce años, una morenita achaparrada de boca pintada y expresión obsequiosa. Compré las aspirinas pensando que años atrás ese hombre me había rechazado porque yo era demasiado joven y en aquel momento su actual mujer debía andar en pañales. Quién sabe cuál habría sido mi suerte de haberme quedado a su lado, pero de una cosa estoy segura: en la cama me habría hecho muy feliz. Sonreí a la niña de labios rojos con una mezcla de complicidad y envidia y me fui de allí sin intercambiar ni una mirada con Riad Halabí, contenta por él, se veía bien. A partir de ese momento lo recuerdo como el padre que en verdad fue para mí; esa imagen le calza mucho mejor que la del amante de una sola noche. Afuera el Negro rumiaba su impaciencia, eso no estaba incluido en las órdenes recibidas.

—Rajemos. El Comandante dijo que nadie debía vernos en este pueblo de porquería donde todo el mundo te conoce —me reclamó.

—No es un pueblo de porquería. ¿Sabes por qué se llama Agua Santa? Porque hay un manantial que lava los pecados.

—No me jodas.

—Es cierto, si te bañas en esa agua no vuelves a sentir culpa.

—Por favor, Eva, sube al coche y salgamos de aquí.

—No tan rápido, todavía tengo algo que hacer, pero debemos esperar la noche, es más seguro...

Al Negro le resultó inútil la amenaza de dejarme tirada en la carretera, porque cuando se me pone una idea en la cabeza rara vez cambio de opinión. Por otra parte, mi presencia era indispensable para rescatar a los prisioneros, así es que no sólo tuvo que acceder, sino que también le tocó cavar un hoyo apenas bajó el sol. Lo conduje por detrás de las casas hasta un terreno irregular, cubierto de espesa vegetación y le señalé un punto.

—Vamos a desenterrar algo —le dije y él obedeció porque supuso que, a menos que el calor me hubiera ablandado el cerebro, también eso debía ser parte del plan.

No fue necesario afanarse demasiado, la tierra arcillosa estaba húmeda y blanda. A poco más de medio metro de profundidad encontramos un envoltorio de plástico cubierto de moho. Lo limpié con la punta de la blusa y sin abrirlo lo puse en mi bolso.

—¿Qué hay adentro? —quiso saber el Negro.

—Una dote de matrimonio.

Los indios nos recibieron en una elipse despejada donde ardía una hoguera, única fuente de luz en la densa oscuridad de la selva. Un gran techo triangular de ramas y hojas servía de parapeto común y debajo colgaban varias hamacas en diferentes niveles. Los adultos llevaban alguna prenda de ropa, hábito adquirido en contacto con los pueblos vecinos, pero los niños iban desnudos, porque en las telas siempre impregnadas de humedad, se multiplicaban los parásitos y brotaba un musgo pálido, causa de diversos males. Las muchachas llevaban flores y plumas en las orejas, una mujer amamantaba a su hijo con un seno y con el otro a un perrito. Observé esos rostros, buscando mi propia imagen en cada uno de ellos, pero sólo encontré la expresión sosegada de quienes vienen de vuelta de todas las preguntas. El jefe se adelantó dos pasos y nos saludó con una leve inclinación. Llevaba el cuerpo erguido, tenía los ojos grandes y separados, la boca carnosa y el cabello cortado como un casco redondo, con una tonsura en la nuca donde lucía orgulloso las cicatrices de muchos torneos de garrotazos. Lo identifiqué al punto, era el hombre que todos los sábados conducía a la tribu a pedir limosna en Agua Santa, el que me encontró una mañana sentada junto al cadáver de Zulema, el mismo que mandó a avisar la desgracia a Riad Halabí y cuando me detuvieron se plantó delante de la Comandancia a patear el suelo como un tambor de advertencia. Deseaba saber cómo se llamaba, pero el Negro me había explicado con anterioridad que esa pregunta sería una grosería; para esos indios nombrar es tocar el corazón, consideran una aberración llamar a un extraño por su nombre o permitir que éste lo haga, así es que más valía abstenerme de presentaciones que podían ser mal interpretadas. El jefe me miró sin dar muestras de emoción, pero tuve la certeza de que también me había reconocido. Nos hizo una señal para indicar el camino y nos condujo a una cabaña sin ventanas, olorosa a trapo chamuscado, sin más mobiliario que dos taburetes, una hamaca y una lámpara de queroseno.

Las instrucciones indicaban esperar al resto del grupo, que se juntaría con nosotros poco antes de la noche del viernes señalado. Pregunté por Huberto Naranjo, porque me figuré que pasaríamos esos días juntos, pero nadie pudo darme noticias suyas. Sin quitarme la ropa me eché en la hamaca, perturbada por el barullo incesante de la selva, la humedad, los mosquitos y las hormigas, el temor de que las víboras y las arañas venenosas se deslizaran por las cuerdas o estuvieran anidadas en el techo de palmas y me cayeran encima durante el sueño. No pude dormir. Pasé las horas interrogándome sobre las razones que me habían conducido hasta allí, sin llegar a ninguna conclusión, porque mis sentimientos por Huberto no me parecieron motivo suficiente. Me sentía cada día más lejos de los tiempos en que vivía sólo para los furtivos encuentros con él, girando como una luciérnaga en torno a un fuego escurridizo. Creo que sólo acepté ser parte de esa aventura para ponerme a prueba, a ver si compartiendo esa guerra insólita lograba acercarme de nuevo al hombre que alguna vez amé sin pedirle nada. Pero esa noche estaba sola, encogida en una hamaca infestada de chinches que olía a perro y a humo. Tampoco lo hacía por convicción política, porque si bien había adoptado los postulados de esa utópica revolución y me conmovía ante el coraje desesperado de ese puñado de guerrilleros, tenía la intuición de que ya estaban derrotados. No podía evitar ese presagio de fatalidad que me rondaba desde hacía un tiempo, una vaga inquietud que se transformaba en ramalazos de lucidez cuando estaba ante Huberto Naranjo. A pesar de la pasión que ardía en la mirada de él, yo podía ver el aire de descalabro cerrándose a su alrededor. Para impresionar a Mimí yo repetía sus discursos, pero en verdad pensaba que la guerrilla era un proyecto imposible en el país. No quería imaginar el final de esos hombres y de sus sueños. Esa noche, insomne en el cobertizo de los indios, me sentí triste. Bajó la temperatura y me dio frío, entonces salí y me acurruqué junto a los restos del fuego para pasar allí la noche. Pálidos rayos, apenas perceptibles, se filtraban a través del follaje y noté, como siempre, que la luna me tranquilizaba.

Al amanecer escuché el despertar de los indios bajo el techo comunitario, todavía entumecidos en sus chinchorros, conversando y riendo. Algunas mujeres fueron a buscar agua y sus niños las siguieron imitando los gritos de las aves y los animales del bosque. Con la llegada de la mañana pude ver mejor la aldea, un puñado de chozas tiznadas del mismo color del barro, agobiadas por el aliento de la selva, rodeadas por un trozo de tierra cultivada donde crecían matas de yuca y maíz y unos cuantos plátanos, únicos bienes de la tribu, despojada durante generaciones por la rapacidad ajena. Esos indios, tan pobres como sus antepasados del principio de la historia americana, habían resistido el trastorno de los colonizadores sin perder del todo sus costumbres, su lengua y sus dioses. De los soberbios cazadores que alguna vez fueron, quedaban unos cuantos menesterosos, pero tan largos infortunios no habían borrado el recuerdo del paraíso perdido ni la fe en las leyendas que prometían recuperarlo. Aun sonreían con frecuencia. Poseían algunas gallinas, dos cerdos, tres piraguas, implementos de pesca y esos raquíticos plantíos rescatados de la maleza con un esfuerzo descomunal. Dedicaban las horas a buscar leña y alimento, tejer chinchorros y cestos, tallar flechas para vender a los turistas a la orilla del camino. A veces alguno salía de caza y si tenía suerte, regresaba con un par de pajarracos o un pequeño jaguar que repartía entre los suyos, pero que él mismo no probaba para no ofender al espíritu de su presa.

Partí con el Negro a deshacernos del automóvil. Lo llevamos a la espesura y lo despeñamos en un barranco insondable, más allá de la algarabía de los loros y el desenfado de los monos, donde lo vimos rodar sin escándalo, silenciado por las hojas gigantescas y las lianas ondulantes y desaparecer devorado por la vegetación, que se cerró sobre su huella sin dejar rastro. En las horas siguientes llegaron uno a uno los seis guerrilleros, todos a pie y por diversos caminos, con la compostura de quienes han vivido largamente en la inclemencia. Eran jóvenes, decididos, serenos y solitarios, tenían las mandíbulas firmes, los ojos afilados y la piel ofuscada por la intemperie, marcados los cuerpos de cicatrices. No hablaron conmigo más de lo necesario, sus movimientos eran medidos, evitando todo derroche de energía. Habían escondido parte de sus armas y no las recuperarían hasta el momento del asalto. Uno de ellos se perdió bosque adentro guiado por un indígena, iba a apostarse en la orilla del río a observar el Penal con catalejos; otros tres se fueron en dirección al aeropuerto militar donde debían instalar los explosivos, siguiendo las instrucciones del Negro; los dos restantes organizaron lo necesario para la retirada. Todos llevaron a cabo sus quehaceres sin aspavientos ni comentarios, como si fuera un oficio rutinario. Al atardecer llegó por el sendero un jeep y corrí a recibirlo, deseando que fuera al fin Huberto Naranjo. Había pensado mucho en él, con la esperanza de que un par de días juntos podría cambiar por completo nuestra relación y, con suerte, devolvernos ese amor que alguna vez llenó mi vida y hoy parecía descolorido. Lo último que imaginé fue que del vehículo descendería Rolf Carlé con una mochila y su cámara. Nos miramos desconcertados, pues ninguno esperaba ver al otro en ese lugar y en esa circunstancia.

—¿Qué haces aquí? —pregunté.

—Vengo por la noticia —sonrió él.

—¿Cuál noticia?

—La que ocurrirá el sábado.

—Vaya..., ¿cómo lo sabes?

—El Comandante Rogelio me pidió que la filmara. Las autoridades tratarán de silenciar la verdad y yo vine para ver si puedo contarla. ¿Y por qué estás tú aquí?

—Para amasar.

Rolf Carlé escondió el jeep y partió con su equipo siguiendo los pasos de los guerrilleros, quienes ante la cámara se cubrían las caras con pañuelos para no ser reconocidos más tarde. Entretanto yo me dediqué a la Materia Universal. En la penumbra de la choza, sobre un trozo de plástico extendido en el suelo de tierra apisonada, junté los ingredientes tal como había aprendido de mi patrona yugoslava. Al papel remojado le agregué igual proporción de harina y cemento, lo ligué con agua y lo sobé hasta conseguir una pasta firme de un color gris, como leche de ceniza. La estiré con una botella ante la mirada atenta del jefe de la tribu y de varios niños, que comentaban entre ellos en su lengua cantarina, gesticulando y haciendo morisquetas. Preparé una masa gruesa y flexible y con ella envolví las piedras, escogidas por su forma ovalada. El modelo era una granada de mano del Ejército, trescientos gramos de peso, diez metros de acción, veinticinco de alcance, metal oscuro. Parecía una pequeña guanábana madura. Comparada con el elefante de la India, los mosqueteros, los bajorrelieves de las tumbas faraónicas y otras obras fabricadas por la yugoslava con ese mismo material, la falsa granada era muy sencilla. Sin embargo necesité realizar varias pruebas, porque hacía mucho que no practicaba y la ansiedad me atoraba el entendimiento y me agarrotaba los dedos. Cuando logré las proporciones exactas, calculé que no habría tiempo para hacer las granadas, dejarlas endurecer, darles color y esperar el secado del barniz, entonces se me ocurrió teñir la masa para evitar pintarla después de seca, pero al mezclarla con la pintura perdía elasticidad. Comencé a murmurar maldiciones y a rascarme impaciente las picaduras de mosquitos hasta sacarme sangre.

El jefe de los indios, que había seguido cada etapa del proceso con la mayor curiosidad, salió de la choza y regresó poco después con un puñado de hojas y un cazo de greda. Se acuclilló a mi lado y se puso a masticar las hojas con paciencia. A medida que las convertía en papilla y las escupía en el recipiente, la boca y los dientes se le volvían negros. Después exprimió ese mejunje en un trapo, obtuvo un líquido oscuro y oleoso, como sangre vegetal y me lo pasó. Incorporé los escupitajos a un poco de masa y vi que el experimento servía, al secarse quedaba de un color parecido a la granada original y no alteraba las virtudes admirables de la Materia Universal.

Por la noche regresaron los guerrilleros y después de compartir con los indios unos trozos de casabe y pescado cocido, se instalaron a dormir en la choza que les habían asignado. La selva se volvió densa y negra, como un templo, bajaron las voces y hasta los indios hablaban en susurros. Poco después llegó Rolf Carlé y me encontró sentada ante los leños todavía ardientes, abrazada a mis piernas, con la cara oculta entre las rodillas. Se agachó a mi lado.

—¿Qué te pasa?

—Tengo miedo.

—¿De qué?

—De los ruidos, de esta oscuridad, de los espíritus maléficos, las serpientes y los bichos, de los soldados, de lo que vamos a hacer el sábado, de que nos maten a todos...

—Yo también tengo miedo, pero no me perdería esto por nada.

Le tomé la mano y se la retuve con firmeza por unos instantes, su piel estaba caliente y tuve la impresión renovada de conocerlo desde hacía mil años.

—¡Qué par de tontos somos! —traté de reírme.

—Cuenta una historia para distraernos —pidió Rolf Carlé.

—¿Cómo te gustaría?

—Algo que no le hayas contado a nadie. Invéntala para mí.

«Había una vez una mujer cuyo oficio era contar cuentos. Iba por todas partes ofreciendo su mercadería, relatos de aventuras, de suspenso, de horror o de lujuria, todo a precio justo. Un mediodía de agosto se encontraba en el centro de una plaza, cuando vio avanzar hacia ella un hombre soberbio, delgado y duro como un sable. Venía cansado, con un arma en el brazo, cubierto del polvo de lugares distantes y cuando se detuvo, ella notó un olor de tristeza y supo al punto que ese hombre venía de la guerra. La soledad y la violencia le habían metido esquirlas de hierro en el alma y lo habían privado de la facultad de amarse a sí mismo. ¿Tú eres la que cuenta cuentos?, preguntó el extranjero. Para servirte, replicó ella. El hombre sacó cinco monedas de oro y se las puso en la mano. Entonces véndeme un pasado, porque el mío está lleno de sangre y de lamentos y no me sirve para transitar por la vida, he estado en tantas batallas, que por allí se me perdió hasta el nombre de mi madre, dijo. Ella no pudo negarse, porque temió que el extranjero se derrumbara en la plaza convertido en un puñado de polvo, como le ocurre finalmente a quien carece de buenos recuerdos. Le indicó que se sentara a su lado y al ver sus ojos de cerca se le dio vuelta la lástima y sintió un deseo poderoso de aprisionarlo en sus brazos. Comenzó a hablar. Toda la tarde y toda la noche estuvo construyendo un buen pasado para ese guerrero, poniendo en la tarea su vasta experiencia y la pasión que el desconocido había provocado en ella. Fue un largo discurso, porque quiso ofrecerle un destino de novela y tuvo que inventarlo todo, desde su nacimiento hasta el día presente, sus sueños, anhelos y secretos, la vida de sus padres y hermanos y hasta la geografía y la historia de su tierra. Por fin amaneció y en la primera luz del día ella comprobó que el olor de la tristeza se había esfumado. Suspiró, cerró los ojos y al sentir su espíritu vacío como el de un recién nacido, comprendió que en el afán de complacerlo le había entregado su propia memoria, ya no sabía qué era suyo y cuánto ahora pertenecía a él, sus pasados habían quedado anudados en una sola trenza. Había entrado hasta el fondo en su propio cuento y ya no podía recoger sus palabras, pero tampoco quiso hacerlo y se abandonó al placer de fundirse con él en la misma historia...»

Cuando terminé de hablar, me puse de pie, me sacudí el

polvo y las hojas de la ropa y me fui a la choza a tenderme en la hamaca. Rolf Carlé se quedó sentado frente al fuego.

En la madrugada del viernes llegó el Comandante Rogelio, tan sigiloso que los perros no ladraron cuando entró en la aldea, pero sus hombres lo advirtieron, porque dormían con los ojos abiertos. Me sacudí el entumecimiento de las últimas dos noches y salí a abrazarlo, pero él me detuvo con un gesto, sólo perceptible para mí, tenía razón, era impúdico hacer alardes de intimidad ante quienes no habían tenido amor en tanto tiempo. Los guerrilleros lo recibieron con toscas bromas y palmetazos y pude apreciar cuánto confiaban en él, porque a partir de ese momento la tensión se aflojó, como si su presencia fuera un seguro de vida para los demás. Traía en una maleta los uniformes, doblados y planchados con pulcritud, los galones, las gorras y las botas de reglamento. Fui a buscar la granada de muestra y se la puse en la mano.

—Bien —aprobó él—. Hoy haremos llegar la masa al Penal. No aparecerá en el detector de metales. Esta noche los compañeros podrán fabricar sus armas.

—¿Sabrán hacerlas? —preguntó Rolf Carlé.

—¿Te parece que íbamos a olvidar ese detalle? —se rió el Comandante Rogelio—. Les mandamos las instrucciones y seguro ya tienen las piedras. Sólo deberán forrarlas y dejarlas secar algunas horas.

—Hay que mantener la masa envuelta en plástico para que no pierda la humedad. La textura se marca con una cuchara y luego se deja endurecer. Al secarse oscurece y queda como metal. Ojalá no se olviden de poner las falsas espoletas antes de que fragüe —expliqué.

—Este país da para todo, hasta para fabricar armas con masa de empanada. Nadie creerá mi reportaje —suspiró Rolf Carlé.

Dos muchachos de la aldea remaron en una curiara hasta el Penal y entregaron una bolsa a los indios de la cocina. Entre racimos de plátanos, trozos de yuca y un par de quesos, iba la Materia Universal, con su aspecto inocente de pan crudo, que no llamó la tención de los guardias, acostumbrados a recibir modestos comestibles. Entretanto los guerrilleros revisaron una vez más los detalles del plan y luego ayudaron a la tribu a terminar sus preparativos. Las familias empacaron sus míseros bienes, ataron las gallinas por las patas, recogieron sus provisiones y sus utensilios. Aunque no era la primera vez que se veían forzados a emigrar a otro punto de la región, estaban desolados, porque habían vivido varios años en ese claro de la selva, era un buen lugar, cercano a Agua Santa, a la carretera y al río. Al día siguiente tendrían que abandonar los conucos, porque apenas los soldados descubrieran su participación en la fuga de los presos, la represalia sería feroz; por motivos menos graves caían como un cataclismo sobre las poblaciones indígenas, destruyendo tribus enteras y arrasando todo recuerdo de su paso por la tierra.

—Pobre gente..., ¡quedan tan pocos de ellos! —dije.

—También tendrán un lugar en la revolución —afirmó el Comandante Rogelio.

Pero a los indios no les interesaba la revolución ni ninguna otra cosa proveniente de esa raza execrable, ni siquiera podían repetir esa palabra tan larga. No compartían los ideales de los guerrilleros, no creían sus promesas ni entendían sus razones y si aceptaron ayudarlos en ese proyecto cuyo alcance no eran capaces de medir, fue porque los militares eran sus enemigos y eso les permitía vengar algunos de los múltiples agravios padecidos a lo largo de los años. El jefe de la tribu comprendió que aunque se mantuvieran al margen, la tropa los haría responsables, porque la aldea se hallaba muy cerca del Penal. No les darían oportunidad de explicar, de manera que si de todos modos iban a sufrir las consecuencias, más valía que fuera por una buena causa. Colaboraría con esos barbudos silenciosos, que al menos no robaban sus alimentos ni manoseaban a sus hijas, y luego escaparía. Con varias semanas de anticipación decidió la ruta a seguir, siempre adentrándose en el follaje, con la esperanza de que la impenetrable vegetación detuviera el avance del Ejército y los protegiera por un tiempo más. Así había sido durante quinientos años: persecución y exterminio.

El Comandante Rogelio mandó al Negro en el jeep a comprar un par de chivos. Por la noche nos sentamos con los indios alrededor del fuego, asamos los animales en las brasas y destapamos unas botellas de ron, reservadas para esa última cena. Fue una buena despedida, a pesar de la inquietud que impregnaba el ambiente. Bebimos con moderación, los muchachos entonaron algunas canciones y Rolf Carlé provocó admiración con unos trucos de magia y con las fotos instantáneas de su máquina, prodigioso aparato capaz de escupir al minuto las imágenes de los indios atónitos. Finalmente dos hombres se dispusieron a montar guardia y los demás nos fuimos a descansar, porque nos esperaba una faena pesada.

En la única choza disponible, alumbrada por la lámpara de queroseno que parpadeaba en un rincón, los guerrilleros se acomodaron en el suelo y yo en la hamaca. Me había imaginado que pasaría esas horas a solas con Huberto, nunca habíamos estado juntos una noche completa, sin embargo me sentí satisfecha con el arreglo; la compañía de los muchachos me tranquilizó y pude por fin dominar mis temores, relajarme y dormitar. Soñé que hacía el amor balanceándome en un columpio. Veía mis rodillas y mis muslos entre los vuelos de encaje y tafetán de unas enaguas amarillas, subía hacia atrás suspendida en el aire y veía abajo el sexo poderoso de un hombre esperándome. El columpio se detenía un instante arriba, yo levantaba la cara al cielo, que se había vuelto púrpura y luego descendía velozmente a enclavarme. Abrí los ojos asustada y me encontré envuelta en una niebla caliente, escuché los sonidos turbadores del río a lo lejos, el clamor de los pájaros nocturnos y las voces de los animales de la espesura. El tejido áspero del chinchorro me raspaba la espalda a través de la blusa y los mosquitos me atormentaban, pero no pude moverme para espantarlos, estaba aturdida. Volví a hundirme en un sopor pesado, empapada de transpiración, soñando esta vez que navegaba en un bote estrecho, abrazada a un amante cuyo rostro iba cubierto por una máscara de Material Universal, que me penetraba con cada impulso de las olas, dejándome llena de magullones, tumefacta, sedienta y feliz, besos tumultuosos, presagios, el canto de aquella selva ilusoria, una muela de oro entregada en prenda de amor, un saco de granadas que estallaban sin ruido sembrando el aire de insectos fosforescentes. Me desperté sobresaltada en la penumbra de la choza y por un momento no supe dónde me hallaba ni qué significaba ese estremecimiento en mi vientre. No recibí, como otras veces, el fantasma de Riad Halabí acariciándome desde el otro lado de la memoria, sino la silueta de Rolf Carlé sentado en el suelo frente a mí, la espalda apoyada en la mochila, una pierna doblada y la otra extendida, los brazos cruzados sobre el pecho, observándome. No pude distinguir sus facciones, pero vi el brillo de sus ojos y de sus dientes al sonreírme.

—¿Qué pasa? —susurré.

—Lo mismo que a ti —replicó él, también en voz baja para no despertar a los demás.

—Creo que yo estaba soñando...

—Yo también.

Salimos sigilosamente, nos dirigimos a la pequeña explanada del centro de la aldea y nos sentamos junto a las brasas moribundas de la hoguera, rodeados por el murmullo incansable de la selva, alumbrados por los tenues ramalazos de luna que atravesaban el follaje. No hablamos, no nos tocamos, ni intentamos dormir. Esperamos juntos el amanecer del sábado.

Cuando comenzó a aclarar, Rolf Carlé partió a buscar agua para colar café. Yo me puse de pie y me despabilé, me dolía el cuerpo como si hubiera recibido una paliza, pero me sentía por fin apaciguada. Entonces vi que tenía los pantalones manchados con una aureola rojiza y eso me sorprendió, hacía muchos años que no me ocurría, casi lo había olvidado. Sonreí contenta, porque supe que no volvería a soñar con Zulema y que mi cuerpo había superado el miedo al amor. Mientras Rolf Carlé soplaba las brasas para avivar la fogata y colgaba la cafetera en un gancho, fui a la cabaña, saqué una blusa limpia de mi bolso, la rompí en pedazos para usarlos como toallas y me dirigí al río. Volví con la ropa mojada, cantando.

A las seis de la mañana todo el mundo estaba preparado para comenzar ese día definitivo en nuestras vidas. Nos despedimos de los indios y los vimos partir silenciosos, llevándose a sus niños, sus cerdos, sus gallinas, sus perros, sus bultos, perdiéndose en el follaje como una fila de sombras. Atrás quedaron sólo quienes iban a ayudar a los guerrilleros a cruzar el río y los guiarían en la retirada por la selva. Rolf Carlé fue de los primeros en irse con su cámara al brazo y su mochila a la espalda. Los otros hombres se fueron también, cada uno a lo suyo.

Huberto Naranjo se despidió de mí con un beso en la boca, un beso casto y sentimental, cuídate mucho, tú también, anda directo a tu casa y trata de no llamar la atención, no te preocupes, todo saldrá bien, ¿cuándo nos veremos?, tendré que ocultarme por un tiempo, no me esperes, otro beso y yo le eché los brazos al cuello y lo apreté con fuerza, restregando la cara contra su barba, con los ojos húmedos porque también le estaba diciendo adiós a la pasión compartida durante tantos años. Subí al jeep, donde el Negro me esperaba con el motor en marcha para conducirme hacia el norte, a un pueblo distante donde tomaría el autobús rumbo a la capital. Huberto Naranjo me hizo una señal con la mano y los dos sonreímos al mismo tiempo. Mi mejor amigo, no te vaya a suceder una desgracia, te quiero mucho, murmuré, segura de que él estaba balbuceando lo mismo, pensando que era bueno contar el uno con el otro y estar siempre cerca para ayudarse y protegerse, en paz porque nuestra relación había dado un giro y se había acomodado por fin donde siempre debió estar, pensando que éramos dos compinches, dos hermanos entrañables y ligeramente incestuosos. Cuídate mucho, tú también, repetimos.

Todo el día viajé vapuleada por el vaivén del vehículo, a saltos por un insidioso camino hecho para el uso de pesados camiones de carga y desgastado hasta su esqueleto por las lluvias, que abrían huecos en el asfalto, donde hacían sus nidos las boas. En un recodo de la ruta, la vegetación se abrió de súbito en un abanico de verdes imposibles y la luz del día se tornó blanca, para dar paso a la ilusión perfecta del Palacio de los Pobres, flotando a quince centímetros del humus que cubría el suelo. El chófer detuvo el autobús y los pasajeros nos llevamos las manos al pecho, sin atrevernos a respirar durante los breves segundos que duró el sortilegio antes de esfumarse suavemente. Desapareció el Palacio, la selva retornó a su sitio, el día recuperó su transparencia cotidiana. El chófer puso en marcha el motor y volvimos a nuestros asientos, maravillados. Nadie habló hasta la capital, donde llegamos muchas horas más tarde, porque cada uno iba buscando el sentido de esa revelación. Yo tampoco supe interpretarla, pero me pareció casi natural, porque la había visto años antes en la camioneta de Riad Halabí. En esa ocasión iba medio dormida y él me sacudió cuando se iluminó la noche con las luces del Palacio, los dos nos bajamos y corrimos hacia la visión, pero las sombras la envolvieron antes que pudiéramos alcanzarla. No podía apartar mi mente de lo que ocurriría a las cinco de la tarde en el Penal de Santa María. Sentía una insoportable opresión en las sienes y maldecía esa morbosidad mía que me atormenta con los peores presagios. Que les vaya bien, que les vaya bien, ayúdalos, pedí a mi madre como siempre hacía en los momentos cruciales y comprobé una vez más que su espíritu era impredecible, a veces surgía sin previo aviso dándome un tremendo susto, pero en ocasiones como ésa en que la llamaba con urgencia, no daba señal alguna de haberme oído. El paisaje y el calor agobiante me trajo a la memoria mis diecisiete años, cuando hice ese recorrido con una maleta de ropa nueva, la dirección de un pensionado de señoritas y el reciente descubrimiento del placer. En esas horas quise tomar el destino en mis manos y desde entonces muchas cosas me habían sucedido, tenía la impresión de haber vivido varias vidas, de haberme vuelto humo cada noche y haber renacido por las mañanas. Intenté dormir, pero los vaticinios de mal agüero no me dejaban en paz y ni siquiera el espejismo del Palacio de los Pobres logró quitarme el sabor de azufre que llevaba en la boca. Una vez Mimí examinó mis presentimientos a la luz de las difusas instrucciones del manual del Maharishi y concluyó que no debo confiar en ellos, porque nunca anuncian algún hecho importante, sólo acontecimientos de pacotilla, y en cambio cuando me sucede algo fundamental, siempre llega por sorpresa. Mimí demostró que mi rudimentaria capacidad adivinatoria es del todo inútil. Haz que salga todo bien, volví a rogarle a mi madre.

Llegué a casa la noche del sábado con un aspecto calamitoso, sucia de transpiración y polvo, en un coche de alquiler que me condujo desde el terminal de los buses hasta mi puerta, pasando a lo largo del parque iluminado por faroles ingleses, el Club de Campo con sus filas de palmeras, las mansiones de millonarios y embajadores, los nuevos edificios de vidrio y metal. Estaba en otro planeta, a incalculable distancia de una aldea indígena y unos jóvenes de ojos afiebrados dispuestos a batirse a muerte con granadas de disparate. Al ver encendidas todas las ventanas de la casa tuve un instante de pánico imaginando que la policía se me había adelantado, pero no alcancé a dar media vuelta, porque Mimí y Elvira me abrieron antes. Entré como una autómata y me dejé caer en un sillón deseando que todo eso sucediera en un cuento salido de mi cerebro ofuscado, que no fuera cierto que a esa misma hora Huberto Naranjo, Rolf Carlé y los otros podían estar muertos. Miré la sala como si la viera por primera vez y me pareció más acogedora que nunca, con esa mezcolanza de muebles, los improbables antepasados protegiéndome desde los marcos colgados en la pared, y en un rincón el puma embalsamado con su fiereza inmutable, a pesar de tantas miserias y tan variados trastornos acumulados en su medio siglo de existencia.

—Qué bueno estar aquí... —me salió del alma.

—¿Qué diablos pasó? —me preguntó Mimí después de revisarme para comprobar si estaba en buen estado.

—No sé. Yo los dejé ocupados en los preparativos. La fuga debió ser alrededor de las cinco, antes que metieran a los presos en las celdas. A esa hora armarían un motín en el patio para distraer a los guardias.

—Entonces ya tendrían que haberlo anunciado por la radio o la televisión, pero no han dicho nada.

—Más vale así. Si los hubieran matado ya se sabría, pero si lograron escapar el Gobierno se quedará mudo hasta que pueda acomodar la noticia.

—Estos días han sido terribles, Eva. No he podido trabajar, me enfermé de miedo, supuse que estabas presa, muerta, mordida de culebra, comida por las pirañas. ¡Maldito Huberto Naranjo, no sé para qué nos metimos en esta locura! —exclamó Mimí.

—Ay, pajarito, andas con cara de gavilán. Yo soy de antigua ley, no me gustan los desórdenes, ¿qué tiene que andar haciendo una niña en materias de hombre, digo yo? No te di limones partidos en cruz para esto —suspiró Elvira mientras iba y venía por la casa sirviendo café con leche, preparando el baño y ropa limpia—. Un buen remojón en agua con tilo es bueno para pasar los sustos.

—Mejor me doy una ducha, abuela...

La novedad de que había vuelto a menstruar después de tantos años, fue celebrada por Mimí, pero Elvira no vio razón para alegrarse, era una inmundicia y bien bueno que ella había pasado la edad de esas turbulencias, mejor sería que los humanos pusieran huevos como las gallinas. Extraje de mi bolso el paquete desenterrado en Agua Santa y lo deposité sobre las rodillas de mi amiga.

—¿Qué es esto?

—Tu dote de matrimonio. Para que las vendas y te operes en Los Ángeles y puedas casarte.

Mimí quitó el envoltorio manchado de tierra y apareció una caja roída por la humedad y el comején. Forcejeó con la tapa y al abrirla rodaron sobre su falda las joyas de Zulema, relucientes como acabadas de limpiar, el oro más amarillo que antes, esmeraldas, topacios, granates, perlas, amatistas embellecidas por una nueva luz. Aquellos adornos que resultaban miserables a mis ojos cuando los asoleaba en el patio de Riad Halabí, ahora parecían el regalo de un califa en las manos de la mujer más hermosa del mundo.

—¿Dónde te robaste eso? ¿No te enseñé respeto y conciencia, pajarito? —susurró Elvira espantada.

—No me lo robé, abuela. En medio de la selva hay una ciudad de oro puro. De oro son los adoquines de las calles, de oro las tejas de las casas, de oro los carretones del mercado y los bancos de las plazas, y también son de oro los dientes de todos sus habitantes. Allí los niños juegan con piedras de colores, como éstas.

—No las venderé, Eva, voy a usarlas. La operación es una barbaridad. Cortan todo y después fabrican un hueco de mujer con un pedazo de tripa.

—¿Y Aravena?

—Me quiere tal cual soy.

Elvira y yo proferimos una doble exclamación de alivio. Para mí todo ese asunto es una carnicería espantosa cuyo resultado final no puede ser sino una burlona imitación de la naturaleza y a Elvira la idea de mutilar al arcángel le resultaba sacrílega.

El domingo muy temprano, cuando estábamos todavía dormidas, sonó el timbre de la casa. Elvira se levantó refunfuñando y encontró en la puerta a un tipo sin afeitarse, arrastrando una mochila, con un negro artefacto mecánico al hombro y los dientes brillando en su rostro oscuro de polvo, fatiga y sol. No reconoció a Rolf Carlé. Mimí y yo aparecimos en ese instante en camisón de dormir y no tuvimos que hacer preguntas, porque la sonrisa era elocuente. Venía a buscarme, decidido a esconderme hasta que se calmaran los ánimos, porque estaba seguro de que la fuga desencadenaría un zafarrancho de imprevisibles consecuencias. Temía que alguien del pueblo me hubiera visto y me identificara como la misma que años atrás trabajaba en *La Perla de Oriente.*

—¡Te dije que no debíamos meternos en vainas! —se lamentó Mimí, irreconocible sin su maquillaje de batalla.

Me vestí y preparé un maletín con algo de ropa. En la calle estaba el automóvil de Aravena, se lo había prestado a Rolf al amanecer, cuando fue a su casa a entregarle varios rollos de película y la noticia más alucinante de los últimos años. El Negro lo había conducido hasta allí y después se llevó el jeep con la misión de hacerlo desaparecer para que no pudieran seguir la pista de su dueño. El director de la Televisora Nacional no estaba acostumbrado a madrugar y cuando Rolf le contó de qué se trataba, creyó verse atrapado en un sueño. Para despabilarse se tomó medio vaso de whisky y encendió el primer cigarro del día, luego se sentó a pensar qué hacer con aquello que le habían depositado en las manos, pero el otro no le dio tiempo para meditaciones y le pidió las llaves de su coche porque su trabajo aún no había concluido. Aravena se las entregó con las mismas palabras de Mimí, no te metas en vainas, hijo. Ya me metí, le contestó Rolf.

—¿Sabes manejar, Eva?

—Hice un curso, pero no tengo práctica.

—Se me cierran los ojos. A esta hora no hay tráfico, anda despacio y toma el camino de Los Altos, hacia la montaña.

Algo asustada, me instalé al volante de aquella nave tapizada en cuero rojo, di el contacto con dedos inseguros, puse el motor en marcha y partimos a sacudones. Antes de dos minutos mi amigo se había dormido y no despertó hasta que lo remecí dos horas más tarde para preguntarle qué dirección debía tomar en una bifurcación. Así llegamos ese domingo a la Colonia.

Burgel y Rupert nos acogieron con el afecto impertinente y ruidoso que evidentemente les era propio y procedieron a preparar un baño para el sobrino, quien a pesar de la siesta en el coche, traía la expresión estragada de un sobreviviente de terremoto. Rolf Carlé descansaba en un nirvana de agua caliente cuando acudieron presurosas las dos primas, llenas de curiosidad porque era la primera vez que él aparecía por la casa con una mujer. Las tres nos encontramos en la cocina y durante medio minuto nos escudriñamos, nos medimos y nos evaluamos, al principio con natural desconfianza y luego con la mejor voluntad, por un lado dos opulentas señoras rubias de mejillas frutales, con las faldas de fieltro bordado, las blusas almidonadas y los delantales de encaje que usaban para impresionar a los turistas; por el otro yo, bastante menos primorosa. Las primas eran tal cual yo las imaginaba por la descripción de Rolf, aunque diez años mayores, y celebré que a los ojos de él permanecieron detenidas en una adolescencia eterna. Creo que ellas comprendieron al primer vistazo que se encontraban ante una rival y debe haberles extrañado que yo fuera tan diferente a ellas —tal vez se habrían sentido halagadas si Rolf hubiera escogido una réplica de ellas mismas— pero como ambas son benevolentes depusieron los celos y me acogieron como a una hermana. Fueron en búsqueda de los niños que componen su familia y me presentaron a sus maridos, grandes, bonachones, olorosos a velas de fantasía. Luego ayudaron a su madre en la preparación de la comida. Poco después, sentada a la mesa y rodeada por esa saludable tribu, con un cachorro de perro policial a los pies y un trozo de pernil con puré de patatas dulces en la boca, me sentí tan lejos del Penal de Santa María, de Huberto Naranjo y de las granadas de Materia Universal, que cuando encendieron el televisor para ver las noticias y apareció un militar contando los pormenores de la fuga de los nueve guerrilleros, tuve que hacer un esfuerzo para comprender sus palabras.

Sudoroso y acorralado, el director del Penal manifestó que un grupo terrorista había realizado el asalto con helicópteros, armados con bazookas y metralletas, mientras en el interior del recinto los delincuentes redujeron a los vigilantes con bombas. Con un puntero señaló un plano del edificio y detalló los movimientos de los implicados, desde el instante en que abandonaron sus celdas hasta que se perdieron en la selva. No pudo explicar cómo consiguieron las armas burlando las máquinas detectoras de metales, parecía cosa de magia, las granadas simplemente brotaron en sus manos. El sábado a las cinco de la tarde, cuando los sacaban a las letrinas, blandieron los explosivos ante los guardias y amenazaron con volar todos juntos si no se rendían. Según dijo el director, pálido de insomnio y con una barba de dos días, los vigilantes de turno en ese sector presentaron valerosa resistencia, pero no tuvieron alternativa y entregaron sus armas. Estos servidores de la patria —actualmente internados en el Hospital Militar con prohibición de recibir visitas y mucho menos periodistas— fueron heridos a mansalva y luego encerrados en un calabozo, de modo que no pudieron dar la voz de alarma. Simultáneamente sus cómplices provocaron una asonada entre los presos del patio y los escuadrones de subversivos en el exterior cortaron los cables de electricidad, volaron la cancha de aterrizaje del aeropuerto a cinco kilómetros de distancia, inutilizaron el camino de acceso a los vehículos motorizados y se robaron las lanchas patrulleras. Luego tiraron cables y ganchos de alta montaña por encima de las murallas, colgaron escaleras de cuerda y por allí escaparon los detenidos, finalizó diciendo el uniformado con el puntero tembleque en la mano. Un locutor de voz engolada lo remplazó para asegurar que resultaba evidente la acción del comunismo internacional, la paz del continente estaba en juego, las autoridades no descansarían hasta atrapar a los culpables y descubrir a los cómplices. La noticia terminaba con una comunicación breve: el General Tolomeo Rodríguez había sido nombrado Comandante en Jefe de las Fuerzas Armadas.

Entre dos tragos de cerveza, el tío Rupert comentó que deberían enviar a todos esos guerrilleros a Siberia, a ver si les iba a gustar, nunca se supo de alguien que saltara el muro de Berlín para el lado de los comunistas, siempre lo hacen para escapar de los rojos, ¿y cómo están las cosas en Cuba?, ni papel para el excusado tienen allá y no me vengan con la salud, la educación, el deporte y esas macanas, que a fin de cuentas no sirven de nada a la hora de limpiarse el culo, refunfuñó. Un guiño de Rolf Carlé me indicó que era preferible abstenerse de comentarios. Burgel cambió el canal para ver el capítulo de la novela, en suspenso desde la noche anterior, cuando la malvada Alejandra quedó espiando por la puerta entreabierta a Belinda y a Luis Alfredo que se besaban con pasión, así me gusta, ahora muestran los besos de cerca, antes era una estafa, los enamorados se miraban, se tomaban de las manos y justo cuando iba a comenzar lo mejor nos mostraban la luna, hay que ver cuántas lunas hemos tenido que soportar, y una se quedaba con las ganas de ver lo que seguía, fíjense, Belinda mueve los ojos, a mí me parece que en realidad no es ciega. Estuve a punto de contarle las intimidades del libreto, tantas veces ensayado con Mimí, pero por suerte no lo hice, eso habría destrozado sus ilusiones. Las dos primas y sus maridos continuaron pendientes de la televisión, mientras los niños dormían sobre los sillones y afuera caía la tarde, apacible y fresca. Rolf me tomó por un brazo y me llevó a dar una vuelta.

Salimos a pasear por las calles torcidas de ese insólito pueblo de otro siglo, incrustado en un cerro del trópico, con sus casas impolutas, sus jardines floridos, sus vitrinas con relojes cucú, su minúsculo cementerio de tumbas alineadas en perfecta simetría, todo reluciente y absurdo. Nos detuvimos en una curva de la última calle para observar la bóveda del cielo y las luces de la Colonia extendida a nuestros pies por las laderas del cerro, como un ancho tapiz. Cuando ya no se oían nuestras pisadas en la acera, tuve la sensación de encontrarme en un mundo recién nacido, donde aún no se había creado el sonido. Por primera vez escuchaba el silencio. Hasta entonces hubo ruidos en mi vida, a veces casi imperceptibles como el susurro de los fantasmas de Zulema y Kamal o el murmullo de la selva al amanecer, otras veces atronadores, como la radio en las cocinas de mi infancia. Sentí la misma exaltación de hacer el amor o inventar cuentos y quise aprisionar ese espacio mudo para conservarlo como un tesoro. Aspiré el olor de los pinos, abandonada a ese nuevo deleite. Por fin Rolf Carlé comenzó a hablar y el encantamiento se esfumó, dejándome la misma frustración que tuve de niña cuando un puñado de nieve se me hizo agua en las manos. Me contó su versión de lo ocurrido en el Penal de Santa María, una parte de lo cual alcanzó a filmar y el resto lo supo por el Negro.

El sábado en la tarde el director y la mitad de los guardias se encontraban en el burdel de Agua Santa, tal como había dicho Mimí que lo estarían, tan borrachos que al oír la explosión del aeropuerto creyeron que era Año Nuevo y no se pusieron los pantalones. Entretanto Rolf Carlé se acercaba al islote en una piragua con sus equipos disimulados bajo una pila de hojas de palma, y el Comandante Rogelio y sus hombres en uniforme se presentaban por la puerta principal sonando la sirena, con un escándalo de circo, después de cruzar el río en una lancha arrebatada a los guardias en el muelle. Las autoridades no estaban allí para dar las órdenes y nadie los detuvo, porque esos visitantes parecían oficiales de alta graduación. A esa misma hora los guerrilleros recibían en sus celdas la única comida del día, a través de un hueco en las puertas metálicas. Uno de ellos comenzó a quejarse de espantosos dolores de vientre, me muero, socorro, me han envenenado y de inmediato sus compañeros, desde sus calabozos, se unieron al clamor, asesinos, asesinos, nos están matando. Dos guardias entraron a callar al enfermo y lo encontraron con una granada en cada mano y tal determinación en los ojos, que no se atrevieron a respirar. El Comandante sacó a sus compañeros y a los cómplices de la cocina sin disparar un solo tiro, sin violencia y sin apuro, y los transportó en la misma embarcación hasta la otra ribera, donde se internaron en la selva guiados por los indios. Rolf filmó con una lente de largo alcance y luego se deslizó río abajo hasta el sitio donde debía juntarse con el Negro. Cuando ellos iban en el jeep a toda velocidad hacia la capital, los militares aún no se habían puesto de acuerdo para bloquear la carretera y comenzar la cacería.

—Me alegro por ellos, pero no sé de qué te sirven las películas si todo eso está censurado.

—Lo mostraremos —dijo.

—Tú sabes qué clase de democracia es ésta, Rolf, con el pretexto del anticomunismo no hay más libertad que en tiempos del General...

—Si nos prohíben dar la noticia, tal como hicieron con la matanza en el Centro de Operaciones, vamos a contar la verdad en la próxima telenovela.

—¿Qué dices?

—Tu folletín saldrá al aire tan pronto termine esa estupidez de la ciega y el millonario. Tienes que arreglártelas para introducir la guerrilla y el asalto al Penal en el libreto. Yo tengo una maleta de películas sobre la lucha armada. Mucho de eso te puede servir.

—Jamás lo van a permitir...

—Dentro de veinte días habrá elecciones. El próximo presidente tratará de dar una impresión de liberalidad y será prudente con la censura. En todo caso, siempre se puede alegar que es sólo ficción y como la telenovela es mucho más popular que el noticiario, todo el mundo sabrá lo que pasó en Santa María.

—¿Y yo? La policía me va a preguntar cómo supe todo eso.

—No te tocarán porque equivale a reconocer que dices la verdad —replicó Rolf Carlé—. Y a propósito de historias, me he quedado pensando en el significado del cuento de esa mujer que le vende un pasado a un guerrero...

—¿Todavía estás dándole vueltas a eso? Veo que eres hombre de reacciones lentas...

Las elecciones presidenciales transcurrieron en orden y buen ánimo, como si el ejercicio de los derechos republicanos fuera un largo hábito y no el milagro más o menos reciente, que en verdad era. El triunfo fue del candidato de la oposición, tal como había vaticinado Aravena, cuyo olfato político, lejos de disminuir con la edad, se había afinado. Poco después Alejandra murió en un accidente de automóvil y Belinda recuperó la vista y se casó, envuelta en metros y metros de tul blanco y coronada de diamantes falsos y azahares de cera, con el galán Martínez de la Roca. El país lanzó un hondo suspiro de alivio, porque había sido una tremenda prueba de paciencia, soportar las desventuras de esas gentes todos los días durante casi un año. Pero la Televisora Nacional no les dio respiro a los pacientes espectadores y de inmediato lanzó al aire mi novela, que en un arrebato sentimental llamé *Bolero*, como homenaje a esas canciones que alimentaron las horas de mi niñez y me sirvieron de fundamento para tantos cuentos. El público fue tomado por sorpresa en el primer episodio y no logró reponerse del aturdimiento en los siguientes. Creo que nadie entendió adónde apuntaba aquella estrafalaria historia, estaban acostumbrados a los celos, el despecho, la ambición o, por lo menos, la virginidad, pero nada de eso aparecía en sus pantallas y se dormían cada noche con el alma perturbada por una pelotera de indios envenenados, embalsamadores en sillas de ruedas, maestros ahorcados por sus alumnos, ministros defecando en sillones de felpa obispal y otras truculencias que no resistían ningún análisis lógico y escapaban a las leyes conocidas del folletín comercial. A pesar del desconcierto producido, *Bolero* cogió vuelo y al poco tiempo logró que algunos maridos llegaran temprano a sus hogares para ver el capítulo del día. El Gobierno advirtió al señor Aravena, confirmado en su cargo por su prestigio y su habilidad de zorro viejo, que cuidara la moral, las buenas costumbres y el patriotismo, en vista de lo cual tuve que suprimir algunas actividades licenciosas de la Señora y disimular el origen de la Revuelta de las Putas, pero el resto fue preservado casi intacto. Mimí tuvo un papel importante, representándose a sí misma con tanto acierto, que se transformó en la actriz más popular de la farándula. A su fama contribuyó la confusión sobre su naturaleza, pues al verla resultaba poco probable el rumor de que alguna vez hubiera sido varón o, peor aún, de que todavía lo fuera en algunos detalles de su anatomía. No faltó quien atribuyera el triunfo a sus amores con el director del Canal, pero como ninguno de los dos se dio el trabajo de desmentirlo, el chisme se extinguió de muerte natural.

Yo escribía cada día un nuevo episodio, inmersa por completo en el mundo que creaba con el poder omnímodo de las palabras, transformada en un ser disperso, reproducida hasta el infinito, viendo mi propio reflejo en múltiples espejos, viviendo innumerables vidas, hablando con muchas voces. Los personajes llegaron a ser tan reales, que aparecieron en la casa todos al mismo tiempo, sin respeto por el orden cronológico de la historia, los vivos junto a los muertos y cada uno con todas sus edades a cuestas, de modo que mientras Consuelo-niña le abría el buche a las gallinas, había una Consuelo-mujer desnuda que se soltaba el cabello para consolar a un moribundo, Huberto Naranjo andaba en la sala en pantalones cortos engañando incautos con peces sin cola y surgía de súbito en el segundo piso con el lodo de la guerra en sus botas de comandante, la Madrina avanzaba con un bamboleo soberbio de las caderas como en sus mejores años y se encontraba consigo misma, sin dientes y con un zurcido en el cuello, rezando en la terraza ante un pelo del Papa. Todos se paseaban por las habitaciones creando confusión en las rutinas de Elvira, quien perdía energía discutiendo con ellos y acomodando el desorden de huracán que sembraban a su paso. Ay, pajarito, sácame a estos lunáticos de la cocina, ya estoy cansada de espantarlos a escobazos, se quejaba, pero al verlos por la noche cumpliendo sus papeles en la pantalla, suspiraba orgullosa. Acabó considerándolos de su propia familia.

Doce días antes de comenzar a grabar los capítulos de la guerrilla, recibí una notificación del Ministerio de Defensa. No entendí por qué me convocaban a esa oficina, en vez de enviarme un par de agentes de la Policía Política en sus inconfundibles coches negros, pero no dije ni palabra a Mimí o a la abuela para no asustarlas y tampoco pude advertir a Rolf, que se encontraba en París filmando las primeras negociaciones de paz del Vietnam. Había esperado esa mala noticia desde que fabriqué las granadas de Materia Universal meses atrás y en el fondo prefería enfrentarla de una vez, para salir de esa difusa inquietud que llevaba en la piel como un escozor. Cubrí mi máquina de escribir, ordené mis papeles, me vestí con la angustia de quien se prueba una mortaja, me enrollé el cabello en la nuca y salí de la casa, despidiéndome con un gesto de los espíritus que quedaban a mi espalda. Llegué al edificio del Ministerio, subí por una doble escalera de mármol, atravesé puertas de bronce custodiadas por guardias con penachos en los gorros y mostré mis documentos a un ujier. Un soldado me condujo por un pasillo alfombrado, cruzamos una puerta tallada con el escudo nacional y me encontré en una habitación alhajada con cortinajes y lámparas de cristal. En los vitrales de la ventana estaba Cristóbal Colón inmovilizado para la eternidad con un pie sobre la costa americana y el otro en su bote. Entonces vi al General Tolomeo Rodríguez detrás de una mesa de caoba. Su figura maciza se recortaba a contraluz entre la flora exótica del Nuevo Mundo y la bota del conquistador. Lo reconocí de inmediato por la impresión de vértigo que me hizo vacilar, aunque tardé varios segundos en adaptar la vista y distinguir sus ojos de felino, sus manos largas y sus dientes perfectos. Se puso de pie, me saludó con su cortesía algo presuntuosa y me ofreció asiento en uno de los sillones. Se instaló a mi lado y pidió café a una secretaria.

—¿Se acuerda de mí, Eva?

Cómo olvidarlo, si no hacía tanto tiempo de nuestro único

encuentro y si gracias a la conmoción que ese hombre me provocó abandoné la fábrica y empecé a ganarme la vida escribiendo historias. Los primeros minutos se fueron en banalidades, yo en el borde del asiento, sosteniendo la taza con mano vacilante y él relajado, observándome con una indescifrable expresión. Agotados los temas de urbanidad, ambos permanecimos en silencio durante una pausa que a mí me resultó intolerable.

—¿Para qué me llamó, General? —pregunté por último, sin poder contenerme.

—Para ofrecerle un trato —y procedió a informarme, siempre en su tono doctoral, que tenía un registro completo de casi toda mi vida, desde los recortes de prensa de la muerte de Zulema, hasta las pruebas de mi reciente relación con Rolf Carlé, ese cineasta polémico a quien los Cuerpos de Seguridad también tenían en la mira. No, no me estaba amenazando, por el contrario, él era mi amigo, mejor dicho, mi rendido admirador. Había revisado los libretos de *Bolero*, donde figuraban entre tantas otras cosas, detalles contundentes sobre la guerrilla y esa desafortunada fuga de los detenidos en el Penal de Santa María—. Me debe una explicación, Eva.

Estuve a punto de recoger las rodillas sobre el sillón de cuero y hundir la cara entre los brazos, pero me quedé quieta, mirando el dibujo de la alfombra con una atención desmesurada, sin encontrar en mi vasto archivo de fantasías algo adecuado para replicar. La mano del General Tolomeo Rodríguez me rozó apenas el hombro, no tenía nada que temer, ya me lo había dicho, es más, no iba a interferir en mi trabajo, podía continuar con mi folletín, incluso no objetaba a ese Coronel del capítulo ciento ocho, tan parecido a él mismo, se había reído al leerlo y el personaje no estaba mal, resultaba bastante decente, eso sí, mucho cuidado con el sagrado honor de las Fuerzas Armadas, con eso no se juega. Tenía sólo una observación, tal como le manifestara al Director de la Televisora Nacional en una entrevista reciente, habría que modificar esa payasada de las armas de masa y evitar cualquier mención del prostíbulo de Agua Santa, que no sólo ponía en ridículo a los guardias y funcionarios del presidio, sino que resultaba totalmente inverosímil. Me estaba haciendo un favor al ordenar ese cambio, sin duda el serial ganaría mucho al agregar unos cuantos muertos y heridos de ambos bandos, le gustaría al público y se evitaba esa bufonada inadmisible en asuntos de tanta gravedad.

—Lo que usted propone sería más dramático, pero la verdad es que los guerrilleros escaparon sin violencia, General.

—Veo que usted está mejor informada que yo. No vamos a discutir secretos militares, Eva. Espero que no me obligue a tomar medidas, siga mi sugerencia. Déjeme decirle, de paso, que admiro su trabajo. ¿Cómo lo hace? ¿Cómo escribe, quiero decir?

—Hago lo que puedo... La realidad es un revoltijo, no alcanzamos a medirla o descifrarla, porque todo ocurre al mismo tiempo. Mientras usted y yo hablamos aquí, a su espalda Cristóbal Colón está inventando América y esos mismos indios que lo reciben en el vidrio de la ventana, están todavía desnudos en la selva, a pocas horas de esta oficina, y seguirán estándolo dentro de cien años. Yo trato de abrirme camino en este laberinto, de poner un poco de orden en tanto caos, de hacer la existencia más tolerable. Cuando escribo cuento la vida como a mí me gustaría que fuera.

—¿De dónde saca las ideas?

—De las cosas que pasan y otras que pasaron antes que yo naciera, de los periódicos, de lo que dice la gente.

—Y de las películas de ese Rolf Carlé, supongo.

—Usted no me citó para hablar de *Bolero*, General, dígame qué pretende de mí.

—Tiene razón, el folletín ya fue discutido con el señor Aravena. La he llamado porque la guerrilla está derrotada. El Presidente tiene el propósito de acabar con esta lucha tan dañina para la democracia y tan costosa para el país. Pronto anunciará un plan de pacificación y ofrecerá amnistía a los guerrilleros que depongan las armas y estén dispuestos a acatar las leyes e incorporarse a la sociedad. Puedo adelantarle algo más, el Presidente piensa legalizar el Partido Comunista. No estoy de acuerdo con esta medida, debo admitirlo, pero mi función no es objetar el Poder Ejecutivo. Eso sí, le advierto que las Fuerzas Armadas jamás permitirán que intereses foráneos siembren ideas perniciosas en el pueblo. Defenderemos con nuestras vidas los ideales de los fundadores de la Patria. En pocas palabras, le estamos haciendo una oferta única a la guerrilla, Eva. Sus amigos podrán volver a la normalidad —concluyó.

—¿Mis amigos?

—Me refiero al Comandante Rogelio. Creo que la mayoría de sus hombres se acogerá a la amnistía si él lo hace, por eso deseo explicarle que ésta es una salida honrosa, su única oportunidad, no le daré otra. Necesito que alguien de su confianza nos ponga en contacto y esa persona puede ser usted.

Lo miré a los ojos por primera vez en la entrevista y le mantuve la vista clavada, convencida de que el General Tolomeo Rodríguez había perdido el juicio si pretendía que condujera a mi propio hermano a una trampa, caramba, las vueltas del destino, no hace mucho Huberto Naranjo me pidió que hiciera lo mismo contigo, pensé.

—Veo que no confía en mí... —murmuró sin desviar la mirada.

—No sé de qué me está hablando.

—Por favor, Eva, merezco que al menos no me subestime. Conozco su amistad con el Comandante Rogelio.

—Entonces no me pida esto.

—Se lo pido porque es un trato justo, a ellos les puede salvar la vida y a mí me ahorra tiempo, pero comprendo sus dudas. El viernes el Presidente anunciará estas medidas al país, espero que entonces me crea y esté dispuesta a colaborar por el bien de todos, especialmente de esos terroristas, que no tienen más alternativa que la pacificación o la muerte.

—Son guerrilleros, no terroristas, General.

—Llámelos como quiera, eso no cambia el hecho de que se encuentran fuera de la ley y yo tengo todos los medios para destruirlos, en cambio les estoy lanzando un salvavidas.

Acepté pensarlo, calculando que eso me daba un plazo. Por un instante pasó por mi mente el recuerdo de Mimí explorando la posición de los planetas en el firmamento y descifrando cábalas en los naipes para pronosticar el futuro de Huberto Naranjo: siempre lo he dicho, ese muchacho acabará convertido en magnate o en bandido. No pude evitar una sonrisa, porque tal vez la astrología y la quiromancia se equivocaban de nuevo. De pronto se me cruzó por delante la visión fugaz del Comandante Rogelio en el Congreso de la República peleando desde una butaca de terciopelo las mismas batallas que ahora daba con un fusil en la montaña. El General Tolomeo Rodríguez me acompañó hasta la puerta y al despedirse me retuvo la mano entre las suyas.

—Me equivoqué con usted, Eva. Durante meses he deseado su llamada con impaciencia, pero soy muy orgulloso y siempre mantengo la palabra empeñada. Dije que no iba a presionarla y no lo he hecho, pero ahora me arrepiento.

—¿Se refiere a Rolf Carlé?

—Supongo que eso es temporal.

—Y yo espero que sea para siempre.

—Nada es para siempre, hija, sólo la muerte.

—También trato de vivir la vida como me gustaría que fuera... como una novela.

—¿Entonces no tengo esperanza?

—Me temo que no, pero de todos modos gracias por su galantería, General Rodríguez. —Y poniéndome en punta de pies para alcanzar su altura marcial, le planté un beso rápido en la mejilla.

FINAL

Tal como diagnostiqué, Rolf Carlé es de reacciones lentas en algunos asuntos. Ese hombre, tan veloz cuando se trata de captar una imagen con la cámara, resulta bastante torpe ante sus propias emociones. En sus treinta y tantos años de existencia había aprendido a vivir en soledad y estaba empeñado en defender sus hábitos, a pesar de los sermones exaltando las virtudes domésticas que le endilgaba su tía Burgel. Tal vez por estas razones tardó tanto en percibir que algo había cambiado cuando me oyó contar una historia sentada a sus pies entre cojines de seda.

Después de la fuga de Santa María, Rolf me depositó en la casa de sus tíos en la Colonia y regresó esa misma noche a la capital, porque no podía estar ausente de la barahúnda que se armó en todo el país cuando las radios de la guerrilla comenzaron a difundir las voces de los prófugos lanzando consignas revolucionarias y mofándose de las autoridades. Exhausto, mal dormido y hambriento, pasó los cuatro días siguientes entrevistando a todas las personas relacionadas con el caso, desde la matrona del prostíbulo de Agua Santa y el depuesto director del presidio, hasta el Comandante Rogelio en persona, quien alcanzó a aparecer veinte segundos en las pantallas de televisión, con una estrella en su boina negra y la cara cubierta por un pañuelo, antes que se cortara la transmisión por fallas técnicas, como se dijo. El jueves convocaron a Aravena a la Presidencia donde recibió la recomendación tajante de controlar a su equipo de reporteros si deseaba permanecer en su puesto. ¿No es extranjero ese Carlé? No, Excelencia, está nacionalizado, vea sus documentos. Ajá, de todos modos adviértale que no interfiera en asuntos de seguridad interna, porque podría lamentarlo. El director llamó a su protegido a la oficina, se encerró con él durante cinco minutos y el resultado fue que ese mismo día Rolf volvió a la Colonia con instrucciones precisas de quedarse allí, retirado de circulación hasta que se disiparan los rezongos en torno a su nombre.

Entró en la amplia casa de madera, donde aún no llegaban los turistas de fin de semana, saludando a gritos, como siempre hacía, pero sin dar ocasión a su tía de meterle en la boca la primera ración de pastel ni a los perros de lamerlo de pies a cabeza. Salió de inmediato a buscarme, porque desde hacía varias semanas un fantasma de enaguas amarillas lo molestaba en sueños, tentándolo, escabulléndose, quemándolo, elevándolo a la gloria instantes antes del amanecer cuando lograba abrazarlo después de varias horas de vehemente acoso, y sumiéndolo en la indignación cuando despertaba solo, sudoroso, llamando. Ya era hora de poner un nombre a esa turbación ridícula. Me encontró sentada debajo de un eucalipto aparentemente escribiendo mi folletín, pero en realidad atisbando en su dirección por el rabillo del ojo. Procuré que la brisa moviera la tela de mi vestido y el sol de la tarde me diera un aspecto de sosiego, muy diferente a la hembra glotona que lo atormentaba por las noches. Sentí que me observaba de lejos durante unos minutos. Supongo que al fin decidió que bastaba de rodeos, y se dispuso a exponerme sus puntos de vista con la mayor claridad, dentro de las normas de cortesía que le eran habituales. Se acercó a grandes pasos y procedió a besarme tal como ocurre en las novelas románticas, tal como yo esperaba que lo hiciera desde hacía un siglo y tal como estaba describiendo momentos antes el encuentro de mis protagonistas en *Bolero*. Aproveché la cercanía para husmearlo con disimulo y así identifiqué el olor de mi pareja. Comprendí entonces por qué desde la primera vez creí haberlo conocido antes. A fin de cuentas, todo se reducía al hecho elemental de haber encontrado a mi hombre, después de tanto andar escudriñando por todos lados en su búsqueda. Parece que él tuvo la misma impresión y posiblemente llegó a una conclusión similar, aunque con algunas reservas, teniendo en cuenta su temperamento racional. Seguimos acariciándonos y susurrando esas palabras que sólo los nuevos amantes se atreven a pronunciar porque aún son inmunes al prejuicio de la cursilería.

Después de besarnos bajo el eucalipto se puso el sol, comenzó a oscurecer y bajó de súbito la temperatura, como siempre ocurre por las noches en estas montañas. Entonces partimos levitando a promulgar la buena noticia de nuestro amor recién inaugurado. Rupert fue de inmediato a avisar a sus hijas y luego a la bodega a buscar sus botellas de vino añejo, mientras Burgel, emocionada hasta el punto de echarse a cantar en su lengua materna, comenzaba a picar y sazonar los ingredientes del guiso afrodisíaco y en el patio se armaba una jarana entre los perros, que fueron los primeros en percibir nuestras vibraciones radiantes. Pusieron la mesa para una comilona magnífica, con la vajilla de fiesta, mientras los fabricantes de velas, íntimamente tranquilizados, brindaban por la felicidad del antiguo rival, y las dos primas iban cuchicheando y riendo a esponjar el edredón y colocar flores frescas en el mejor cuarto de huéspedes, el mismo donde años atrás improvisaron sus primeras lecciones voluptuosas. Al terminar la cena familiar, Rolf y yo nos retiramos a la habitación que nos habían preparado. Entramos en un cuarto amplio, con una chimenea encendida con leños de espino y un lecho alto, cubierto por el edredón más aireado del mundo y por un mosquitero que colgaba del techo, blanco como un velo de novia. Aquella noche y todas las noches siguientes retozamos con un ardor interminable hasta que las maderas de la casa adquirieron el brillo refulgente del oro.

Y después nos amamos simplemente por un tiempo prudente, hasta que el amor se fue desgastando y se deshizo en hilachas.

O tal vez las cosas no ocurrieron así. Tal vez tuvimos la suerte de tropezar con un amor excepcional y yo no tuve necesidad de inventarlo, sino sólo vestirlo de gala para que perdurara en la memoria, de acuerdo al principio de que es posible construir la realidad a la medida de las propias apetencias. Exageré un poco, diciendo por ejemplo, que nuestra luna de miel fue excesiva, que se alteró el ánimo de ese pueblo de opereta y el orden de la naturaleza, las callejuelas se turbaron de suspiros, las palomas anidaron en los relojes cucú, florecieron en una noche los almendros del cementerio y las perras del tío Rupert entraron en celo fuera de temporada. Escribí que durante esas semanas benditas, el tiempo se estiró, se enroscó en sí mismo, se dio vuelta como un pañuelo de mago y alcanzó para que Rolf Carlé —con la solemnidad hecha polvo y la vanidad por las nubes— conjurara sus pesadillas y volviera a cantar las canciones de su adolescencia y para que yo bailara la danza del vientre aprendida en la cocina de Riad Halabí y narrara, entre risas y sorbos de vino, muchos cuentos, incluyendo algunos con final feliz.

OTRAS OBRAS DE LA AUTORA

LA CASA DE LOS ESPÍRITUS

Desde comienzos de siglo hasta la actualidad nos lleva el relato de la vida de Esteban Trueba, de su mujer, hijos —legítimos y naturales—, nietos; una dinastía de personajes sobre los que va gravitando alternativamente la narración, sin que los demás se pierdan nunca de vista (ni siquiera después de muertos). El carácter iracundo del fundador, la fantasiosa hipersensibilidad de la esposa y la evolución social del entorno —que refleja y bien pudiera simbolizar la de cualquier país latinoamericano— hacen muy difíciles unas relaciones familiares marcadas por el drama y la extravagancia que desembocan en un final sorprendente y feroz, que apunta, sin embargo, el camino de una laboriosa reconciliación.

En el panorama de la actual narrativa hispanoamericana (en lo que se ha denominado de modo un tanto simplista «el boom») ningún nombre de mujer había conseguido, hasta ahora, situarse en la cúspide, entre los más destacados. Faltaba entre ellos, por lo menos, una novelista. La impecable desenvoltura estilística, la lucidez histórica y social y la coherencia estética de *La casa de los espíritus* hacen que Isabel Allende acceda de golpe a dicha cúspide con su primera novela. Una primera novela que no sólo es un descubrimiento, sino, sencillamente, una obra magistral. El lector dirá si los editores han exagerado.

DE AMOR Y DE SOMBRA

En el frontispicio de esta nueva gran creación literaria de Isabel Allende, se lee: «Ésta es la historia de una mujer y un hombre que se amaron en plenitud, salvándose así de una existencia vulgar. La he llevado en la memoria cuidándola para que el tiempo no la desgaste, y es sólo ahora, en las noches calladas de este lugar, cuando puedo finalmente contarla. Lo haré por ellos y por otros que me confiaron sus vidas diciendo: toma, escribe, para que no lo borre el viento.» Estas hermosas palabras introductorias comienzan por dar la clave de un libro en el que la imaginación y la realidad corren parejas hacia el logro tanto de una indiscutible obra de arte literaria como de un testimonio histórico.

Un conmovedor testimonio de muy trágicas situaciones que lamentablemente aún se siguen viviendo en determinadas zonas hispanoamericanas. Isabel Allende no pretende denunciar lo ya sabido, sino —mediante un exquisito arte de novelista— ahondar en sentido de todo lo que pasa, hacerlo más patente en su dramatismo. Situaciones reales y situaciones imaginadas a partir de la realidad, así como un canto de amor para salvarse «de una existencia vulgar», esta segunda novela de Isabel Allende responde tanto al grande y reconocido talento de su autora, como a la exigencia —por parte de ella misma y de sus numerosísimos lectores— de mostrarse a la altura de calidad con que inició su carrera literaria.

Los hechos que se narran con patética sobriedad, con belleza creadora, con horror unas veces y otras veces con ternura esperanzada, hacen de *De amor y de sombra* otro libro que si es un hito fundamental en la carrera de Isabel Allende, nuevamente lo es en el ámbito de las letras en lengua española.

Impreso en T. G. SOLER
Luis Millet, 69
Esplugues de Llobregat
(Barcelona)

PQ
8098.1
.L54
E813
1990

91-375

Gramley Library
Salem College
Winston-Salem, NC 27108

Gramley Library
Salem College
Winston-Salem, NC 27108